Fantasy

Herausgegeben von Friedel Wahren

Von **Andrew Harman** erschienen in der Reihe
HEYNE SCIENCE FICTION & FANTASY:

Der Appendix des Zauberers · 06/5394
Die Frösche des Krieges · 06/5395
Das Wurmloch ins Biblioversum · 06/5489
Hundstage · 06/5534
Fahrenheit 666 · 06/5633
Die Nanowichte · 06/5908
Das göttliche Dutzend · 06/5958

ANDREW HARMAN

DAS GÖTTLICHE DUTZEND

Roman

Deutsche Erstausgabe

WILHELM HEYNE VERLAG
MÜNCHEN

HEYNE SCIENCE FICTION & FANTASY
Band 06/5958

Titel der Originalausgabe
THE DEITY DOZEN
Übersetzung aus dem Englischen von
RONALD M. HAHN und CHRIS WEBER

Das Umschlagbild malte
KRZYSZTOF WLODKOWSKI

Umwelthinweis:
Dieses Buch wurde auf chlor- und
säurefreiem Papier gedruckt

Redaktion: Joern Rauser

Originalausgabe bei Legend Books/Random House, London

http://www.heyne.de
Printed in Germany 1999
Umschlaggestaltung: Atelier Ingrid Schütz, München
Technische Betreuung: M. Spinola
Satz: Schaber Satz- und Datentechnik, Wels
Druck und Bindung: Presse-Druck Augsburg

ISBN 3-453-13355-2

INHALT

DER TOD EINES WANDERPREDIGERS
7

HÖLLISCHE LEISTUNGSFÄHIGKEIT
66

IN FALSCHEN KLAUEN
106

EINE GOTTHEIT VERSCHWINDET
172

DER DOMINUM-EFFEKT
223

ENTSCHEIDUNGEN, ENTSCHEIDUNGEN
277

VERSUCHEN KOSTET NIX
323

WIDMUNG

Diesmal auf internationale Art!

Ein riesiges ›Vielen Dank‹ an alle Leute im Heyne Verlag, besonders an Friedel Wahren und Wolfgang und Rosemarie Jeschke – und nicht zuletzt an Jakob Leutner. Die Kopfschmerzen sind weg … bis zur nächsten Übersetzung! Ha! Ha!

Der Heimat etwas näher, ein kräftiges ›Daumen hoch‹ an Jonathan Sissons, der den Deal für mich gemacht hat. Prost! Und nun nach Rußland … nach Japan, nach Amerika, auf die Bahamas, nach Thailand, zum Mars und …

Und so wedelt sich der Dankesfinger einen Weg in die Midlands. Tretet ins Scheinwerferlicht, Claire und Annie in Dillons, Großbritannien. Ich danke euch für eure Hilfe. Ich glaube, ohne euch hätte ich wohl etwas länger gebraucht, um ›Nummer 1‹ zu werden. Was die nächste Beförderung angeht, habe ich schon eine tolle Idee …

Dem Zuhause noch näher, gebührt mein Dank zweifellos den beiden Johns: John Jarrold und John Parker, nehmt für eure ausgezeichnete Leistung in Sachen Bearbeitung und Verkauf meine euch zustehende Verbeugung entgegen. Hurra! Was das Projekt mit dem komischen Thriller betrifft, nun ja …

Endlich daheim. Küßchen und Geschmuse für die mit dem Daumen! Ähm, wolltest du einen doppelten Brandy, Jenny-Schatz? Oder nur eine Fußmassage? Beides? Und ein Abendessen für zwei, bei Kerzenschein? Hmmmmm, mal sehen, was draus wird … Ahhh, nein, bitte nicht den Halbnelson!

DER TOD EINES WANDERPREDIGERS

Ein früh aufgestandener Gecko blinzelte den Schatten an, der über die Sonnenuhr kroch, zuckte die geschuppten Achseln und verdrückte sich außer Hörweite. Er kannte das Leben in der Gebirgsstadt Axolotl seit Jahren aus erster Klaue und wußte, daß die Ruhe nicht mehr lange währen würde. Morgens im Heydenpark dauerte sie nie lange.

Und heute war es nicht anders.

Das Knirschen eifriger Schritte erklang auf den sonnengebleichten Kieseln des Xhen-Steingartens, und eine Gestalt in schwarzer Soutane und dazu passendem Scheitelkäppchen eilte über die gewundenen Rinnen des fünfzig Fuß breiten Platzes, wobei sie einen großen Koffer fest in der Hand hielt. Blicke nach links, Blicke nach rechts – ob sich da noch etwas anderes bewegte, ob es Konkurrenz gab? Er war nicht hergekommen, um seinen Platz in letzter Minute zu verlieren. O nein. Nicht, nachdem er den verdammten Koffer drei Tage lang über die endlosen Berge geschleppt hatte. Auf keinen Fall! Dafür stand *viel* zu viel Geld auf dem Spiel.

Plötzlich bemerkte er aus dem Augenwinkel eine Bewegung – das Wedeln eines Zweiges und eine kurz sichtbare Toga. Sein Herzschlag setzte kurz aus, er biß die Zähne zusammen und hastete voran. Die Gestalt mit der Toga brach aus einer Kaktushecke hervor, bemerkte ihn und verdoppelte sofort mit lauten Rufen ihre Geschwindigkeit. Ihre Fersen wirbelten weiße Kiesel auf, und sie lief immer schneller geradewegs auf eine leuchtend weiße Marmorsäule zu.

Verzweifelt schwang der Mann mit der Soutane den Koffer in weitem Bogen und ließ ihn los. Begeistert sah er zu, wie er auf sein Opfer zuflog. Der Koffer prallte geröllsprühend vom Boden ab und traf mit unwiderstehlichem Schwung ein Paar sprintender Knöchel, so daß der Mann in der Toga im hohen Bogen in eine Kaktushecke flog und einen Kondensstreifen von Flüchen hinter sich herzog.

Mietprediger Gottfried Zorn ballte siegreich die Faust, packte seinen Koffer und hechtete auf die unterste Stufe der Säule im Predigereck. Er hatte es geschafft. Er hatte seine Ansprüche geltend gemacht und sich soviel Predigtzeit gesichert, wie er bis zum nächsten Morgen um neun brauchte, wenn alles wieder von vorn losging.

Er stieß einen tiefen Seufzer aus und machte sich fieberhaft daran, den Koffer auszupacken. Er hatte vor, das Beste daraus zu machen, daß ihm nun das schönste Fleckchen der Gebirgsstadt Axolotl für eine Predigt zur Verfügung stand.

Der Gecko rümpfte seine nicht vorhandene Nase und fragte sich träge, warum sie sich so früh am Tag dermaßen anstrengten. Warum suchten sich nicht alle einen Felsen und sonnten sich schön, wie es doch jedes Geschöpf tun sollte? Kopfschüttelnd murmelte er ein paar reptilische Vorurteile über die Dummheit der Säugetiere vor sich hin und glitt von dannen, während ein Mann in einer dunkelgrauen Tunika durch den Xhen-Steingarten gejapst kam.

»Was soll das denn, einfach so wegzulaufen?« schnaufte er den Mietprediger Gottfried Zorn von der Mission der Heiligen Laudatia an. »Wenn ich mich jetzt verlaufen hätte, oder ...«

»Konkurrenz, Hausyrrer«, antwortete Zorn und deutete auf den Mann mit der Toga, der grollend Kaktusstacheln aus seinen empfindlichen Körperteilen zog.

»Was denn für 'ne Konkurrenz?« krächzte der Mann mit dem schütteren Haar und fügte hinzu: »Und für Sie immer noch *Herr* Hausyrrer!«

Gottfried Zorn überhörte die letze Äußerung und entfaltete eine große, zusammenklappbare, mit glänzenden Illustrationen bedeckte Pappe. »Genau, wie ich es Ihnen auf dem Hinweg erklärt habe«, murmelte er. »Alter axolotischer Brauch. Wer zuerst kommt, bekehrt die meisten.«

Hausyrrer wischte sich die Stirn ab und stierte um sich. »Wollen Sie etwa sagen, *das* hier sei das Predigereck?«

»Was haben denn Sie erwartet? Blinkende Kerzen? Oder vielleicht ein Amphitheater?«

»Aber es ist so *klein*!«

Zorn machte eine wegwerfende Handbewegung. »Wie ich schon meinen kleinwüchsigen Freunden mehrfach erklärt habe: die Größe ist völlig unbedeutend. Es kommt darauf an, was man aus ihr macht. Glauben Sie's mir ruhig, in ein paar Minuten platzt es hier aus allen Nähten.«

»Nicht, wenn ich es verhindern kann«, sagte der Mann in der Toga herausfordernd und starrte Zorn an. »Sie sind jede Woche hier und leiern immer wieder dieselben alten ...«

»Ach, halten Sie doch die Klappe! Sie sind bloß sauer, weil ich Sie schon wieder geschlagen habe. Ich war als erster hier! Und jetzt kann ich solange bleiben, wie ich will. So, wie der Heilige Regler es verfügt hat.« Zorn warf abweisend den Kopf herum und schaute auf die Sonnenuhr. Nur noch eine knappe Minute.

Hausyrrer schaute überfordert drein. »Ihn geschlagen?« fragte er verblüfft. »Gehe ich recht in der Annahme, daß es hier eine Doppelbuchung gegeben hat?« Er trocknete erneut seine Stirn ab. Seine Knie wurden schwächer. Hatte er sich drei Tage lang hier hinaufgekämpft, um nun Opfer eines Verwaltungsfehlers zu werden?

Der Mietprediger Gottfried Zorn warf den Kopf in den Nacken und lachte herzlich. »Buchung? O nein. Wie schon gesagt, wer zuerst kommt ...«

Hausyrrer runzelte mißtrauisch seine glänzende Stirn. »Und wofür, bitteschön, waren dann die hundert Groschen *Buchungsgebühr?* Hmm?«

»Das dürfte Sie doch gar nicht kümmern, oder? Das Motto der Mission der Heiligen Laudatia lautet schließlich: *Jederzeit, an jedem Ort, jederlei Botschaft!* Und so bin ich Ihretwegen hier, willens und fähig, Ihre Botschaft zu verbreiten. Sie hat sich nämlich leider noch nicht besonders weit herumgesprochen. Ich kenne sie; Sie kennen sie. Und wir müssen uns darum kümmern, daß das Publikum sie hört. Aber es kann sie nicht hören, wenn es nicht hier ist. Klaro?«

Hausyrrers Handflächen zuckten vollständig ratlos gen Himmel.

»Muß dafür sorgen, daß sie auch kommen, gell?« Zorn machte mit dem Daumen und zwei Fingern eine Bakschischgeste. Dann entfaltete er eine weitere illustrierte Pappe und stellte sie möglichst sichtbar auf. Er grinste angesichts der Darstellung der unanständigen erotischen Unterwäsche, die von ebenso unanständigen Gestalten beiderlei Geschlechts vorgeführt wurde.

»Sie … Sie haben das Publikum *gekauft?*« sagte Hausyrrer vorwurfsvoll, als er die Rede durchging.

»Ach was, nein, nein, nein. Nicht so drastisch. Was trauen Sie mir denn zu?«

»Und wo sind dann meine hundert Groschen?«

»Ausgegeben«, sagte Zorn herablassend und holte weitere bildliche Darstellungen aus dem Koffer.

»Wo? Wofür? Haben Sie eine Quittung bekommen?« fragte Hausyrrer aufgeregt beim Gedanken an sein Spesenkonto.

Zorn warf einen Blick auf die Sonnenuhr und bemerkte, daß er sich mit der Erklärung wirklich beeilen mußte.

»Hellsichtgasse. Eineinhalb Spalten in der *Omen-Ecke.* Und ja.« Er drehte sich um und hantierte weiter an seinen wachsenden Aufbauten.

»Also, ich komme hier überhaupt nicht mehr mit«, stieß der halbglatzige Mann hervor. Der Missionar der Heiligen Laudatia richtete den Blick zum Himmel und knirschte mit den Zähnen. Dann, in Vorfreude auf die bevorstehende Predigt bebend, richtete er mit starrem Blick einen wedelnden Zeigefinger auf Hausyrrer und beugte sich gebieterisch über die vier Fuß hohe Marmorsäule. »Hätten Sie mir in den letzten drei Tagen wenigstens ein *bißchen* zugehört, die Wahrheit würde sich Ihnen in gralförmiger Herrlichkeit zeigen, und Sie behinderten mich nicht bei meinen Vorbereitungen in letzter Sekunde. Statt dessen sieht es so aus, als müßte ich alles noch mal für die unheilbar Sekundärbegabten erläutern ...«

»Sie brauchen nicht gleich sarkastisch zu werden ...«

Zorn erzeugte tief in seiner Kehle ein verärgertes Geräusch und fragte sich, ob der Auftrag den ganzen Streß wirklich wert war. »Was tun die Axoloten morgens als erstes?« fragte er, verschränkte die Arme und verfiel in einen Tonfall, der eher zu einem pedantischen Lehrer paßte, der sich an einen unterbelichteten Sechsjährigen wandte.

Hausyrrer steckte einen Finger in den Mund. »Aufs Klo gehen?« fragte er mit abwesendem Gesichtsausdruck.

»Nein, nein, nein! Denken Sie nach!« Zorn führte das Blättern und Lesen einer Nachrichtenbulle als Pantomime vor.

»Ein Kreuzworträtsel lösen?« sprudelte es aus Hausyrrer hervor.

»Boah! Sagt Ihnen der Name *Spiegleyn Spiegleyn* nichts?«

»Ach ja, Sie haben mir davon erzählt.«

»Möge Ahnikdote, die Göttin der Erinnerung, Ihre blitzenden Neurönchen segnen! Sie erinnern sich daran! Und welchem Teil schenken Sie zuerst ihre Aufmerksamkeit?« Mit einem weiteren Blick auf die Sonnenuhr wurde Zorn klar, daß er für diese Methode wirklich nicht genug Zeit hatte. »Der *Omen-Ecke*«, beantwortete er seine eigene Frage.

»Ja, ja, wollte ich gerade sagen«, erwiderte Hausyrrer, dem plötzlich wieder alles einfiel. Zorn hatte es ihm vor zwei Nächten erklärt. Ob es an zuviel Inzucht lag, an der Sonne oder an etwas im Trinkwasser, wußte man nicht mit Sicherheit zu sagen, aber aus irgendeinem Grund hatten 99 Prozent der axolotischen Bevölkerung das ›zweite Gesicht‹. Gleichgültig, ob sie sich einer Handvoll alter Hexenknochen bedienten, ob sie in der Schaumkrone einer Maß Bier nach Mustern suchten oder in Leuchtkristalle schielten, das Ergebnis war immer gleich: die Axoloten konnten in die Zukunft schauen.

Manche hatten die Fähigkeit, Flammen vorherzusehen: z. B. ›Schnüffi‹ Löschler und sein treuer Esel Erwin, die für die Feuerverhütung arbeiteten. Sie kamen immer ganz lässig wenige Minuten, bevor der Huf eines Lamas einen Funken warf und einen trockenen Heuballen in ein flammendes Inferno verwandelte, anmarschiert und verhinderten die Katastrophe mit dem beherzten Ausschütten eines Wassereimers. Andere, deren Hellsichtigkeit eher kulinarischer Natur war, wurden von den unzähligen Schnellimbissen rund um Axolotl beschäftigt und nutzten ihre Gabe, um dafür zu sorgen, daß die richtigen Gerichte immer dann ins Haus geliefert wurden, wenn sich der erste Hunger meldete. Schließlich gab es noch die Abfallpropheten, die bei einem seltsamen Kitzeln in der Nase auf die Straße eilten und genau dort Behälter aufstellten, wo gerade Müll herabfiel.

Und manche arbeiteten für die wöchentlich erscheinende Nachrichtenbulle *Spiegleyn Spiegleyn,* brüteten über Zeichen und Voraussagen und stellten die ›Omen-Ecke‹ zusammen. Diese bot weit mehr als die unbestimmten Andeutungen eines Horoskops. Sie nahm dem vor einem liegenden Tag jegliches Risiko. Die *Omen-Ecke* war spezifisch. Über-Seher, die sich mit dem Vorausahnen unheilverkündender Tiere beschäftigten, warnten vor den gefürchteten schwarzmantrischen Geckos und gaben Ort und Zeit ihres Auftretens an, damit niemand den Weg dieser Viecher kreuzte. Chromatherapeuten erläuterten, welche Farben die persönliche Aura am eindrucksvollsten zur Wirkung brachten. Die dem Aberglauben verfallenen Axoloten kamen um die Lektüre des *Spiegleyn Spiegleyn* gar nicht herum.

»Aber was hat das alles mit meinen hundert Groschen Buchungsgebühr zu tun?« fragte Hausyrrer, der die Verwirrung noch immer nicht ganz abgeschüttelt hatte.

Zorn knurrte, zog die neueste Ausgabe aus der Tasche und warf sie ihm zu. »Seite zwölf. Und jetzt bewegen Sie den Hintern, wenn Sie nicht niedergetrampelt werden wollen.«

»Was?«

»Sie sind immer pünktlich. Sie trauen sich nicht, zu spät zu kommen.«

Im Hintergrund hörte er schon die Geräusche einer Menschenmenge, die von überallher in der Stadt zusammenkam.

Der Mietprediger Gottfried Zorn von der Mission der Heiligen Laudatia (Abteilung Auftragsbekehrung) hob seinen Blick auf die golden schimmernden Dachschindeln des großen Stadttempels, setzte seine Mitra auf und räusperte sich.

Als er wieder herabsah, war der gesamte Heydenpark von einem Meer gespannter Gesichter erfüllt, von denen ihm viele schon von verschiedenen früheren Veranstaltungen bekannt waren.

»Bürger von Axolotl«, verkündete Prediger Zorn, die Hände in apostolischem Eifer erhoben. »Wie schön, daß ihr gekommen seid.« Er grinste in sich hinein und sonnte sich in der rötlichen Wärme der bevorstehenden Massenbekehrung.

Hausyrrer verschluckte sich fast, als er die extra annoncierte ›Voraussage‹ auf Seite zwölf las. Nun wurde ihm klar, woher Zorn die Gewißheit nahm, daß die Leute massenhaft kommen würden. Wie konnten sie denn anders, angesichts einer derart mehrdeutigen und abergläubisch furchteinflößenden Voraussage?

Ihr wart noch nie so glücklich.
Ihr wart nie zuvor so begeistert.
Und ihr werdet nie wieder so frei sein.
Wenn …
Wenn ihr morgen um 9.00 Uhr am Predigereck seid.
Gehet hin … oder bereut es bis in alle Ewigkeit!

Hausyrrer schaute zu dem Meer eifriger Menschen auf, von denen jeder begierig erfahren wollte, was ihn in höchste Glücksgefilde transportieren sollte. Denn jeder fürchtete die Zukunft. Die Ausdünstungen der Angst wogen schwer in der Luft. Er mußte zugeben, daß es eine ordentliche Ansammlung war. Einen Augenblick lang hatte er gezweifelt, aber nun war er zufrieden. Die hundert Groschen waren gut angelegt.

»Meine lieben Leute, ich hoffe, ihr seid euch bewußt, welches Glück ihr hattet«, schleimte Zorn, der die Menschenmenge mit erhobenen Handflächen willkommen hieß. »Ihr steht kurz vor einer neuen und furchteinflößenden Offenbarung.«

Die Menge schnappte nach Luft.

»Will sagen, furchteinflößend für jene, die nun nicht hier sind. Sie sind es nämlich, die erschauern werden, wenn sie erkennen, wieviel Ruhe sie verschwenden, und welchen Seelenfrieden sie verloren haben, da sie heute morgen nicht hierher gekommen sind.«

Hausyrrer grinste und empfand ein erwartungsvolles Zucken der Erleichterung in seinen Eingeweiden. Zorn war *wirklich* gut. Er hatte zwar schon gehört, daß er der beste Missionar der Heiligen Laudatia war, aber bis jetzt hatte er noch gezweifelt. Die Geldmengen, von denen er sich getrennt hatte, um ihn dazu zu bringen, die frohe

Botschaft seines neuesten Produkts zu verkünden, hatten sich wohl doch gelohnt. Er wußte, daß Erfahrung einen Aufpreis kostete, aber davon hatte Zorn reichlich: Er hatte zwanzig Jahre damit zugebracht, Nomaden und Heiden zum wahren Glauben zu bekehren. Drei Jahre später war er zu ihnen zurückgekehrt und hatte sie zu einem neuen, überarbeiteten und noch erlösenderen Glauben überredet. Doch nun lagen die Dinge anders. Vorbei war die Zeit, in der man einfach nur die Sparflamme des Glaubens zur Feuersbrunst der Hingabe anfachen mußte, sich zurücklehnen konnte und ein paar Groschen als dankbare Spende erhielt. Anbetung war heute schlanker, härter und kommerzieller.

Vor zwei Jahren hatte die Mission der Heiligen Laudatia den finanziellen Selbstmord des Handels mit Göttlichem feierlich auf den Müll geworfen und sich an den Trend diskontierbarer Taufen und ökonomischer Kommunionen gehängt. Über Nacht waren sie zu Mietpredigern geworden, zu ›Maschinengewehren Gottes‹, wie sie sich gern nannten. Sie stürmten mit ihrer frohen Botschaft dorthin, wohin man sie schickte. Und machten ein Heidengeld.

Und nun war der Mietprediger Gottfried Zorn voll dabei. Wirbelnd und rotierend spuckte er Worte aus, wie ein Derwisch mit akuten Verbalbauchschmerzen.

»Ihr müßt euch nur diese Bilder anschauen!« verkündete er und zeigte auf die Hochglanzdarstellungen draller Mädels und sonnengebräunter Prachtexemplare der Männlichkeit, die alle scharfe Reizwäsche trugen. »Ich weiß, was ihr jetzt denkt: Wörter wie Fleisch, Lust und Sex drängen sich einem auf, oder etwa nicht?« Mit einem Hauch von Genugtuung bemerkte er ein Sammelsurium schuldbewußter Mienen.

»Lüsterne Gedanken an schweißglänzende Körper, die sich auf einem Bett aus Federn und Verlangen wälzen. Es ist ekelhaft, wirklich! Hört gut zu! Ihr alle seid Opfer eurer tiefsten und finstersten Gelüste! Allesamt geleitet vom irreführenden Teufel Sex!« Erschrockene Kinnladen klappten herunter.

Zorn lockerte kurz seine donnergerührte Haltung und senkte die Stimme zu einem etwas versöhnlicheren Ton. Mit verschränkten Armen beugte er sich über die Säule des Predigerecks. »Habt ihr euch je die Zeit genommen, darüber nachzudenken, wie gefährlich es ist? Jawohl, *gefährlich*! Nur ein unaufmerksamer Augenblick, in dem man sich einem wohlgeformten Körper in Seide und Trägern widmet – wer weiß, was dann alles geschehen kann? Ein geistesabwesendes Abbiegen in eine schlecht gewahrsagte Straße, und man schaut ungeahnten Gefahren ins Auge … Wer weiß denn, ob nicht eins der vielen unheilverkündenden Wesen im Finsteren darauf lauert, euren Weg zu kreuzen, um Verhängnis und Elend in euer Leben zu bringen? Jawohl, liebe Leute, es ist wahr! Der Teufel schickt uns keine größere Bedrohung als … Unterwäsche!«

Sein Zeigefinger flog hektisch himmelwärts, als sich sein Redeschwall weiter über die Masse der erschütterten Axoloten ergoß. »So ist es! Und die Risiken sind um so größer, wenn die besagte Unterwäsche nicht ordentlich befestigt ist. Denken Sie nur an das drohende Unheil, wenn ein schlecht befestigtes Riemchen im falschen Augenblick in empfindliche Regionen emporrutscht.«

Mehrere jüngere Männer im Publikum zuckten zusammen. *Ha!* dachte Zorn mit einem erleichterten Aufatmen. Er war korrekt informiert worden. Fetischistische Unterwäsche war noch immer groß in Mode. Er konnte an der Reaktion der Leute ablesen, daß er sie jetzt in der Tasche hatte.

»Aber verzweifelt nicht, Bürger von Axolotl. Ich kann euch vor dem Übel der Unterwäsche bewahren. Nie wieder wird ein lüsterner Gedanke durch euren Kopf gehen, nie wieder werdet ihr verrutschende Riemchen riskieren. Nehmt eure Zukunft selbst in die Hand und hüllt euch in flauschig gefütterte, bequeme Wärme. Jawohl! Für die milde Gabe von nur fünfeinhalb Groschen pro Stück biete ich euch den befriedigend stützenden Sitz *hiervon*!«

Mit einer geübten Drehung des Handgelenks öffnete er zwei Klammern auf einem Paar Schautafeln, je eine auf jeder Seite der Säule. Dramatisch wurden die Abbildungen der Reizwäsche von neuen Bildern verdeckt, die, sich entfaltend, eine große Auswahl langer Unterwäsche für beide Geschlechter zeigten, in Blau und Rosa.

Zorn aktivierte noch einmal all seine Reserven für eine letzte apostolische Attacke. Er zeigte mit der altgedienten Spitze seines Zeigefingers auf die Menge. »Jawohl! Laßt ab von den Gefahren seidener Wäsche, entledigt euch des rutschenden Übels der Riemchen und Schnallen und kommt auf den einen, den rechten Weg. Beginnt die Ewigkeit ohne niedere Gelüste.« Er hob seine Stimme, und den letzten Teil seiner Botschaft vermittelte er in einer Art Sprechgesang. »Jawohl! Nehmt die sichere und trotzdem so fesche! Genießt die Zukunft in Wunderwäsche!«

Hausyrrer wollte gerade applaudieren und die Massen waren schon begierig, sich von ihrem Mammon zu trennen, als plötzlich ...

»Warum sollten wir?« schrie ein Mann in einer Toga vom Rand der Menge. Kaktusnadeln stachen kreuz und quer aus seinem Kragen.

»Was?« stieß Zorn hervor.

»Warum sollten wir Ihnen glauben?« rief der Mann zurück, diesmal mit mehr Nachdruck in der Stimme.

Zorns Finger gruben sich in den Rand der Säule. »Weil ... Weil es der eine, der rechte Weg ist ...« Er war verblüfft. Niemand hatte jemals etwas erwidert.

»Geben Sie's auf, Zorn. Sie wissen genau, daß es nicht stimmt. In den letzten zwei Jahren haben Sie Lobreden auf über hundert rechte Wege gehalten. Wären wir so idiotisch, Ihnen jedes Wort abzunehmen, würden wir mit Heilige Mutter Majoran-Jungfernolivenöl Suppe würzen, mit Coellner Dom-Estos-Waschpulver Wäsche waschen, Unmengen von Pastor Wyckülers geistreichem Bier trinken, und …«

»Schon gut, schon gut. Was genau wollen Sie damit sagen?« knurrte der Prediger hinter der Marmorsäule her.

»Jede Woche kommen Sie her, stehen auf der Stufe da und schwafeln über den rechten Weg zur Erlösung. Einmal ist es die Priesterrolle Vollkornkekse, nächste Woche dann: Sag dem Höllenleid Adé, trink Kreuzigungs-Kaffee. Warum können Sie sich nicht auf eins einigen?«

Ein Crescendo gemurmelter Zustimmung kam in der Menge auf.

»Sie wollen auf *irgendwas* hinaus, nehme ich an?« Zorn bemühte sich, Überlegenheit auszustrahlen, er schaute den Mann von oben herab an.

»O ja«, sagte der Mann mit einem Grinsen, daß es Zorn unter dem Kragen sehr unangenehm werden ließ. »Ich will darauf hinaus, daß Sie … ein Betrüger sind!«

Die Menge buhte und bereitete sich auf eine Auspfeifattacke vor.

»Ich … Ich … Die Wege des Herrn sind unerforschlich, und es gibt viele, sehr viele Pfade, denen man folgen kann«, ereiferte sich Zorn. Er warf Hausyrrer einen entschuldigenden Blick und ein Achselzucken zu. Der weißglühende Zornesblick, den er zur Antwort erhielt, war alles andere als freundlich.

Das Auspfeifen begann.

»Also … Nun hören Sie mal. Ich erfülle nur meine Pflicht und Aufgabe, indem ich Pfade aufzeige und jeden frei wählen lasse. Übrigens kann ich einen *kleinen Rabatt* auf eure milde Gabe bei Massenbekehrungen zu Wunderwäsche gewähren …«

Die Menge schrie wütend auf, und ein Glas ›Kreuzigung‹ von St. Jakobs-Kaffee schoß durch die Luft, gezielt auf Zorns hohe Stirn zu. Im letzten Augenblick duckte er sich. Als er sich wieder kerzengerade aufrichtete, zeichnete aufkeimende Panik sein Gesicht.

»Moment mal, man soll doch nichts überstürzen ...«

Das kreuzförmige Glas verschwand in einer fernen Kaktushecke, landete auf einem saftigen Blatt und wurde mit furchterregender Wucht zurückgeschleudert. Die Menge kochte, verärgert darüber, daß ihr Aberglaube dazu benutzt worden war, sie derart herzlos zu manipulieren.

»Glauben Sie mir, das Zeug ist hervorragend. Ich würde nur zu gern eine Tasse davon trinken, und ...« Das Kaffeeglas traf Zorn am Hinterkopf, so daß seine Mitra im hohen Bogen in die Menge flog. Sein Ex-Publikum johlte und drängte voran, als sei es der Abzug einer gefährlichen Waffe gewesen.

In diesem Augenblick wünschte sich Mietprediger Gottfried Zorn, er hätte das Seminar zum Thema ›Vermeidung unmittelbar bevorstehender Ausschreitungen‹ besucht, das die Mission ihm angeboten hatte.

Ein ›Betrüger! Betrüger!‹-Sprechchor keimte im hinteren Bereich des Platzes auf und steckte schnell den ganzen Heydenpark an.

Zorn wich mit schweißnassen Händen langsam zurück.

»Gut, gut. Offenbar müßt ihr über die Wunderwäsche noch etwas nachdenken. Wißt ihr was? Den ersten zehn Bewerbern, die sich melden, kann ich eine kostenlose Probezeit gewähren. – Nein, nein. Jetzt kommt nicht gleich alle auf einmal angelaufen, ich ... ich ...«

Hausyrrer zuckte zusammen. Dann wurde ihm klar, daß hier mehr als nur seine Gewinnspanne auf dem Spiel stand.

Mit aufgeschrecktem Kreischen drehte Zorn sich auf dem Absatz um und rannte auf die Kaktushecken zu. Vom Geschrei der Menge abgelenkt, bemerkte er die Stacheln kaum, als er sich einen Weg zur anderen Seite bahnte.

Hausyrrer stand einen Augenblick lang wie angewurzelt, als er die aufgebrachte Menge wie eine Flutwelle der Entrüstung unaufhaltsam auf sich zukommen sah. Dann war er Zorn auch schon auf den Fersen, lief auf die Öffnung in der Hecke zu, rannte um sein Leben und um die Gelegenheit, sieben Spielarten der Wiedergutmachung aus Zorn herauszuprügeln. Er sollte doch der Beste sein!

Staubexplosionen brachen unter Zorns und Hausyrrers Füßen hervor, als sie die Hellsichtgasse hinunterstolperten und auf einem Bein um die Ecke schlitterten. Die tobende Menge strömte durch die Öffnung in der Kaktushecke und trieb die beiden wie zwei panikerfüllte Wellenreiter auf einer brüllenden Woge vor sich her.

Eine verschwommene Straße nach der anderen flog unter ihren Füßen vorbei, mal hier lang, mal da, als sie zum Stadtrand rasten. Sie bogen um eine letzte Ecke, dann sahen sie den Sandsteinturm des Stadttors vor sich. Die massiven, verstärkten Palmholztore standen weit offen. Mit vom strömenden Schweiß verschwommener Sicht stürmten Zorn und Hausyrrer voran. Sie hatten keine andere Wahl – dafür sorgte schon der aufgebrachte Pöbel hinter ihnen.

Mit wehender Soutane und wirbelnder Tunika eilten sie durch den gedrungenen Wachtturm, wobei beide nur mit einer Frage beschäftigt waren: Wie weit würden die Axoloten ihnen noch folgen?

Die immer noch kreischende Menschenmenge zog auf dem Weg zum Wachtturm eine Staubwolke hinter sich her. Alle Blicke waren auf das fliehende Paar gerichtet.

Plötzlich steuerten zwei Männer einen Pferdekarren aus einer Seitenstraße heraus und hielten genau vor dem vollständig blockierten Stadttor an. Der Kutscher sicherte die Zügel, sprang ab, winkte und läutete eine Glocke. Der Pöbel erkannte die unverwechselbare weiße Pickelhaube und die weiße Uniform sofort. Es handelte sich um Mitarbeiter des Unfall- und Notlagen-Vorhersehdienstes.

Der Pöbel bremste verzweifelt, verlor an Schwung und kam plötzlich zum Stillstand.

»Tut mir leid, daß wir euch den, äh ... Spaß verderben«, sagte der Uniformierte, »aber ihr hättet alle einen sehr schlimmen Unfall gehabt, wenn ihr weitergemacht hättet.«

Jeder hatte vom Unfall- und Notlagen-Vorhersehdienst gehört. Sein Talent, stets da zu sein, um eine Matratze unter einen abstürzenden Fensterputzer zu legen oder die Handbremse eines in Kürze durchgehenden Fuhrwerks an einer besonders steilen Straße zu reparieren, war legendär. Aber nur wenige hatten ihn unmittelbar zu Gesicht bekommen. Fast das einzige, was man kannte, war das Motto des Dienstes: ›Vorhersehen ist besser als heilen!‹

Die Menge schob sich unruhig hin und her, als das Maschinengewehr Gottes über eine schmale Holzbrücke entkam.

»Tut mir leid«, sagte der Vorherseher. »Hätte ich euch über die Brücke stampfen lassen, wärt ihr am Boden der Schlucht auf einem fiesen Haufen gelandet. Das Holz ist nämlich verrottet. Der Stützbalken hätte euch nie alle getragen.«

Der Mann in der Toga, noch immer voller Kaktusstacheln, trat ärgerlich vor. »Nur mich«, knurrte er. »Laßt nur mich durch, dann werd ich's diesem Betrüger mal so richtig ...«

»Tut mir leid, Kumpel. Ist nicht drin. Zu gefährlich.«

»Wie bitte?«

»Fingerknöchel. Bis Sie fertig sind, wären sie in einem üblen Zustand. Ganz zu schweigen von dem verstauchten Fuß, den Sie bekämen, wenn er Sie schubsen würde. O nein. Ich kann Sie nicht durchlassen. Es könnte mich meine Stellung kosten. Lösen Sie die Versammlung jetzt bitte auf. Wir müssen noch eine kleine Prinzessin davor bewahren, sich an einem Spinnrad in den Finger zu stechen.«

Die Menge keuchte.

»Und wenn Sie nicht rechtzeitig bei ihr sind?« knurrte der Mann in der Toga, wobei die Kaktusstacheln im Einklang mit seiner gesteigerten Enttäuschung vibrierten. »Schläft sie dann für hundert Jahre, bis ein schöner Prinz sie wachküßt?«

»Seien Sie nicht kindisch«, sagte der Vorherseher herablassend. »Tetanus kriegtse. Rostige Nadel, klar? Jetzt macht mal, Leute. Bewegt euch. Ich will niemandem über die Zehen fahren.« Mit diesen Worten schwang er sich auf den Karren. Sein Kollege ließ die Zügel knallen, und sie galoppierten davon.

Der Pöbel löste sich murrend auf und nahm sich gereizt vor, beim nächsten Mal Boxhandschuhe und Knieschoner zu tragen.

Ein Stück bergab bemerkte Zorn, als er einen verängstigten Blick über seine Schulter warf, als erster das Fehlen der Verfolger. Sekunden später hatte er sich in ein nach Luft ringendes Häufchen Elend zusammensacken lassen und zitterte erbärmlich vor Erleichterung.

Hausyrrer stand mit den Händen auf die Knie gestützt da und atmete schwer. Sturzbäche von Schweiß ergossen sich über sein Gesicht. »Toll!« hechelte er. »Einfach toll! Mein kompletter Bestand ist weg – und kein Geld!«

»War nicht meine Schuld«, brachte Zorn mühsam hervor.

»Warum haben Sie nicht vorher gesagt, daß Sie jede Woche dort sind?«

»Sie haben mich nicht danach gefragt«, murmelte Zorn zwischen tiefen Atemzügen.

»Na, das war's dann. Der Vertrag ist geplatzt. Von mir bekommen Sie keine Aufträge mehr, und sobald ich wieder im Büro bin, werd ich Sie verklagen!«

»Nein, das können Sie nicht ...«

»Versuchen Sie doch mal, mich aufzuhalten«, keifte

Hausyrrer. »Ich verlange für die verlorene Ware volle Entschädigung. Jetzt geben Sie mir Ihre Geldkatze!« Sein knallrotes Gesicht verlieh der Forderung besonderen Nachdruck. »Betrachten Sie's als Anzahlung.«

Zorn lag bewegungslos auf dem Boden.

»Her damit!« Hausyrrer machte einen Satz nach vorn und packte Zorn an der Soutane. Mit weißen Knöcheln zerrte er an seinem Kragen.

»Aufhören! Sie erwürgen ...«

»Her mittie Geldkatze!«

Zorn leerte atemlos seine Taschen. Hausyrrer schnappte sich ein Bargeldsäckchen und wog es abschätzend in der Hand. »Muß reichen«, grunzte er. Er trat einen Schritt zurück und hob einen langen Stock auf. »Ich geh jetzt den Berg runter. Sie bleiben hier – für den Fall, daß die Meute doch noch beschließt, uns zu folgen. Wenn ich auf dem Weg nach unten auch nur ein Haar von Ihnen sehe, benutze ich das hier, klar?« Er ließ die Spitze seines Stockes unmittelbar vor Zorns Nase kreisen.

»Absolut.«

Der Wunderwäsche-Verkaufsleiter knurrte erneut, machte sich mißmutig auf den Weg ins Tal und fluchte ob der ergebnislosen dreitägigen Wanderung.

Zorn ließ sich wieder zu Boden fallen und wimmerte erbärmlich.

Wie üblich war Manna Ambrosias Restaurant rappelvoll. Alle Tische waren besetzt, die Gläser leerten sich zügig. Kellnerinnen flogen aufmerksam in der lauten himmlischen Pizzeria hin und her.

»He, Schätzchen, bringste mir noch 'n Humpen vom Üblichen? Bist 'n Engel«, nuschelte Syffel, lehnte sich auf seinem Stuhl nach hinten und hob seinen riesigen Lederbecher. Die Kellnerin rollte mit den Augen und flatterte mit einem großen Krug in den Händen über den bloßen Holzboden.

»Warum willst du immer diese Plörre trinken?« spottete Lyblich vom Nachbartisch. Hinter ihm starrte das Fresko zweier Cherubime herab. »Mein Wein ist deinem Zeug eindeutig überlegen. Und auch besser für die Figur.«

»Das sagste doch nur, weil du voreingenommen bist«, grummelte Syffel, als die Engelkellnerin eine volle Gallone in seinen Humpen plätschern ließ. »Egal. Mir *gefällt* meine Figur. Hab über die Jahre viel in sie investiert. Das zeigt wahre Hingabe, echt.« Er trommelte auf seine gewaltige Körperschaft und grinste. Die Kellnerin glättete ihre Schürze und flatterte zum nächsten flehenden Kunden.

»Schade, daß du nicht ganz soviel investierst, um eine getreue Gefolgschaft von Gläubigen zu kultivieren«, grinste Lyblich und ließ seinen Zinken in sein Weinglas hängen.

Syffel, der kommandierende Gott des Bieres, nahm grinsend einen kräftigen Schluck. »Dauert nie lange, bisse darauf zurückkommst, was?«

»Es sollte eine deiner obersten Prioritäten sein, mein lieber Syffel. Wie soll man denn ohne höhere Gläubigenquoten die Karriereleiter erklimmen? Ersehnst du etwa keinen Platz an der Hohen Tafel, häh? Das beste Knoblauchmanna und die leckerste Pizza, die man kriegen kann. Geschliffenes Kristall. Und das Tischtuch wird einmal im Monat gewechselt. Ganz zu schweigen von den knackigsten Kellnerinnen im ganzen Hymmel.« Lyblich, seines Zeichens Erzgötze des Weins und der Weingeister, warf einen scharfen Blick auf die sieben Gottheiten an der Hohen Tafel. Er wußte, daß einige von ihnen in diesem Monat vom Abstieg bedroht waren. Aber in seinem Kopf kribbelte nur eine Frage: Hatte er genug Anhänger für seinen alkoholischen Glauben gewonnen, um ihn dorthin aufsteigen zu lassen, damit er an der Hohen Tafel essen und trinken konnte, bevor der Tag zu Ende ging?

Lyblich schlug die Beine übereinander, als eine wohlgeformte Brünette zur Hohen Tafel zurückflatterte und Lechtz' Krug mit dem feinsten aller feinen Weine füllte. Lyblich verfluchte leise die Wirkung, die die Obergottheit des Ehebruchs auf Frauen hatte. »Schau sie dir bloß an«, knurrte er wortlos in sich hinein, »fünf der Hübschesten umschwirren ihn wie die Fliegen. Na ja, wenn er erst mal absteigt, werden Sie ihn schnell vergessen.«

Das war immer so.

»Ich würd mir an deiner Stelle noch keinen Platz aussuchen«, sagte Syffel grinsend. »Wie die Seelenwerte diesen Monat ausfallen, wissen wir erst, wenn sie verkündet werden. Die Anhängerampeln könnten uns diesmal alle überraschen.«

Während Lyblich höhnisch zurücklächelte, polierte er seine abgeknabberten Fingernägel an seiner Wildledertunika und dachte an seine eigene Anhängerampel. Syffel hätte zu gern gewußt, in welcher Farbe sie derzeit leuchtete. Er hatte den Raum, in dem sie aufbewahrt wurde, nur einmal gesehen, aber die Erinnerung daran hatte sich bis ins kleinste Detail in sein Gedächtnis eingebrannt. Wie hätte er auch die endlosen Regalreihen vergessen können, in denen die einzelnen Glasbehälter in unzähligen Farben schimmerten, jeder mit einem Namensschild versehen, jeder die Intensität des Glaubens anzeigend, die die Anhängerschaft einer Gottheit erlebte? Je heller sie leuchtete, desto besser.

Nur den sieben Besten war es erlaubt, an der Hohen Tafel zu sitzen und zu ›herrschen‹ – bis zur Verkündung der nächsten Seelenwerte. Das System funktionierte offenbar. Sie hatten es auch mal mit einem einzelnen Obergott probiert, aber nachdem sie sich einige hundert Jahrhunderte immer wieder die gleichen mit monotoner Stimme vorgetragenen Ideen hatten anhören müssen, hatten die militanteren Götter geputscht, ihn formlos aus dem Amt gejagt und das momentane System der sieben ständig rotierenden Gottheiten eingeführt. Die letzten paar hundert Jahrtausende waren unter der Theokratie recht problemlos abgelaufen.

Lyblich warf den Kopf in den Nacken und lachte. »Überraschungen? Du? Ha! Der Tag, an dem du an der Hohen Tafel im Hymmel sitzt, ist der Tag, an dem Lechtz die Hände bei sich behält.«

»Ich wär an deiner Stelle nicht so voreilig. Ich hab ein paar Seelen für die Vorzüge des Gerstensafts gewinnen können. Wart nur ab, bis die Werte veröffentlicht werden.«

»Ha! Du glaubst wohl, daß du mich endlich überholen kannst?«

»O ja.«

»Träum weiter«, kicherte Lyblich beim Gedanken an seinen eigenen Werbefeldzug, der in letzter Zeit ausgesprochen erfolgreich gewesen war. Gourmanda, die Göttin der Feste und Freßgelage, hatte am Anfang des Monats ein paar wilde Fast-Straßenkämpfe verloren, an deren Ende er große Mengen von Neu-Alkoholikern in die Wunder des wein- und geistreichen Besäufnisses eingewiesen hatte.

Lyblich kniff die Augen zusammen und blinzelte Fluthi an, der an der Hohen Tafel nervös seinen Wein schlürfte. Es hatte sich herumgesprochen, daß ein Haufen seiner Anhänger abgängig war, weil er es mehrfach und zu den unmöglichsten Zeiten heftig auf seine ansonsten treue Gefolgschaft hatte regnen lassen. Er hatte die Schuld daran auf seine Sekretärin geschoben, aber es war für die oberste Gottheit des Regens und der Niederschläge einfach keine Art, mit ihren Schäfchen umzuspringen. Dreiundzwanzig Tage ununterbrochenen Pladderns prüften einen Gläubigen aufs äußerste. Selbst die hydrophilsten Zeitgenossen hatten irgendwann die Schnauze voll gehabt, und so waren sie zu Hause geblieben und hatten getrunken.

Auf einmal schepperte eine große Pizzapfanne auf die stark mitgenommene Oberfläche der erhöht stehenden

Hohen Tafel. Eine hünenhafte Gestalt richtete sich auf und räusperte sich. »Götter, Götzen, Gottheiten«, verkündete Happa, der 650 Kilo schwere Gott der Köstlichkeiten. »Ich freue mich, euch wieder in Manna Ambrosias Restaurant zur Verkündung der Seelenwerte willkommen zu heißen.«

Zaghafter Applaus verlor sich im Saal. Die Einführung war alles andere als nötig. Nicht nur hatten alle Anwesenden sie schon unzählige Male gehört, es wirkte auch leicht lächerlich, Leute an einem Ort willkommen zu heißen, den sie zwischendurch höchstens mal für acht Stunden verließen. Ein kleines Nickerchen oder die eine oder andere Segnung waren in der Regel das einzige, was sie von hier fortlockte.

Vor einigen Jahrhunderten war es natürlich noch anders gewesen. Damals hatte es im Hymmelreich nur so von gastronomischen Betrieben gewimmelt, in denen man fast göttlich übernatürliche Imbisse zu sich nehmen konnte. Die Götter und Göttinnen waren herumgehuscht, hatten neue Rezepte ausprobiert und sich im allgemeinen hymmlisch amüsiert. Jahrhundertelang war alles in Butter gewesen. Alle paar Jahrzehnte hatte man das Manna anders serviert, den Nektar mit Eiskrem verfeinert oder das Ambrosia mit Baiser überbacken. Alle waren hochzufrieden gewesen, bis …

Eines schicksalhaften Tages hatte Happa, den Gott der Köstlichkeiten, die vollkommen unschuldig erscheinende Bitte erreicht, einen kurzen Abstecher in ein nagelneues Restaurant in der Gebirgsstadt Axolotl zu machen, das am nächsten Tag eröffnet werden sollte. Es war das übliche: die alte ›Segne uns auf ewig‹-Leier wegen des florierenden Geschäfts, und viel Glück im Tausch gegen eine ordentliche Portion des Tagesgerichts in seinem privaten Winztempel hinter dem Haus. Er war pflichtbewußt in das funkelnagelneue altmodische Restaurant geschlüpft, dessen Interieur mit ›Aldte Weldt‹-Spinnweben, aufgeplatztem Putz, nacktem Holzboden und Engelsfresken verziert war, und seine göttlichen Nasenflügel hatten vor Aufregung gebebt. Nie zuvor hatte er Vergleichbares gerochen: einen muffig-süßen Duft, der zugleich auf subtile Art geschmacklos und doch verführerisch lecker war. Und da hatte er sich befunden, mitten im Restaurant: ein runder Laib goldenen Brotes, der unter einer Glasur aus Knoblauch und Kräuterbutter sanft vor sich hindampfte. Bevor er sich dessen bewußt geworden war, hatte er darauf einen Berg geriebenen Drachonzolakäse geschaufelt und alles in sich hineingestopft.

In jener Nacht war das Manna im Hymmel das schlechteste gewesen, das er je gekostet hatte. Jeder Mundvoll entlockte seiner Zunge ein qualvolles Stöhnen, da ihm klar wurde, daß die Ewigkeit ohne Luitschi Fabritzis berühmtes Drachonzola-Knoblauchbrot nicht mehr lebenswert war.

Der Gott der Köstlichkeiten hatte erkannt, daß etwas getan werden mußte.

Wenige Stunden vor der großen Restauranteröffnung hatte Fabritzi gerade allein einem geheimen Pizzarezept den letzten Schliff verliehen, bei dem es vor allem auf die sorgfältige Verwendung des seltenen murrhanischen Drachonzolakäses ankam.

Kein Sterblicher hatte je erfahren, wo der kleine Funke herkam, der urplötzlich neben einem großen Topf Drachonzolakäse erschienen war: Sekunden später stand das gesamte Lokal in Flammen. Balken fielen vom Dach und gaben dem Feuer weitere Nahrung, so daß alles in wenigen infernalischen Minuten vernichtet wurde.

Noch in derselben Nacht erschien im Hymmelreich ein eigentümlich dicker Engel mit Kochmütze, seltsamem Akzent und der unerklärlichen Fähigkeit, die erstaunlichsten Dinge aus einem Stück Brot und etwas Knoblauch zu zaubern. Geschmacksknospen im ganzen Hymmel prickelten freudig beim Genuß von gerösteten Manna-Ecken mit Knoblauch. In weniger als einem

Monat wurde ein Nachbau des Restaurants errichtet. Alle anderen Imbißstuben hatten aufgegeben und dichtgemacht. Heute verließ niemand Manna Ambrosias Restaurant. Na ja, man konnte halt nirgendwo anders hin.

Happa kaute geistesabwesend auf einer Brotstange herum und öffnete einen großen Briefumschlag, den er in der Hand hielt. »Götter, Götzen, Gottheiten! In den vergangenen Monaten habt ihr die Hohe Tafel mit einer starken Mischung aus gesundem Neid und dem überwältigenden Drang, uns unsere Plätze zu stehlen, beobachtet. Jeder von euch hat schwer daran gearbeitet, seine Gefolgschaft mit frischem Blut zu verstärken, ein jeder in der Hoffnung, sich mir an der Hohen Tafel anschließen zu dürfen.«*

Aufgeregtes Interesse brauste auf, als Happa die Seelenwerte aus dem Umschlag nahm.

»Ach!« rief er erstaunt, als hätte er nicht den Großteil des vorherigen Tages damit zugebracht, die Zahlen auszuwerten. »In diesem Monat hat es einige Bewegungen gegeben. Zwei Plätze werden hier oben frei.« Er schaute für jemanden, der angeblich so theologisch angehaucht war, etwas zu genüßlich in die Runde. »Tut mir leid, Fluthi. Es war sogar für die eifrigsten Gläubigen etwas zu feucht, um nicht an deinem guten Willen zu zweifeln. – Raus. Und ...«

Die verbliebenen fünf schluckten nervös und fragten sich, ob sie noch schnell eine Brotstange nach Spezialrezept verschlingen sollten, bevor es dafür zu spät war.

»Und woran haben die Sterblichen im vergangenen Monat wieder am meisten gedacht? Ich kann euch sagen, was es *nicht* war. – Sitzam? Steh bitte auf.«

---

* Obwohl Happa natürlich nicht damit angab, war allen Anwesenden schrecklich bewußt, daß er so lange an der Hohen Tafel sitzen konnte, wie er wollte. Das Hymmelreich wäre nämlich ein elender Ort gewesen, hätte er zusammen mit dem tollen Knoblauchbrot-Engel Fabritzi seinen Hut nehmen müssen.

In der hintersten Ecke des Restaurants richtete sich eine kleine und ausgesprochen schmächtige Gottheit ungelenk auf und blickte sich verängstigt um.

»Mein lieber Sitzam«, stimmte Happa an. »Du solltest dich schämen. Nicht einen einzigen neuen Anhänger hast du auf deinen eigenwilligen Weg geführt. Ich weiß ja, daß Keuschheit heutzutage alles andere als beliebt ist, aber … Was hast du zu deiner Verteidigung vorzubringen?«

Sitzam schaute auf seine Füße und gab ein schräges Wimmern von sich, bevor er antwortete. »War nicht meine Schuld«, stieß er hervor. »Einen hätt ich beinahe erwischt.«

Gelächter machte sich in Manna Ambrosias Restaurant breit.

»Und ich hätt's auch geschafft, wenn nicht … wenn nicht …« Plötzlich hob Sitzam den Kopf und richtete einen anklagenden Zeigefinger auf Lechtz, die Obergottheit des Ehebruchs, der grinsend in einer Wolke flatternder Kellnerinnen saß. »Er hat meinen Jünger gestohlen!« quengelte Sitzam anklagend.

Lechtz warf den Kopf in den Nacken und lachte. »Wie bitte? Ich hab ihn nicht gestohlen! Er ist freiwillig zu mir gekommen.«

»Das ist nicht wahr! Nachdem seine Freundin so mies mit ihm umgesprungen war, hat nicht viel gefehlt, und er hätte den Frauen für den Rest seines Lebens abgeschworen.«

»Jetzt mach aber mal einen Punkt«, sagte Lechtz gähnend. Er verspeiste eine Traube, die ihm eine Kellnerin schüchtern anbot. »Hast du noch nie gehört, daß manche Frauen sich einfach nur zieren?«

»Nennt man das jetzt so? Erst schäkert sie mit ihm von ihrem Balkon im Feindesland, bis er sich genötigt sieht, einen Selbstmord vorzutäuschen, woraufhin sie sich in heuchlerischer Trauer selbst das Leben nimmt? Mit sechs Fuß Erde über sich ziert sie sich wirklich etwas übertrieben, findest du nicht? Ich schwör's dir, er hätte nie wieder einer Frau vertraut, ob sie nun aus gutem Hause ist oder nicht, wenn du ihn nicht mit all den Blumenmädchen verführt hättest. Armer Romeo ...«

Wildes Gelächter toste in Manna Ambrosias Restaurant auf und schickte Sitzam wimmernd auf seinen Platz zurück. Er wußte, daß er mit seinem Anliegen auf weitgehend verlorenem Posten stand. Wäre es ihm doch nur gelungen, aus dem Keuschheitsgürtel einen Modeartikel zu machen!

»Wer sonst noch, höre ich euch fragen«, fuhr Happa an der Hohen Tafel fort, »muß seinen Platz räumen?« Sein Blick schien auf einem besonders haarigen Wesen zu ruhen, das gerade einen letzten Schluck Wein aus einem Kristallglas nahm. Er hatte gewußt, daß es nicht ewig dauern würde. Eine zufällige Phase wilder, schwererziehbarer Lamas am Anfang von Kruffs Gehorsamkeitsdressur, und die Gläubigen waren ihm regelrecht zugelaufen. Doch als die neuen Rekruten auf dem Weg der Erleuchtung mit Lamadressur keine Pokale gewonnen hatten, hatten sie unausweichlich anderswo Erlösung gesucht. Zu Syffels Freude meist in der Kneipe an der Ecke.

»Jo, ihr habt's erraten!« Happa legte die Hände auf seinen Bauch und musterte Galoppy, die verantwortliche Gottheit der Huftierdressur. »Raus!«

Mit der Spannung stieg auch die Lautstärke im Saal. Die beiden gestürzten Gottheiten standen auf und begaben sich niedergeschlagen in den hinteren Bereich des Restaurants, um darauf zu warten, daß zwei Plätze für sie frei wurden.

»Also, drei von uns haben in diesem Monat herausragende Leistungen gezeigt, so daß sie fast gleichermaßen würdig wären, hier oben Platz zu nehmen ...«

Lyblich warf Syffel ein übertrieben selbstbewußtes Grinsen zu. Syffel feixte zurück.

»Und wer sind die drei? Ich weiß, daß ihr es kaum

noch erwarten könnt«, fuhr Happa fort, der wie immer versuchte, dem Vorgang eine gewisse Spannung zu geben. »Die Kandidaten für die Beförderung sind – in keiner besonderen Reihenfolge – an Tisch Nummer drei, Asprina ...«

Eine dünne und überraschend kränklich wirkende Göttin sprang unsicher auf und hielt sich den Kopf.

»An Tisch Nummer fünf haben wir jemanden, der zum ersten Mal die Aussicht auf einen Platz an der Hohen Tafel hat. Da drüben sitzt er: Lyblich ...« Mit übelkeiterregendem Grinsen in Syffels Richtung sprang Lyblich auf und reckte freudig die Faust in die Luft.

»... und an Tisch sieben, noch ein neues Gesicht, jemand, der diesen Monat ebenfalls beeindruckende Fortschritte gemacht hat. Steh auf, Syffel!«

Lyblich verlor sein selbstgefälliges Grinsen, als der kommandierende Gott des Bieres sich auf die Beine quälte und ihm eine lange Nase drehte. Offenbar hatte der seit drei Wochen fast ohne Unterlaß anhaltende Regen und die Enttäuschung über das schlechte Abschneiden bei Kruff die Leute viel Zeit in den Kneipen verbringen lassen – und sie gründlich in die Freuden des Bierkonsums eingeführt. Vor Aufregung fuhr ein Adrenalinstoß durch Syffels Körper, als ihm klar wurde, daß dies seine große Chance war. Er wußte zwar, daß er in diesem Monat eine ordentliche Bekehrungsrate hatte, aber insgeheim hatte er nicht ernsthaft mit einem so guten Abschneiden gerechnet. Doch jetzt sah es fast nach einem Kopf-an-Kopf-Rennen zwischen ihm und Lyblich aus.

Er zermarterte sich das Hirn und versuchte sich zu erinnern, wofür Asprina zuständig war. Wie gefährlich konnte ihm die unbekannte Außenseiterin werden?

»Also«, fuhr Happa fort, wobei er an einer weiteren Scheibe Knoblauchmanna knabberte, »wer von diesen drei würdigen Kandidaten wird vortreten und seinen verdienten Platz in unserer Runde einnehmen, um im kommenden Monat bewirtet und bis zum Äußersten verwöhnt zu werden?« Er deutete auf die freien Plätze und sehnte sich nach einem dramatischen Trommelwirbel.

In Manna Ambrosias Restaurant war es grabesstill.

»Der erste erfolgreiche Kandidat, mit 15.608 Seelen, die er durch Wein und Weingeister auf den Weg der Erleuchtung gebracht, ist, jawohl, Lyblich. Komm herauf!«

Die anderen applaudierten mißgünstig, als sie dem Erzgötzen des Weins und dessen Geistern zusahen, der voller Hochmut auf die Hohe Tafel zuschritt und schon gebieterisch auf sie herabblickte. Er nahm eine Serviette und machte es sich strahlend an der Tafel bequem.

»Bist manchmal etwas übereifrig, Lyblich«, sagte Happa tadelnd. »Ich war gezwungen, mehrere hundert Bekehrte nicht anzuerkennen, weil sie minderjährig waren. Trotzdem ein sehr ehrbares Ergebnis. – Und somit«, er machte eine theatralische Sprechpause, »bleiben zwei Kandidaten für einen Platz. Wer wird es sein?«

Syffel litt unter einem unangenehm trockenen Mund.

»Wer wird sich uns anschließen?«

»Mach schon«, brummte eine Stimme aus dem hinteren Bereich des Restaurants. »Ich will noch 'n bißchen Pudding!«

Happa rollte mit den Augen, nestelte an dem Briefumschlag in seiner Hand und zog ein weiteres Blatt heraus. »Bevor ich den anderen erfolgreichen Kandidaten bekanntgebe, hier erst der Verlierer. Mit 15.605 Seelen in diesem Monat: Syffel, der kommandierende Gott des Bieres. Womit als Siegerin ...«

Syffel hörte den Rest der Rede nicht. In seinem Kopf tosten Wellen der Enttäuschung. Drei Seelen, er hatte wegen drei Seelen gegen Lyblich verloren! Es war ja so ungerecht. Einen ganzen Monat lang würde er mit seinem selbstgefälligen Grinsen leben müssen, da er sich in dem Erfolg sonnte, an die Tafel gelangt zu sein. Diese

Schande wurde er nie wieder los. Plötzlich sah die Ewigkeit für ihn sehr, sehr lang aus.

Er ließ sich jämmerlich auf seinen Stuhl zurückfallen und starrte in den dunklen See seines Bieres.

Und dann wurde es ihm schlagartig klar. Plötzlich wußte er, warum ihm der Name Asprina so bekannt vorgekommen war. Nun war offensichtlich, warum sie den geheiligten Stuhl erreicht hatte. Da er und Lyblich so viele Schäfchen in die Freuden des Saufens eingeführt hatten, war es fast unvermeidlich, daß Asprinas Zuständigkeitsbereich großen Zulauf gefunden hatte.

Asprina, die Chefgötzin des Katerfrühstücks und der Kopfschmerztabletten, humpelte nach vorn, den Kopf in beiden Händen haltend, und nahm unter lärmend apathischem Applaus ihren Platz an der Hohen Tafel ein.

In diesem Augenblick schwor Syffel sich, daß er im nächsten Monat aufsteigen würde. Er mußte irgendwie einen Weg finden, Lyblich zu stürzen. Er brauchte nur eine Meute durstiger Seelen, die sich verzweifelt nach dem durststillenden Erlebnis zu Kopf steigenden Bieres sehnten.

Er starrte finster in seinen Humpen und fing an zu planen.

Mietprediger Gottfried Zorn saß mutterseelenallein auf der Axolotl abgewandten Seite des Berges und schenkte sich einen großen Becher ein. Ein humorloses Lächeln huschte über sein Gesicht. Er war froh, daß Hausyrrer, der verfluchte Wunderwäsche-Verkaufsleiter, seinen Biervorrat nicht gefunden hatte. Er verkorkte die Flasche und nahm einen tiefen, tröstenden Schluck, der seiner Zunge ein freudiges Gefühl alkoholisierter Sicherheit verlieh. Wer weiß, noch ein Dutzend Maß von dem Zeug, und er fühlte sich vielleicht wieder wohl.

Er schaute sich mißmutig um und seufzte. In allen Richtungen sah er, soweit das Auge reichte, nur bergige Tundra, bevölkert von orientierungslos flatternden

Moorhühnern und ziellos grasenden Steinböcken. Seine sichere Innentasche war verdächtig leicht, zu leicht für eine beruhigende Menge Bargeld. Die Schatten wurden länger, die Aussichten auf bezahlte, profitable Arbeit waren alles andere als günstig und auf jeden Fall weitentfernt. Kurz gesagt, die schlechten Zeiten hatten ihn eiskalt von hinten erwischt und waren mit schweren Stiefeln über ihn weggetrampelt.

Er trank einen großen Schluck von seinem Bier, starrte in dessen pechschwarze Tiefen und erinnerte sich wehmütig an eine Zeit, in der sein Wort in der Lage gewesen war, ganze Nomadenstämme in wilde Verzückung zu versetzen. Seine Gedanken wanderten zurück in die Zeit vor dem Mietpredigertum, vor der Gründung der Maschinengewehre Gottes, zurück in die Blütezeit der Mission der Heiligen Laudatia. Die rauhe, unverfälschte Schönheit eines Mannes, der auszog, Nomaden und Wanderer zu bekehren, und seines Buches.

Ach, er war gut gewesen. Früher. Eine melancholische Träne glitzerte in seinem Augenwinkel, als er erneut von seinem Bier trank und ihm die Ein-Mann-Mission einfiel, den Menschen vom Volk der Bajufaren in der Wüste Ghuppy die Botschaft vom Heiligen Loisl dem Ungewaschenen zu bringen. Und als seine Augen in die dimensionslose Unendlichkeit am Boden des Bechers starrten, schwammen Bilder von unten auf ihn zu.

Ein Schafherdlein hatte ihn gelangweilt angestarrt, als er die letzten Schritte durch die Wüste Ghuppy auf die grellbunten Zelte der Nomaden zu gemacht hatte. In seinem Bündel hatte er Dutzende von Exemplaren der neuen bajufarischen Übersetzung der Schwarzen Proselyten-Schriften von St. Loisl dem Ungewaschenen. Ihre druckfrischen Einbände rieben sich liebevoll an seinem uralten Tamburin. Ach, grübelte er, hätte ich einen Groschen für jedes ›Alujah‹ bekommen, das dieses Instrument anstimmte, wäre ich ein wohlhabender Mann.

Er bewegte sich weiter durch die biergetönten Erinnerungen am Boden seines Bechers.

Er wußte nicht, daß er dort nicht allein war.

Genau in diesem Augenblick starrte noch jemand einsam in sein Bier, während sich eine Gottheit mit einer Zinkennase unaufhaltsam durch ihre Antrittsrede witzelte. Syffel, der kommandierende Gott des Bieres, blinzelte überrascht, als sich in den Tiefen seines Humpens etwas bewegte. Er rieb sich die Augen, schaute sich verstohlen in Manna Ambrosias Restaurant um und sah vor seinem bierstieren Blick eine Schafherde. Lyblichs Dankesrede, der er keinerlei Beachtung mehr schenkte, ging im Hintergrund wie heiße Luft weiter.

Mietprediger Gottfried Zorn erblickte in seinem Bier, wie sein jüngeres Ich eine Zeltplane griff, sie zur Seite fegte und schnell eintrat. »Habt ihr die Botschaft vernommen?« fragte er und teilte die druckfrischen Bücher aus. »Nehmt eins, gebt es weiter. Wenn sie nicht für alle reichen, müssen zwei sich ein Buch teilen.«

Ach ja, so mußte man es anstellen. Ganz und gar selbstbewußt. Rein, ihre Aufmerksamkeit auf sich ziehen und sie bekehren, bevor sie wissen, was mit ihnen geschieht. Ein Tablett voller Schafsaugen stand unverteilt zwischen zwei in Decken gehüllten Bajufariern.

»Doch zuerst eine kurze Lektion aus dem Buch der Sprüche«, sprach das bräunliche Bild Zorns, bevor er es schwungvoll aus dem Folianten in seiner Hand vortrug.

Syffel schaute aus unvorstellbar weiter Entfernung gebannt zu, als sich die Ereignisse entfalteten. Der Mann in der schwarzen Soutane brauchte nur wenige Minuten, um jeglichen Widerstand der Bajufaren zu brechen und sie nach und nach unwiderstehlich zu treuen Gefolgsleuten zu machen.

Er hatte großes Glück, daß sie ihn nicht sofort lynchten, als sie in ihm den Geistlichen erkannten. Die Nomaden in der Wüste Ghuppy wurden ständig mit neuen

Religionen bombardiert. Man brauchte nur etwa vierzig Tage in der Wildnis zu bleiben, dann kamen sofort Missionare von überall her angelaufen, um einen zu retten. Die Bajufaren konnten die hergelaufenen Missionare nicht mehr sehen. Es war aber nicht so, als ob sie mit dem Glauben an sich nichts hätten anfangen können. Ganz im Gegenteil. Sie brauchten nur ein System, das ihnen ein ausschweifendes Dasein erlaubte und es ihnen ermöglichte, soviel Schulden wie nötig zu machen, um vergnügt zu sein. War es erst einmal soweit, kannte ihre Frömmigkeit kein Halten mehr.

Das biergetönte Abbild Zorns atmete ein und begann, in Knubbelbajufarisch vorzulesen. Man muß zugeben, daß es nur äußerst knapp vorbeiging. Genau besehen war es eine exakte Repräsentation dessen, was auf dem Papier geschrieben stand. Aber wenn Zorn fließend Bajufarisch gesprochen hätte, wäre ihm bewußt geworden, daß die Wörter, die seine Zunge gerade verließen, nicht *genau* das waren, was er ursprünglich hatte sagen wollen. Die Worte flogen durch das Zelt und schmeichelten sich ihren Weg in zahlreiche bajufarische Ohren.

> *Und gehe ich auch durchs Schuldental, so ist mir das total egal.*

Die Ohren der Bajufaren spitzten sich.

> *Gesegnet sei der klare Korn des Geistes, denn er ist der Quell des Lebens.*

Der Ruf nach Reformation erschallte laut, als er den Bajufaren nüchtern das Angebot machte, das sie nicht ablehnen konnten. Ein Angebot, das die Sicherheit der Religion ebenso umfaßte wie das wilde Über-die-Stränge-schlagen, das dem Wort ›Chaos‹ völlig neue Dimensionen verlieh. Er rief sie praktisch zu den Waffen mit seinem berüchtigten

Lasset die Lämmer eurer Hingabe brennen.

Syffel sah beeindruckt, wie die Bajufaren die neue Religion begeistert aufgriffen und fest in ihr Herz schlossen. Sie mußte gut sein: In ihren Ohren bot sie wilde Feste und verlangte Opferlämmer, die gleichzeitig als leckeres Kebap dienten. In Sekunden waren die Bajufaren begeistert.

Und Syffel auch.

Er wußte, wie schwer es war, die Bajufaren überhaupt von irgend etwas zu überzeugen. Er hatte den Versuch längst aufgegeben, die bebettlakten Nomaden auf den Geschmack der Lehre des kommandoführenden Gottes des Bieres zu bringen: »Trinkt, trinkt, trinkt und seid fröhlich.«

Aber wenn der Missionar in der schwarzen Soutane auf seiner Seite war ... Syffel grinste. Jetzt wußte er genau, daß er im nächsten Monat an der Hohen Tafel sitzen würde.

Er stand auf, ging schwankend ›mal eben für kleine Götter‹ und schloß sich in einer Toilettenkabine ein. Es war sonst niemand da, der den Lichtblitz und die Rauchwolke hätte bemerken können, in der er verschwand.

Der Prediger Zorn starrte wieder in sein Bier, weidete sich an seinem größten Erfolg, einer hundertprozentigen Bekehrungsrate, und zuckte die Achseln. Mit einer Handbewegung leerte er den Becher und flüsterte einen schnellen Psalm des Vergehens.

Er hatte keine Ahnung, was er jetzt mit sich anstellen sollte. Ihm fiel nichts besseres ein, als den Berg hinabzusteigen und sich wieder um Aufträge zu bemühen. Aber die Chancen dafür würden entschieden schlechter sein, wenn Hausyrrers Schadensersatzklage sich herumsprach. Zorn stand auf, stopfte die Flasche in die Tasche und schrie laut auf, als die Luft vor ihm plötzlich explodierte und unerwartet eine riesige Wand aus aufgesprungener Haut erschien. Gewaltige Furchen durchzogen ihre Oberfläche, die auf einem sechs Fuß hohen Fundament aus lederfarbenem Material stand.

Ein krachendes Donnern erfüllte die Luft, das, wenn Zorn ganz ehrlich war, beunruhigend danach klang, daß sich gerade ein dreihundert Fuß großer Riese materialisiert hatte.

Er schrie auf und blickte vorwurfsvoll in seinen Becher, als der Himmel erneut explodierte und eine acht Fuß hohe Gestalt vor ihm erschien, die Ledersandalen und eine weit geschnittene Toga trug, wie sie bei Gottheiten überall beliebt waren. »Tut mir leid«, sagte der Eindringling, kratzte seine dicke Nase und versuchte, unbeteiligt dreinzuschauen, als er um weitere zwei Fuß schrumpfte. »Hab immer Schwierigkeiten mit dem Maßstab. Wollte dir keine Angst einjagen. – Wie wär's mit 'nem Bierchen?«

»G-geht nicht«, antwortete Zorn. »Ich hab gerade den Rest ... Oh, Prost.« Sein Becher leuchtete auf und füllte sich plötzlich mit schäumendem Bier. »W-wie hast du das gemacht?«

»Ach, nur 'ne Kleinigkeit, die ich mal wo aufgeschnappt habe«, wich Syffel vorsichtig aus. »Ist so 'ne Art Hobby von mir.«

»Was?« fragte Zorn, einen Mundvoll göttliches Bier in der Kehle.

»Was du gerade trinkst«, feixte Syffel.

»Du hast es gemacht? Was bist du, so 'ne Art Brauer?«

»Mehr oder weniger«, sagte der Gott, und wie von selbst erschien ein Becher für ihn in der dünnen Gebirgsluft.

»Ein Zauberer?« flüsterte Zorn.

»Prosit«, antwortete Syffel geheimnistuerisch und hob den nun schaumgekrönten Becher. Beide tranken.

Zorn wurde schwindlig, als er auf den normal ausgewachsenen, aufgesprungen großen Zeh des Fremden blickte. Unwirkliche Bilder von Wänden aus Haut huschten in seinem Geist umher. Er nahm einen kräftigenden Schluck Bier. Dem folgten ein halbes Dutzend weitere. In schneller Folge. Nach ein paar nicht zu verachtenden Schlucken begann er zu zweifeln, ob die Ankunft des Fremden wirklich eine so spektakuläre Angelegenheit gewesen war, wie er zuerst gedacht hatte. Es war ein harter Tag gewesen, vielleicht täuschte ihn sein Verstand. Er sah auch nicht gerade gefährlich aus. Mit einer Masse von Schlucken leerte er seinen Becher.

Wie durch Zauberei leuchtete er erneut auf und war wieder voll.

Zorn blinzelte und entschied, daß von diesem Fremden unmöglich Gefahr ausgehen konnte. Im unermeßlich langen Lauf der Geschichte war kein gefährlicher Mensch je dafür bekannt gewesen, Freibier zu verteilen.

»*Wo* hast du es gelernt?« fragte er. »Ich hab ja seinerzeit schon 'ne Menge Zauberer gesehen, aber keinen, der so was Nützliches konnte. Kaninchen aus dem Zylinder holen oder Jungfern zersägen, klar. Aber nie Bier vom Faß. Kannst du auch noch was anderes? Du weißt schon ... 'n Tröpfchen Rotwein oder 'n Fäßchen Whisky?«

Syffel verzog das Gesicht, als er sich Lyblichs arrogante Visage vorstellte, wenn dieser Zorns Frage gehört hätte. »Was ist los? Schmeckt dir mein Bier nicht, oder was?«

»Ach, ich frag ja nur. Im Gegenteil, es ist ausgezeichnet. Wie hast du es gemacht?«

»Och, man muß nur das Handgelenk richtig einsetzen«, antwortete Syffel vage und einigte sich auf einen etwa einssiebzig großen, fürs Bergwandern ohne Sauerstoff viel zu schweren Körper. »Muß man sehr lange üben, bis es richtig klappt.«

»Ich habe Zeit satt«, sagte Zorn und schwenkte seinen Becher. »Ich kann's lernen.« Es wäre zwar moralisch nicht so befriedigend wie das Bekehren von Seelen zu einer neuen und verbesserten Lebensweise, aber wenn er lernen konnte, aus blauem Himmel Bier zu beschwören, hatte er für den Rest des Lebens ausgesorgt. Und mehr Einladungen zu Festen, als er ausschlagen könnte.

»Willst du nicht lieber einen neuen Auftrag haben, Predi?« fragte Syffel erneut lächelnd.

Zorn ging einen erschreckten Schritt zurück und dachte an das noch nicht lange genug zurückliegende Ereignis, dem er schon den Namen ›Das Wunderwäsche-Debakel‹ gegeben hatte.

»He, Moment mal ... Das eben im Heydenpark war wirklich nicht meine Schuld, und ... Ich versuch doch nur, meinen Lebensunterhalt zu bestreiten. Ich meine, es ist doch so, daß jeder mal 'n schlechten Tag hat!«

»Ja, das glaub ich gern, daß du den hattest ...«

»War nicht meine Schuld. Ich hab ihm vorher schon gesagt, daß es nicht leicht wird, die Axoloten von dem Zeug zu überzeugen. Aber er wollte ja nicht auf mich hören. Der Mann, den du wirklich suchst, ist da unten lang gegangen. Wenn du dich beeilst, kannst du ihn noch erwischen. Schlag *ihn* zusammen. Und wenn du schon dabei bist, kannst du ihm wohl meine Geldkatze wieder abluchsen und ihn überreden, mich nicht zu verklagen?«

»Für so etwas interessiere ich mich nicht. Prediger Zorn, ich möchte dir hier und heute einen Auftrag anbieten, den du einfach nicht ablehnen kannst.«

Zorn warf dem Fremden mißtrauisch einen scharfen Blick zu.

»Woher kennst du meinen Namen?«

»Ich weiß eine Menge über dich.« Syffel war sich zwar bewußt, daß sein Belauschen von Zorns bierseligen Erinnerungen nicht gerade ›eine Menge‹, aber besser als *nichts* war. Außerdem klang es etwas beeindruckender. »Ich kann dir ein hervorragendes Geschäft anbieten.«

»Ach ja?« fragte Zorn leicht skeptisch und schwenkte seinen leeren Becher.

»Ja«, grinste Syffel, während Zorns Becher sich mit

einem Lichtblitz wieder füllte. »Etwas, wovon du bestimmt schon lange träumst. Etwas, das du da oben nie findest.« Er deutete in die ungefähre Richtung, in der er Axolotl vermutete.

Neugierig hob Zorn eine Augenbraue. »Und das wäre?«

Syffel beugte sich vor und flüsterte. »Absolutes Neuland. Ein Ort, an dem man dein Gesicht nicht kennt. Ein Ort, der nur so von Leuten wimmelt, die sich nach dem sehnen, das du für mich ... ähm ... bewerben sollst.«

Zorns Verstand rotierte, berauscht vom Bier und dem Versprechen des Fremden. Sein Herz schlug bei der Vorstellung von echtem Neuland schneller. Jungfräuliches Terrain. »Wie sehr wimmelt's denn?«

»Wie ein Ameisenhaufen. Sehr geduldiges Publikum, könnte man sagen. Die hauen nicht so schnell ab. Und es werden ständig mehr.«

Zorns Augen funkelten begeistert.

Syffel beugte sich näher zu ihm hin und legte einen Arm um Zorns Schulter. »Ich würde sogar sagen, man könnte eine Ewigkeit damit verbringen, sie alle zu bekehren.«

Zorn pfiff mit strahlenden Augen. »Eine *Ewigkeit? So* viele sind es? Wo ist dieser Ort, und warum habe ich noch nie von ihm gehört?«

»Oh, du hast von ihm gehört«, feixte Syffel. »Du hast ihn wahrscheinlich nur noch nicht in diesem Zusammenhang gesehen. Er liegt etwas, tja, *abseits.*«

»Ha! Jetzt hast du dich verraten. Ich weiß genau, wovon du sprichst«, rief Zorn hämisch. »Riesengebiet. Schwer zu erreichen, reich bevölkert – und dreiköpfige Hunde an den Toren.«

Syffel nickte. Er war beeindruckt, daß die Gedankengänge eines Geistlichen den seinen so ähnelten.

»Ich soll im murrhanischen Reich für dich predigen!« verkündete Zorn mit siegessicherem Lächeln. Er kannte alle Legenden über diese Gegend.

Syffel lachte laut auf. »Ooooh nein, nein. Ich denke an etwas viel Besseres. Größer und ein klitzekleines Bißchen heißer.« Er zeigte auf den Boden.

Zorn kratzte sich am Kopf und versuchte, sich an den Geographieunterricht zu erinnern. »Größer und heißer ... Im Süden?«

»Nein!« Syffel deutete wiederum zu Boden, diesmal mit mehr Nachdruck.

Zorns Kinnlade klappte herunter, als der Groschen endlich fiel. »Das kann nicht dein Ernst sein ...«

»Nicht? Und warum nicht? Wie gesagt, das Publikum kann nicht weglaufen und wartet geradezu auf Bekehrung. – Noch 'n Bier, Prediger?«

Zorn nahm einen tiefen Schluck und schüttelte den Kopf.

»Willst du mir wirklich erzählen, du schlägst vor, ich soll den heulenden Seelen im ... im Unterweltreich von Höllien predigen?«

»Jo. Gut, nich'?«

»Gut?« raunzte Zorn und kippte Bier in sich hinein. »Falls es dir entfallen sein sollte: Es gibt ein kleines Problem mit dem Predigen in Höllien.«

Syffel nippte unbeteiligt an seinem Becher. »Und das wäre?«

»Niemand kommt da lebend raus!« knurrte Zorn. »Da unten ist doch die Hölle los!«

»Hmmm, ich hab mich schon gefragt, wie lange es noch dauert, bis du mir mit trivialen Einwänden kommst«, sagte Syffel nachdenklich.

»Mit trivialen Einwänden?« rief Zorn ungläubig. »Mit *trivialen* Einwänden? Ist ja nur mein Leben, von dem du redest. Ich hab kein besonderes Interesse daran, den Löffel abzugeben, klar?« Er kippte sich einen Mundvoll Bier in die Kehle und versuchte seinen, wie er fand, stark strapazierten Verstand zusammenzuhalten.

Syffel schüttelte mit verschränkten Armen den Kopf.

»Eine sehr kurzsichtige Einstellung, meinst du nicht auch? Sehr blinzlig.«

»Wie bitte?«

»Hast du dir schon mal Gedanken über das Gesamtbild gemacht, über deine Rolle in der Welt?«

»Natürlich habe ich das. Ich habe mein Leben dem Missionarstum gewidmet ...«

Syffel rollte mit den Augen. »Jetzt machst du's schon wieder, redest vom Leben, als ob's die *wichtigste* Sache der Welt wäre ...«

»Also – ohne mein Leben wäre ich auf Festen nicht besonders unterhaltsam, oder?«

»Sei dir da mal nicht so sicher. Ich hab mich vor ein paar Wochen königlich bei ein paar Scheunenfesten amüsiert.«

»Was?«

»Ja, ich war die Seele der Party ... He, was ist denn los? Warum weichst du zurück?«

»Ich weiß, was du willst. Bleib mir bloß vom Leib.« Gottfried Zorn wand sich den Hügel hinauf. Er mußte plötzlich wieder an den Auftritt des Fremden denken. Na gut, seine Haut war zwar nicht schwarz und geschuppt, er hatte weder Hörner noch einen spitzen Schwanz als Kennzeichen, aber er konnte ja verkleidet sein. »Eklig und abstoßend ist das. Einen Geistlichen nach Höllien locken zu wollen. Du wirst mich nie dazu bringen, einen Pakt mit dir zu schließen ...«

»Mit mir? Einen Pakt? Ach so, du glaubst, ich bin ... Ha ha! Ganz ruhig, ich bin nicht von da unten.«

»Glaub ich nicht.«

»Jetzt mach aber mal einen Punkt. Wie viele Teufel kennst du, die rumlaufen und Freibier verteilen, hmmmm?«

Zorns Becher füllte sich erneut.

»Außerdem«, fuhr Syffel fort, »wo sind denn meine schwarze, geschuppte Haut, meine Hörner und mein spitzer Schwanz?«

»Verkleidung«, murmelte Zorn.

»Hör auf, so paranoid zu sein. Vertrau mir. Ich bin einer von den Guten.«

»Entscheide dich für eins!« fuhr Zorn Syffel ärgerlich an. »Eben hast du noch gesagt, du wärst Zauberer.« Er war jetzt wütend, stemmte die Hände in die Hüften und schüttete Bier über seine Soutane. Das hob seine Stimmung auch nicht besonders. »Ich weiß zwar nicht, was du im Schilde führst, aber eins sage ich dir gleich: Wenn du glaubst, du könntest einfach hier reinschneien und mich mit Freibier kaufen, bist du auf dem falschen Dampfer!«

»Mein lieber Prediger Zorn, das mit dem Zauberer hast *du* gesagt. Soll ich nachschenken?«

»Du hast mir aber auch nicht widersprochen!« rief Zorn, der von der Zauberersache nicht los kam.

»Tut mir leid, wenn ich dich damit in die Irre geführt habe. Die meisten Menschen verkraften es nicht besonders gut, wenn aus heiterem Himmel ein Gott vor ihnen auftaucht und sie zuvor nicht wenigstens ein paar Bierchen geschlappt haben. Mir ist nie so ganz klar geworden, warum das so ist. Wir sind gar kein so übler Haufen ...«

»Wa... Was hast du gesagt?« fragte Zorn, nachdem er sich ein paarmal heftig mit den Handballen gegen den Kopf geschlagen hatte.

»Welchen Teil hast du nicht mitbekommen?«

»Leute, vor denen plötzlich ein G... G...«, wimmerte Zorn.

»Gott. Nein, die Öffentlichkeit hat damit immer mal wieder Probleme. Manche der Grimassen, die ich gesehen habe, würden dir eine Gänsehaut bereiten. Ist das normal, frage ich? *So* unansehnlich bin ich doch auch nicht, oder?«

»Du? Soll das etwa heißen, *du* bist ein G... Du kommst aus dem H... H...« Mit einer erbärmlichen Geste deuteten Zorns zitternde Finger nach oben.

Syffel schaute nach oben. »Na ja, ich nehme schon an, daß es wirklich irgendwo da oben liegt. Müßte ich echt mal in Erfahrung bringen.«

»Soll das heißen, daß du ein Gott bist?«

Syffel setzte sein hymmlischstes Lächeln auf.

»Nein, nein, nein. Das kann alles nicht stimmen«, brachte Zorn stockend hervor. »Kann überhaupt nicht stimmen. Was sollte das heißen, das Leben sei trivial und so? Ich kann mir beim besten Willen nicht vorstellen, daß Götter herumlaufen, die solche Ansichten vertreten.«

»Ich will doch nur dein Bestes. Nein, jetzt schau mich nicht wieder so an. Vertraue mir. Ich will dir doch nur helfen, dein volles Potential zu erkennen. Hier, trink noch ein Bier, trockne deine Soutane, und ich erklär's dir.«

Ein seltsam warmes Glühen streichelte Zorns Oberschenkel. Dampf stieg von seiner bierdurchtränkten Soutane auf. Er zuckte die Achseln und hob den Becher. Ihm wurde klar, daß er nirgendwohin weglaufen konnte und trotz vieler Zweifel von der Sache ungeheuer gefesselt war. Wenn der Kerl wirklich ein Gott war, und er einfach wegging ... Er würde es sich nie verzeihen. Es konnte nicht schaden, ein paar Minuten zuzuhören.

Sicherheitshalber erinnerte er sich ständig daran, was die Neugierde aus Lots Frau gemacht hatte, und so sagte er im skeptischsten Tonfall, den er zustandebrachte: »Na gut. Schieß los. Ich bin ganz Ohr.«

»Fein, fein«, sagte Syffel enthusiastisch. »Also, es ist eigentlich eine rein mathematische Angelegenheit. Du bist dir doch wohl bewußt, daß du gerade jetzt alles andere als unsterblich bist, stimmt's?«

Zorn nickte zweifelnd.

»Und wenn du deine sterbliche Hülle erst einmal abgestreift hast, ist's Zeit für das Leben nach dem Tode, ja? Den Rest der Ewigkeit damit zu verbringen, Däumchen zu drehen und sich zu Tode zu langweilen, richtig?«

Zorn nickte abermals.

»Falsch!« beharrte Syffel. »Weitverbreiteter Irrglaube. Im Jenseits gibt's 'ne Menge zu tun. Keine Zeit zum Ausruhen. Wenn man unsterblich ist, heißt es noch lange nicht, daß man keinerlei Bedürfnisse mehr hat. Du weißt schon – mal abends in die Kneipe gehen, oder richtig schön ins Theater. Das alles muß jemand anbieten. Aber das Gute am Hymmel ist, daß sich jeder selbst aussuchen kann, was er tut. Bei dir stelle ich mir zum Beispiel vor, daß du den Rest der Ewigkeit nach Herzenslust Predigten halten wirst.«

Zorns Gesicht bekam einen verträumten Ausdruck. »Ja ...« flüsterte er abwesend, und eine neugierige Frauengestalt wurde langsam zu Salz.

»Und damit kommen wir zum mathematischen Teil der Angelegenheit. Kannst du mir folgen?«

»Nein.«

Syffel atmete tief durch und hoffte, die Sache auf die Reihe zu kriegen. »Es hat alles mit Leistungsfähigkeit zu tun. Wie viele Seelen hast du im Verlauf ihres Lebens bekehrt?«

»Hunderte«, antwortete Zorn glücklich und dachte stolz an die vielen Bajufaren.

»Hmmm, nicht schlecht«, sinnierte Syffel, während er an seiner knubbeligen Nase rieb. »Aber überleg mal, wie viele du von jetzt bis zum Ende der Ewigkeit noch bekehren könntest, wenn du keine Zeit mehr auf Dinge wie Schlafen und so weiter verschwenden müßtest. Hunderttausende Millionen, mindestens.«

Zorns Kinnlade klappte herunter.

Syffel bereitete sich auf den schwierigsten Teil vor: die Glaubensbrücke, die er konstruieren mußte, um aus seinem listigen Plan strahlende Realität zu machen. »Um es in den richtigen Zusammenhang zu bringen, müssen wir ein wenig rechnen. – Bist du gut im Rechnen?« Zorn schüttelte den Kopf. Syffel lächelte für sich. Das würde alles beträchtlich vereinfachen.

»Also, ein paar hundert geteilt durch Hunderttausende von Millionen ist verdammt nah an gar nichts. Kurz gesagt ist dein Leben reine Zeitverschwendung. Tot sein lohnt sich für dich schon eher, klar?« Syffel grinste. »Ist viel effektiver.«

Zorn schaute völlig niedergeschlagen drein und formte mit den Lippen immer wieder das Wort ›tot‹. Die Salzsäule war fertig.

»Hör mal, es ist nicht persönlich gemeint. Ist nur gutes Wirtschaften, klar? Hier, trink noch 'n Bier.«

Zorn trank und wirkte so, als berechne er im Kopf eine Reihe komplexer Gleichungen. Seine Finger zuckten.

»Ich hätte es nicht erwähnt, wenn ich nicht genau wüßte, daß es stimmt«, sagte Syffel hoffnungsvoll. »Je früher du anfängst, so effizient wie möglich zu arbeiten, desto mehr Seelen wirst du persönlich retten. Ist dir bewußt, daß mit jedem Tag, den du dich an dein kraß ineffizientes Leben klammerst, drei Dutzend Seelen unbekehrt bleiben?«

»So ... So habe ich noch nie darüber nachgedacht.«

»Aber es stimmt. Sechsunddreißig jeden Tag, verloren für die Ewigkeit. Eigentlich schockierend, aber so ist es. Trotzdem, wenn du so weitermachen willst wie bisher ...«

»Nein, nein. Du hast ja recht!« sah Zorn ein. Das Licht des Verstehens leuchtete in seinen Augen. Millionen von Seelen jubelten in seiner Phantasie. »Ist alles goldrichtig. Ach, warum habe ich es nicht schon viel früher verstanden? Diese egoistische Ineffizienz! Ich kann sie doch nicht ungerettet lassen. Ich *darf* es nicht mit ihnen geschehen lassen. Es ist meine Pflicht!« verkündete er apostolisch, zog einen Dolch aus der Soutane und hielt ihn zitternd vor seinen Bauch.

»Halt! Stop!« rief Syffel und ruderte warnend mit den Armen. »Nicht so! Das ist nicht der richtige Weg nach Höllien!« Er kannte die Regeln des Selbstmordes. Selbstmord führte ohne Aussicht auf Berufung geradewegs zu den Qualen Hölliens.

»Aber ich muß! Denk doch nur an die vielen Seelen, die ich retten muß. Ich kann sie nicht im Stich lassen!«

»Nein, du darfst es nicht selbst tun.«

Zorn rollte mit den Augen, zuckte die Achseln und hielt Syffel den Dolch hin. »Meinetwegen. Dann tu du's halt.«

»Nein, nein ...« Die Farbe wich aus Syffels Gesicht.

»Ich wehre mich auch nicht, es wird ganz mühelos gehen. Stoß es mir einfach zwischen die Rippen. Na los, stell dich nicht so an.«

»Nein, ich ...«

»Ich schau auch weg, wenn es dir lieber ist.«

»Ich kann nicht«, stammelte Syffel bei dem Gedanken an den Ärger, den er kriegen würde, wenn jemals herauskäme, daß er einen Missionar ermordet hatte. Es war schon schlimm genug, daß er die Wahrheit mit derart verdrehten Fakten ausschmückte, um ihn soweit über den Tisch zu ziehen ...

»Na dann, vielen herzlichen Dank!« fuhr Zorn ihn an und stampfte wütend mit dem Fuß auf. »Wirklich zu freundlich! Du tauchst aus dem Nichts auf, um mir klarzumachen, daß mein Leben eine einzige Zeitverschwendung ist. Und dann willst du mir nicht dabei helfen, etwas dagegen zu tun. Du hast es wirklich fein raus, Predigern den Tag zu versauen!«

»Daß ich dir nicht helfen würde, habe ich nicht gesagt.«

»Dann nimm den Dolch. Los, jetzt.« Zorn riß sich hektisch die Soutane vom Leib und deutete auf seine Brust. »Hier. Ein kurzer Stich, und ich bin auf dem Weg ...«

»Das heißt nicht, daß ich's tun werde. Hör zu. Ich hab einen Plan. Also, wenn du versprichst, mit dem Dolch da keine Dummheiten anzustellen, sorge ich dafür, daß du morgen das Zeitliche segnest. Einverstanden?«

Syffel nippte an seinem Bier und schaute den Mietprediger an.

»Morgens oder nachmittags?« knurrte Zorn mißmutig.

»Gleich morgens als allererstes. Wie paßt dir eine Enthauptung?«

»Wunderbar.« Zorn entschied sich, seine Kehle in den letzten Stunden noch mal richtig auszulasten. Mit einem Lächeln trank er das Bier aus, wischte sich den Mund am Ärmel der Soutane ab und schwenkte den Becher zum Nachfüllen. »Ach ja, wozu genau soll ich die gequälten Seelen eigentlich bekehren?« fragte er.

»Du trinkst es die ganze Zeit«, feixte Syffel. Jetzt wußte er genau, daß Lyblichs Tage an der Hohen Tafel gezählt waren. »Also, bis morgen muß ich noch ein paar Sächelchen erledigen. Nur ein paar Kleinigkeiten, um die ich mich kümmern muß. Geh nicht weg.« Und Syffel, die kommandierende Gottheit des Bieres, verschwand in einem Lichtblitz.

Zu den großen Vorteilen, die Axolotl Wesen von spiritueller Herkunft bot, gehörte es, daß sie sich nicht zu verstecken brauchten. Da die gesamte Bevölkerung der Gebirgsstadt Axolotl überaus abergläubisch war und unbeirrbar an alles Ominöse und Prophetische glaubte, war niemand je überrascht, wenn unerwartet seltsame Gestalten auftauchten.

Und Xxoe war keine Ausnahme. Sie setzte sich in ihrer Hängematte auf und starrte an die Stelle, an der ein Kugelblitz sich vor einer Sekunde in eine sehr viel solidere Form verwandelt hatte.

»Hallo!« sagte sie zu der bierbäuchigen Gottheit, die in ihrem Hängemattenzimmer stand. Sie warf eine schwarze Haarsträhne über ihre Schulter und schaukelte.

»Hallo, Kleine«, antwortete Syffel mit einem – wie er hoffte – beruhigenden Lächeln. »Bereit für den Morgen?«

»Bin ich, wenn ich erst mal die Nacht durchgeschlafen habe«, erwiderte Xxoe. »Was willst'n du?«

»Ich will dafür sorgen, daß du heute nacht gut schläfst.« Er grinste in dem abgedunkelten Zimmer. Es war eigentlich gar keine Lüge. Wenn er mit ihr fertig war, war sie für die Welt im wahrsten Sinne des Wortes gestorben.

»Das ist lieb. Willst du mich zudecken? Oder mir vorlesen?«

»Ooooh nein, mein Schatz. Ich habe etwas *viel* besseres.« Mit einem schwachen Leuchten erschien ein großer Bierhumpen in ihren Händen. »Trink das«, drängte Syffel. »Es hilft dir beim Einschlafen.«

»Wie Kakao?«

»Mehr oder weniger.«

»Aber ich habe meinen Kakao schon getrunken«, erwiderte Xxoe verwirrt.

»Es ist kein Kakao, es ist B ... ähm ... etwas ganz *Besonderes* für eine besonders nette Kleine. Man wird ja schließlich nicht jeden Morgen geopfert, oder?«

»Nein, nur einmal im Jahr.« Xxoe lächelte stolz. Es war eine besondere Ehre, für die alljährliche Totengräberparade auserwählt zu werden. Nicht nur für sie, auch für ihre Eltern. Obwohl diese tief und fest schlafend in den Hängematten im Nebenzimmer schaukelten, lächelten auch sie stolz. Morgen, beim Fest, würden sie am Kopf der Tafel sitzen – und was noch viel wichtiger war: Xxoes Mutter konnte hochnäsig auf alle anderen abgelehnten Teenies runtergucken, die Xxoes Platz niemals einnehmen würden.

Opferungen waren nur etwas für brave Mädchen, nicht für die lüsternen, geilen Luder.

Xxoe sprang rasch aus ihrer Hängematte, lief zum Vorhang und zog ihn zur Seite. Sie deutete quer über den Platz auf die dunkle Silhouette eines Tempels, dessen gezackte Mauern wie die Stufen einer Pyramide anstiegen.

Syffel konnte die ebenso dunklen Umrisse zweier hünenhafter Wächter mit Fackeln erkennen, die auf dem Flachdach umhergingen. Traditionell durfte sich bis zum Morgengrauen niemand dem Opferinstrument nähern. Dann wurde Xxoe dorthin geführt und geopfert. Zum wiederholten Mal.

Sechsmal hatte sie sich der glänzenden Klinge auf dem Dach des Tempels gestellt, und sechsmal war sie danach zum Fest gegangen. Das alles ging seit Jahrhunderten so, nachdem die Totengräbergewerkschaft erkannt hatte, daß es mehr als ungerecht war, daß ihnen sämtliche Feste in Axolotl entgingen. Die Bauern hatten ihr Erntefest, bei dem sie einen Teil der Ernte als Opfergabe für das nächste Jahr kochten. Dies war zumindest ihre Ausrede. War die Messe erst mal vorbei, hieß es ›Lätzchen um und reinschaufeln‹. So ähnlich ging es beim alljährlichen Brauerfest zu, beim Zuckerbäcker-Naschtag … Die Liste war endlos. Jeder feierte bei jedem mit – bis auf die Totengräber, die bei den Einladungen stets übergangen wurden. Also hatten sie die alljährliche Totengräberparade eingeführt. Jedermann bekam eine Einladung zur rituellen Opferung und zum Tanz auf dem Tempel. Niemand hatte eine Ahnung, was ihn erwartete.

Die Menschenmassen versammelten sich auf dem Platz vor dem Tempel und beglotzten neugierig die Bambuskonstruktion mit der aufgehängten Klinge, über deren Funktion sie sich im unklaren waren. Von Trommelwirbel begleitet zerrten die Totengräber das kreischende junge Mädchen heraus und warfen es auf den Steinblock. Die Trommeln wurden immer wilder, dann löste man mit einem freudigen Aufschrei des Obertotengräbers und einem schmerzvollen Wimmern des Mädchens die entsetzlich scharfe Klinge. Ganz Axolotl schaute mit offenem Mund zu, wenn sie durch die senkrechten Schienen nach unten glitt, unaufhaltbar beschleunigte und auf den seidenweichen Hals der Jungfer zuraste, danach gierend, ihr das junge Leben zu entreißen …

Erst ganze drei Minuten nach dem dumpfen Stillstand der Klinge wurde den Zuschauern klar, daß das Mädchen noch atmete. Die Totengräber zogen die Klinge wieder hoch und nahmen den Bremsklotz aus der Schiene, um ihn für jedermanns Augen hochzuhalten. Tja, man konnte das Mädel doch nicht wirklich opfern, oder? Es hätte doch allen das Fest vermiest. Vor allem ihren Eltern.

Dank des dekadent-ausschweifenden Festes, das sich dem Spektakel anschloß, war die Totengräberparade schnell zu einer festen Einrichtung im axolotischen Veranstaltungskalender geworden.

»Kann's kaum noch erwarten, daß es vorbei ist«, sagte Xxoe mit strahlendem Blick, als sie zum Tempel schaute. »Das Fest danach ist immer sehr witzig. Dieses Jahr möchte ich zwei Portionen Schokoladenpudding. Die habe ich verdient.«

»Und das hier hast du auch verdient«, drängte Syffel mit einem Hinweis auf den Bierkrug. »Trink.«

Xxoe nahm einen großen Schluck, verdrehte die Augen und spuckte aus. Sie versprühte das Bier in einem feinen Nebel über die Gardinen. »Bäh! Schmeckt das fies!« beschwerte sie sich. »Du willst mich wohl vergiften?«

»Nein, nein«, widersprach Syffel panikerfüllt. »Der Geschmack ist, äh, Gewöhnungssache.« Er machte eine Bewegung mit dem Handgelenk, der Krug leuchtete auf, und er sagte: »Da, probier das mal. Das könnte eher deinem Geschmack entsprechen.«

Xxoe roch mißtrauisch an der moussierenden Flüssigkeit.

»Es wird dir gut tun«, redete Syffel ihr zu, wobei er ganz und gar vertrauensunwürdig lächelte. »Mach schon.«

Sie nippte vorsichtig daran, rollte die Flüssigkeit im

Mund umher und schaute nachdenklich drein. Dann schluckte sie. Syffel atmete erleichtert aus.

»Gar nicht so schlecht«, mußte Xxoe widerwillig zugeben. »Geht's vielleicht mit noch ein bißchen mehr Ingwer?«

Syffel drehte wieder sein Handgelenk und verstärkte den Geschmack ein wenig. Er war außerdem so frei, ein paar Prozent Alkohol mehr hinzuzufügen. Xxoe nippte und schluckte. Sie hustete, als das Zeug in ihrem Rachen brannte.

»Puh!« keuchte sie. »Das ist *lecker*!«

Die kommandierende Gottheit des Bieres neigte andächtig ihr Haupt und strahlte beim Anblick der saufenden Kleinen.

»Noch eins?« fragte er kurz darauf, als Xxoe sich mit dem Handrücken den Mund abwischte. Sie lächelte etwas schief und nickte.

Syffel wurde viel ruhiger, als er lässig einen zweiten Krug mit achtzehn Prozent Alkohol aus dem Handgelenk schüttelte. Wenn sie ein paar davon intus hatte, würde sie vor dem Nachmittag niemand wecken können.

Ob die Totengräber wohl ein bereitwilliges Ersatzopfer fanden? Syffel lächelte still vor sich hin. Die Antwort darauf kannte er genau.

Die Gestalt in der langschößigen schwarzen Toga mit dem dazu passenden Zylinder hob ihren Stab, wirbelte ihn herum und zerschmetterte Axolotls morgendliche Stille.

»Ja, ja«, rief eine Stimme aus dem Inneren der Hütte, als der Stab Dellen in die Tür schlug. »Ich komm ja schon!«

Die Tür wurde aufgerissen, ein besorgt aussehender Mann kam herausgeschossen und zog sie hinter sich zu.

»Ich bin gekommen«, sagte der Totengräber und ließ den Stab rotieren.

»Sehr schön. Würde es Ihnen wohl was ausmachen, noch eine Runde um den Block zu drehen? Wir sind noch nicht so weit«, stammelte der besorgt aussehende Mann, der noch unrasiert und deutlich nervös war.

»Es ist der verabredete Zeitpunkt«, stellte der Totengräber fest und blickte Xxoes Vater von oben herab an.

»Das weiß ich auch! Verabredete Zeit, verabredeter Ort, aber keine verabredete Tochter.«

Der Schwarzgekleidete trat einen Schritt zurück. »Was? Aber das geht doch nicht ... Sie ... Wir brauchen sie! Das Fest! Sie muß kommen!«

»Wie steht's um Ihre Künste beim Totenerwecken?«

»Dies ist nicht der richtige Zeitpunkt für Scherze.«

Der Totengräber zerrte mit finsterem Blick an seinem Kragen, der ihm mit einem Mal beunruhigend eng erschien. »Aus dem Weg«, befahl er und rauschte in die Hütte. Seine Sandalen klapperten auf der Treppe, die zu Xxoes Hängemattenzimmer führten.

Er trat die Tür auf. Bei dem Anblick, der sich ihm bot, stockte ihm der Atem: Die Vorhänge waren dicht geschlossen, die Mutter schaukelte einsam vor sich hinmurmelnd auf und ab. Sie war den Tränen nah. Und der bewegungslose Körper in der Hängematte war gänzlich leblos. Für die Welt gestorben.

Nein! schrie der Totengräber in Gedanken. *Nicht heute! Ich hab doch heute frei!*

Xxoes Mutter blickte mit feuchten Augen auf und begriff instinktiv, daß ihre Einladung zur Parade gestrichen war.

»Es tut mir leid ...«, schluchzte sie.

Mit dem Kopf voller unbeantworteter Fragen durchquerte der Totengräber den Raum. Er kochte vor Wut. Er riß die Decke hoch und starrte die bleiche Gestalt an.

»Gehwech«, murmelte Xxoe in ihr Kissen und zog sich die Decke wieder über. »Laßmichinruh. Ich sterbe ...« Sie faßte sich an den Kopf und stöhnte elendig.

Vor Schreck gaben die Knie des Totengräbers nach,

und er brach auf dem Boden zusammen. Ihm schwirrte angesichts der Ironie der Situation der Kopf. Was sollte er den Leuten sagen? »Es tut mir sehr leid, aber es wird heute keine rituelle Opferung geben. Dem Opfer ist plötzlich unwohl geworden!«

Warum hatte niemand dies vorausgesehen? Der *Spiegleyn Spiegleyn*-Redaktion würde er was erzählen!

Aber das war jetzt bedeutungslos. Eine ganze Stadt voller Festgäste wartete darauf, von ihm unterhalten zu werden. Wo sollte er so kurzfristig Ersatz finden?

Knurrend stand er auf und eilte aus dem Raum.

»Alles in Ordnung?« fragte Xxoes Vater, als der Totengräber mit wehenden Togaschößen an ihm vorbeisauste.

»Nichts ist in Ordnung. Nichts und wieder nichts!« bellte er und verschwand auf die Straße, wo seine wütenden Sandalenschritte Sandwolken aufwirbelten.

Genau in diesem Augenblick betrat ein wohlbekannter Prediger in einer schwarzen Soutane über die wacklige Brücke die Stadt Axolotl und schleppte sich mit sorgenvollem Gähnen die Straße hinauf. Es war noch viel zu früh für ihn.

Der bierbäuchige Mann neben ihm stritt dies nachdrücklich ab.

Und erstaunlicherweise sah die Bevölkerung von Axolotl es ebenso. Zorn sah, daß Heerscharen von Leuten aus den Seitengassen strömten und in freudiger Erregung in die gleiche Richtung liefen.

»Na, jetzt geh schon«, drängte Syffel und zeigte der hektischen Menge hinterher.

»Hältst du es wirklich für eine gute Idee, mein Gesicht nach dem Wunderwäsche-Debakel so schnell wieder hier sehen zu lassen?« fragte Zorn nervös.

»Vertrau mir«, schmeichelte Syffel. »Alles ist geregelt. Entspann dich einfach und tu nur, was ich sage.« Er zwinkerte Zorn verschwörerisch zu.

»Klar«, murmelte der Prediger, der von der Sache nicht ganz überzeugt war. »Ich hoffe nur, daß mich niemand von gestern erkennt. Die würden mich umbr ...« In seinem Kopf fiel ein glänzender Groschen. »Ach so! Nicht schlecht. Jetzt versteh ich's.«

»Sehr gut. Jetzt mach aber schnell. Du willst doch nicht zu spät kommen. Pünktlichkeit ist ausgesprochen wichtig.«

Gottfried Zorn folgte der schnell anwachsenden Menschenmenge und quetschte sich auf den zum Bersten vollen Platz, auf dem gerade eine Welle der Aufregung den Adrenalinspiegel hob.

Syffel grinste und deutete auf den gigantischen Tempel, der den Platz beherrschte. Eine einzelne schwarzbetogate Gestalt schlich händeringend an ihrer abgestuften Seite empor. Auf der Spitze des Gebäudes ruhte ein Steinblock zwischen zwei klobigen Fackelträgern. Auf dem Block befand sich eine seltsame Konstruktion aus zusammengebundenen Bambusrohren.

Die Menge murmelte beunruhigt. Gelegentlich gab es aus allen Richtungen spontane Ausbrüche von Jubelgeschrei.

Dafür, daß es so früh ist, sind sie verdammt lebhaft, dachte Zorn. Das Frühstück mußte in dieser Gegend sehr nahrhaft sein.

Endlich erreichte der Mann in der schwarzen Toga die Spitze des Tempels. Er setzte seinen hohen Zylinder zurecht und wandte sich an die Menge. Alle Blicke waren auf ihn gerichtet, die Perspektive der Stufen ließ es gar nicht anders zu. Die Ohren waren allesamt gespitzt.

Der Totengräber schluckte nervös und schaute sich händeringend um. Er hatte keinen blassen Schimmer, was er den Leuten erzählen sollte. Er hatte hundert Möglichkeiten in Betracht gezogen und sofort wieder verworfen. Er hatte kurzzeitig daran gedacht, gar nicht erst zu kommen und zu behaupten, er hätte es vergessen. Oder zu schwindeln, es sei kein günstiger Tag für eine Feier, die Sterne stünden morgen günstiger, man müsse die Sache verschieben ... Er hatte sogar daran gedacht, sich selbst zur Verfügung zu stellen, aber, na ja, das Opfer sollte nun mal eine Jungfer sein, und da war doch vor ein paar Jahren eine trauernde Witwe gewesen, die so sehr von ihm getröstet werden wollte, und ... Na ja, er zählte einfach nicht mehr.

Er schnappte nach Luft und löste seine verkrampften Hände. Er sprach zur Menge, die die Launen seiner Zunge leiten würde.

»Meine Damen und Herren, ähm ...« Welch eindrucksvolle Einleitung. Bleischwere Stille überkam Axolotl, die nur vom tödlichen Knistern der Fackeln der Wächter durchbrochen wurde.

»Äh ... So ungewohnt, wie es mir ist ... äh ...« Ein oder zwei Fußpaare in der Menge scharrten unruhig auf dem Boden. Irgend etwas stimmte nicht, fiel ihnen auf.

»Äh ... Im Rahmen einer Programmänderung würde ich gern etwas neues ausprobieren, in Ordnung?« Der Totengräber versuchte, die Sache etwas lebhafter zu gestalten. Es mißlang ihm gründlich. »In den letzten sechs Jahren haben wir immer wieder dasselbe Mädchen geopfert. Also, Xxoe hat ja immer sehr gut mitgespielt ...« Er kreuzte die Finger. »Aber, na ja, wir haben sie ein bißchen zu oft kreischen hören, finden Sie nicht auch?«

Die einzige Antwort war unruhiges Füßescharren.

»Was läuft denn hier ab?« fragte Zorn verwirrt.

»Klappe halten und zuhören«, knurrte Syffel.

»Also, ich finde, es ist höchste Zeit für ein neues Opfer«, fuhr der Totengräber fort. »Irgendwelche Freiwilligen?«

Auf dem Platz herrschte tiefste Stille, während skeptische Gedanken sich in den Köpfen der Leute breitmachten. Was war mit Xxoe geschehen? Eine Panne bei der Probe? Könnte die, die sich freiwillig meldete, das gleiche Schicksal ereilen?

»Jetzt kommt schon«, flehte der Totengräber. »Denken Sie an das Prestige. Die Ehre, Ihr Leben herzugeben auf diesem ...«

Zorn richtete die Ohren auf. »Hat er gerade gesagt, was ich gehört zu haben glaube?« fragte er Syffel.

Der kommandierende Gott des Bieres nickte mit der lässigen Gewißheit einer Entität, deren Pläne gerade einen Riesenschritt auf dem Weg zur glorreichen Vollendung vorwärts gemacht haben.

»Kommt schon«, bettelte der Totengräber. »Wenigstens ein Freiwilliger wird doch im Publikum sein? Kann nicht irgend jemand …«

»Ich, ich, ich, ich, ich …«, krähte Zorn, als er sich durch die Menge nach vorn drängelte und auf den Tempel zueilte. Er konnte sein Glück kaum fassen. Hier bot sich ihm die Gelegenheit, sein volles Potential als Seelenretter zu erreichen *und* einem Mitmenschen aus der Klemme zu helfen. Wie toll!

Syffel grinste vor sich hin. In ein paar Minuten würde alles beginnen. Er mußte die Zeit gut einschätzen, um Zorn an der Hymmelspforte abzufangen, dann konnte er mit ihm die Hintertreppe hinabhasten und ihn an die Arbeit schicken. Es war sagenhaft. Und wenn die angestiegenen Seelenwerte hereinkamen, konnte ihn nichts mehr aufhalten.

»Ich, ich …«, japste Zorn, als er schwankend auf der Spitze des Tempels ankam. »Ich melde mich freiwillig!«

Der Totengräber schaute Zorn finster an. »Sie? Aber sie sind kein Axolot.«

»Na und? Sonst will doch niemand. Machen Sie schon – schlagen Sie mir den Kopf ab.«

»Aber, das … das kann ich nicht. Sie werden nicht zugelassen.«

»Warum nicht? Ich bin so gut wie sonst wer!« Zorn wandte sich der Menge zu. »Kopf ab! Kopf ab!« schrie er und reckte die Faust in die Luft. Die Menge nahm den Sprechchor zögernd auf.

»Sie dürfen nicht«, sagte der Totengräber barsch. »Sie … Sie sind keine Jungfrau mehr!«

»Entschuldigen Sie mal, guter Mann! Wollen Sie etwa

andeuten, daß ich mein Gelübde nicht ernst nehme? Ich bin Geistlicher! Schlagt mir den Kopf ab!«

»Aber … Ach, was soll's. Wenn Sie darauf bestehen.«

Noch bevor die Worte ganz ausgesprochen waren, wurde Zorn von vier Trägern gepackt und mit atemberaubender Wucht auf den Block geworfen.

Und dann überkam ihn ein letztes Gefühl der Sorge, als er auf die glänzende Klinge blickte, die über ihm hing. Unter seinem Kopf stand ein Korb, der mit dunklem Fruchtsaft bespritzt war, um der Sache ein realistischeres Ambiente zu verleihen. Die Wächter hielten seine Glieder so auf dem Block fest, daß er sich nicht mehr rühren konnte. Schon wurde gejubelt.

In Zorns Herz gingen sämtliche Alarmglocken los, als sein Blick auf den links in die Schiene geklemmten Bremsklotz fiel. Was hatte er da zu suchen? Wenn das Ding da blieb, mußte die Klinge einen Fingerbreit vor seinem Hals steckenbleiben. Panik ergriff Besitz von ihm. Er wand sich und wollte die Bremse herausziehen, um sicherzugehen, daß hier und heute der erste Tag seines Lebens nach dem Tode anbrach.

Der gefiederte Kopfschmuck der Wachen flatterte hin und her, als sie ihn fester auf den Block drückten. Dann griff der wuchtige, bierbäuchige Brutalinski neben ihm nach dem Bremsklotz und zog ihn heraus. In nur einer Sekunde hatte Syffel ihn in die Tasche gesteckt.

Ganz in der Nähe, hinter der Statue einer fetten Mausbiberratte, gluckste der echte Wächter entzückt, als der Bierkrug in seiner Hand aufleuchtete und sich von selbst füllte. War wirklich nett von dem dicken Kerl gewesen, ihm für seine Uniform den Zauberkrug zu geben.

Das Publikum auf dem Platz kochte und jubelte laut, als der Totengräber auf die Bambusguillotine zuschritt und nach dem Zugseil griff. Er löste es von der Klampe und spürte sofort das tödliche Gewicht der Klinge. Das Seil führte über ein primitives Rad durch ein Loch zur

Klinge. Er brauchte nur loszulassen, und die Schwerkraft erledigte den Rest.

»Im Sinne des Festes, das wir heute feiern wollen«, rief der Totengräber die überlieferte Formel, »löst das Seil!«

Zorn machte sich bereit, als er sah, daß das Seil über der Klinge an Spannung verlor. Ein einzelner Sonnenstrahl glitzerte auf ihr, und sie raste immer schneller auf ihn zu. Sie warf kreischende Funken auf den Schienen und dürstete nach seinem Hals. Unaufhaltbar zischte sie auf ihn zu. Sein Herz schlug begeistert höher, nun, da er mit einem Bein in der Ewigkeit stand.

Das Publikum quietschte auf, als die Klinge knarrte und plötzlich anhielt.

»Scheiße!« rief Zorn, der auf die einen halben Fingerbreit über seinem Hals zitternde Klinge starrte. »Was ist los? Was ist schiefgegangen? Warum bin ich nicht … Ach.« Er starrte angeekelt einen dicken Knoten an, der in dem Loch feststeckte, durch den das Seil führte.

Der Totengräber rieb sich aufgeregt die Hände. »Es tut mir ja so furchtbar leid. Das hätte nicht passieren dürfen. Niemals. Da müßte eigentlich eine Bremse in der Schiene stecken. Ich … Ich kann mir nicht erklären, wohin sie verschwunden ist. Ich bin nur froh, daß der Sicherheitsknoten da war. Ich … Ooooh!« Da hörte er das Jubeln der Menge. Mit einem Schädelgrinsen schritt er zur Vorderseite des Tempels und machte eine tiefe Verbeugung.

Zorn fauchte ernüchtert, als die Wächter ihn losließen, die Klinge hochzogen und sicher festbanden. »Wie konntest du das zulassen«, knurrte er, stupste gegen Syffels Brust und ging mit ihm zur Rückseite des Tempeldachs. »Du hattest es mir versprochen!«

»Ja, ja. Schau mal …« Syffel zuckte zusammen, als er sich rückwärts auf den mehrere hundert Fuß tiefen Abgrund zubewegte. »Laß dich von so einem kleinen Rückschlag nicht unterkriegen. Ich hab's versprochen, und ich werd mich daran halten, in Ordnung?«

»Heute morgen noch«, keifte Zorn ihn an und schritt zügig über das Tempeldach. »Denk nur an all die Seelen, die ich gerade retten könnte!«

»Ja, ja. Ich kümmere mich darum. Gib mir nur etwas mehr ...«

Plötzlich fand Syffels Fuß keinen Boden mehr unter sich. Instinktiv griff er nach Zorns herrisch ausgestrecktem Arm. Unvermittelt wurde den beiden klar, daß der Tempel nicht mit dem üblichen Sinn für Symmetrie gebaut worden war, den man von Gebäuden dieser Art erwartete. Er war an drei von vier Seiten seiner pyramidösen Konstruktion mit Stufen versehen, nicht aber auf der Rückseite. Darauf hatte man aus Kostengründen verzichtet. Da ohnehin nie jemand etwas anderes als die Vorderseite sah, hatten die Axoloten auf der Rückseite keine Stufen angebracht.

Es ging einhundertundfünfzig Fuß senkrecht nach unten.

Zorn stürzte schreiend ab, und Syffel nahm sich vor, seine Reflexe in Zukunft besser zu beherrschen. Wenn er erst nachgedacht und dann gehandelt hätte, hätte er gewußt, daß er nur ein paar Fuß in die Tiefe fiel. Dann hätte er sich emporgeschwungen und wäre mit göttlicher Anmut wieder auf dem Dach gelandet. Aber so ...

Zorns Bart wehte hinter ihm her, als er weiterstürzte. Seine Soutane flatterte wie ein loses Segel im Orkan. Und er lächelte, breitete die Arme aus wie ein alleingelassener Verliebter, der auf seine endlich zurückgekehrte Verlobte zueilt. Ewigkeit, ich komme!

Einen Augenblick lang fragte er sich fast unbeteiligt, wie weh es wohl tat, wenn man mit Höchstgeschwindigkeit auf den Boden aufschlug.

Und er war nur wenige Sekunden davon entfernt, es in Erfahrung zu bringen, als plötzlich ein Fuhrwerk auf zweien seiner vier Räder um die Ecke gekreischt kam und mühsam in einer Staubwolke angehalten wurde.

Laut fluchend landete Mietprediger Gottfried Zorn

auf dem Matratzenwagen des Unfall- und Notlagen-Vorhersehdienstes. Seine Fäuste bearbeiteten entrüstet die schwammigen Matratzen. Gerettet. *Gerettet!* Wie konnten sie es wagen!?

»Alles in Ordnung da oben?« fragte der Mann in der weißen Uniform, als er hinaufschaute und eine Leiter an den Wagen lehnte.

»Nein!« keifte Zorn entnervt.

Der Vorherseher wirkte erschreckt. »Was ist denn los? Fuß verstaucht? Handgelenk geprellt?« Für die Vorherseher war es eine ausgesprochene Frage der Ehre, daß eine Rettung nur dann auch tatsächlich eine solche war, wenn der Gerettete keinen Kratzer abbekam.

»Nein! Das ist ja gerade das Problem. Dank Ihnen bin ich vollkommen unversehrt!« Zorn schwang sich auf die Leiter und kletterte wütend hinunter. »Ganz schön egozentrisch, zu glauben, daß jemand, der in tödlicher Gefahr schwebt, unbedingt gerettet werden will!«

»Bis jetzt hat sich noch keiner beschwert«, wehrte sich der Vorherseher.

»Papperlapapp!« keifte Zorn. »Hab ich Sie *gebeten,* mich zu retten? Habe ich beim Sturz um Hilfe gerufen, häh? Hab ich das?«

»Also, ich habe nichts gehört ...«

»Genau! Verdammte Pfadfinder!« knurrte Zorn, bevor er davonstürmte.

»Blöde Touristen«, sagte der Uniformierte und nahm die Leiter wieder fort. »Undankbarer Depp!« rief er. »Bilden Sie sich bloß nicht ein, daß ich Sie retten *wollte!* Ist nicht meine Schuld, daß das hier so gemacht wird. Wir Axoloten tun's halt, weil wir es können! Wenn Sie das nächste Mal wo runterfallen, sind Sie ganz auf sich gestellt! Dann wird's Ihnen noch leid tun! Aber mir nicht!«

Er erhielt keine Antwort von dem murrenden Prediger, der um die Ecke bog, dem Fest wie der Pest aus dem Wege ging und sich stinksauer auf den Weg aus der Stadt machte.

Erst zehn Minuten später hielt Syffel es für halbwegs sicher, sich Zorn zu nähern. Er fiel aus den Wolken, als er gerade die baufällige Brücke im Süden von Axolotl betrat.

»Paß mal auf«, begann der Gott. »Ich renke es wieder ein. Ich kümmere mich drum, in Ordnung?«

»Hau ab«, fauchte Zorn und blieb stehen, die Hände resolut in die Hüften gestemmt. Sein Gesicht war dunkelrot angelaufen.

»Alles wird gut.«

»Das hast du letztes Mal auch schon gesagt!« schäumte Zorn und stampfte mit dem Fuß auf. »Ich dachte immer, Götter könnten das Geschick der Sterblichen steuern – rote Meere teilen und Lebensmittel an verhungernde Stämme ausgeben, so was halt.«

»Du solltest nicht alles glauben, was du hörst«, murmelte Syffel. »Aber du hättest immerhin *beinahe* das Zeitliche gesegnet, nicht wahr? Wenn die Notfall-Vorherseher nicht gewesen wären …«

»Ich weiß!« Zorn stampfte mit dem Fuß auf. Ein verrotteter Balken unter seinen Füßen knarrte und schickte ein Dutzend Holzläuse in den schwarzen Abgrund. »Schütte ruhig noch Salz in offene Wunden! Ich könnte schon längst mit meiner Mission zugange sein. Ich könnte schon in die Hände gespuckt haben und bis unter beide Arme in der Jenseitsarbeit stecken. Aber nix da! Das wäre wohl zu viel verlangt, was?« Wieder stampfte er auf.

»Wie wär's mit 'nem Bierchen?« bot Syffel ihm an.

»Nein, ich will kein Bier!« rief Zorn und stampfte wieder auf, wobei er von weitem aussah wie ein kleiner Junge kurz vor einem Wutanfall. Unbemerkt knarrte der morsche Balken erneut.

»Ganz sicher? Beruhigt die Nerven, läßt einen wieder klar denken.«

»Ich will jetzt kein Bier!« Stampf. »Ich will auch in zehn Minuten kein Bier!« Stampf. »Und überhaupt, ich will dich für den Rest meines Lebens nie wieder sehen!« Stampf. Die Brücke schwankte übelkeiterregend und schien sich zur Seite zu neigen.

»Hoppla«, flüsterte Zorn, als er die Lücken zwischen seinen Zehen sah.

»Ein letztes Bier?«

Zorn schüttelte nervös den Kopf, als die letzten Holzfasern unter ihm zerbröselten. Die Planken brachen auseinander, und mit einem lauten »Jucheeeeeeee!« verschwand der Mietprediger Gottfried Zorn in der Schlucht.

Eine Gestalt in weißer Uniform mit dazu passender Kappe schüttelte auf dem axolotischen Wachtturm den Kopf. »Ich hab's doch gesagt«, sprach er vor sich hin. »Ich hab ihn gewarnt.«

Er drehte sich um und ging zu den Feierlichkeiten zurück, wo er, wie er jetzt schon wußte, in zehn Minuten einer Frau einen Zahnstocher aus dem Hals ziehen mußte.

HÖLLISCHE LEISTUNGSFÄHIGKEIT

Das unverkennbare Geräusch von Hufen hallte in den Gängen des Dämonischen Dienstes wider. Draußen ahnte das Reich Höllien nichts von dem, was sich in Kürze zutragen würde. Noch nie zuvor war irgendwo ein Vorhaben dieses Umfangs durchgeführt worden. Nichts würde je wieder wie früher sein.

Mit kreischenden Scharnieren öffnete sich die Tür zur Einwanderungsbehörde und ließ einen neun Fuß großen Dämonen ein, der einen Stapel Nimmerbrenn-Pergamente in den Klauen hielt. Ihm folgte ein kleinerer Dämon mit hoher, schuppiger Stirn, der einen langen schwarzen Kittel trug.

»Na schön, Leute. Setzt euch gerade hin und hört zu!« bellte Byrernst, der Obertotengräber von Mortropolis. Er knallte einen perforierten Pergamenthaufen mit einer theaterreifen Geste auf den nächstbesten Schreibtisch. Das dämonische Büropersonal lugte nervös hinter Pergamentstapeln hervor und schüttelte sich. Byrernst schlug mal wieder zu. Jetzt würde er wieder ein neues Arbeitsablaufsystem einführen. Das mußte es sein. Fast augenblicklich waren alle Gehirne nur mit zwei Fragen beschäftigt: »Was ist denn jetzt schon wieder?« und »Wer ist der kleine Trottel in dem Kittel?«

»Ich habe eine Frage«, verkündigte Byrernst freudig. Seine gewundenen Hörner erreichten fast die niedrige, grob geschnitzte Decke. »Was ist der Unterschied zwischen diesem Pergament und dem Zeug, das ihr verwendet?«

Bedrückende Stille breitete sich im Büro aus, die nur vom Krachen eines blutroten Blitzes draußen gestört wurde. Den Tonfall kannten sie alle. Seit dem Tag, an dem er zum Obertotengräber von Mortropolis gewählt worden war, kam Byrernst ständig in diese und andere Abteilungen des Dämonischen Dienstes gestürmt und hatte ein eifriges Beben in der Stimme. Das ganze Büro ließ den Kopf hängen. Die Sache hatte immer zwei Folgen: Ein neues, supereffizientes System wurde eingeführt. Und sie bekamen alle einen Haufen zusätzliche Arbeit.

»Also los«, bellte Byrernst ärgerlich. »Was ist der Unterschied?«

»Das Zeug da ist nicht vollgeschrieben«, nuschelte ein Dämon namens Nabob im hinteren Teil des Büros. Er starrte aus blutroten Augen finster über einen Stapel Einwanderungspapiere hinweg, die auf seinem Schreibtisch lagen und Bearbeitung forderten.

»Falsch!« verkündete Byrernst und wendete den Pergamentstapel. Er hob mit vorsichtigen Klauen das oberste Blatt hoch. Drei weitere Blätter des Endlospapiers folgten dem ersten. »Ratet noch mal!« stichelte er sarkastisch.

»Ähm, sie hängen alle aneinander«, grunzte ein Buchhalter aus der ersten Reihe.

»Was soll das sein? Eine Sparmaßnahme im Pergamentwerk, oder was?« knurrte Nabob.

»Nein!« rief Byrernst. »*Dies* ist Leistungsfähigkeit!«

»Sieht mir immer noch nach einem Pergamentstapel aus.« Nabob schüttelte unglücklich den Kopf.

»*Dies* ist die Zukunft!« bellte Byrernst hysterisch. Seine Nasenflügel bebten wie die eines Zuchthengstes.

»Warum? Füllt es sich selbst aus?« nuschelte Nabob.

»Kann es sich selbst abheften?« hoffte der Buchhalter in der ersten Reihe. »Das wäre wunderbar.«

»Trottel«, murmelte Nabob und erforschte sein Nasenloch mit geübter Neun-Zoll-Klaue.

»Weder noch«, rief Byrernst. »Es ist viel bahnbrechender! Moloch, erklären Sie es ihnen.« Mit einem Klauenschwung schnappte er sich den Dämonen im Kittel und schubste ihn nach vorn.

»E-es ist n-nagelneu«, stotterte Moloch nervös. Ein Leben in dunklen Kammern, in denen er Tag und Nacht mit interessanten Kristallen herumspielte, hatte ihm nur geringe rhetorische Fähigkeiten verliehen. Er verschränkte die geschuppten Arme und trommelte auf seine Rippen.

»Zeigen Sie's ihnen einfach, sie werden die Erklärung eh nicht verstehen.« Byrernst versetzte Moloch einen flinken Huftritt in den Rücken. »Ich will das ganze Pergament nicht umsonst so weit geschleppt haben. Machen Sie schon.«

Moloch zitterte nervös, als sich an seinen Nieren eine Schwellung bildete. »Aaaalso … Na ja, indem m-man einfach mit der Zeigekralle Einstiche vornimmt, k-kann … kann …«

»Zeigen Sie's Ihnen, hab ich gesagt!« fauchte Byrernst. »Sie, Nabob«, knurrte er und deutete autoritär auf die hinteren Plätze. »Wie heißt Ihr neuester Einwanderer?«

»Lothar Lockenwinckler«, las Nabob vom letzten Seelen-Etikett ab. Als Moloch dies hörte, stanzte er mit der Zeigekralle hektisch eine Reihe winziger Löcher in das oberste Pergament.

»Todesursache?« verlangte Byrernst, wobei er sich bemühte, seine Aufregung zu verbergen.

»Nashorn«, antwortete Nabob.

»Was?« stieß Byrernst hervor.

»Pardon, ich meine Nas*hörner.* Man braucht, glaube ich, sechs, um einen Vierzig-Tonnen-Zug zu ziehen, oder?«

Moloch zuckte die Achseln und fügte ein zusätzliches Loch in die zweite Zeile ein, die er gerade ausgestanzt hatte. Byrernst bellte noch eine ganze Reihe weiterer Fragen, die Lockenwincklers vorheriges Leben, sein kürzliches Ableben und seine zukünftigen ewigen Qualen in Mortropolis betrafen. Es war alles so ziemlich das Übliche. Er hatte den Kunden einer Transportgesellschaft sein Leben lang zuviel fürs Übergepäck berechnet und mußte nun für den Rest der Ewigkeit zwanzig Stunden am Tag Felsen einen unendlich hohen Hügel hinaufrollen. Vier Stunden am Tag wurden zur Bewährung ausgesetzt – das heißt, er wurde für seine Lügen in den Jauchesee ausgesetzt und mußte sich dort bewähren. Bei jeder Antwort stanzte Moloch sorgfältig ein paar Löcher in das Pergament.

Das Büro voller Dämonen schaute verwirrt zu.

»N-natürlich g-geht es viel schneller, w-wenn Sie ein b-bißchen Übung haben.« Moloch grinste, als er das gelochte Blatt hochhielt.

»Und was soll das jetzt?« Nabob kratzte sich an einem spitzen Ohr. »Ich kann es nicht lesen.«

»Aha!« rief Byrernst. »*Sie* vielleicht nicht. Folgen Sie mir.«

Die fünfzehn Dämonen standen auf, schüttelten den Kopf und folgten ihm. »Nabob, nehmen Sie die Pergamente mit«, rief Byrernst, als er durch die Tür ging.

»Nehmen Sie die Pergamente mit«, grummelte Nabob. »Pfui!« Es war immer dasselbe. ›Putzen Sie meine Hufe‹, ›Holen Sie mir was zu trinken‹ oder Schlimmeres. Er mußte immer die Drecksarbeit machen. Potz! Was hatte er bloß getan, das verdient zu haben? Außer die Obertotengräberwahl gegen Byrernst zu verlieren, natürlich.

Er befolgte den Befehl, aber nicht, ohne eine weitere Markierung auf seiner stetig länger werdenden Racheliste zu machen. Er kämpfte sich mit der schweren Pergamentlast durch die Tür hinter den anderen Dämonen her. Mit auf dem Marmor der Treppenstufen klappernden Hufen folgte er ihnen verwirrt durch verschiedene ihm unbekannte Korridore, bis sie endlich vor einer besonders unbedeutend aussehenden Tür stehen blieben. Mittlerweile schmerzten seine Arme vom Gewicht des Stapels Nimmerbrenn-Pergamente.

Byrernst trat die Tür mit einem enthusiastischen Huftritt auf und wies die anderen an, in die Dunkelheit einzutreten.

Wie überall in Höllien roch die Luft wie ein sechs Monate altes Mayonnaise-Ei und war mehrere hundert Grad heiß.

»Moloch, Licht!« befahl Byrernst, und mit nur wenig Ungeschicklichkeit wurde ein Dutzend Lavalampen zum Leben erweckt. »Dort ...« flüsterte der Obertotengräber mit übertriebener Ehrfurcht. »Sehet: die Zukunft!«

»Wo?« fragte Nabob.

»Dort!« Byrernst zeigte auf etwas, das wie ein großer und gleichmäßig geformter Felsklumpen aussah.

»Aber es ist doch nur ein großer, gleichmäßig geformter Felsklumpen«, grunzte Nabob beim Anblick des gewaltigen Obsidianblocks. Als Belohnung dafür bekam er einen Huf in den Magen.

»Ignoranz! Deswegen sind Sie da, wo Sie jetzt sind. Zeigen Sie's ihnen, Moloch!«

Der Dämon im Kittel zwängte sich zwischen den dichtgedrängten Bürokräften hindurch und kauerte sich auf einen geeigneten Felsen. Er ließ die Knöchel seiner Krallen ekelerregend knacken, drehte an einem runden Ventil und lächelte, als er das vertraute *Wusch!* des ultrahoch erhitzten Dampfes hörte, der in den Felsen strömte. In dessen Innerem bewegte sich eine ganze Reihe von Ventilen und Dampfschaltern reibungslos. Moloch öffnete ein anderes Ventil, und ein Lavastrom pulsierte ungesehen aufwärts. Nur Sekunden später schien ein rotes Leuchten durch ein Obsidianfenster. Wenn einer der Dämonen ganz genau hingesehen hätte, wären ihm unzählige kleine Kanäle auf der Rückseite des durchscheinenden schwarzen Steins aufgefallen. Der Dämon im Kittel legte einen Hebel um, tief im inneren des Kristalls klickte ein Ventil, und Lava durchflutete die Rückseite des Bildschirms.

Die Bürodämonen keuchten, als auf dem nahtlos schwarzen Bildschirm eine Welle blutroter Buchstaben auftauchte.

BEREIT stand da.

Moloch drehte sich grinsend um. »Das Pergament, bitte.«

»Nabob!« bellte Byrernst über das ständige Rauschen des Obsidiankristalls weg. »Bewegen Sie sich!«

Der schwer bepackte Nabob schlurfte kopfschüttelnd voran. Moloch deutete auf einen dünnen Schlitz auf der Seite des schwarzen Gerätes. »Führen Sie es hier ein«, fügte er erklärend hinzu.

Nabob gehorchte ihm verwirrt und fädelte das Blatt in die schmale Öffnung ein. Er schrie auf, machte einen Satz zurück und landete wenig elegant auf dem Felsboden, als das Pergament automatisch eingesaugt wurde. Dampf sprühte heraus, Ventile und Schalter klapperten laut, und plötzlich füllte sich der Bildschirm mit eckigen Buchstaben.

Nabobs Kinnlade klappte herab, als er aufschaute und den Text sah.

NAME: LOTHAR LOCKENWINCKLER
TODESURSACHE: NASHÖRNER

Und das war noch nicht alles. Der Bildschirm zeigte jede einzelne Information, die der Moloch vor ein paar Minuten vorgelesen hatte.

»Aber w-wie …?« fragte ein Dämon, vor Ehrfurcht erstarrt.

»Die Lage der Löcher ist genau festgelegt und leitet Dampf in ein hochempfindliches …«, begann Moloch.

»Es wird gelesen! Mehr braucht ihr nicht zu wissen«, unterbrach ihn Byrernst. »Das ist die Zukunft.« Seine gekrümmte Kralle zitterte, als er auf den dunklen Felsen deutete.

»Was? Intelligente Steine?« spottete Nabob, als er sich wieder auf die Hufe stellte.

»Also, genau genommen ist er eigentlich nicht intelligent, sondern ...«, fing Moloch wieder an.

»Schnauze«, fauchte Byrernst und stürzte sich auf Nabob. »Die Zukunft heißt Automatisierung. Das Ding kann Tausende von Neuankömmlingen in einem Bruchteil der Zeit verarbeiten, die ihr braucht. Es macht keine Fehler und will nicht ständig Lavapausen einlegen. Kurz gesagt ... Es ist leistungsfähig!«

Nabob schluckte nervös bei dem Gedanken, er könne von einem Steinblock ersetzt werden.

»Zurück ins Büro mit euch«, befahl Byrernst. »Moloch wird euch zeigen, wie man die Daten für diesen ... diesen ...«

»Äh, Molochs Analytischer Kristall«, schlug Moloch mit vollständig undämonischer Schüchternheit vor. »Man könnte es auch mit MAK abkürzen.« Er grinste mitleiderregend.

Nabob rollte mit den Augen und ging zur Tür.

»Eine Sache noch«, keifte Byrernst und packte seine Kehle. »Ich lasse mir meine neue Technik, meine wunderbaren neuen MAKs nicht von Ihren schmutzigen Krallen versauen. Jedenfalls nicht eine Woche vor Fürst d'Eibeles alljährlichem Kontrollbesuch.«

»Wen wundert's«, murmelte der Dämon, nach schwefligem Atem ringend.

»Ich habe eine *viel* passendere Aufgabe für Ihr, äh, fortgeschrittenes Niveau.« Byrernst verzerrte seine geschuppten schwarzen Lippen zu einem zufriedenen Hohnlächeln.

Nabob zuckte die Achseln und notierte noch ein paar Rachepunkte für seine Haßliste. Jedesmal, wenn

Byrernst eins seiner neuen ›leistungsfähigen‹ Systeme vorstellte, hatte hinterher irgend jemand den Buckel voll Arbeit. Und dieser jemand war unweigerlich Nabob.

»Im Keller sind dreiundfünfzig Aktenschränke, die ausgeleert werden müssen. Ich brauche Platz für mehr MAKs. An die Arbeit!«

Nabob bekam ein paar Anweisungen und wurde mit einem flinken Tritt des Obertotengräbers hinausbefördert.

Verfluchungen knurrend stemmte Nabob seine Schulter gegen die Kellertür und drückte dagegen. Und wieder weigerte sich das verdammte Ding aufzugehen. Er war hier doch richtig? Byrernst würde ihn doch nicht so an der Nase herumführen? Nabob war sich auf einmal nicht mehr so sicher.

Es gab nur eine Möglichkeit, es herauszufinden.

Mit knirschenden Zähnen entfernte er sich ein paar Schritte von der riesigen Schieferplatte, ballte die Fäuste und startete durch. Seine Hufe schlugen auf dem alten Marmorboden Funken, als er immer schneller wurde, sich seitlich drehte und die Tür genau in der Mitte traf. Sie flog mit seismischem Steinknarren auf, und Nabob flog vornüber in ein pechschwarzes Siliziumnetz. Er knallte unstatthaft gegen einen Schrank am anderen Ende des Raumes, die Beine in der Luft. Ein erstickender Staubniederschlag senkte sich von dem, das gerade noch als Decke durchging, und verstopfte seine Nasenlöcher.

Er blieb einen Augenblick liegen, um seinen Abscheu für Byrernst hirnlich zu ordnen, damit am Tag der Rache alles am rechten Ort war. An dem Tag, an dem er, Nabob, den ihm zustehenden Platz als Obertotengräber von Mortropolis einnahm.

Er wimmerte, als er vorsichtig an seiner pochenden Klaue leckte. Wenn es doch nur damals nicht schiefgegangen wäre.

Er konnte es immer noch nicht so richtig glauben, daß er verloren hatte. Er hatte alles für narrensicher gehalten. Es war allgemein bekannt, wie sehr Fürst d'Eibele Überfüllung haßte, und daß Höllien, nachdem es jahrhundertelang Seelen zum Quälen aufgenommen hatte, unerträglich überfüllt war. Ebenso bekannt war das zweifelhafte höllische Wahlsystem – totale Bestechung, absolute Korruption. Fürst d'Eibeles Stimme, die einzige Stimme, gehörte dem Meistbietenden. Vor Jahrhunderten hätte man sich diese Zustimmung noch einfach sichern können, indem man den dicksten Obulisack vor seine Schnauze hielt, aber heutzutage mußte man etwas mehr Fingerspitzengefühl beweisen. Es reichte nicht mal mehr, d'Eibele die freie Wahl bei den frisch verstorbenen Gefährtinnen zu lassen.

Jetzt war das Beste gerade gut genug, zum Beispiel das Angebot einer ganzen Welt, die exklusiv für Fürst d'Eibeles Privatvergnügen auf mollige 666 Grad erwärmt war.

Und Nabob hätte sie ihm geben können. Wenn er nur eine Klitzekleinigkeit mehr Zeit gehabt hätte. Und einen Haufen Beweise.

Nabob fluchte ausgiebig und schleuderte einen Aktenschrank verzweifelt quer durch den Raum, als er an den ungläubigen Spott auf Fürst d'Eibeles riesigem Gesicht zurückdachte. Ohne Beweise hatte er Fürst d'Eibele nie glaubhaft machen können, daß er, Nabob, unmittelbar für einen brutalen Heiligen Krieg verantwortlich gewesen war. Und als dann auch noch sein Plan zunichte gemacht worden war, die Temperatur im Talpen-Gebirge, tausend Fuß über NN, um mehrere hundert Grad zu erhöhen, tja, dann … Dann war endgültig alles hoffnungslos gewesen. Er hatte keine andere Wahl gehabt, als die Ewigkeit als Byrernsts Sündenbock zu verbringen, jede Minute hassend, auch sich selbst, fast so sehr wie Byrernst.

Trotzdem hatte in den finsteren Strudeln seiner Verzweiflung irgendwie ein schwacher Hoffnungsschimmer überlebt. Irgendwo mußte es einen Ausweg geben, eine Möglichkeit, das Blatt noch einmal zu wenden. Er mußte sie nur finden, dann war Byrernst im …

»Endlich soweit?« brüllte Byrernst höhnisch, als er die Tür auftrat und mit ärgerlich zuckendem Schwanz im Rahmen steckenblieb. »Wir trödeln doch wohl nicht? Sabotieren doch hoffentlich nicht mein Leistungsfähigkeitsprogramm?«

Nabob schaute vom Boden auf und knirschte mit den Zähnen. Einen kurzen Augenblick lang projizierte Wut ein glorreiches Bild auf seine Netzhaut: Er sprang auf die Hufe, wirbelte herum und versetzte Byrernst einen heftigen Tritt in die grinsende Visage. Schwarzes Blut tropfte aus seiner gebrochenen Nase, als Nabob die Fäuste ballte und mächtige Schläge auf den dicken Bauch seines Feindes niederregnen ließ. Byrernst brach stöhnend und wimmernd vor dem siegreichen Nabob zusammen.

Dann sprang die Tür auf, und ein Knochenbrechertrupp schwärmte mit hochgereckten Fäusten herein, um die lukrative Aufgabe der Rettung ihres geliebten Byrernst zu übernehmen …

»Scheiße!« brummte Nabob. Selbst in seinen Träumen konnte er nicht gewinnen. Es mußte auch anders gehen.

»An die Arbeit, Sie verfluchter Faulpelz!« schrie Byrernst mit boshaft bebenden Hörnern. »Leeren Sie den Raum, und zwar sofort!«

Nabob starrte die dreiundfünfzig Aktenschränke an und fluchte. Auf dem Korridor scharrten Hufe, und der Umriß eines riesigen Knochenbrechers versperrte dem letzten Lichtrest den Zugang zum Raum. »Oder müssen wir ein wenig nachhelfen?« fragte Byrernst höhnisch.

Da wurde Nabob klar, daß es für ihn nur zwei Möglichkeiten gab: die Arbeit zu erledigen oder die Arbeit unter furchtbaren Schmerzen zu erledigen.

Er stand achselzuckend auf, schleppte sich zum ersten Aktenschrank und öffnete ihn. Hinter ihm schallte ein gurgelndes Hungerfauchen durch den Gang. Nabob wirbelte herum, als ein fünf Fuß großes widerwärtig aufgeblähtes Wesen durch die Tür lief.

»Halt, stop! Ich *sag* doch, ich tu's!« protestierte Nabob. »Ihr braucht nicht nachzuhelfen … Würg!«

Mit dem markerschütternden Geräusch von Krallen auf einer Schiefertafel bewegte das Wesen seinen komplexen Kauapparat und seufzte wie eine Kettensäge. Kurz bot sich Nabob der beunruhigende Anblick von etwas, das nach speichelbedeckten Rasierklingen in einem tiefen Rachen aussah.

»Ich schwör's, ich *brauche* diese Art von Arbeitsanreiz nicht«, quiekte Nabob und wich zurück.

Byrernst warf den Kopf bösartig in den Nacken und lachte laut auf. »Es ist nicht für Sie, obwohl der Gedanke verführerisch ist. Es ist für den Inhalt der Schubladen.«

»Häh?« brachte Nabob hervor.

»Also, Sie können auch gern versuchen, Nimmerbrenn-Pergament zu verbrennen. Aber nicht in der Arbeitszeit, klar? Verfüttern Sie alles. Ich will, daß der Raum bis morgen leer ist.«

»Aber was … Was ist das?«

»Das Neuste aus der Bürowelt-Abteilung. Ursprünglich die Kreuzung einer Stalagmotte mit einem Pergamentwurm, aber man hat ein bißchen daran herumgetüftelt. Ich habe es Pergamotte getauft. Gefällt's Ihnen?»

»Hübscher Name«, grunzte Nabob vorsichtig. »So einprägsam.«

»Es ist seit einer Woche nicht mehr gefüttert worden. Ich würde mich an Ihrer Stelle an die Arbeit machen. Ich wäre mir nicht so sicher, daß es den Unterschied zwischen Pergament und bestimmten Körperteilen kennt.« Mit einem boshaften Kichern drehte Byrernst sich auf dem Huf um und machte sich auf den Weg in die Feuergruben des Leidens, wo er ein Rauchverbot einführen wollte.

Die Pergamotte gurgelte hungrig und trippelte ein paar Schritte vorwärts. Ihre zuckenden Fühler nahmen in der Nähe Nahrung wahr.

Nabob quiekte erschreckt und wich in einen Aktenschrank zurück. Angestrengt grunzend zog er eine Schublade heraus und warf sie der sabbernden Pergamotte zu. Sie schmatzte gierig und starrte das fliegende Leckerli erwartungsvoll an. Mit tödlicher Zielsicherheit schnappte sie die Schublade aus der Luft. Ein Grinsen verzerrte ihr eigentlich nur aus einem Maul bestehendes ›Gesicht‹. Jahrhundertealtes Pergament, in Schieferkästen gelagert ... eine Delikatesse!

Sekunden später hatte Nabob eine zweite Schublade in das offene Maul geworfen. Er krümmte sich beim Geräusch der schlitzenden und reißenden Zähne. Ihr Hals blähte sich auf, ihre Augen schraubten sich zu, und sie verschlang die ganze Schublade mit einem einzigen, übelkeiterregenden Schluck.

Die Pergamotte grinste, öffnete ihr riesiges Maul und rülpste gierig. Das Signal war nicht mißzuverstehen. Sie wollte mehr. Mehr. Mehr! *Sofort.*

Ein leises Gurgeln hallte durch die Gänge, als die Pergamotte ihre Lippen leckte und sich mit einer grotesken Klaue ein Stück Buchrücken aus den Zähnen stocherte. Nabob starrte sie kurz an, und ihm wurde der Ausdruck auf ihrem Gesicht plötzlich beunruhigend bewußt. Irgendwie wurde er das nagende Gefühl nicht los, daß sie ihm, wenn er nicht schnell für Pergamentnachschub sorgte, sekundenschnell das Bein abbeißen würde.

Verzweifelt schluckend wetzte er zur nächsten Schublade, zerrte sie aus den Schienen und warf sie der Pergamotte zu. Von Nabob unbemerkt, fiel ein einzelner Schnellhefter mit Pergamenten aus der Schublade und landete auf dem von Spinnweben bedeckten

Boden. Wenn der Hefter Augen gehabt hätte, hätte er blinzelnd da gelegen und versucht, sich an das erste Lavalicht seit Jahrhunderten zu gewöhnen.

Nach mehr antiken Pergamenten hungernd, entriß die Pergamotte Nabob das nächste Schubfach und zermalmte es in Rekordzeit. Dann hörte man das schreckliche Geräusch schmatzender Schneidwerkzeuge. Von der Kaugeschwindigkeit entsetzt, wirbelte Nabob herum und stürzte sich auf die nächste Ladung.

Er entdeckte den Hefter und hob ihn auf. Er hätte ihn der Pergamotte zwischen die Kiefer geworfen, wenn seine blutroten Katzenaugen nicht die großen Buchstaben bemerkt hätten, die ihn von der Vorderseite her anlachten.

> Äußerst streng geheim! Auf keinen Fall lesen!
> Lassen Sie's bleiben!
> Jawohl. Sie sind gemeint!

Nabob erstarrte, schaute sich nervös um und grinste, als er den Hefter aufblätterte.

Plötzlich schrie er erschreckt auf und starrte auf seine Klauen. Zwischen den Krallenspitzen flogen grelle Funken eisiger Fluoreszenz in einem brennend kalten Nebel hin und her. Reflexartig warf er den Ordner weg und steckte die Klaue mit einer Hagelexplosion in den Mund.

Die Facettenaugen der Pergamotte entdeckten das herabfallende Dokument und schätzten mit gieriger Genauigkeit Fallwinkel und Geschwindigkeit ab. Dann ließ sie eine schwarze Zunge hervorschnellen und fügte es ihrem Mageninhalt zu. Nabob schaute schockiert von seinen Klauen auf das Monstrum. Die Klaue schmerzte von der Eiseskälte, sein Kopf schwirrte vor Wut. Was war es gewesen? Hätte es ihm nützlich sein können? Jetzt würde er es nie erfahren.

Der komplexe Kiefer der Pergamotte schnappte noch

immer auf und zu, kaute wie ein verhungernder Hecht mit gespaltenem Kiefer, der verzweifelt auf Nahrung wartete, auf Luft.

Nabob knurrte, zerrte eine weitere Schublade aus einem Schrank und wollte sie der Pergamotte zuwerfen. Dazu kam er jedoch nicht.

Erst als sich die Fühler der Pergamotte kerzengerade aufrichteten, sie ihr Maul zuklappte und ihre Facettenaugen zitterten, bemerkte Nabob, daß etwas nicht stimmte. Er schaute mit offenem Mund zu, wie die Pergamotte besorgt die Klauen auf genau die Stelle ihres Bauches legte, an der er ihren Magen vermutete. Auf ein leises Rülpsen hin schielte sie verschämt. Sie plusterte die Backen auf, und feiner Rauhreif bildete sich auf ihren, na ja, ›Lippen‹. Sie hob eine Klaue vor den Mund, als Nabobs Instinkt ihm endlich dazu riet, in Deckung zu gehen.

Und keine Sekunde zu früh.

Mit einem letzten Schluckauf, der beunruhigend nach ›Hoppla!‹ klang, füllte sich der Keller mit lautem Magen-Darmknurren, bevor nach einer feuchten Explosion frischzerkautes Pergament die Luft ausfüllte. Fetzen feuchter Dokumente klatschten gegen Wände und Aktenschränke; der ganze Raum war mit Pergamentmatsch bedeckt.

Nabob blieb mehrere Minuten lang mit der noch immer schmerzenden Klaue zitternd hinter einem Schrank liegen und hörte nur das Geräusch herabtropfenden Pergamentbreis. Nervös linste er in das Chaos und atmete tief durch. In der Ecke saß mutterseelenallein die Pergamotte in einem Dokumentengemetzel, die Fühler flach an den Kopf gelegt, und stöhnte wie ein Hündchen, das etwas Unbekömmliches gefressen hat.

Aber für Nabob war etwas anderes viel interessanter als die leidende Pergamotte mit den akuten Verdauungsstörungen: das seltsame Objekt, das unmittelbar vor ihr aufleuchtete. Von der versuchten Verdauung scheinbar gänzlich unbeschädigt, lag da der dünne und geheimnisvolle Ordner. Seine Klauen pochten, als würden sie ihn wiedererkennen, und seine Milz bebte aufgeregt.

Irgendwie war er sich sicher, daß niemand von diesem … diesem … Etwas … wußte.

Er sprang über den Schrank und schlich sich an das Dokument heran. Er wich bewußt dem warnenden Blick der schmollenden Pergamotte aus, die ihm offensichtlich die Schuld an ihrem Unfall gab. Er zog ein Stück Schublade aus den Trümmern und berührte mutig die Umschlagseite. Dichter Dampf strömte heraus, als er den Hefter aufschlug und einen neugierigen Blick auf den mysteriösen Inhalt warf.

Seine Katzenpupillen weiteten sich entsetzt, als er auf die seltsam verwinkelten altmodischen Buchstaben und verzerrten Abbildungen starrte. Er wurde aus beiden nicht schlau.

Gestalten mit langen, wallenden Bärten versteckten sich hinter grotesken Felsformationen und schauten sich verstohlen um. Auf der nächsten Seite kroch eine Gruppe von ihnen auf ein gewaltiges Loch im Boden zu. Und noch weiter hinten beobachteten sie, von anderen Felsen verborgen, Strichmännchen mit Hörnern und Schwänzen, die große Dreizacke in den Klauen hielten.

Daß etwas an Nabobs Fund eigentümlich war, schien von blendender Offensichtlichkeit zu sein. Er konnte zwar die Klaue nicht auf ihn legen (er zuckte bei dem Gedanken zusammen), aber er mußte mehr erfahren, soviel war ihm klar.

Er wickelte den Hefter vorsichtig in einen Stapel Pergamente ein und verstaute ihn in der Tasche seiner Tunika. Dann machte er sich daran, den Raum zu säubern, um jede Spur davon zu verwischen, daß sich auch nur im entferntesten etwas Ungewöhnliches zugetragen haben könnte. Er würde es auf keinen Fall zulassen, daß Byrernst ihm unangenehme Fragen über den Fund stellte. Jedenfalls nicht, bevor er wußte, was ihm da in die Klauen gefallen war.

Nabob verfluchte die kotzende Pergamotte ausgesprochen wortreich. Dann schüttelte er sich und fing an, aufgeweichte Pergamentstreifen von der Decke abzuziehen.

Ein blutroter Blitz durchfuhr die trübe Atmosphäre und rumpelte lautstark durch das Unterweltreich Höllien. Eine Unmenge reparaturbedürftiger Fähren pflügte klebrige Furchen in den Schlamm des Flusses Schleimau und rülpste chthonischen Rauchkohlenstoff in die Luft. Die Schreie gequälter Seelen gellten ungehört durch die brütende Hitze.

Kurz gesagt, es war ein stinknormaler Schreitagnachmittag.

Das heißt, ohne die Ansammlung neun Fuß großer Dämonen, die verstohlen am Flußufer auf und ab schlenderten, wäre es ein stinknormaler Schreitagnachmittag gewesen. Gewöhnlich hätten sie im ›Gomorrha‹ Lava-Martinis weggekippt, als gäbe es kein Morgen. Aber heute war es anders. Etwas Seltsames ging vor.

Es waren nach und nach mehr geworden, und sie beobachteten eine andere kleine Gruppe, die auf einem verlassenen Stück Ufer fleißig bei der Arbeit war. Fasziniert und beträchtlich mißtrauisch hatten ihre Katzenaugen jedes kleinste Detail der Tätigkeit aufgeschnappt und versuchten zu verstehen, was da genau ablief.

»Und? Schon rausgekriegt, was es ist?« grunzte ein Beobachter, ein Mitarbeiter der Einwanderungsbehörde.

»Nö«, grunzte Kapitän Nörglpytter und saugte an seiner Bölkpfeife. »Aber es gefällt mir nicht. Es gefällt mir ganz und gar nicht. Über Bauarbeiten hätte man mich informieren müssen. Erst recht so nah an der Mole.« Er polierte nervös das Abzeichen, das ihn als

Sprecher der ›Koalition renitenter Unterwelt-Fährschiffer‹ auswies. Man hätte ihm Gelegenheit geben müssen, jegliche Erschließungspläne von vornherein verwerfen zu können. Man hätte ihn anhören müssen. Hätte ihm die Zeit gewähren müssen, eine Versammlung einzuberufen, auf der über den Zeitpunkt entschieden wurde, eine Versammlung zu diesem Plan abzuhalten, die Versammlung wegen eines Verfahrensfehlers abzusagen und in ein paar Jahrzehnten neu anzuberaumen, wenn Gras über die ganze Sache gewachsen war. So gehörte es sich einfach nicht. Es stank nach Leistungsfähigkeit, und Edikt 93 der Koalitionsregeln besagte eindeutig: ›Leistungsfähigkeit als theoretisches Modell der Arbeitspraxis wird anerkannt, so lange es sich nicht auf bestehende Operationssysteme auswirkt.‹ Das wußte auch jeder. Zumindest glaubte Nörglpytter, daß jeder es wußte. Aber seit der neue Obertotengräber im Amt war, wurden die Dinge einfach nicht mehr auf ordentlich bürokratische Art geregelt.

Ein Welle neugierigen Tuschelns ging durch die Gruppe, als ein Arbeiter einen großen Käfig auf die Baustelle zog. Im Handumdrehen hatte der Dämon eine Spur aus Steinen vom Käfig zu einer markierten Stelle gelegt, war hinter den Käfig gehechtet und hatte mit nervösen Klauen die Käfigtür geöffnet. Plötzlich wurde der schwarze Rückenpanzer eines vielbeinigen Wesens sichtbar, das sich auf die Steine stürzte und sie zu Staub zermalmte, bevor es sich an der markierten Stelle vergrub. In wenigen Augenblicken hatte die Stalagmotte das Fundament für eine kleine Bude herausgeknabbert.

Langsam wurde es Kapitän Nörglpytter zuviel. Atemlos und doch heftig fluchend, dabei dichte Wolken ranzigen Pfeifenrauchs ausstoßend, klapperte er über die Felsen. Seine Hufe warfen Funken auf der glatten Oberfläche, und sein Schweif peitschte hin und her.

»Wer hat hier das Kommando?« fragte er kurz darauf einen Arbeiter, dem er seinen süßlichen Mundgeruch ins Gesicht blies. Der Dämon zeigte auf einen einfachen Teufel, der gerade etwas scharlachrot Glänzendes aus der Tasche zog und hektisch hineinsprach. Hinter Nörglpytter luden zwei Dämonen etwas Langes und Schweres von einem flachen Lastwagen.

»Würde es Ihnen etwas ausmachen, mir zu erklären, was sich hier genau abspielt?« fauchte Nörglpytter über das Getöse der nagenden Stalagmotte hinweg. Der Teufel machte eine wegwerfende Klauenbewegung und sprach weiter.

Nörglpytters Rückenstacheln richteten sich vor Wut auf. »Wissen Sie überhaupt, wer ich bin?« brüllte er beleidigt.

Der Teufel drehte sich um, legte eine Klaue auf seine schwarzen Lippen und führte das Gespräch fort.

Wie Kapitän Nörglpytter es nicht anders gewohnt war, ignorierte er die Bitte um Ruhe. »Seit zwölf Jahrhunderten bin ich der ordnungsgemäß gewählte Sprecher der Koalition renitenter Unterwelt-Fährschiffer«, grunzte er herablassend.

»Hören Sie mal, sehen Sie nicht, daß ich beschäftigt bin?« schnaufte der Teufel. Er flüsterte noch ein paar abschließende Worte, dann sagte er: »Los jetzt. Oberste Priorität.« Dann warf er das Mhodemm mit einer Bewegung aus dem Unterarm in die Luft. Nörglpytters Mund stand weit offen, als er sah, daß das insektenähnliche Wesen vier Siliziumschwingen ausbreitete und auf das Zentrum von Mortropolis zuflog. So etwas hatte er noch nie gesehen.

»Ich heiße Malochus, ich bin der Polier«, sagte der Teufel trocken. »Was kann ich für Sie tun, hm?«

Zwölf Jahrhunderte Erfahrung übernahmen bei Nörglpytter das Kommando, als er mit seiner krummen Kralle auf das aus dem Felsen genagte Fundament zeigte. »Was ist das?« fauchte er.

»Erzählen Sie mir nicht, daß sie noch nie ein Fundament gesehen haben«, fing Malochus an. »Donnerknispel. Hätte gedacht, daß jeder so was kennt …«

»Was wollen Sie da bauen?« keifte Nörglpytter, der schnell die Kleinigkeit verlor, die er Geduld nannte. Feine Rauchfahnen kräuselten sich über seinen Nasenlöchern, als er sich zu seinen vollen neun Fuß aufrichtete. »Was soll das werden, häh?«

»Soll das etwa heißen, Sie wissen es nicht?«

»Sonst würde ich Sie wohl kaum fragen.«

»Da haben Sie nicht unrecht«, sagte Malochus grübelnd und verstummte. Weit über ihnen flatterte das Mhodemm zielstrebig auf die Felsenkratzer von Mortropolis zu.

»Also was wird es?« knurrte Nörglpytter.

»Darf ich nicht sagen«, antwortete Malochus feixend. »Die Vorschriften.«

Nörglpytters Rückenstacheln spannten sich verärgert an. »Vorschriften?« brüllte er. »Für mich als Sprecher der Koalition renitenter Unterwelt-Fährschiffer besagen die Vorschriften, daß ich über jede Entwicklung informiert werden muß, die sich direkt auf unsere Arbeitssituation auswirkt.«

»Tut mir leid, Kollege. Alle betroffenen Parteien sind inform … Argh!« Malochus war von Nörglpytter am Hals gepackt und hochgehoben worden.

»Alle, außer mir! Zeigen Sie mir die Pläne, aber dalli!« schrie Nörglpytter.

Und während Malochus langsam dunkelviolett anlief und sich fragte, wie lange er wohl noch Stillschweigen bewahren konnte, trommelten in einem der Büros in den oberen Etagen des Dämonischen Dienstes in Mortropolis blutrote Krallen mißmutig auf einen pergamentbedeckten Obsidianschreibtisch.

»Verdammter Kerl!« fluchte Byrernst, als er erneut die gerade erhaltene Botschaft las. »Das ist kein Angebot, das ist eine Beleidigung. Was denkt der denn, was

Qualen heutzutage kosten? Schauen Sie sich das mal an!«

Er warf Finanzverwalter Asmodeus über den Schreibtisch einen Zettel zu.

»Hmmmmm«, grunzte der Dämon mit dem halbmondförmigen Kristallkneifer. »Sieht so aus, als hätte unser Freund das Konzept des freien Qualenmarktes noch nicht ganz begriffen.«

»Freund? Scheytan ist nicht mein Freund.« Byrernst schnappte sich ein anderes Blatt Nimmerbrenn-Pergament von einem Stapel und starrte es wütend an. Die Zahlenreihen verschwammen vor seinen Katzenaugen.

»Wenn man ihn darauf hinweist, mit welchen Konsequenzen er zu rechnen hat, wenn er sich weigert, uns für den Einsatz unserer unerreichten Foltermethoden zu bezahlen, würde er vielleicht eine etwas akzeptablere Einstellung einnehmen«, schleimte Asmodeus.

»Zum Beispiel?« fauchte Byrernst.

»Nun, wenn etwa ein anonymes kleines Mhodemm Fürst d'Eibele bei seinem anstehenden Kontrollbesuch ins Muschelohr flüstern würde, daß die verdammten Seelen im Haßloch-Becken nicht ganz so, tja, heftig gequält werden, wie es sich gehört, würde er vielleicht etwas unternehmen. Wie viele Folteranlagen betreibt Scheytan derzeit?«

»Also, ich ...«

»Sind sie in der Lage, einen stetigen Strom von Schmerz, Qualen und Leid zu liefern, der des Namens Höllien würdig ist? Weiß nicht jeder, daß niemand Mortropolis das Wasser reichen kann, wenn es um rundherum professionelle ewige Verdammnis geht? Zum Teufel, wir bieten ausgedehnte Fäkalseen an, die sowohl eine aufrechte als auch hängende Unterbringung ermöglichen, und ein breites Spektrum an Felsroll-Hügeln, jetzt auch mit pausenverhinderndem Fluchtpunktgipfel, sowie brennende Pechsümpfe und Feuergruben ... Die Liste wird jeden Tag länger.«

»Vielleicht sollte man ein bißchen mehr Werbung machen …«, schlug Byrernst nachdenklich vor.

»Ist nicht bewiesen worden, daß unzureichende Versorgung mit eben jenem Schmerz, Qualen und Leid direkt verantwortlich ist für …« Asmodeus lehnte sich über den Schreibtisch und flüsterte in Byrernsts Ohr. »Fröhlichkeit?«

»Pssst! *Sagen* Sie das nicht! Denken Sie es nicht mal! Es ist abscheulich!«

»Und ich möchte wetten, daß seine Fiesheit, der finstere Fürst d'Eibele, es noch viel mehr so empfindet.«

Byrernst zitterte und warf einen verstohlenen Blick über die Schulter. *Das Wort mit F,* dachte er hektisch. *Er hat das Wort mit F in meinem Büro gebraucht!*

Asmodeus lehnte sich mit einem listigen Lächeln auf seinen Drehthron zurück. Er war sich des Sieges wieder einmal bewußt. »Wenn Scheytan also erst einmal verdeutlicht worden ist, daß sein Reich, was ewige Qualen betrifft, sträflich unterversorgt ist, nachdem er sich mehrere Jahrhunderte darauf konzentriert hat, natürliche Ressourcen auszubeuten, wird er sicherlich einsehen, daß eine kleine Investition in unser Dienstleistungsangebot durchaus sinnvoll ist.«

»Und genau darum geht's hier«, fauchte Byrernst und warf dem Finanzverwalter ein weiteres frisch eingetroffenes Pergament zu. »Die natürlichen Ressourcen, von denen Sie gerade gesprochen haben … Scheytan, dieser Hundesohn, will *mich* dafür bezahlen lassen!«

»Aber das ist doch nur Lava und Schwefel. Man kommt doch sicherlich auch ohne aus?«

»Ach ja? Haben Sie schon mal versucht, mit einem *kalten* Schürhaken eiternde Wunden in die weiche Struktur einer gequälten Seele zu brennen? Halten Sie lauwarme Kessel voller Pech ernsthaft für effektiv? Klar! D'Eibele wäre bestimmt ungeheuer beeindruckt, wenn Mortropolis gesunde Saunabäder anböte!«

Asmodeus trommelte nervös auf dem Rand seines

Kneifers. »Ich sehe das Problem«, äußerte er zurückhaltend.

»Tatsächlich? Ich sag Ihnen noch was ganz anderes!«

Glücklicherweise – für Asmodeus – fand er nie heraus, was das andere gewesen wäre. Denn in diesem Augenblick ertönte ein leises Kratzen in einer kleinen Röhre, die durch das Quarzfenster führte, und ein scharlachrotes Insekt summte durch den Mhodemmeingang.

»Pergament, Pergament, schnell!« raunzte Byrernst, als er die hektische Aktivität der siliziumgeflügelten Kreatur bemerkte.

Asmodeus ließ einen Stapel Pergament auf den Obsidianschreibtisch fallen und schaute verblüfft zu, als das Mhodemm herabflog und an der oberen linken Ecke des ersten Blattes landete. Der Triumph der neugegründeten Bürowelt-Abteilung von Mortropolis fuhr einen nadelspitzen Schwanz aus dem Bauch aus und stanzte winzige Löcher in das Papier. Nach jedem Buchstaben sprang das Mhodemm ein winziges Stück zur Seite und rammte von neuem mit bestechender Genauigkeit den Schwanz in das Pergament. Byrernst trug ein breites Grinsen auf dem Gesicht, als er dem Wesen zuschaute und sich zu diesem gewaltigen Fortschritt in der Kommunikation beglückwünschte.

Erst als er den Inhalt der Botschaft las, wurde das Grinsen von einer wütenden Grimasse ersetzt.

»Diese verfluchten Fährschiffer!« schrie er und stürmte unter üblen Flüchen aus dem Büro.

Asmodeus schluckte trocken und versuchte mit zusammengekniffenen Augen, die für ihn auf dem Kopf stehende Botschaft zu lesen.

Er runzelte die Stirn, als es ihm gelang.

> An: Byrernst, Obertoten-blablabla. Er weiß selbst am besten, was er ist. Ich habe, verdammt noch mal, keine Zeit, mir den Kopf über diesen

Quatsch zu zerbrechen, wie er korrekt angesprochen wird. Nicht, wenn die Meute da hinten so mißtrauisch … O je. Jetzt geht's los.

Hüstel. Ruhig. Ganz ruhig bleiben. Lieber Byrernst, ähm, es gibt Ärger. Nörglpytter ist im Anmarsch. Ich werde ihn hinhalten, so lange … Hören Sie mal, sehen Sie nicht, daß ich beschäftigt bin? … Kommen Sie so schnell wie möglich her. Ende.

Los jetzt. Oberste Priorität.

Tief im Bauch des Felsenkratzers des Dämonischen Dienstes wischte Nabob mit einer schuppigen Klaue über seine nicht minder schuppige Stirn. Er schaute der Pergamotte zu, die, sich abstoßend, die allerletzten Reste des letzten Aktenschranks anknabberte.

Er hatte schnell herausgefunden, daß sie das Langzeitgedächtnis eines durchschnittlichen Goldfisches hatte. Sechs Sekunden nach der explosivsten Übelkeitsattacke ihres Lebens hatte sie geblinzelt, sich umgeschaut und sich gefragt, woher der ganze Dreck kam. Sie hatte in diesem Zusammenhang offenbar auch noch eine Reihe anderer Fakten vergessen. Kleinigkeiten wie die Tatsachen, daß sie sonst keine quälenden Bauchschmerzen hatte; daß sie eine echte Abneigung gegen angeschimmeltes feuerfestes Pergament hatte und es ihr eigentlich nicht möglich war, Schieferschränke zu durchbeißen. Folglich war es nicht besonders schwer gewesen, die erbärmliche Kreatur davon zu überzeugen, daß sie in diesem Raum wirklich alles außer Nabob verzehren wollte.

Die völlige Abwesenheit jeglichen Erinnerungsvermögens war keineswegs überraschend. Das verdammte Ding war einfach so gemacht worden. Seit die Bürowelt-Abteilung von Mortropolis gnadenlos ihre Hungerreflexe gefördert und unablässig an ihrem sogenannten Gehirn herumgebogen hatte, war sie nun ständig halb verhungert und erinnerte sich an nichts*.

Letzteres war eine Sicherheitsmaßnahme, auf der Byrernst ausdrücklich bestand. Er hatte darauf hingewiesen, daß es nicht gerade hilfreich war, ›wenn Pergamotten herumlaufen und ganze Absätze aus streng geheimen Dokumenten nachplappern, wie senile Schauspieler, die uralte Monologe aufsagen.‹ Kurz gesagt, es war viel zu gefährlich.

Nabob suchte den Keller nach irgendwelchen Hinweisen auf seine mysteriöse Entdeckung ab. Als er nur leere Wände fand, drehte er sich lächelnd um und ging zur Tür hinaus. Die auf ihrem aufgeblähten Bauch schaukelnde Pergamotte blickte ihm nach. Einige Sekunden lang scharrte sie verzweifelt am Steinboden und versuchte, ihm zu folgen, um noch etwas Leckeres zum Atzen zu bekommen, aber dann stellte sie ihre Bemühungen ein und fragte sich blinzelnd, wo sie noch mal hin wollte. Als sie sich müßig im Raum umschaute und zum ersten Mal in ihrem Leben nichts Eßbares entdeckte, vergaß sie, daß sie eigentlich hungrig sein sollte.

---

* Anfangs waren die Versuche, perfekte Pergamotten zu züchten, nicht ohne Rückschläge verlaufen. Ein ganzer Wurf war geschlüpft, der sich nicht im geringsten daran erinnerte, was es bedeutete, höhlenrein zu sein. Zum Glück fand man heraus, daß von Pergamotten verdaute Nimmerbrenn-Pergamente hervorragenden Dünger für Teufelskrallen, Toxinien und andere in Höllien heimische Pflanzenarten abgaben.

Der ganze Wurf war zum Palast Fürst d'Eibeles gebracht worden, und bald war ganz Höllien neidisch auf seine Blumenrabatten gewesen. Die Hufböden der Bürowelt-Abteilung von Mortropolis waren auch wieder viel sicherer.

Spätere Pergamottengenerationen waren alle mit dem Instinkt ausgestattet, sich in den Fäkalseen des Gestanks und der Verderbtheit zu erleichtern. So konnte jeder (bis auf die unglücklichen Seelen in den bewußten Seen) die Ewigkeit ohne unangenehme Straßenpflaster-Schleimspuren verbringen.

Nabob drückte das Päckchen eng an seine Brust, als er durch den Gang lief, die Treppe ein Dutzend Etagen hinaufhetzte und mit Höchstgeschwindigkeit durch die Drehtür des Felsenkratzers des Dämonischen Dienstes platzte. Aber er kam nicht lange so schnell voran. Ohne Vorwarnung steckte er plötzlich bis unter beide Arme in stöhnenden Seelen, die sich unglücklich zum nächsten Qualentermin schleppten. Er fluchte über den Zustand der überfüllten Straßen und drängelte sich durch die Massen seinem Ziel entgegen, einem gewissen unhygienischen Abfluß hinter dem ›Gomorrha‹ in der Innenstadt. Sonst verbrachte er seinen Feierabend nicht gerade hier, aber heute war eine Ausnahme.

Der Dämon Schoysal steckte bis zur Hüfte drin und bemühte sich verzweifelt, nicht darüber nachzudenken, woraus das Zeug bestanden hatte, bevor es durch den Verdauungstrakt der Kundschaft des ›Gomorrha‹ gegangen war. Es sah so aus, als lösten Lava-Martinis in großen Mengen nicht nur die Zungen von Dämonen. Er richtete seine Nasenklammer, schnappte seine Schaufel und hackte wieder resigniert auf das Ufer ein.

»Gemeinnützige Arbeit«, fauchte er kurzatmig. »Verfluchter Byrernst!« Seine Schaufel kratzte am steinigen Ufer entlang und schlug wieder einen winzigen Splitter los. Wenn es so weiterging, würde er wohl ein ganzes Jahrzehnt brauchen, um den Abfluß in den Vorratstank umzulenken, der die Fäkalseen des Gestanks und der Verderbtheit speiste. Drei Monate waren seit seiner Verurteilung vergangen, und bis jetzt war er drei Zoll weit gekommen.

Er biß die Reißzähne aufeinander und fluchte noch einmal. Es wäre alles anders gekommen, wenn es nicht so furchtbar schiefgegangen wäre und man ihn nicht auf frischer Untat ertappt hätte. Wenn d'Eibele zur Wahl eingetroffen wäre – statt drei Tage früher –, hätten sie ihm die dickste Bestechung aller Zeiten zukommen lassen. Er hätte für seine Stimme die Oberwelt bekommen. Die ganze. Die direkte Verbindung war bereits vorhanden und funktionierte: ein tausend Fuß tiefer Riß, der gewaltige Mengen von Hölliens Atmosphäre in die klare talpine Bergluft blies. Die Temperatur stieg rapide an, und überall kamen abscheuliche Niederschläge herunter. Es wäre alles wunderbar unbewohnbar geworden.

Wenn nur d'Eibeles dämlicher Daktylus nicht mit dem Flügel in den Sog der entweichenden Gase geraten und ins Penthaus des Interhemisphärischen Reisebüros gekracht wäre. Er hatte alles ruiniert! Jetzt hatten er und Nabob ungefähr so gute Aussichten auf die Obertotengräberschaft wie eine durchschnittliche Pergamotte auf den ersten Platz beim Memory-Turnier.

Sie konnten nur für eins dankbar sein: daß das Reisebüro so verwüstet worden war, daß niemand mehr erraten konnte, was er und Nabob geplant hatten. Erstaunlicherweise hatte Byrernst tatsächlich das Märchen geglaubt, daß sie mit unfähigen illegalen Einwanderern das Büro hatten erweitern wollen. Schoysal hatte damit gerechnet, wegen diverser Vergehen gegen Bauvorschriften und Arbeitsgesetze sowie Tierquälerei an d'Eibeles Daktylus zu einigen hundert Jahren Knast verdonnert zu werden. Statt dessen hatte man ihn zu gemeinnütziger Arbeit verurteilt. Er warf einen Blick auf das, was noch vor ihm lag, und winselte leise. Drei Jahrhunderte Einzelhaft klangen im Vergleich dazu gar nicht schlecht.

Er fauchte – nicht zum ersten Mal –, als er sich an seinem Arbeitsplatz umsah. Diesmal war Byrernst zu weit gegangen. Gemeinnützige Arbeit? Verfluchtes Schwein! Und verfluchter Nabob! Hielt einfach die Klappe über ihre Partnerschaft, nur weil es schiefgegangen war. So ein verdammtes, unzuverlässiges, hinterhältiges Stück ...

»Hallo, Schoysal«, sagte Nabob gezwungen fröhlich. »Schönes Wetter heute, was?« Seine Klaue strich über das Pergamentpaket tief in seiner Tasche.

»Ja, klar«, fuhr Schoysal ihn an, rammte die Schaufel vor sich hin und stützte sich auf den Griff. Tödliche Wut kroch wie eine Schlange durch sein Innerstes. *Bleib ganz ruhig,* sagte er sich. Es war nicht nötig, seinen Rachegelüsten unmittelbar nachzugeben. Schließlich sagt man, daß Rache Blutwurst ist. Und wer zuletzt ißt, ißt am längsten. Oder so ähnlich. »Ein ganz wunderbarer Tag! Genau richtig, um bis zur Hüfte *hier drin* zu stecken!« bemerkte er mit einer, wie er hoffte, Schaufelvoll Sarkasmus.

»So, ähm, so habe ich es zwar nicht gemeint, aber …«

»Was willst du hier? Willst dich auch noch lustig machen, was? Willst dich wie was Besseres fühlen, weil du nicht zu verfluchter gemeinnütziger Arbeit verurteilt worden bist?« Dünne Rauchfahnen des Zorns entkamen seinen Nasenlöchern trotz der Klammer. Schoysal war, das mußte man zugeben, pikiert.

»Nein, ich …«

»Seit drei Monaten bin ich schon hier, und du bist kein einziges Mal zu Besuch gekommen! Herzlichen Dank!«

»Ich wäre ja gekommen, aber …«

»Du gehörst genauso hierhin wie ich!« fauchte Schoysal.

»Also, jetzt laß uns mal nichts übereilen. Ich will dich um einen Gefallen bitten.«

»Einen Gefallen? Wie nett!« knurrte Schoysal triefend vor Sarkasmus und Abwasser. »Du läßt mich hier in der Gülle im Stich, aber wenn du meine Hilfe brauchst, heißt es plötzlich ›Hallo Schoysal, schönes Wetter heute.‹« Obwohl er äußerlich kochte, gab es in ihm einen kleinen Teil, der ungeheuer neugierig wurde. Ein Gefallen? Das konnte nur heißen, daß Nabob ein Problem hatte, aus dem er nicht schlau wurde. Und wenn er damit zu ihm kam und das Risiko einging, mit ihm gesehen zu werden, mußte es ernst sein. Und geheimnisvoll. Schoysal war auf das Geheimnisvolle spezialisiert. Für den Dämon, der tief in der Scheiße steckte, klang Nabobs Gefallen immer interessanter.

Aber jetzt mußte er erst einmal Dringenderes, wenn auch Kindisches loswerden. Nun würde er Nabob ein schlechtes Gewissen einreden, das dieser hoffentlich nie verarbeitete.

»Ich hoffe, du bist zufrieden damit, wie sich alles ergeben hat«, begann er. »Oder schämst du dich etwa? Also, du hast nicht mal versucht, dich bei mir zu melden. Nicht mal eine Beileids- oder Mitleidskarte ...«

»Weswegen?«

»Du herzloser ... wegen Kiesela. Ich hab sie verloren!« stöhnte Schoysal. »Ich habe meine Lieblingsstalagmotte verloren!«

»Tja, sie werden ja auch nicht so alt ...«

»Ich hatte sie schon jahrelang ...«

»Aber im Geröll gibt's doch noch reichlich davon«, stellte Nabob fest.

»Keine wie Kiesela. Das schneeweiße Rechteck auf ihrer Vorderklaue, die Art, wie sie genüßlich mit den Zähnen knirschte, wenn ich ihr den Bauch geschmirgelt habe ...« Schoysal seufzte. Manchmal wußte er nicht genau, was an seiner augenblicklichen Lage das Schlimmste war. Die gemeinnützige Arbeit oder die Tatsache, daß sie Kiesela gewaltsam abgeholt hatten.

»Ich mach dir 'n Vorschlag«, grinste Nabob. Schoysals erbärmlicher Versuch, an sein weiches Herz zu appellieren, war gründlich fehlgeschlagen. (Es lag höchstwahrscheinlich daran, daß Nabob sein weiches Herz schon im Alter von 3000 Jahren hatte operativ entfernen lassen. Wenn ein Dämon eins nicht gebrauchen konnte, dann ein weiches Herz.) »Wenn du mir den Gefallen tust, besorge ich dir eine neue.«

»Ich will keine neue! Ich will Kiesela zurück!«

»Schau mal, unsterblich sein, ist manchmal nicht einfach. Ständig kratzen einem die Haustiere ab, und ...«

»Was?« kreischte Schoysal erschrocken. Hatte

Nabob etwas von seinem Haustier gehört? Plötzlich lasteten die letzten drei Monate ohne Kiesela schwer auf ihm. Hatte Nabob etwa recht? Hatte sie die Klauen zum letzten Mal gekrümmt? »Willst du etwa sagen, sie ist t…t…?« Dann brauste kalte Wut in ihm auf. »Warum hast du es mir nicht früher gesagt? Du herzloser …«

Nabob wirkte einen Augenblick lang verwirrt. »Gesagt?« erwiderte er, wobei er sich ernsthaft fragte, ob die gemeinnützige Arbeit nicht vielleicht doch langwierigere Auswirkungen auf den Verstand hatte, als er sich vorstellte. Es war schlimmer als befürchtet. Schoysal hatte seinen Schicksalsschlag offensichtlich verdrängt. Und alles wegen einer blöden Stalagmotte. Ob er in diesem üblen Zustand überhaupt noch in der Lage war, das Geheimnis in seiner Tasche zu entschlüsseln? War es ein schwerer Fehler gewesen, hierher zu kommen? Wenn irgendwelche neugierigen Augen sie beobachteten … Ihm schauderte bei dem Gedanken, welch erfreuliche gemeinnützige Aufgabe Byrernst sich für ihn ausdenken würde.

»Ich habe immer gewußt, daß Tierheime ungesund sind«, schluchzte Schoysal wütend. »Sie haben mir versprochen, daß sie gut behandelt wird …«

»Moment mal.« Nabob schüttelte den Kopf, als er wieder auf Schoysals Wortschwall hörte. »Tierheime? Wovon sprichst du eigentlich?«

»Kiesela. Sie haben sie mir weggenommen. Haben gesagt, mir stünden keine Privilegien zu.«

»Na, dann ist's ja gut«, erwiderte Nabob mit einem erleichterten Seufzer. Schoysal hatte doch noch wenigstens die Hälfte seiner Tassen im Schrank. Er war doch noch zu etwas zu gebrauchen.

»Gut? Wie kannst du so was sagen, wenn du mir erzählst, daß sie sie um … umge … irreparabel beschädigt haben? Ach, warte nur, bis ich diese Mörder in meine Klauen kriege, dann …« Schoysal watete durch das Abwasser. Er hielt den Griff der Schaufel so fest gepackt, daß seine schuppigen Knöchel grau wurden.

Und Nabobs Vertrauen in Schoysals geistige Fähigkeiten schwand wieder. Welche Hälfte seiner Tassen war denn jetzt im Schrank geblieben? »Du hast *mir* das erzählt, oder?« begann er matt, als er versuchte, den Verlauf der Unterhaltung im Kopf zu rekapitulieren. Er war nun, was das Ableben der bewußten Stalagmotte betraf, vollends verwirrt.

Schoysal kletterte gerade wütend und tropfend ans Ufer, als es bei Nabob dämmerte. »Warte mal!« rief er und hielt Schoysal am Arm fest. »*Du* hast gesagt, du hättest sie verloren. Und ich habe versucht, dich zu trösten …«

Schoysal wirbelte herum. Sein Ärger hatte den Siedepunkt erreicht. »Trösten? Nennt man das jetzt so? Dann tröste dich hieran!« Die verschmierte Schaufel glitt durch die Luft und traf Nabob seitlich am Kopf, so daß dieser taumelte und beinahe stürzte. Das Paket aus Pergamenten fiel aus seiner Tasche, landete auf einem spitzen Stein und platzte auf. Der Ordner segelte ans Ufer, wo er auf einer kleinen Erhöhung liegenblieb.

Und so lag er gespenstisch leuchtend da, zog Schoysals ganze Aufmerksamkeit auf sich und fachte die Flamme seiner Neugier zu einem alles verzehrenden Inferno an. »Was, zum …?« grunzte er mit der Schaufel hoch über dem Kopf, da er vorgehabt hatte, sie erneut gegen Nabobs Schädel zu schmettern. Eine ganze Zeit lang schwankte er zwischen einer Entladung seiner in drei Monaten angestauten Verbitterung, indem er wild mit der Schaufel auf Nabobs Anatomie eindrosch, und der Befriedigung seiner Neugier auf das seltsame, eigentümlich dampfende Dokument.

Nabobs Ohr war unendlich erleichtert, daß er sich für letzteres entschied. Die Schaufel fiel klirrend zu Boden, und Schoysal näherte sich wie hypnotisiert dem unheimlichen Hefter. Er streckte die Klauen danach aus …

»Halt!« grunzte Nabob über häßlich anschwellende Lippen. »Faß ihn nicht ohne …«

Ein Schrei dämonischen Schmerzes deutete darauf hin, daß Nabobs Warnung ein Sekündchen zu spät gekommen war.

»… Handschuhe an«, vollendete Nabob den Satz, gerade als Schoysal es selbst herausfand. Als er seine Klaue in Überraschung und zugleich Schmerz schüttelte, flog der Hefter im hohen Bogen durch die Luft und versank zischend im Abwasser.

Nabobs Kinnlade klappte erschrocken herunter. Dann schnappte er sich, ohne nachzudenken, die Schaufel und hastete auf die blubbernde Stelle zu. Mit einem Glückstreffer und unter mühsamem Einsatz seiner dämonischen Armmuskeln schaufelte er den Hefter sowie eine ordentliche Portion Bohneneintopf vom Vortag ans Ufer.

Die beiden starrten den dampfenden Haufen einen Augenblick lang an. Der mysteriöse Ordner lag ein Stückchen rechts, er war blitzsauber, wie eine in Klarsichtfolie eingeschweißte Erstausgabe.

»Wie hat er das gemacht?« stammelte Schoysal begeistert.

»Keine Ahnung«, gab Nabob zu. »Nicht mal 'ne Pergamotte konnte den Umschlag beschädigen.«

»Was? Das Ding war in einer Pergamotte?«

»Jo. Ist aber nicht lange drin geblieben.«

»Jungejunge«, grunzte Schoysal, der von der Sache vollkommen gefesselt war.

Nabob sammelte die Reste der Pergamentverpackung ein und wickelte sie vorsichtig wieder um den Ordner.

»Ich finde, du schuldest mir ein paar Erklärungen«, flüsterte Schoysal verschwörerhaft. »Und am besten fängst du ganz am Anfang an. Was ist eine Pergamotte?«

Indem sie die Leiden des Poliers Malochus, der an Kapitän Nörglpytters Klauen herabhing, geflissentlich übersahen, machten sich die Arbeiter wieder ans Werk. Ihnen allen war klar, daß sie, wenn sie nicht rechtzeitig fertig wurden, selbst mit einem Bruchteil ihres Lohns aus Byrernsts geizigen Klauen ungefähr so sicher rechnen konnten wie mit einem tieffliegenden Schneeball.

Also zogen sie den Kopf ein, dachten an ihre leeren Taschen und errichteten trotz der Ansammlung verärgerter Dämonen in Windeseile zwei Buden. Beide hatten auf einer Seite einen Schlitz und einen langen Arm, der noch in auspolsternde Folie gewickelt war. In einer geraden Linie wurde ein Zaun zur Mole hin errichtet. Ein riesiger Dämon kauerte auf den Budendächern und brachte etwas an, das wie ein großes Schild aussah. Auch dieses war in die eigentümliche, mit kleinen Blasen übersäte Polsterfolie gewickelt.

»Zeigen Sie mir die Pläne!« wiederholte Kapitän Nörglpytter, wobei er der weitergehenden Arbeit den Rücken zudrehte.

»Darf ich nicht«, stöhnte der nun violett angelaufene Malochus kaum hörbar. »Die Vorschriften!«

»Sagen Sie, was es ist«, fauchte der vor Wut kochende Kapitän durch eine Wolke säuerlichen Pfeifenrauchs. »Sagen Sie es sofort, oder ich werde Ihnen persönlich …«

»Schauen Sie doch einfach selbst hin!« pustete Malochus kämpferisch. »Sie kommen sowieso zu spät. Ist schon fast fertig.«

»Was?« Kapitän Nörglpytter ließ Malochus fallen, ohne einen weiteren Gedanken an ihn zu verschwenden, und wirbelte herum. Gerade in diesem Augenblick wurde die Schutzfolie von den Schranken entfernt.

Der ganze wütende Dämonenschifferpöbel wich einen Schritt zurück und keuchte. Die gelbschwarzen Streifen auf den Schranken konnten nur eins bedeuten:

Die Leistungsfähigkeit hatte auch das Ufer der Schleimau erreicht.

»Die Gerüchte stimmten also wirklich!« krächzte Nörglpytter. »Seelenhäuschen!« Er hatte im ›Gomorrha‹ hinter vorgehaltener Hand von den Teufelsdingern flüstern gehört. Zungen, von zuviel Lava gelöst, hatten die schreckliche Wahrheit verraten: Wenn die verdammten Seelen erst mal einen Paß erhalten hatten, brauchten sie künftig keinem einzigen Dämonen mehr in die Augen zu schauen. Die Einwanderungsbehörde war überflüssig. Sie war durch Maschinen ersetzt worden.

In diesem Augenblick wurde die Folie von dem Schild über den beiden Büdchen entfernt. Die Dämonen starrten die grellen Buchstaben an.

> Die Hölliensche Organisation für Einwanderung, Leiden, Laster und Entsetzen (Abk. H.Ö.L.L.E.) heißt Sie in Mortropolis willkommen.
> Verzweiflung, Elend, Not. Das beste nach dem Tod.

Nörglpytters Wutschreie wurden vom Rest des Pöbels übertönt.

»Das dürfen Sie nicht!« raunzte er und packte Malochus, der sich gerade davonstehlen wollte, am Fußgelenk.

»Ist nicht meine Schuld«, jammerte der Polier, der sich verzweifelt wehrte und mit den Klauen Furchen in den Steinboden zog, als Nörglpytter ihn zurückzerrte. »Anweisungen. Byrernst hat mir befohlen ...«

»Byrernst! Zur Hölle mit ihm!« fauchte Kapitän Nörglpytter. »Wie kann er es wagen ...«

Der Rest seiner Worte wurde von tosendem Zornesgeschrei übertönt, als der Rest der Versammlung den Namen des verhaßten Obertotengräbers vernahm. Ohne irgendeine Anweisung wußten sofort alle, was zu tun war. Wie ein Dämon stürzten sie an Nörglpytter vorbei, ergriffen verschiedene Werkzeuge und attackierten die nagelneuen Büdchen. Klauen hoben die Schranken aus den Angeln, Hufe hämmerten funkensprühend auf die Wände ein. In einem Bruchteil der Zeit, die es gedauert hatte, sie zu errichten, wurden die Seelenhäuschen dem Boden gleichgemacht und die Zäune niedergetrampelt. Der Dämonenschwarm wandte sich nun einem flachen Lastwagen zu, der in wilder Ausgelassenheit umgekippt wurde. Ein großer Käfig fiel auf den Felsboden und brach auf. Die darin sitzende vielbeinige Stalagmotte blinzelte unbemerkt, sah ihre Gelegenheit und flüchtete seit drei Monaten erstmals in die Freiheit.

»Geht's euch jetzt besser, ja?« ertönte die arrogante Stimme eines Ungeheuers, das einer gerade eingetroffenen Dämonentruppe mit Helmen vorstand. Die offizielle Obertotengräberkette funkelte auffällig an seinem Hals. Die Menge erstarrte.

Nörglpytter ließ Malochus fallen und konnte ein schiefes Grinsen nicht unterdrücken, als der Teufel hektisch auf Byrernst und seine besonders bestochene Truppe von Knochenbrechern zueilte. Es war weithin bekannt, daß Byrernst sich mit seinem zur bedingungslosen Treue bestochenen Kommando sehr viel wohler fühlte, als wenn er sich auf die offiziellen mortropolischen Organisationen verlassen mußte. Zugegeben, es war schon ein bißchen teuer. Na und? Asmodeus hatte die notwendigen Gelder aus einem halben Dutzend Reptilienfonds zusammengekratzt.

Byrernst verschränkte die Arme, schraubte den Kopf fünf Grad nach rechts und starrte die nun reglose Dämonenmeute an, die so tat, als gäbe es die Trümmer unter ihren Hufen nicht.

»Ich habe gefragt, ob ihr euch jetzt wohler fühlt?« keifte er.

»Nein, und Ihnen sollte es auch nicht besser gehen«, begann Nörglpytter. »Die Bauqualität ließ wirklich zu wünschen übrig. Wirklich eine Schande. Mußte sofort wieder abgerissen werden, so gefährlich war's. Da hätte es früher oder später einen üblen Unfall gegeben. Gut, daß wir hier waren, um einen … ähm … Belastungstest durchzuführen.«

Für einen kurzen Augenblick wirkte Byrernst verwirrt. Nörglpytter bemerkte dies und fuhr fort. »Man hätte nie auf so zweifelhaften Fundamenten bauen dürfen. Da hat jemand im Baugenehmigungsamt nicht besonders effizient gearbeitet.«

Hinter Nörglpytter unterdrückten ein paar Dämonen ein Kichern, als Byrernst sich bedrohlich über dem kriechenden Malochus aufbaute. »Ist das wahr?« fauchte er und stampfte mit einem Huf auf die Klaue des Baustellenvorstehers.

»Aua! Da-da-das tut weh …«

»Wie bitte?« Byrernst verlagerte mehr Gewicht auf Malochus' schuppigen Arm.

»Aua! Nein, nein, aufhören!«

»Stimmt, was er sagt?« raunzte Byrernst.

»Nein, nein. Sie sind einfach ausgerastet und haben sich darauf gestürzt!« schrie Malochus.

»Dachte ich's mir doch«, knurrte Byrernst und drehte sich wieder zu Nörglpytter um. »So so. Mortropolisches Eigentum beschädigen, wie?« brüllte er.

»Meine Klaue«, wimmerte Malochus und tippte zaghaft auf Byrernsts Ferse. »Könnten Sie wohl Ihren Huf wegnehmen … bitte?«

Nörglpytter richtete sich zu voller Größe auf und schrie los. »Da ich, als Sprecher der Koalition renitenter Unterwelt-Fährschiffer …«

»Meine Klaue …«, jammerte Malochus ungehört.

»… nicht über das Bauvorhaben informiert wurde«, fuhr Nörglpytter fort, »konnte ich zu recht annehmen, daß es sich um einen Schwarzbau handelt, also …«

»Haben sie ihn eigenmächtig abgerissen?« vollendete Byrernst den Satz für ihn.

»So ungefähr«, erwiderte Nörglpytter hinter einer Wolke ranzigen Pfeifenrauchs.

»Es hatte rein gar nichts damit zu tun, daß es Sie Ihre Stellung kosten wird?«

»Mich? Ha! Im Leben nicht«, antwortete Nörglpytter lächelnd. Er hatte im Augenblick nichts zu befürchten. Als Kapitän der Schleimau-Fähre würde man ihn immer brauchen, um Neuankömmlinge über den Fluß zu transportieren. Es sei denn, die Gerüchte über den Tunnel mit den Rollwegen unter der Schleimau stimmten. Er mußte trocken schlucken.

»Wenn ich Sie also«, sagte Byrernst theatralisch, »im voraus informiere, daß wir ein Gebäude errichten *wollen*, genehmigen Sie es?«

»Nun ja ...«

Byrernsts Katzenaugen verengten sich mit kaum verborgenem Ärger. »Nein, hören Sie mir zu! Wenn ich Sie im voraus informiere, daß wir ein Gebäude errichten werden, dann *lassen* Sie es zu!« brüllte er.

»He, ich dachte immer, wir leben in einer Dämonkratie. Ein Dämon, eine Stimme und so«, protestierte Nörglpytter.

»So ist es auch«, sagte Byrernst mit einem triumphierenden Lächeln. »Und *ich* bin der Dämon mit der einen Stimme!«

Mit einem abschließenden Zermalmen der Knöchel des Malochus drehte Byrernst sich auf dem Absatz um und ließ die brodelnde Dämonenmeute laut lachend hinter sich zurück. Manchmal war es wirklich nicht zu überbieten, Obertotengräber zu sein. Dies war einer von diesen Momenten gewesen.

Malochus krümmte sich auf dem Boden, hielt sich die schwer mitgenommene Klaue und brannte einen von vielen bitterbösen Blicken in Byrernsts Hinterkopf.

»Das war alles. Seltsam, was?« flüsterte Nabob aufgeregt, als er Schoysal die ganze Geschichte erklärt hatte.

»Und sonst weiß niemand davon?« keuchte Schoysal mit bebender Stimme. Er hatte seinen Blick in der letzten halben Stunde nicht von dem dampfenden Dokument gelöst.

»Der Keller war mehrere Jahrhunderte abgeschlossen. Es ist unser Geheimnis.« Nabob tätschelte fast zärtlich das Pergamentpäckchen. »Also, schieß los. Was bedeutet es?« drängte er gierig.

»Was ist es dir wert?«

»Häh?« fragte Nabob blinzelnd.

»Ich will dich um einen Gefallen bitten, hast du, glaube ich gesagt«, knurrte Schoysal, der selbst überrascht war, daß er sich nicht Hals über gehörntem Kopf in die Sache stürzte und Nabob bereitwillig alles über die mysteriöse Akte erzählte. Wurde er vielleicht doch aus Schaden klug? »Ein Gefallen kostet etwas. Was ist es dir wert?« wiederholte er.

»Na ja, schau dir doch schon mal die ersten paar Seiten an, und ich überleg's mir noch.«

»Nix da«, grunzte Schoysal, obwohl schon die Spitzen seiner gewundenen Hörner vor lauter Neugierde juckten. Er wußte genau, daß es für ihn kein Zurück mehr gab, wenn er erst einen Blick hineinwarf. Irgend etwas an dem Pergamentbündel war unwiderstehlich. Und es war nicht zuletzt die Tatsache, daß es ›streng geheim‹ war.

»Was willst du?« fragte Nabob nervös.

Schoysal schaute zum ersten Mal auf. Er schaute Nabob gerade in die Augen und blickte dann vielsagend zum anderen Ende des Ufers.

»O nein. Niemals. Das kann ich nicht!« jammerte Nabob, als ihm klar wurde, worauf Schoysal hinauswollte.

»Ich kann nicht hier weg, bevor es fertig ist. Byrernst springt mit Drückebergern nicht gerade freundlich um. Habe ich gehört.«

»Ja, gut. Aber es gibt solche Gefallen und solche«,

wimmerte Nabob elendig. »Und das ... Bäh, es ist einfach unhygienisch.«

»Das brauchst du mir nicht zu sagen«, bemerkte Schoysal grinsend, als er sah, daß Nabob sich vor Ekel krümmte.

»Nein, nein, ich könnte auf keinen Fall ...«

»Ich will ja nicht, daß *du* es tust. Es würde ja noch länger dauern als bei mir«, sagte Schoysal.

»Aha? Und was willst du statt dessen?«

»Byrernst hat nie konkret gesagt, *wie* ich durch das andere Ufer graben soll«, erinnerte ihn Schoysal mit einem durchtriebenen Funkeln im Blick. »Ach, wenn mir doch nur einfiele, wie ich schneller fertig werden kann ...«

»Ach so! Jetzt verstehe ich!« rief Nabob sichtlich erleichtert. »Du sagst mir etwas über die Akte, wenn ich dir eine Spitzhacke besorge.«

Schoysal schlug sich mit der Klaue vor die geschuppte Stirn und stöhnte. »Nein! Denk nach. Was könnte den Felsen in ein paar Sekunden kleinkriegen?«

»Also, außer einer Stalagmotte fällt mir wirklich nichts ...«

»Mein Gott, jetzt hat er's«, seufzte Schoysal.

»Was? He, gute Idee.«

»Bring mir Kiesela zurück.«

»Aber du hast doch gesagt, sie sei ...«

»Jetzt fang nicht wieder damit an«, knurrte Schoysal. »Sie haben sie ins Tierheim gebracht. Und wenn Byrernsts Leistungsfähigkeitswahn so schlimm ist, wie ich gehört habe, muß sie für ihren Unterhalt arbeiten. Fundamente ausheben oder so was.«

»Das kann aber dauern, bis ich sie gefunden habe«, wandte Nabob mit schmeichelndem Unterton ein. »Könntest du bis dahin wohl, du weißt schon, einen ersten Blick in das Ding werfen?«

»Du bringst sie zurück«, versicherte sich Schoysal.

»Ja. Also, Seite eins ...«

»Ganz sicher?«

»Großes Dämonenehrenwort. Kiesela steht im Nu wieder vor dir, du wirst schon sehen. Komm schon, schlag den Ordner auf und sag mir, was das alles bedeutet.«

»Pssst«, zischte Schoysal, der plötzlich bemerkt hatte, daß sich ihnen schnell etwas näherte.

Nabob richtete bestürzt die Ohren auf. Kam da etwa Byrernsts Spezialkommando? Hatten sie bemerkt, daß ein geheimes Dokument fehlte? Würden sie es unter Anwendung unnötiger Maximalgewalt zurückholen? Hatte Byrernst ihm eine Falle gestellt, weil er wußte, daß Nabob dem Dokument nicht widerstehen konnte? Das Trampeln wurde lauter.

Schoysal hatte die roten Augen weit aufgerissen. »Wenn sie mich hier erwischen … Ich müßte eigentlich da hinten sein. Es ist alles deine Schuld!« Er war blitzschnell auf die Hufe gesprungen.

In genau diesem Augenblick hatte das Geräusch eiliger Schritte den Höhepunkt erreicht. Nabob drehte sich ängstlich um. Er erwartete, daß ein Dutzend Knochenbrecher mit Dreizacken und Knüppeln um die Ecke gestürzt kam. Er hätte beinahe losgeschrien. Schoysal kam ihm zuvor.

»Kiesela!« rief er, als die Stalagmotte in Sichtweite getrabt kam, Anlauf nahm und ihm überglücklich in die Arme sprang. Zwölf Beine traten gegen seine Brust und warfen ihn um. Mit einem kräftigen Ruck richtete er sich wieder auf, schnappte sich einen Stein und kratzte damit zärtlich den Bauch der grotesken Kreatur. Sekunden später knirschte Kiesela genüßlich mit den Zähnen.

»Du Schwein«, grinste Schoysal den zitternden Nabob an. »Da hast du mich aber schön reingelegt. Du hattest sie die ganze Zeit.«

»Ach wirklich?« fragte Nabob, bevor er mit etwas mehr Selbstvertrauen hinzufügte: »Natürlich hatte ich sie. Äh, ich wollte erst prüfen, ob ich dir noch vertrauen kann. Also, was ist jetzt mit deinem Teil der Abmachung?« Er deutete auf das Päckchen.

»Ja, gewiß«, grunzte Schoysal und flüsterte krächzende Anweisungen in Kieselas Ohren. Sie gurgelte eine Bestätigung und rannte mit überwältigendem Enthusiasmus zum gegenüberliegenden Ufer.

Und während Splitterfontänen durch die trübe Luft Hölliens fegten, wickelte Schoysal die rätselhafte Akte aus. Feiner Dunst strömte an ihr herab, als er die Umschlagseite vorsichtig mit einem Stein hochhob. Selbst aus dieser Entfernung berührte die Kälte noch seine Klauen und damit auch sein Gedächtnis. Sie war ihm beunruhigend vertraut. Er hatte nur einmal zuvor ein vergleichbares Frösteln erlebt: bei einem höchst illegalen Ausflug in die Talpen, eintausend Fuß durch massiven Fels über ihnen.

»Und? Schaffst du's?« drängte Nabob. »Weißt du, was es bedeutet?«

Schoysal streichelte sein Kinn und knurrte nachdenklich. »Es könnte länger dauern«, grunzte er schließlich, ohne seine Katzenaugen von der kantigen Schrift, den verzierten Rändern und den skizzenhaften Darstellungen der heiligenscheintragenden Gestalten auf den Seiten loszureißen.

IN FALSCHEN KLAUEN

Mietprediger Gottfried Zorn lag wie ein zerknüllter Haufen auf dem Boden der Schlucht und schüttelte den Kopf. Zu seiner großen Verärgerung war er vor ein paar Minuten wieder zu sich gekommen. Seine augenblickliche Lage verfluchend sah er einige hundert Fuß über sich einen schmalen Streifen Tageslicht sowie die Überreste der verrotteten Brücke, die vor kurzem unter ihm zusammengebrochen war.

Es war wirklich ungerecht. Wie hatte er es bloß überleben können? Und so schmerzfrei? Er schüttelte erneut den Kopf und setzte sich hin. Seine Blicke huschten über die Unebenheiten an den Wänden der Schlucht. Er suchte nach einer günstigen Stelle, um nach oben zu klettern. Er konnte nicht hier unten bleiben. Er würde verhungern. Wenn er nicht vorher an akutem Frust starb. Die vielen Seelen, die er in diesem Augenblick retten könnte! Er winselte erbärmlich.

Ein paar Sekunden lang dachte er darüber nach, ob er einfach nur dasitzen, nichts tun, abmagern und sterben sollte. Würde man es als Selbstmord werten? Er entschied, das Risiko ewiger Verdammnis nicht einzugehen, um es herauszufinden.

Nichts da, dachte er. Er mußte rauf und sich davon machen. Er hatte keine Wahl. Zu viele Seelen warteten darauf, die Frohe Botschaft von ihm zu hören. Er konnte nicht weiter hier unten in Selbstmitleid baden. Er mußte hinauf und einen anderen Zugang zur Unendlichkeit finden.

Er stand unsicher auf und stellte den linken Fuß an die eine Seite der Schlucht, den rechten an die andere und richtete sich darauf ein, die zweihundert Fuß wie in einem Schornstein nach oben zu klettern. Er atmete tief ein, machte sich bereit und schrie laut auf, als beide Füße bis an die Knöchel im Fels verschwanden. Klaustrophobische Panik ergriff Besitz von ihm, packte ihn an der Luftröhre und raubte ihm den Atem. Er hatte das Gefühl, daß ihm die Felswände immer näher kamen, ihn einengten und erdrückten.

An all den vielen Orten, wo er verschiedene lukrative Versionen der Frohen Botschaft verbreitet hatte, war er nie in einem so engen Loch gewesen. Kein Wunder, daß er sich nicht auf seine Sinne verlassen konnte.

Es war nicht angenehm, plötzlich festzustellen, daß man hysterische Angst vor dem Aufenthalt in zweihundert Fuß tiefen, extrem engen ausweglosen Schluchten hatte. Besonders dann, wenn man sich gerade tatsächlich in einer zweihundert Fuß tiefen, extrem engen ausweglosen Schlucht befand.

Gerade als er sich endgültig von seinen geistigen Fähigkeiten verabschieden wollte, um unaufhaltsam in die manische Erleichterung totaler Panik zu entgleiten, leuchtete über ihm ein blendender Lichtschein auf. Dieser ging von zwei flatternden Flügelpaaren aus, die über der Schlucht kreisten, als suchten sie etwas.

Zorn blieb der Mund offen stehen, als der Millionen-Watt-Scheinwerfer näher kam und sich ein feiner, wirbelnder Akkord von Engelsstimmen, begleitet von angestrengter Harfenmusik, dazu gesellte.

Mit angemessen ätherischem Flügelrauschen brachen zwei Mitglieder des Hymmelfahrtskommandos aus dem Lichtschein heraus, packten Zorn unter den Achseln und schleppten ihn himmelwärts, wobei ein gutes Dutzend Sirenen hinter ihnen herflogen.

»So was von ungezogen«, schalt Angelika, die hymmlische Abfangjägerin, ihn von links. »Sie wollten sich wohl selbst retten? Na, so was tut man doch nicht!

Nur gut, daß Sie nicht weit gekommen sind, sonst hätten wir Sie vielleicht gar nicht mehr gefunden, was, Angela?«

»O nein«, antwortete das andere Engelwesen, wobei es sich Mühe geben mußte, die heulenden Sirenen zu übertönen.

»Man ist schnell mal verwirrt und läuft in die falsche Richtung. Wußten Sie, daß sich neunzig Prozent aller Seelen in den ersten zehn Minuten verlaufen?« plauderte Agelika, deren weißer Umhang im Flugwind flatterte.

»Fünfundneunzig«, korrigierte Angela, drehte sich um und schrie die Sirenen an. Sie verstummten und flogen davon, um sich einen anderen Notfall zu suchen.

Zorn konnte all dem nicht folgen. »Wovon sprechen Sie da? Seelen, die sich verlaufen?«

»So was wie Sie«, antwortete Angelika. »Noch ein paar Minuten, und sie wären weg gewesen. Eine verlorene Seele, klar?«

»Wie das? Ich lebe doch noch ...«

»Ach, du liebes Lottchen«, sagte Angelika mit engelhaftem Lächeln. »Wären wir wohl hier, wenn Sie noch lebten? Na? Dann bräuchten Sie uns doch nicht, mein Lieber.«

»Aber ...« Weiter kam er nicht. Er brauchte einen Augenblick, um die Neuigkeit zu verarbeiten. Das einzige, womit der er sich trotz der unzähligen Lehren und Predigten, die pausenlos über seine Lippen gegangen waren, nie auseinandergesetzt hatte, war die Frage des Ablaufes des tatsächlichen Übergangs in die nächste Welt. Mit Klaustrophobie hatte er jedenfalls nicht gerechnet.

»Aber ... Ich kann mich doch bewegen, und ... Was ist mit meinem Körper? Ich will meinen Körper sehen!« schrie er und blickte zwischen seinen Zehen hindurch nach unten. Die Schlucht war inzwischen kaum noch zu erkennen. Sein Magen drehte sich um. O Götter, auch noch Schwindel. »Wo ist mein ...«

»Jetzt machen Sie sich mal keine Sorgen um Ihren Körper. Damit ist alles in Ordnung. Er ist zu hundert Prozent biologisch abbaubar«, beruhigte ihn Angelika. »In ein paar Jahren wird man gar nicht mehr sehen, daß er mal da gelegen hat.«

»Was?« Der Groschen fiel nicht, er stürzte mit donnerndem Getöse erderschütternd herab. »Sie wollen also sagen, daß ich wirklich to ...?« fragte Zorn mit vor freudiger Erregung bebender Stimme.

»Wir ziehen den Ausdruck *in der Belebtheit stark eingeschränkt* vor«, erläuterte Angelika. »Es regt manche Leute weniger auf.«

»Bei einigen Seelchen muß man nur das Wort *Leiche* aussprechen, dann werden sie schon weinerlich«, fügte Angela kopfschüttelnd hinzu. »Wie traurig. Sie müßten mal sehen, was mit manchen Seelen los ist, wenn einem das Wort *Kadaver* rausrutscht. Meine Güte! Tränenströme, Heulen und Zähneklappern. Ganz schreckliches Verhalten. Schrecklich. Aber wie ich sehe, stören solche Vulgärausdrücke Sie überhaupt nicht?«

Als Angela Zorns Grinsen bemerkte, drängte sich ihr eine ganze Reihe von Fragen auf. Sie hatte nur selten jemanden gesehen, der so froh darüber schien, hier zu sein.

»Schweres Schicksal?« fragte sie, fügte dann aber rasch hinzu: »Nein, nein, verraten Sie's mir nicht, mein Lieber. Lassen Sie mich raten. Äh, Sie sind so glücklich, weil es Ihrem nichtsnutzigen Sohn nicht mehr gelungen ist, Ihr Testament zu ändern und die Firma zu erben ... Ach, nee. Dazu paßt Ihre Kleidung nicht. Äh ...«

»Ah, wir sind da«, unterbrach Angelika, erleichtert, daß sie Angelas wilden Spekulationsschwall stoppen konnte. Sie zeigte nach vorn, als sie eine Wolkenbank durchbrachen.

»Was?« rief Zorn. »Schon da?« In all den Jahren als Missionar war ihm nie bewußt gewesen, wie nahe der

Hymmel einem eigentlich war. »Aber ich bin noch nicht soweit!«

»He, wir trödeln nicht, klar?« erwiderte Angelika.

»Dürfen wir seit der Verabschiedung der Zügigkeits-Charta auch gar nicht mehr«, schimpfte Angela. »Lästig ist das! Der Einsatzleitung zufolge müssen wir alle frisch verstorbenen innerhalb von drei Minuten anliefern, da sie sonst unruhig werden und schlecht gelaunt sind. Und so was kann im Hymmel eben einfach nicht angehen. Trotzdem, Angelika und ich sind ein tolles Team!«

Mit flatternden Flügeln bremsten sie ab und rauschten durch eine gigantische Pforte, die auf einer eigenen Wolkenbank zu schweben schien.

»Hübsch, nicht?« stellte Angelika fest und deutete auf die goldene Filigranarbeit und das dekorative Furnier.

»Es begeistert Angelika jedes Mal«, sagte Angela. »Aber die kann man halt noch mit ein paar Karat und einer ordentlichen Ladung Trockeneis begeistern. Ich find ja, sie hätten das alte Fallgatter behalten sollen. Es hatte so einen rustikalen Charme. Aber nichts da. Wieder die verflixte Zügigkeits-Charta.«

»Die da oben meinen, daß der vertraut aussehende, hübsche Eingang beruhigender ist. Nicht so traumatisch«, warf Angelika ein.

»Gib den Leuten, was sie kennen. Dann fühlen sie sich besser«, brummte Angela. »Ich möchte nur mal wissen, wer sich die Sache mit der goldenen Hymmelspforte ausgedacht hat.«

»Das waren die Propheten, glaube ich. Und ich bin froh, daß sie es getan haben. Ich find's hübsch«, flötete Angelika begeistert, bevor sie ihre Fluglage korrigierte und zu einer gelungenen Landung ansetzte. Zorn sah sofort, daß sie dies schon oft gemacht hatte.

»Wer es sich auch ausgedacht hat, er konnte nicht mit Geld umgehen, das steht fest. Der glaubt wohl, Geld wächst hier oben auf den Bäumen?« beschwerte sich Angela. Sie wandte sich zu Zorn um und fügte hinzu: »Beinahe hätten sie wegen dem Ding ein paar hundert Cherubime entlassen müssen. Hat ein Vermögen gekostet!« Er konnte sich gut vorstellen, daß sie sich genauso über einen halbhohen Zaun zwischen zwei benachbarten Wolkenbänken beschwerte.

Die beiden plaudernden Engel setzten Zorn mit der denkbar sanftesten Landung ab und führten ihn zum Ende einer langen Schlange, die an der Landerampe begann.

Angelas Beschwerden brachen wieder aus. »Das ist ja mal wieder typisch!« stöhnte sie, als sie die Reihe der Neuankömmlinge betrachtete. »Wir geben unser Bestes, euch so schnell wie möglich herzubringen, und was passiert? Wir müssen warten, während sie euch abfertigen! Pah! Also, der Zügigkeits-Charta zufolge soll das hier nicht länger als zwei Minuten dauern, aber so wie das ...«

»Guten Tag, meine Damen«, ertönte eine ausgesprochen melodische Stimme hinter ihnen.

»Jetzt hast du's geschafft!« flüsterte Angelika aufgebracht aus dem Mundwinkel. »Du und deine große Klappe! Ich habe dich tausendmal wegen deines ewigen Kritisierens gewarnt. Das gefällt denen nämlich gar nicht.«

»Viel zu tun heute, was?« unterbrach sie der große Bärtige, wobei er auf seinen Nasenflügel trommelte.

»Darüber habe ich gerade mit meiner Kollegin hier gesprochen«, fing Angela an, bevor sie von der unschuldig lächelnden Angelika einen beherzten Tritt gegen ihr Engelsschienbein bekam.

Der Bärtige stellte sich zwischen die beiden, legte übertrieben kameradschaftlich die Arme um ihre muskulösen Schultern und lächelte. »Wie wär's mit 'ner kleinen Erfrischung?« fragte er und schob Zorn mit einem gut gezielten Sandalentritt hinter sich.

Noch bevor die Engel antworten konnten, erschienen in ihren Händen zwei Becher mit goldenem Met, die förmlich danach schrien, getrunken zu werden.

Syffel grinste, als sie schüchtern einen Knicks machten und sie ohne Zögern leerten. Die Arbeit für das Hymmelfahrtskommando machte durstig. Im Handumdrehen erschienen zwei neue Becher, und wieder kippten sie den Inhalt sofort in sich hinein.

Als Angelika und Angela ihre Aufmerksamkeit diesmal ganz den Getränken widmeten, drehte sich Syffel zu Zorn um und deutete auf einen weit entfernten Felsen in einer dunklen Ecke. »Versteck dich«, flüsterte er.

»Es ist *wirklich* sehr nett von Ihnen, das muß ich schon sagen«, bedankte sich Angela mit einem nur als engelsgleich zu bezeichnenden Lächeln. »Man wird doch ziemlich durstig, wenn man jemanden wie den alten Knaben da abholt … Moment mal! Wo ist er denn hin?« Sie drehte sich auf der Suche nach Zorn verzweifelt im Kreis. »Er ist verschwunden! Ich habe doch auf den ersten Blick gewußt, daß er Ärger macht.«

»Er ist abgehauen!« stimmte Angelika ein. »Typisch!«

»Klasse! Einfach toll. Es verdirbt uns wirklich unsere Durchschnittszeit, wenn wir jetzt noch nach diesem undankbaren kleinen …«

»Aber ich bitte Sie, meine Damen«, beschwichtigte Syffel sie mit schuldbewußter Miene. »Es tut mir so leid. Es ist alles meine Schuld. Wie kann ich es bloß wiedergutmachen?»

»Sie könnten sich auf die Suche nach dem kleinen …«, begann Angela.

»Nein«, unterbrach Angelika sie hastig. »Das ist unsere Aufgabe.«

Angela packte Angelikas Schulter und flüsterte heiser in ihr Ohr. »Schau mal, wenn er uns nicht abgelenkt hätte …«

»Sie hat ja so recht«, seufzte Syffel, der, so gut es

ging, mithörte. »Es ist alles meine Schuld. Bitte, überlassen Sie die Sache mir. Ich werde ihn wiederfinden.«

»Ich glaube eigentlich nicht, daß wir es Ihnen überlassen sollten ...«, begann Angelika.

»Ich kann nicht einsehen, warum Sie den Abholdurchschnitt, für den Sie so hart gearbeitet haben, meinetwegen verlieren sollen«, konterte Syffel.

»Er hat recht, Angelika«, wiederholte Angela. »Stimmt genau. Wie ich's gesagt habe. Komm schon. Wir müssen Seelen retten!«

»Ja, aber er ist ...«, begann Angelika wieder.

»Er ist in Ordnung«, drängelte Angela. »Denk nur an die Panik, die unser nächster Kunde verspürt, wenn er tot aufwacht, und niemand ist da, um ihm zu erklären, was los ist. Willst du ihn mit seiner ganzen Verwirrung und Angst allein lassen?«

Der Gedanke war zuviel für Angelika. »Suchen Sie ihn«, flehte sie Syffel an und gab ihm den Becher zurück.

»Sehen wir uns später noch auf ein Gläschen, Großer?« fragte Angela, als sie ihren Becher abgab.

»Vielleicht.« Syffel lächelte, als er den beiden Engeln des Hymmelfahrtskommandos nachsah, die ihre Flügel ausbreiteten und durch die Hymmelspforte fegten.

Er rieb sich gierig die Hände, sprang auf, als die Becher sich in Luft auflösten, und rannte zum Felsblock in der Ecke. »Hierher«, grunzte er und zerrte Zorn durch eine kleine Tür.

»Ist es weit? Ich habe wirklich Lust, mit dem Seelenretten anzufangen«, stammelte Zorn, dem die Behandlung der Engel entschieden besser gefallen hatte.

»Ja, ja. Genau das sollst du tun. Immerhin hast du deine großartigste Mission vor dir«, sagte Syffel lächelnd.

»Abwärts!« fügte er hinzu und klatschte in die Hände.

Der Mietprediger Gottfried Zorn von der Mission der

Heiligen Laudatia verschwand mit einem seltsam sprudelnden Geräusch.

Es war der kürzeste Besuch gewesen, den je jemand dem Hymmel abgestattet hatte.

Im geräumigen pyramidösen Innenraum des großen Stadttempels von Axolotl knisterte die Luft vor Aufregung wie elektrisiert. Jeder Sitz des steilen Amphitheaters ächzte unter der Last eines nervös herumrutschenden axolotischen Bürgers, der mit zum Zerreißen gespannten Nerven darauf wartete, daß sich der Vorhang für das heutige Spektakel endlich hob.

Im summenden Lärm der Menge fast völlig verborgen, wurde das dreimalige Klopfen eines winzigen Bambusrohrs auf Holz von fast allen überhört. Ganz im Gegensatz zum plötzlichen Aufspielen des Orchesters. Eine Kakophonie von Kammgebläsen und Okarinen stimmte die heitere Erkennungsmelodie an, und sofort sprang das Publikum auf, schrie und jubelte und warf Scheitelkappen an die Decke.

Hinter dem schweren Vorhang gab der Inspizient zwei Gestalten hinter den Kulissen ein Zeichen. Sie sprangen zu zwei Seilen hinauf und zogen an ihnen. Gleichzeitig hob sich der dunkelrote Vorhang, und ein großer Spiegel schwenkte oben in der Decke herum. Er erfaßte die nachmittägliche Sonne und reflektierte ihr Licht von seiner blanken Oberfläche über eine sorgfältig ausgerichtete Folge von anderen Spiegeln und Linsen. Genau in dem Augenblick, da der Vorhang die Bühne preisgab, leuchtete das Rampenlicht auf.

Das Jubeln ließ die Dachschindeln erbeben, als die schmalzig lächelnde Gestalt des Quizmasters Luphan Burk ins Rampenlicht trat, die Hände hob und rief: »Die Zukunft ist schon heute hier …«

Und das Publikum antwortete: »Die Zukunft ist schön!«

Nachdem er die Menge irgendwie halbwegs beruhigt

hatte, hob Luphan Burk freudig die Hände und rief: »Meine Damen und Herren, ich heiße Sie herzlich willkommen zur heutigen Aufführung der astrologischen Spielschau ›Du sollst mein Glücksstern sein‹, die *Ihre* Zukunft in *Ihre* eigene Hand legt.« Keine Frage, daß das Publikum in tosenden Applaus ausbrach.

Als vollendet professioneller Conférencier stolzierte Luphan eine Weile über die grellbunte Bühne, während das Publikum sich wie eine Robbenherde austobte. Er wußte, daß er es mit ein paar poppigen Sprüchen an den Rand ekstatischer Rage bringen konnte. Besonders heute, beim großen ›Glücksstern‹-Finale.

Er wühlte lässig in seinen Taschen, und eine von Talmi glitzernde Assistentin in einer ebenso glitzernden Toga schob einen Tisch auf die Bühne. Mit schiefem Lächeln und schelmischem Zwinkern holte er eine Handvoll reichverzierter Knochenwürfel hervor. »Und nun heißt es wieder: Die Würfel sind gefallen!« verkündete er. Er schwenkte die Hände und warf die Würfel auf den Tisch. Das Publikum schaute ziemlich baff zu. Was machte er da? Er brauchte die Würfel doch gar nicht zu befragen, um herauszufinden, wer die heutigen Kandidaten waren – die Antwort kannte er doch längst. Es war schließlich das Finale. Die Kandidaten waren …

»Und die Kandidaten sind …« Er starrte die verstreuten Knochen geheimnisvoll an, zuckte die Achseln und lächelte erneut. »Aber das wissen wir doch längst. Nicht wahr, meine Damen und Herren? Sagen Sie ›Ja, Luphan‹!«

»Ja, Luphan!« schrie das Publikum pflichtbewußt zurück.

»Ja, so isses! Wir kennen sie schon, wir haben sie angefeuert und die Schicksalsgöttinnen um Barmherzigkeit angefleht. Hier sind sie, wieder auf unserer Schaubühne – die kluge Aliz Knarzer und die wunderschöne Ferona Veldmusch. Applaus!!!«

Die glitzernde Assistentin führte die Frauen auf die Mitte der Bühne, und Luphan Burk baute sich zwischen ihnen auf. Die Augen fielen ihm fast aus dem Kopf, als die knackige Ferona an ihm vorbeiwippte. Seine Handflächen wurden feucht.

»Fangen wir mit Ihnen an, Aliz. Sie haben sich vor drei Monaten bei ›Das verflixte Omen‹ *äußerst* knapp gegen starke Gegner durchgesetzt, um mit Ihrer Voraussage recht zu behalten, daß Sie ins Finale kommen und einen Monat kostenlos von der Firma Aldino mit Lebensmitteln versorgt werden. Sagen Sie ›Ja, Luphan‹!«

»Ja, Luphan«, sagte Aliz.

Luphan ließ seinen Blick nun sehnsüchtig auf Ferona Veldmusch ruhen. »Nun ... zu unserer atemberaubend schönen Ferona«, verkündete er. Ferona klimperte mit einstudierter Präzision mit ihren langen, schwarzen Wimpern. »Sie, äh, Ihre Maße sind 71-61-81, Sie sind alleinstehend, umwerfend blond, und hier steht, alles sei echt.« Er wedelte einen kleinen Zettel aus einem sonnengetrocknetem Bambusblatt durch die Luft und warf dem Publikum einen schrägen Blick zu. Die Leute lachten pflichtschuldig. »Und Sie sind ohne größere Probleme ins Finale gekommen. Sagen Sie: ›Ja, Luphan‹!«

»Ooooh ja, Luphan! Es ist *so* schön, hier zu sein!« säuselte Ferona mit erotischer Stimme und winkte dem Publikum schüchtern zu.

Aliz Knarzer verzog das Gesicht. Luphans Knie wurden weich. Das Kammbläser- und Okarina-Orchester spielte die Vier-Takte-Version der Erkennungsmelodie und weckte Luphan aus seinen Ferona entkleidenden Tagträumen auf.

»Und diese Melodie bedeutet, es ist Zeit für ›Die Weissagungs-Spirale‹!« Er legte einen Arm um Ferona und führte sie zu den hüfthohen Holztempeln, auf denen die Namen der Kandidaten standen. Aliz folgte ihnen mit Grabesmiene.

Ohne zu zögern begann Luphan Burk mit der wohlbekannten Einführung. »Wir haben hundert verschiedenen Propheten eine Reihe von Fragen gestellt und sie gebeten, Antworten darauf zu finden. Ich werde den beiden reizenden Kandidatinnen – pardon, Schlußrundenkandidatinnen – die gleichen Fragen stellen, und sie müssen entscheiden, welche Antwort sie für die richtige halten. Alles klar? Dann kann's ja losgehen. Frage eins ...« Er nahm den Stapel Pergamentkarten von seinem Tempelpult in die Hand, fächerte sie auf und räusperte sich.

»Frage eins. Wir haben einhundert Wahrsager gefragt, ob sie ihre übersinnlichen Kräfte schon mal dazu eingesetzt haben, eine Schnecke anzugraben. Ihre Antworten lauteten: A) ›Natürlich nicht, es würde die Bedeutung unserer Voraussagen in der axolotischen Gesellschaft herabwürdigen; wie können Sie es wagen, eine derart anmaßende Frage zu stellen!‹ oder B) ›Ja, aber nur, wenn mein Rasierwasser und meine Opfergabe aus frisch verstorbenen Blumen ihr eiskaltes Herz nicht schmelzen konnten; sagen Sie bloß meiner Frau nichts davon!‹ oder C) ›Klar, immer. Wer kann, der kann!‹ Sie haben dreißig Sekunden Zeit, um zu entscheiden, welche der Antworten Ihrer Meinung nach am häufigsten genannt wurde. Ab ... jetzt!«

Das Orchester spielte wieder eine schnarrende Melodie, während die Kandidatinnen unter den faszinierten Blicken des zahlreich erschienenen Publikums nachdachten.

Die Musik endete allzufrüh, und angespannte Stille breitete sich im Tempel aus.

»Meine Damen, zeigen Sie uns Ihre Antworten«, bat Luphan lächelnd. Ferona hob ein Bambusblatt mit einem stolzen ›C‹ hoch über den Kopf, während Aliz ein ›A‹ an ihre Brust drückte. Die Menge keuchte.

»Aha, wie ich sehe, stimmen Sie nicht miteinander überein, meine Damen. Wird eine von Ihnen recht haben und einen wertvollen Vorteil erobern, der sie einen Schritt näher zum ›Glücksstern‹-Hauptgewinn bringt? Oder haben Sie beide unrecht? Wer weiß? Es steht in den Karten!«

Die Talmi-Assistentin trippelte mit einem goldenem Umschlag auf einem Samtkissen über die Bühne. Sie blieb genau vor Luphan stehen, machte einen Knicks und klimperte mit den Wimpern. Da seine Aufmerksamkeit ganz von Feronas Ausschnitt eingenommen war, ignorierte er sie und riß den Briefumschlag auf. Er wärmte sein Lächeln gerade noch einmal auf, bevor es gefror. Ein dreistes ›A‹ starrte ihm entgegen.

»Oh, meine Damen, eine von Ihnen hat unrecht. Und so leid es mir tut, ich fürchte, daß es bedauerlicherweise Sie sind, meine liebe Ferona.« Er hielt ihre Hand und sah ihr in die Augen – wie ein Verehrer, der seine Geliebte tröstet. »Werden Sie's verkraften? Sagen Sie ›Ja, Luphan‹.«

»Ja, Luphan. Ist ja erst die erste Runde«, stellte sie fest. »Ist doch noch reichlich Zeit zum Aufholen.«

Luphan strahlte, als er ihre Hand tätschelte und herumfuhr. *Wie tapfer, wie tapfer,* dachte er hingebungsvoll und hechtete zurück zur Bühnenmitte.

Aliz sah ihn finster an.

»Nun, meine Damen und Herren, dann wollen wir mal sehen, wie Ferona aufholt. Frage zwei. Wir haben hundertundfünfzig Hellseher befragt, womit sie ihre Kristallkugel polieren. A) mit Spucke und Putzlumpen; B) mit ›Göttlichem Licht‹, dem nichtkratzenden Kristallreiniger mit Handpflege-Komplex, oder C) durch einen schnellen Wisch mit einem feuchten Fensterleder? – Meine Damen, dies sind Ihre Antwortmöglichkeiten, denken Sie gut nach. Ab jetzt!«

Das Orchester spielte pflichtschuldig wieder auf, und Luphan wandte sich dem Publikum zu. »Unsere Ferona braucht offenbar keine Pflegetips. Schauen Sie sie nur an! So hübsch zurechtgemacht, so hübsch …«

Plötzlich hörte die Musik auf, und die Talmi-Assistentin trippelte mit der Antwort auf dem Kissen herbei. Die Kandidaten präsentierten ihre Antworten: Aliz ein entschiedenes ›B‹, Ferona ein eifriges ›A‹.

»Oooh, und wieder haben wir unterschiedliche Meinungen«, stellte Luphan fest, wobei sein Magen sich vor Aufregung zusammenzog. »Also, jetzt wird's spannend. Wird Ferona ausgleichen können?«

Er öffnete ungeschickt den Umschlag und zog die Antwort heraus. Mit akuter Erleichterung hielt er für alle sichtbar das ›A‹ hoch und hielt es dann Aliz unter die Nase. »Falsch! Ha!« höhnte er genüßlich.

»Frage drei wird entscheiden, wer die Runde gewinnt und ›Das verflixte Omen‹ um den heutigen Hauptgewinn spielen darf. Wir haben fünf Dutzend Aroma-Auguren gefragt, welches ätherische Öl in der heutigen Schau am wahrscheinlichsten zum Erfolg führt. War die Antwort A) Patschuli; B) Wühlmaus oder C) Ylang Ylang? Meine Damen, wählen Sie Ihren Duft!«

Die Musiker ließen ihre Instrumente fallen, ballten die Fäuste und hämmerten einen behelfsmäßigen Trommelwirbel auf dem Bühnenrand. Leider hatte der Schlagzeuger vor lauter Aufregung über das Finale vergessen, die Kesselpauke einzupacken.

Dreißig Sekunden trommelnder Fäuste später schnellten Luphan Burks Hände in die Höhe, und er gab den Kandidatinnen ein Zeichen, das Denken einzustellen und einen Buchstaben hochzuhalten. Die Frauen taten dies pflichtbewußt: Aliz mit einem wütend emporgereckten ›A‹, die dekorativ lächelnde Ferona mit einem ›C‹.

Vor dem Hintergrund eines leisen Trommelns und der stummen Spannung des Publikums meldete sich Luphan wieder zu Wort. »Meine Damen und Herren, nur eine unserer Kandidatinnen wird die Sterne in unserer tollen Endrunde ›Das verflixte Omen‹ herausfordern. Wird es die betörende Ferona sein? Oder Aliz? Zwei verschiedene Antworten. Eine davon ist richtig. Welche ist es?« Er hielt seine Hand auf, und die glitzernde Assistentin brachte gewissenhaft den Umschlag.

Er ergriff theatralisch den Umschlag und schritt zum vorderen Bühnenrand. »Welche wird es sein?« fragte er melodramatisch.

Das Publikum hielt den Atem an.

Natürlich war die tatsächliche Antwort ganz und gar unbedeutend. Luphan wußte, wie es ausgehen würde. Er hatte seit Wochen alles genau geplant. Seit dem Tag, an dem sein gieriger Blick das Dekolleté eines gewissen Fräulein Veldmusch zum ersten Mal entdeckt hatte.

Als einzelne Angehörige des Publikums schon blau anliefen, öffnete er vorsichtig den Umschlag, ließ die Antwort herausgleiten und drückte sie an sein klopfendes Herz. Mit einem kurzen Blick über die Schulter vergewisserte er sich noch einmal der Antworten der beiden Mädchen. Es durfte jetzt auf keinen Fall schiefgehen. Nicht nach all den Anstrengungen, die er unternommen hatte.

»Wenn auf dieser Karte ein ›C‹ steht, werde ich in der Endrunde ›Das verflixte Omen‹ die wunderbare Ferona willkommen heißen. Bei ›A‹ ist es Aliz«, fügte er trocken hinzu. »Und die Antwort ist ...« Er riß die Karte von seiner Brust und starrte ein vorwurfsvolles ›A‹ an.

»Die ... die Antwort ist ›C‹!« verkündete er, zerknüllte die Karte, stopfte sie tief in eine Geheimtasche seiner Toga und hüpfte freudig über die Bühne, um einen Arm um Ferona Veldmusch zu legen und mit ihr zur Erkennungsmelodie einen Walzer zu tanzen.

»Herzlichen Glückwunsch, Ferona Veldmusch!« rief er einige Minuten später, als er wieder in der Mitte der Bühne stand und das Publikum zu wilder Raserei anheizte. »Meinen Glückwunsch, Sie haben das Finale von ›Du sollst mein Glücksstern sein‹ erreicht.« Er wandte sich widerwillig ab und sprach die Verliererin an. »Aber auch Sie gehen nicht mit leeren Händen nach Hause, Aliz. O nein. Die heutige Schau wurde von den netten Leuten von ›Göttliches Licht‹ gesponsert. Jawohl, Sie haben es erraten: Sie erhalten eine Jahresration ›Göttliches Licht‹ – der nichtkratzende Kristallkugelreiniger mit Handpflege-Komplex! Wenn ich um einen herzlichen Applaus für Aliz bitten darf, sie war eine ... eine Kandidatin!«

Unverzüglich wurde Aliz Knarzer von der mit Pailletten übersäten Glitzer-Assistentin von der Bühne geführt, damit sie die nächsten Wochen damit verbringen konnte, sich zu überlegen, was sie mit einer Jahresration ›Göttliches Licht‹, dem nichtkratzendem Kristallreiniger mit Handpflege-Komplex, anfangen sollte.

Die Bühne drehte sich, die Spiegel und Linsen stellten sich neu ein, und Luphan Burk und das dralle Fräulein Veldmusch kamen von tosendem Beifall begleitet zurück. Ferona sonnte sich im Applaus und strahlte leidenschaftliche Publikumsliebe aus. Sie ein scheues Mauerblümchen zu nennen, war in etwa ebenso zutreffend, als hätte man die gemeine Schnappschildkröte Königin der Lüfte genannt.

»So, meine Damen und Herren, hier ist sie also, die diesjährige ›Glücksstern‹-Siegerin, die kurvige Üppigkeit in Person, Ferona Veldmusch. Applaus, Applaus, Applaus!«

Nur zwei Hände schlossen sich dem hingebungsvollen Klatschen nicht an. Sie gehörten Aliz Knarzer. Sie stand wutschnaubend hinter den Kulissen.

Es war fast zuviel für Luphan. Die Menge tobte ausgelassen. Aber irgendwie gelang es ihm in den nächsten Minuten, sie mit viel »Bitte, bitte, beruhigen Sie sich doch wieder!« auf ein akzeptables Niveau voyeuristischer Aufgekratztheit herunterzureden.

Als er sich schließlich sicher war, daß ihn alle hörten, wandte er sich mit lüsternem Speichelfluß Ferona zu.

»Nochmals, herzlichen Glückwunsch. Sie haben gewonnen. Wie fühlt man sich so?«

»Ooooh, ich freu mich so!«

»Also, wollen wir herausfinden, welcher goldene Preis Sie erwartet?«

Ferona nickte enthusiastisch mit ihrem blonden Lockenkopf, denn womit hätte sie auch sonst nicken sollen, und Luphan spürte, daß sich in seinen potentiell peinlichen Regionen etwas regte.

»Na ... Na dann mal los. Wir spielen ›Das verflixte Omen‹! Kommen Sie bitte hier herüber.« Einen zitternden Arm fest um ihre Taille gelegt, hüpfte er fast über die Bühne auf die große Auswahl von Karten zu, die verdeckt an einer bunten Wand standen.

»Tja, Ferona, ich bin mir sicher, daß Sie schon wissen, wie man ›Das verflixte Omen‹ spielt. Aber jenen, denen es entfallen ist ...«

Er warf dem Publikum einen fragenden Blick zu. »... die sollen sich was schämen«, riefen die Zuschauer zurück, wie immer.

»... werde ich es noch mal erklären. Ferona, meine Liebe, Sie dürfen vier Karten aus den Kartenständern nehmen, aus denen Sie uns dann eine möglichst günstige und glückliche Zukunft legen müssen. Diese kann aus finanziellem Glück, touristischem oder sogar Eheglück bestehen! Haben Sie verstanden? Sagen Sie: ›Ja, Luphan‹!«

Ferona nickte erneut. »Ja, Luphan. Verstanden.«

»Alles gebongt!« krakeelte das Publikum einstudiert.

»Also gut, treffen Sie Ihre Wahl, meine Liebe. Hier ist Ihre Chance, sich einen Platz an der Sonne zu erobern. Viel Glück!«

»Ich ... Ich nehme die dritte aus der obersten Reihe, die zweite von links aus der dritten Reihe, und den Rest aus der vierten«, hauchte Feronas Schmollmund. In einem funkelnden Paillettenwirbel nahm die glitzernde Assistentin die bewußten Karten von der Wand und legte sie verdeckt auf den Tisch in der Mitte der Bühne.

Und dann wurde es zum ersten Mal an diesem aufregenden Tag vollkommen ruhig im Amphitheater. Alle hatten Ferona Veldmusch auf dem Weg begleitet, auf dem sie sich gegen andere vielversprechende ›Glücksstern‹-Kandidaten durchgesetzt hatte. Sie hatte bei jedem Auftritt mehr Selbstvertrauen gewonnen und immer ausgefallenere (und kürzere) Togen getragen. Ihre momentane Toga bestand wahrscheinlich nicht mal aus genug Stoff, um eine Nasenblutung zu stillen. Die Männer liebten sie wegen ihrer immer deutlicher zu Tage tretenden Qualitäten, und die Frauen bewunderten sie wegen ihres Mutes, selbige zur Schau zu stellen. Jeder wollte ihr absolut Bestes. Und das galt insbesondere für Luphan Burk.

Wie verrückt mit den Absätzen klappernd, stolperte Ferona auf die vier Karten zu, um zu sehen, was sie sich ausgesucht hatte.

»Dann wollen wir mal sehen, was auf ›Luphans Tisch‹ liegt!« kündigte der Conférencier an und drehte die erste vier Fuß hohe Karte um. Sie trug das Motiv eines riesigen Blumenstraußes. Die Leute im Saal beugten sich auf ihren Sitzen vor. Auf der zweiten Karte war eine offene Kutsche zu sehen, die von drei majestätischen Steinbockpaaren gezogen wurde. Die Menge machte anerkennend »Ooooh«.

»Und die dritte?« Luphan deckte das Bild eines einzelnen blauen Strumpfbandes auf. Die Männer im Publikum machten dazu passende obszöne Geräusche. »Und zuletzt …«

Zwei Buchstaben wurden sichtbar: ›L‹ und ›B‹. Die Leute im Tempel tuschelten aufgeregt.

»Also, Fräulein Veldmusch, ›Glücksstern‹-Siegerin, jetzt müssen Sie sich entscheiden.« Das Orchester trommelte wieder mit den Fäusten auf die Bühne, und das Licht wurde auf einen einzigen, engen Kreis konzentriert, in dessen Mitte Ferona und Luphan standen. »Wie Sie wissen, haben Sie jetzt zehn Sekunden Zeit, eine dieser Vorhersagen zu verwerfen und die anderen so anzuordnen, wie das Schicksal es Ihrer Meinung nach begünstigt. Wollen Sie das tun?«

»Ich ... Ich will«, flüsterte sie. Endlich machte die Spannung auch ihr zu schaffen.

»Alles gebongt!« riefen ein paar ganz Hartgesottene, die von der Situation noch nicht vollständig gepackt waren. In zehn Sekunden würde Ferona Veldmusch über ihre Zukunft entscheiden. Die unzähligen Auftritte im vergangenen Jahr hatten alle zu diesem Augenblick geführt.

»Sind Sie bereit? Sagen Sie: ›Ja, Luphan‹!«

»Ja, Luphan.« Sie nickte nervös.

»Alles klar, die Zeit läuft, sobald das Publikum anfängt zu zählen. Viel Glück. Zehn! ... Neun!«

Ferona stürzte auf den Tisch zu und blieb unentschlossen vor ihm stehen, da sie keinen blassen Schimmer hatte, was die Symbole bedeuteten.

»... Acht! ... Sieben!«

Sie hob zwei Karten auf einmal auf, zögerte und legte sie wieder ab.

»... Sechs! ... Fünf!«

Sie nahm mit unglücklichem Gesichtsausdruck den Blumenstrauß.

»... Vier! ... Drei!« Der Countdown war ohrenbetäubend. Sie ließ die Blumen wieder fallen, schnappte sich die Kutsche.

»... Zwei!«

Sie warf die Kutsche weg und schob die anderen drei Karten wahllos hin und her.

»... Eins! ... Stop!« Luphan ergriff bebend Feronas schmale Handgelenke und ließ sie wieder los, bevor seine Hände schweißnaß wurden.

»Sie haben also die offene Kutsche mit vorgespannten Steinböcken weggegeben. War das jetzt Reise- oder

Eheglück? Haben Sie gerade auf das romantischste axolotische Transportmittel verzichtet, das sie – mit Ihnen als Hauptdarstellerin – zur Hochzeit des Jahres bringen sollte? Nein! Das wäre Ihr Preis gewesen: Eine dreitägige Reise um die bekannte Welt – mit Vollpension!« Das Publikum stöhnte mitleidig. Sie hatte die Chance verpaßt, den Berg nebenan und die Rückseite des Berges dahinter zu sehen. O wie schade!

»Aber wofür haben Sie sich entschieden, und in welcher Reihenfolge? Was besagt das verflixte Omen? Also, hier haben wir einen großen Blumenstrauß, der so zusammengebunden ist, daß er leicht getragen und vielleicht auch … geworfen werden kann?« Die älteren und romantisch veranlagten Damen im Publikum schnappten nach Luft. »Und das blaue Strumpfband, gehört es vielleicht zu einem aufwendigen weißen Kleid, das nur einmal getragen wird?«

Ferona schlug die Hände vor ihren Mund und quietschte laut.

»Jawohl«, verkündete Luphan gedehnt. »Manche von Ihnen haben es schon erraten. Das ist Ihr Preis: Fräulein Ferona Veldmusch, Sie teilen uns nun den Namen des Mannes mit, den Sie heiraten wollen. Und wir von Glücksstern bezahlen die Hochzeit mit allem Drum und Dran! Ach, das ist so unerwartet. Ein Ende wie im Märchen!«

Luphan zitterte vor Angst und Verlangen. Es war alles so glatt gegangen. Jetzt nur noch die letzte Hürde.

»Aber wer ist der Glückliche? Die beiden Buchstaben werden uns die Antwort geben. Wer kann es sein? Wer hat die Initialen L. und B.?« grübelte Luphan theatralisch. Er schmalzte Ferona sehnsüchtig an und blinzelte ihr zu.

Sie wiederum starrte nachdenklich ins Nichts. »L. B.? Nicht vielleicht B. L.?«

»NEIN!« schrie Luphan. »Äh …« Er räusperte sich. »Nein. Es ist ganz eindeutig jemand, dessen Vorname mit L, und dessen Nachname mit B anfängt.« Er schenkte ihr ein breites Lächeln und blinzelte.

Und da weiteten sich ihre Augen, ihr Blick wurde klar, und sie machte tief in ihrem Rachen ein seltsam krächzendes Geräusch. »Ich weiß jetzt, was es bedeutet«, flüsterte sie und sah ihn, vom Druck des Augenblicks überwältigt, in völlig anderem Licht. Die Karten hatten gesprochen, jeder hier konnte es bezeugen.

Sie hob still ihren Zeigefinger und deutete auf ihn. »Luphan Burk!«

Es waren die zwei Worte, die er unbedingt hören wollte. »Ich?« Als geübter Publikumsmelker machte er einen Schritt zurück, wandte sich den Zuschauern zu und holte alles aus ihnen heraus, was herauszuholen war. *»Ich?«* Er griff sich wie zu Tode erschrocken ans Herz.

»Es kommt so unerwartet!« schrie er theatralisch. »Aber die Karten haben *gesprochen*«, fügte er hinzu, bevor irgend jemand, insbesondere die lampenfiebrige Ferona widersprechen konnte. »Es ist meine Pflicht, zu gehorchen. Fräulein Veldmusch, Liebling.« Er fiel vor ihr auf die Knie. »Willst du mich heiraten? Sag: ›Ja, Luphan‹!«

»Ja, Luphan«, flüsterte sie, und das Amphitheater löste sich in Tränen und Applaus auf.

Mit einem wollüstigen Grinsen sprang Luphan auf, packte Feronas Handgelenk und führte sie nach links von der Bühne und in seine Garderobe.

Der Inspizient würde das Schmiergeld später bekommen.

Am Ende des Feuersturms flackerte ein blutroter Blitzstrahl über Mortropolis dahin und erleuchtete die Rauchfahnen der chthonischen Rauchkohlenstoffe aus den infernalischen Fährenmotoren. Irgendwo wurde ein Ventil geöffnet. Ultrahoch erhitzter Dampf strömte durch meilenlange Rohre, und die Schichtwechselsirene übertönte alles andere.

In wenigen Minuten würde der Verfluchsverkehr beginnen. Unzählige verdammte Seelen verstopften dann die Straßen von Mortropolis, wenn sie aus einer Tortur entlassen wurden, um die nächsten acht Stunden woanders gequält zu schreien.

Es war ein ganz normaler Tag für die Bewohner des Unterweltreiches Höllien.

Und dies galt auch für die schlitzohrigen Paktisten.

»Na gut, weiß jeder, was er tun soll?« fragte ein großer, dünner Mann mit Ziegenbart. Er hatte eine Violine lässig unter den Arm geklemmt.

»Klar wissen wir das, Fiddel. Du hast es uns oft genug erklärt«, murrte ein besonders verkommen aussehender Mann mit einem totenstarren Grinsen.

»Hör mal, Phaust, ich will nur ganz sicher sein, daß alles wie am Schnürchen klappt«, fuhr Fiddel ihn an. »Ich bin der, der für die Ablenkung sorgt. Ich trage das Risiko. Alle Blicke werden auf mich gerichtet sein. Wenn irgendwas schiefgeht ...«

»Ja, Mausimaus, aber dir gefällt doch so was. Die Gefahr, die Jagd, das ergebene Publikum«, unterbrach Thussi ihn unwirsch. »Ich könnte die Lage mit etwas stimmlicher Begleitung auflockern.«

Fiddel riß erschreckt die Augen auf. Stimmliche Begleitung. Nein! Wenigstens hatte sie es nicht ›Singen‹ genannt. Die Exkursionen ihrer Stimme ins Reich der Musik ließen Fingernägel auf Schiefertafeln geradezu sinfonisch klingen.

»Kein Gesang!« stieß er hervor.

»Ist wirklich deine Schuld, wenn du das Rampenlicht nicht mit mir teilen willst, Herzken«, fuhr sie fort. »Ich könnte sie nämlich von dir ablenken. Wenn du mich partout nicht singen lassen willst, könnte ich auch ...« Sie führte mit ihrer alles andere als unattraktiven Figur ein verführerisches Tänzchen auf. »Ach, sie konnten sich gar nicht an mir satt sehen.«

Im Schatten schüttelte eine armselige Gestalt in einer

sündanesischen Mönchskutte grantig den Kopf und rollte mit den Augen.

»Sie können's noch immer nicht«, knurrte Fiddel. »Schaut sie euch bloß an!« Der ganzen erbärmlichen Paktistenbande hing geifernd die Zunge heraus.

Zu seinem großen Schrecken errötete der Mönch aus dem Sündan und mußte an kalte Duschen und tote Hunde denken.

»Och, sind die nicht süß?« säuselte Thussi.

»Erbärmlich«, echauffierte sich Fiddel. »Kommt drüber weg, Jungs. Macht schon!« Er klemmte sich gereizt die Geige unters Kinn und malträtierte die Ohren der anderen mit einem wild abrutschenden Crescendo aus Quacks Erotischer Sinfonie in h-Moll.

»Auu, hör auf!« bellte Phaust leidend. »Verfluchter Lärm. Da hab ich schon Melodischeres von einer Katze im Kochtopf gehört!«

»Musikalische Poesie!« schwärmte der begeisterte Ex-Komponist, der sich die Hände auf die Brust drückte. »Spiel doch noch ein bißchen, lieber Fiddel!«

Phaust schüttelte den Kopf. »Verdammt, ich hatte völlig vergessen, daß du den Lärm geschrieben hast. Was hast du dir nur dabei gedacht, dafür deine Seele zu verkaufen?«

»Ach, du Banause. Diese vier Takte im Achtneunteltakt sind die schwierigsten Passagen für Geiger überhaupt! Wenn du auch nur die leiseste Ahnung von postmoderner neoklassischer Musik hättest, würdest du es zu schätzen wissen«, nörgelte Quack auf gut einstudierte Weise.

»Ach, ich schätze es durchaus«, grunzte Phaust. »Vier Takte am Tag, und ich bin meinen Ohrenschmalz los, das schwöre ich. Warum hast du deine Seele nicht für was Lohnenderes verkauft?«

»So wie du, willst du sagen?« zischte Quack.

»Ich habe auf jeden Fall ein besseres Geschäft gemacht als du, Freundchen. Wenn ich die Wahl hätte, lärmendes Gekreisch zu komponieren oder mich vierundzwanzig Jahre lang den geilsten Genüssen hinzugeben, die der Körper aushält, wüßte ich schon, wofür ich mich entscheide.« Phaust grinste aufdringlich wollüstig.

»Ich bin im ganzen Talpengebirge berühmt. Berühmt als ein in vielen Reichen anerkanntes Genie. Bist du etwa auch so bekannt?«

»Aber ja doch«, behauptete Phaust grinsend. »Mein Name taucht in mehr regelmäßig gelesenen Büchern auf als deiner.«

»Was, was, was?«

»Ich stand auf der ersten Seite im Adreßbuch aller interessanten Frauen. Sie haben zuerst immer mich angerufen, wenn sie sich vergnügen wollten.«

Thussis Augen leuchteten.

»Ich habe meine Seele für die Kunst verkauft«, sagte Quack.

»Ich hab mich viel besser amüsiert«, griente Phaust.

Jeder der sogenannten Paktisten war grundsätzlich aus demselben Grund in Höllien. Ihnen allen hatte etwas so sehr gefehlt oder sie hatten sich eine Fähigkeit, ein Talent so dringend gewünscht, daß sie der höchsten Versuchung erlegen waren. Sie hatten ihren größten Wunsch dreimal ins haarige Ohr eines ortsansässigen Teufels geflüstert, und deswegen waren sie nun hier. Fix und fertig, ohne Dach über dem Kopf. Sie kriegten nicht mal die Folter. Sie waren illegale Einwanderer. In die Grube gefallen, die ihre Wünsche ihnen gegraben hatten.

Sie alle, bis auf den armseligen Mönch im Schatten. Er war in einer schicksalhaften Nacht in der stillen Kapelle des Heiligen Absentius des Ordentlich Abgeschriebenen gefoppt worden und hing nun hier fest. Er wurde über den gleichen geteerten Kamm geschoren wie die anderen: Ständig wurden sie von den neun Fuß großen Knochenbrechern wegen Herumstreunens oder nicht genehmigten Musizierens belangt. Und schlimmer noch, der Pakt, den sie abgeschlossen hatten, beschäftigte sie pausenlos: Fiddel, dank der Mithilfe seines ortsansässigen Dämons der beste Violinist, der je gelebt hat, verspürte ständig den Drang, seine größten Erfolge nachzuspielen. Gleichzeitig war es ihm aufgrund akuten, übelkeiterregenden Lampenfiebers fast unmöglich, dies auch durchzuführen.

»Wenn Ihr endlich aufhören würdet, euch zu streiten, könnten wir uns auf den Bruch konzentrieren«, keifte Fiddel. »Der Überfall heute ist für Kasso.«

Der inzwischen farbenblinde Maler nickte begeistert. »Ich habe Thussi ein Portrait versprochen«, erklärte er grinsend und versteckte eine große Leinwand hinter seinem Rücken. »Eine frontale Ganzkörperstudie.«

»Keine Sorge, wir besorgen dir alles, was du brauchst«, feixte Phaust. »Solange wir alle zugucken dürfen.«

Kasso bebte bei dem Gedanken an sein erstes Aktmodell seit Jahrhunderten. Frauen dazu zu überreden, war ihm vor dem Pakt schrecklich schwergefallen. Da er unter furchtbarer Akne litt, wollte ihm aus Angst vor Ansteckung kein Modell nahekommen. Aber drei kleine Bitten an den Dämon hatten das Problem gelöst. Zumindest halbwegs. Seine Akne war zwar weg, dafür gab es hier unten nicht besonders viele Modelle. Das Bild, das er verpflichtet war, immer bei sich zu führen, war ein mit Ölfarbenpusteln übersätes Selbstportrait. »Zuschauer«, murmelte er nervös. »Ich glaube, die Entscheidung liegt bei Thussi.«

»Hach, was für ein vornehmer Herr.« Sie grinste und klimperte mit den Wimpern. »Es ist so nett, daß ich am liebsten singen würde …«

»Nein, nein, wir müssen jetzt los, kommt!« warf Fiddel verzweifelt ein, bevor Thussi anfangen konnte. Obwohl sie als Schauspielerin in der täglichen Matinee ›Drüber und drauf‹ ungeheuer beliebt gewesen war, hatte sie beschlossen, sich der ernsten Muse zuzuwenden und bei den beliebten Volksmutanten mitzumachen. Sie hatte sich dummerweise nur den falschen Teufel ausgesucht. Obwohl sie ihn dreimal gebeten hatte, ihrer Gesangsstimme den schönsten Klang zu verleihen, den er sich vorstellen konnte, hatte sie keine Ahnung gehabt, was dies bedeuten würde. Jetzt sang sie wie ein Laienchor liebeskranker Mausbiber.

Die Violine fest unter den Arm geklemmt, führte Fiddel die Paktisten aus der schmalen Gasse, die gleich gegenüber dem Eingang zur Grube der glühenden Kohlen lag.

Jeden Augenblick würden nun die gewaltigen Tore auffliegen, und eine Flut gequälter Seelen würde herausströmen, um sich auf den Weg zur nächsten Folter zu machen. Schon jetzt kamen nach und nach immer mehr Seelen auf die Straße, da der Verfluchsverkehr begann.

Auf Fiddels Zeichen hin – er war der Anführer dieses Überfalls – quetschten sich Quack und Phaust in das Körpermeer und wanden sich so hindurch, daß sie sich zu beiden Seiten des Eingangs aufstellen konnten. Krubb, zu Lebzeiten Besitzer des einzigen Milliongroschenscheins, der je gedruckt wurde (er war ohne einen Heller verhungert, da niemand ihn hatte wechseln können), Thussi und der armselig gekleidete Ex-Prediger Ölyg der Dritte hielten vorsichtig nach Knochenbrecherkommandos Ausschau.

Früher oder später würden sie unweigerlich kommen. Die Frage war nur, wie lange sie brauchten und aus welcher Richtung sie erschienen.

Plötzlich öffneten sich unter Teufelsschreien und Peitschenknallen das riesige Sicherheitstor der Grube der glühenden Kohlen. Gemarterte Seelen quollen keuchend heraus. Die Hitze versengte Phausts Augenbrauen. Es war dort drin erstaunlicherweise viel heißer als im üblichen Inferno der 666 Grad, an das sie sich notgedrungen gewöhnt hatten.

Wie aufs Stichwort zog der wie Espenlaub zitternde und auf einer kleinen Hütte stehende Fiddel den Bogen über die Saiten. Es war unverkennbar der einleitende Mißton aus Quacks ›Erotica‹. In kürzester Zeit sägte er wie wild an dem Instrument herum und bot dem Pöbel gequälter Seelen auf den Straßen unter ihm ein Sperrfeuer alarmierender Atonalität. Gebrochene Fünftel und gekreuzte Neuntel bombardierten ihre Ohren, und wie bei jeder anderen öffentlichen Aufführung des Werkes, die es je gegeben hatte, blieben alle wie vom Donner gerührt stehen. Sie standen wie angewurzelt da, wie betäubt, und versuchten zu glauben, daß es wirklich Musik war, was sie hörten. Nach wenigen Minuten war die ganze Straße mit bemitleidenswerten Seelen verstopft.

Ohne Zeit zu verschwenden, quetschten sich Phaust und Quack mit gesenktem Kopf durch das Eingangstor zur Grube der glühenden Kohlen. Sie waren auf der Jagd. Der Boden war mit angebrannten Briketts bedeckt. Die unebene Oberfläche zeugte noch von denen, die hier acht Stunden lang vergraben gewesen waren. Die beiden Räuber nahmen Säcke von den Schultern und warfen Kohlen hinein. Zehn, fünfzehn Stück, dann wieder raus, um sich erneut durch die Menge zu quetschen.

Fiddel war in Ekstase, die Musik hatte seinen Körper übernommen, und er zuckte wild hin und her. Phaust und Quack rannten durch die Gasse, die sie auf die Straße führte. Sie pfiffen munter ihren schmierestehenden Partnern zu und ließen dreißig angekokelte Kohlen in Kassos Schoß fallen.

»Hier. Genug Malerbedarf für den nächsten Monat«, sagte Phaust grinsend. »Wie war das jetzt mit Thussi als Modell?«

Die Frage mußte unbeantwortet bleiben, denn in diesem Augenblick blitzte plötzlich und unerwartet ein blendendweißes Licht auf, und eine Gestalt in schwarzer Soutane erschien neben Fiddel auf dem Dach. Zu seiner Linken erschien eine große Kiste mit Pergamentbechern. Der Geiger schrie schrill auf und hörte mitten im Crescendo auf zu spielen. Er hielt zitternd seinen Bogen fest. »Wer, zum Teufel, sind Sie ...?« begann er.

»Äh, hallo zusammen«, sagte der vor Aufregung bebende Mann. Die vielen fragenden Gesichter, die alle gerettet werden wollten! Auf dem Platz vor ihm drängten sich wahrscheinlich mehr verzweifelte Menschen, als er in seinem ganzen Leben zu Gesicht bekommen hatte. Ein Missionar von niedrigerem Rang hätte angesichts dieser Aufgabe wohl unter furchtbarem spirituellen Lampenfieber gelitten, aber nicht er. Es war soweit. Zeit, loszulegen. »Ich bin Prediger Gottfried Zorn von der Mission der Heiligen Laudatia und möchte mich furchtbar gern mit Ihnen über etwas unterhalten, das Ihr Leben, ach, oder Ihren Tod, äh, hier unten sehr viel angenehmer machen könnte.«

Der Ex-Priester Ölyg der Dritte stellte in freudiger Erregung die Ohren auf, begann aber zugleich zu bezweifeln, was er gehört hatte. Es konnte doch unmöglich *noch* ein Geistlicher hier unten sein? Er wirbelte mit klopfendem Herzen auf den Sandalen herum. Er sehnte sich zwar verzweifelt nach Gesellschaft, die in Sachen Theologie nicht *völlig* unwissend war, stellte sich aber innerlich auf die Enttäuschung ein, die unweigerlich kommen würde.

Die Dämonen am Tor der Grube der glühenden Kohlen knurrten und setzten sich in Bewegung. Auf dem Hüttendach zuckte Zorn nervös zusammen. Teufel! Hier war man wirklich ganz unten. »Äh ... Selbst Sie können davon profitieren«, fügte er achselzuckend hinzu. »Nehme ich zumindest an.«

Ölyg musterte den Mann in der Soutane mit sperrangelweit offenem Mund. Er sah so aus, er klang richtig ... Aber durfte er glauben, daß es wahr war?

Zorn wedelte mit der uralten und völlig nutzlosen

Geste eines Menschen, dem viel zu warm ist, mit einer Hand vor seinem Gesicht herum. »Bißchen stickig hier unten, findet ihr nicht auch? Jedenfalls habe ich eine wirklich Frohe Botschaft für alle. Ich stehe hier vor euch mit der Antwort auf Ihre Träume.« Er zog einen großen, schaumgekrönten Becher aus der Tasche und nahm einen großen Schluck.

»Jawohl, heute ist euer Glückstag. Denn ich bin der Gesandte Syffels, der kommandierenden Gottheit sämtlicher Biere.« Seine Ankündigung erntete gemischte Reaktionen. Als die Dämonen das Wort ›Gottheit‹ hörten, schrien sie auf und begannen, sich zu Zorn durchzukämpfen. Als die Seelenmenge das Wort ›Bier‹ hörte, schrie sie auf und begann sich interessanterweise ebenso zu Zorn durchzukämpfen. Und der Ex-Priester Ölyg der Dritte war vor Schreck wie gelähmt, als er das Wort ›Gesandter‹ hörte. Es war wirklich wahr!

»Ich bitte euch!« rief Zorn fröhlich und hob in apostolischer Frömmigkeit die Hände. »Ihr braucht nicht zu drängeln. Es ist genug Frohe Botschaft für alle da. Seid einfach geduldig und hört zu, während ich euch erkläre ...«

Und so begann er eine Predigt, in der er die Vorteile des wahren Glaubens an Syffel darlegte. Dank des Bierkrugs in seiner Hand hatte er die Menge vollkommen gefesselt, regelrecht hypnotisiert.

»Und? Was glaubst du, bedeutet es?« quengelte Nabob schon wieder, als er und Schoysal sich einen Weg durch die überfüllten Straßen bahnten.

»Laß mich mal machen«, bellte Schoysal, der das Päckchen geheimnistuerisch in seiner Tunika versteckt hielt. Er mußte regelmäßig die Klauen wechseln, da die Kälte durch das Pergament sickerte. Die Stalagmotte Kiesela trabte fidel hinter ihm her. Sie schien die Seelenmassen gar nicht zu bemerken, auf denen sie mit ihren flinken Beinen herumtrampelte.

»Du mußt doch irgendeine Ahnung haben«, drängte Nabob, als er sich mit den Ellbogen durch die Menge kämpfte, in der er bis an die Achseln steckte.

»Keine bestimmte«, murmelte Schoysal unverbindlich. Genau genommen log er. Schoysal hatte eine Ahnung: Verwirrung. Vollständige. Wer es auch gewesen war, der die Geheimakte geschrieben hatte, er hatte offenbar verhindern wollen, daß alle Welt sie las. Wenn die vielen Illustrationen und Diagramme nicht gewesen wären, hätte er wirklich keinen blassen Schimmer gehabt. Schlau wurde er trotzdem noch nicht daraus. Aber selbst wenn er schon soweit gewesen wäre, hätte er es vor Nabob freilich nicht zugegeben. Es sollte ja nicht *zu* einfach aussehen, uralte Geheimnisse zu enträtseln.

Es wäre schon besser, wenn ich es *etwas* leichter entschlüsseln könnte, dachte er, als ihm eine seltsame Folge von sechs Bildern einfiel, die er vor kurzem verwirrt betrachtet hatte. Das erste zeigte ein Strichmännchen mit Soutane und Bart, das ein kleines Loch in den Boden grub. Auf dem zweiten legte es ein kleines, kreuzförmiges Objekt in die Grube und deckte es zu. Das dritte Bild zeigte einen eigentümlich vertraut wirkenden Dämon, der hektisch umherlief, Obszönitäten schrie und drohend seinen Dreizack emporreckte. Viertens: die Großaufnahme eines Hufs, der in frisch umgegrabene Erde trat. Fünftens: eine Explosion aus Wolken und Licht sowie ein oder zwei Engel. Und das letzte, verwirrendste Bild, zeigte den Dämon, der mit gefalteten Klauen kniete. Sein Gesicht war eine abscheuliche Grimasse ekstatischer Glückseligkeit und deutlicher Bekehrung.

Für Schoysal war es so gut wie bedeutungslos. Ihm war zwar klar, daß irgend etwas mit dem Dämon geschehen war, aber was genau?

Nabobs Meckern riß ihn mit einem Ruck aus seinen Grübeleien in die Gegenwart zurück. »Verdammter

Verfluchsverkehr. Ich hasse ihn! Mußtest du auch so lange im ›Gommorha‹ bleiben?«

»Ja«, knurrte Schoysal selbstbewußt. »Klar mußte ich. Ich hatte es mir verdient.«

»Verdient?« stieß Nabob hervor. »Du?«

»Nachdem ich solange zugesehen hatte, was aus dem Haus rauskommt, dachte ich, ich muß mir auch mal das Innenleben genau ansehen.«

»Aber du hast fünf Lava-Martinis getrunken!«

»Ach, wer zählt da schon mit?«

»Ich!« protestierte Nabob. »Ich mußte sie schließlich bezahlen.«

»Nur gut, daß ich nicht auch noch einen Imbiß wollte, was?«

Nabob gab ein kehliges Knurren von sich, drehte sich nach vorn und bemerkte, daß sie seit einigen Minuten überhaupt nicht vorangekommen waren. Da er verzweifelt aus dem Getümmel und in seine Höhle zurück wollte, damit Schoysal sich in Ruhe mit der Geheimakte beschäftigen konnte, fauchte er ärgerlich, hackte auf die Menge ein und pflügte sich einen Weg um die Ecke.

Dort sah er den Verursacher des quälenden Staus.

Zorn, immer noch auf dem Dach der Hütte gegenüber der Grube der glühenden Kohlen, war im vollen apostolischen Schwung. Er wußte, daß er die große Mehrheit der Zuhörer schon zu den Freuden der Bierverehrung bekehrt hatte. Offen gesagt war dies nicht mal besonders schwierig gewesen, da sich die meisten an diesen Genuß noch aus ihrem letzten Leben erinnerten. Sie teilten hastig schäumende Partybecher aus Nimmerbrenn-Pergament an alle aus, die sich zum Glauben an Syffel bekannten. Und im hinteren Bereich der Menge schlug Ölyg sich mit einem Dilemma herum. Genau die Hälfte seines Körpers wollte sich in die Menge stürzen, sich nach vorn durchkämpfen und jedes einzelne Wort des frisch eingetroffenen Predigers für bare Münze nehmen. Die andere Hälfte war steif und fest davon überzeugt, daß es eine Falle war. Er schwankte in der Finsternis: einen Schritt vorwärts, einen zurück. Wie ein verzweifelter Sechsjähriger mit voller Blase, dem das Wort ›Pissoir‹ zu peinlich ist.

Keuchend und sich immer wieder unruhig nach Angehörigen der Knochenbrecher umsehend, schlürften auch die Dämonen aus der Grube der glühenden Kohlen Bier aus roten Bechern mit aufgedruckten Ballons. Das Gespräch, das kurz vorher zwischen den beiden stattgefunden hatte, hatte etwa folgenden Wortlaut gehabt:

»Was hat er gesagt? Glaubt an Syffel, dann sind die Getränke gratis?« fragte Dämon eins.

»Jo, ich glaub schon«, grunzte Dämon zwei.

»Aber ist es keine Blasphemie? Du weißt schon, hier unten von Göttern und Religion und so reden?«

»Jo, ich glaub schon«, überlegte Dämon zwei.

»Aber sagt man hier unten nicht immer ›Ich glaub's, wenn ich es sehe?‹« fragte Dämon eins.

»Jo, ich glaub schon«, grunzte Dämon zwei.

»Also, ich seh da oben 'ne Menge Bier. Aber ich hab nicht gesehen, daß es irgend jemand hereingebracht hat. Und wenn sich die Dinge hier unten nicht sehr geändert haben, kann ich mir beim besten Willen nicht vorstellen, daß der alte Byrernst Gequälten was zu saufen schenkt. Um's noch mal zusammenzufassen: Ich seh's. Und da ich glaub, was ich seh, äh, ich … ich … Hierher, Kumpel, gib mir mal 'n großes, ja?« rief er. »Willste auch eins, Kumpel?«

»Jo, ich glaub schon«, grinste Dämon zwei.

Das war vor drei Bechern gewesen. Inzwischen waren sie streng gläubig.

Ein paar Meter weiter hinten begafften die Dämonen namens Namen Schoysal und Nabob die Szene mit offenem Maul. Es war unglaublich.

»Es ist unglaublich!« rief Schoysal teils beunruhigt,

teils begeistert. Irgendein unbeschreibliches ›Etwas‹ lag in der Luft.

»Tut der das, wonach es aussieht?« stammelte Nabob und kratzte sich mit einer arg krummen Kralle an der schuppigen Stirn.

Schoysal nickte. Vor Jahren hatte er gehört, daß es so etwas an der Oberwelt gab.* Aber hier unten? Es war furchterregend.

Aber irgendwie konnte er es auch nicht einfach ignorieren.

Schon das Gefühl voyeuristischer Verbotenheit machte die Szene so eindringlich. Schoysal wußte, daß er auf keinen Fall zuhören sollte; ebenso wie er wußte, daß es seine dämonische Pflicht war, schreiend wegzulaufen und den Vorgang dem nächsten Knochenbrecherkommando zu melden. Aber …

Seine spitzen Ohren kitzelten, als er zuhörte, und er konnte seine Katzenaugen nicht von dem Mann in der schwarzen Soutane lösen, der enthusiastisch über den Köpfen des bewegungslosen Publikums herumtollte.

»Bürger von Höllien«, rief Zorn mit vor apostolischem Eifer wild umherfliegenden Händen. »Es füllt mir das Herz mit Funken fideler Freude, wenn ich sehe, daß ihr Syffels Wort mit offener Kehle willkommen heißt. Trinkt, trinkt und vergnügt euch allzeit, meine kleinen Schäfchen.«

Man mußte schon zugeben, daß Zorn sich etwas zu

---

* Als Schoysal noch im Interhemisphärischen Reisebüro gearbeitet hatte, gehörten vierzehntägige Besessenheitstouren zu verschiedenen religiösen Veranstaltungen zu den beliebtesten Kurzurlauben. Ganz unerwartet blechten ganz gewöhnliche, konservative Dämonen einen Haufen Obuli dafür, in den Körper eines Unschuldigen einzufahren, um zu sehen, wie die andere Hälfte lebte.

In Mortropolis liefen immer noch einige Dämonen frei herum, die von dieser Erfahrung schwer beeindruckt waren. Die Saatkörner der Bekehrung lagen tief in ihnen vergraben. Niemand wußte, wie viele es genau waren.

sehr in die Sache hineinsteigerte. Alles, was Syffel ihm versprochen hatte, wurde tatsächlich wahr. Unzählige Bekehrungen in nur wenigen Minuten, und ein gefesseltes Publikum. Es war der Hymmel in Höllien.

Doch zog eine einzelne Wolke der Rastlosigkeit auf dem blauen Himmel ewiger Glückseligkeit auf. Nun, da ihm eine hundertprozentige Bekehrung des glotzenden Pöbels geglückt war ... Was konnte er noch mit ihm anfangen? Er konnte ja schließlich schlecht die Arme verschränken und rufen: »Bringt mir den nächsten Pöbelhaufen!« Ein begeistertes Publikum wirft man nicht einfach so weg. Was also konnte er ihnen noch über die Bierverehrung erzählen?

Und da überkam es ihn. Warum sich nur auf Syffel beschränken? Er hatte ein williges Publikum, das einfach gemolken werden *mußte.*

»Bürger von Höllien«, sprach er weiter, preßte die Hände in ekstatischer Freude an sein Herz und musterte die fürchterlich zerlumpte Kleidung der vor ihm stehenden Seelen. »Ihr habt heute wirklich Glück! Ihr steht kurz vor einer neuen, furchteinflößenden Offenbarung.« Die Menge keuchte auf. »Will sagen, furchteinflößend für die, die jetzt nicht hier sind. Sie werden überrascht sein, wie sie reagieren werden, wenn sie euch das nächste Mal zu Gesicht bekommen, weil ihr euch so wunderbar gewandelt habt!« Zorn stolzierte zum Rand des Hüttendachs und deutete auf einen fast nackten, auffallend mageren Mann mit versengtem Bart, Brandblasen und Rußflecken auf der Haut, der eine Schicht in der Grube der glühenden Kohlen hinter sich hatte.

»Sie, mein Herr«, rief der Prediger. »Ja, Sie! Kommen Sie her, kommen Sie herauf. Seien Sie mein Gast.« Er streckte eine Hand aus und zerrte den Mann aufs Dach, bevor dieser sich wehren konnte. Ach, wie schön es doch war, ein gefesseltes Publikum zu haben.

Fast ohne es zu bemerken, beugten Schoysal und Nabob sich mit wachsendem Interesse vor.

»Mein Herr«, fuhr Zorn fort. »Ich hoffe, Sie finden es nicht aufdringlich von mir, wenn ich Sie frage, ob Sie mit Ihrer auffällig abgerissenen Erscheinung überglücklich sind?«

»Was?« krächzte die gemarterte Seele.

»Tragen Sie diese widerliche Gewandung aus freiem Willen?«

»Häh?«

»Willste 'n paar neue Klamotten, Kumpel?«

»Na ja, wenn Sie mir welche anbieten, kann ich nicht nein sagen. Wissen Sie, es ist zwar nicht gerade kalt hier, aber …«

»Aber ein Mann hat seinen Stolz!« legte Zorn ihm in den Mund.

»Ja, ich glaube, das ist …«

»Die reine Wahrheit! Der Körper eines Menschen sollte sein Geheimnis sein – nicht ein Stück öffentlichen Eigentums, das von jedem begafft, begrapscht und verhöhnt wird. Bürger Hölliens! Wenn einem die Rippen so grauenhaft abstoßend vorstehen wie meinem neuen Freund hier – nimm's nicht persönlich, Kumpel –, geht es nur ihn etwas an. Wenn die Beine verbrannt und von übertriebener Enthaltsamkeit abgemagert sind … und neben mir steht ein gutes Beispiel solcher Nachlässigkeit …«

»Also, ich muß doch schon sehr bitten«, wehrte sich der Mann. »Ich glaube, die Leute haben verstanden, worauf Sie rauswollen. Ich weiß ja auch, daß man mich nicht gerade als sexy oder so was bezeichnen würde, aber …«

»Würden Sie sich bedecken, bliebe ihre Körperform wenigstens teilweise verborgen. Sie besäßen ein Flair des Geheimnisvollen, das man zu einem sexuell attraktiven Vorteil nutzen könnte, wenn sich die Gelegenheit böte.«

Nabob spürte, daß sich ein zustimmendes Frohlocken in seiner Kehle formte.

»Wirklich? Ich – attraktiv?« stammelte die armselige Seele auf dem Dach.

Die Menge keuchte auf, als sie einen Blick auf ihre eigene Erscheinung warf. Selbst Schoysal ertappte sich dabei, daß er selbstkritisch die Schuppen auf seiner Stirn glattstrich.

»Mit der richtigen Bekleidung hätten Sie bei den Frauen freie Wahl!« verkündete Zorn und zog mit einem Ruck ein Päckchen bunten Pergaments aus seiner Soutane, ohne sich die Zeit zu nehmen, Syffel dafür zu danken, daß er es – genau wie ihn selbst – gegen Temperaturen über 660 Grad gefeit hatte.

Die Zuschauer schnappten nach Luft, als ihre Blicke sich an einer vollständigen Kollektion Unterwäsche für beide Geschlechter, in blau und rosa, weideten.

»Jawohl! Nehmt die sichere und trotzdem so fesche! Genießt Höllien in Wunderwäsche!«

Schoysal war überwältigt. Eine Zeitlang versuchte er, sich durch die Menge zu drängeln, da er verzweifelt mehr über Wunderwäsche erfahren wollte. Er wollte unbedingt ihre flauschige Struktur auf seinen schwarzen Schuppen fühlen.

Dann fiel ihm Nabobs Gesichtsausdruck auf. Er erkannte es sofort – mit der Intensität eines Blitzschlags zwischen die Krallenspitzen. Gewiß, es schien nur ein schwacher Abklatsch der sechsten Illustration zu sein, die er unlängst betrachtet hatte, aber es war alles da: die gefalteten Krallen; das Gesicht eine Andeutung freudiger Glückseligkeit, ja, fast schon Bekehrung.

Da war sich Schoysal plötzlich ganz sicher, daß der ununterbrochen redende Mann in der schwarzen Soutane irgend etwas mit dem Geheimnis zu tun hatte. Konnte er die Dokumente übersetzen? War *er* das Geheimnis? Eine Geheimwaffe der ultimativen Störung?

Schoysal sah die Szene plötzlich in anderem Licht. Es stimmte. Etwas sehr Mächtiges war hier am Werk. Alle gewöhnlichen Strukturen waren heute auf diesem Platz zusammengebrochen. Dämonen tranken Bier mit gemarterten Seelen!

Er mußte diesen Mann einfach haben. Er stürzte sich in das Getümmel.

Nabob, der mittlerweile ein ganzes Stück weiter vorn stand, wurde nur vom schrillen Kreischen der Trillerpfeifen, dem Galoppieren von Knochenbrecherhufen und dem plötzlichen Auseinanderspritzen sämtlicher Versammelten vor der totalen Bekehrung bewahrt.

Schoysal und Nabob schauten beeindruckt zu, als acht wahrhaft gewaltige Ungeheuer durch die fliehende Menge stapften und trotz des gekreischten Protests der zuschauenden Paktisten ein langes Seil entrollten. Im Handumdrehen hatten sie die drei Vandalen auf dem Hüttendach mit dem Lasso eingefangen.

Der Mietprediger Gottfried Zorn, der unschuldige Assistent aus dem Publikum und Fiddel mit der Geige wurden blitzschnell heruntergezogen, gefesselt und weggeschleppt.

»Nein, Sie dürfen ihn noch nicht mitnehmen!« schrie Ölyg, der sich gegen die Flut flüchtender Seelen stemmte. Er ließ die Fäuste kreisen und war wild entschlossen, es mit dem gesamten Einsatzkommando aufzunehmen. Wenn nötig, mit allen auf einmal.

Wenn Phaust sich nicht von hinten auf ihn geworfen und ihn am heißen Boden festgehalten hätte, hätte er sich in eine Ein-Mann-Prügelei gestürzt. »Noch nicht«, fuhr Phaust ihn an. »Wir holen ihn zurück. Mach dir keine Sorgen, Fiddel ist bald wieder bei uns.«

In diesem Augenblick wurde der Ansatz zu einer Mission in Ölygs erhitztem Verstand geboren. Er hörte auf, sich zu wehren und ließ sich wegführen, während Zorn zwischen zwei riesigen Dämonen um eine weit entfernte Ecke bog und verschwand.

»Wie ungezogen«, tadelte der Teufel Schuftus Zorn von links her. »Sie wollten wohl 'n paar Leute retten? So was tut man doch nicht! Gut, daß Sie nicht weit gekommen sind, sonst hätten wir Ihnen vielleicht den Schädel eingeschlagen, was, Schurkus?«

Zorn wehrte sich erbärmlich. »Nein, Sie verstehen mich nicht. Ich bin in göttlicher Mission unterwegs …«

»Na, das ist aber mal was Neues, was, Schurkus? Das haben wir ja noch nie gehört!« Er drehte sich um und brüllte die beiden Teufel an, die Fiddel festhielten. »Er sagt, er ist in 'ner göttlichen Mission unterwegs! Habt ihr schon mal so was Doofes gehört? Ich jedenfalls noch nicht.« Die Dämonen hinter ihm brachen in wildes Gelächter aus.

»Ich würde an deiner Stelle ganz ruhig sein«, grollte Schuftus dumpf. »Du hast schon genug Probleme am Bein, weil du Ausschreitungen angestiftet hast. Also quassel jetzt nicht auch noch von Göttern und so was.«

»Es waren keine Ausschreitungen«, protestierte Zorn, dessen Beine wirkungslos zwischen den beiden Riesen hin und her schwankten. Irgendwie kam ihm diese Szene verdächtig bekannt vor. »Es war eine ruhige Versammlung einiger …«

»Schnauze«, fauchte Schuftus und zog ihn weiter. »Es waren Ausschreitungen, klar? Und ich sag dir auch, warum: Wir sind nämlich ein Einsatzkommando für Ausschreitungen. Man hat uns gerufen. Würde man uns rufen, wenn es keine Ausschreitungen gibt? Nein! Ist doch ganz logisch.«

Weit entfernt von Zorn und seinen Bewachern liefen Schoysal und Nabob tief beschämt davon. Sie hatten nicht die Absicht, peinliche Fragen zu beantworten.

Als Schoysal mit dämonisch klappernden Hufen durch die abgelegenen Seitenstraßen von Mortropolis hetzte, schwirrte ihm der Kopf.

Etwas sehr Seltsames war gerade geschehen. Einen Augenblick lang hatte er die Kontrolle über seinen Willen verloren. Und das war noch nicht alles. In diesen Momenten war das gesamte, von Natur aus diktatorische System Hölliens außer Kraft gesetzt gewesen.

Byrernst hatte für einen Augenblick die Kontrolle über einen kleinen Teil von Mortropolis verloren.

Obwohl Schoysal nicht wußte, was dies bedeutete, war ihm doch klar, daß es ein Kratzer war. Eine kleine Delle in Byrernsts Rüstung.

Ein Saatkorn der Rache ließ sich in seinen Gedanken nieder und schlug Wurzeln.

Als eine Hufsalve die Tür zu seiner Werkstatt auftrat, schnellte Molochs Kopf reflexhaft nach oben und kollidierte schmerzhaft mit einem Mustererkennungsfilter.

»Ja, und? Wo sind Sie?« rief eine beunruhigend vertraute Stimme. »Es ist wieder so weit!«

Moloch stöhnte leise vor sich hin und zwängte sich aus dem neuesten, besonders komplizierten analytischen Kristall.

»Ich warte!« fauchte die Stimme.

Moloch wischte sich die Klauen am Kittel ab, stand auf und hetzte zur Vorderseite des riesigen Obsidianblocks.

»Sie verstecken sich wohl vor mir?« sagte Byrernst vorwurfsvoll zu dem kleinen Dämonen, der seinen schmerzenden Hinterkopf rieb. »Ist Ihr Fortschrittsbericht noch immer nicht fertig?«

Asmodeus, der neben Byrernst stand, hielt lächelnd einen großen Abakus in den Klauen. Es war immer wieder schön zu sehen, wenn jemand heruntergemacht wurde. Ach, schon in Byrernsts Nähe zu sein, wenn dies passierte, war so aufregend. Außerdem schien es seinem Ansehen alles andere als abträglich. Sich im Dunstkreis des Obertotengräbers von Mortropolis zu bewegen, verlieh einem Finanzverwalter ein gewisses Maß an Macht. Wenn Byrernst seine Untergebenen erst mal zur Schnecke gemacht hatte, machten sie auch ihm keinen Ärger mehr.

»Ach … Na ja, ich habe noch ein paar Einstellungen am …« setzte Moloch an.

»Hoppla!« rief Byrernst kopfschüttelnd und starrte Moloch noch vorwurfsvoller an. »Falsche Antwort!« Die Faust des Obertotengräbers kam aus dem Nichts angeflogen und schlug heftig auf die Schnauze des bekittelten Dämons. Es sah ganz danach aus, als hätte sich eine noch nicht allzu lange zurückliegende Begegnung mit einem Haufen randalierender Fährschiffer nicht gerade förderlich auf Byrernsts Wohlbefinden ausgewirkt. ›Stinkig‹ wäre in der Tat eine schamlose Untertreibung seiner Gemütslage gewesen.

Asmodeus rieb sich zufrieden die Hände. Dies war eine weitere Investition in seine boshafte Zukunft. Noch ein paar Attacken dieser Art, und Moloch zuckte jedesmal zusammen, wenn Asmodeus an seiner Werkstatt vorbeikam.

»Es gibt im Augenblick nur eine einzige richtige Antwort«, knurrte Byrernst Moloch an. »Sie lautet: ›Der MAK ist einsatzbereit.‹ Verstanden?«

Moloch nickte mit bebender Unterlippe.

»Sehr schön. Dann wollen wir's noch einmal versuchen.« Byrernst lächelte, wobei er seine Reißzähne bedrohlich zur Schau stellte. »Fortschrittsbericht?«

Moloch trat nervös einen Schritt zurück und warf einen Blick auf das neueste Modell des nach ihm benannten analytischen Kristalls. Kein einziger Lichtstrahl glitzerte auf der glatten Oberfläche. Auf der Rückseite, und damit ungesehen, quollen überall verschiedenfarbige Schläuche heraus.

Byrernst scharrte gereizt mit dem Huf auf der Stelle. »Und?«

Asmodeus setzte sein Haifischgrinsen auf.

Eine einzelne Angstschweißperle kämpfte auf Molochs Schläfe um ihre Freiheit.

Ein kaum hörbares, herablassendes Seufzen kam über Byrernsts Lippen, und er schaute für einen Sekundenbruchteil nach oben. »Fortschrittsbericht!« brüllte er, überwand die zwanzig Fuß zwischen ihm und Moloch mit einem einzigen, raubtierhaften Sprung und packte den zitternden Wissenschaftler an der Kehle.

»Ahhh ... Also ...«

»Falsch!« schrie Byrernst, seine Schnauze war einen schmalen Finger breit von der Molochs entfernt. »Sie wissen doch, was ich hören will!«

Moloch zappelte und antwortete. »Der ... der MAK ist einsatzbereit.«

»Schön! Gut gemacht ...«

»Man muß nur noch ein paar Einstellungen an ...«

Es war ein kleines Wunder, daß der Schalldruck von Byrernsts Gebrüll Molochs Trommelfelle nicht platzen ließ.

»Wann, Herr Moloch«, flüsterte Byrernst eiskalt, nachdem er den Wissenschaftler ein paar Minuten gegen seine jüngste Errungenschaft gedroschen hatte, »können wir ihn Ihrer bescheidenen Meinung nach am Aufnahmepunkt Schleimau einsetzen? Es hat überhaupt keinen Zweck, die Seelenhäuschen wieder aufzubauen, solange das Qualenzuweisungssystem nicht fertig ist. Ich will, daß es zu d'Eibeles Besuch läuft. Ist das klar?«

Moloch verdrehte die Augen und brach mit einem traurigen Gurgeln zusammen.

»So ein Trottel! Man findet heute einfach keine guten Mitarbeiter mehr. Ich habe ihn doch nur ein bißchen rumgeschubst. – Na gut, jetzt zu Ihnen.« Byrernst ließ Moloch fallen und stürzte sich auf Asmodeus. »Was wird uns diese Verzögerung kosten?«

»Wenn wir davon ausgehen, daß sein Gedächtnis unter dem unglückseligen Zusammenbruch nicht gelitten hat ...«

»Treiben Sie keine Späße mit mir!« drohte Byrernst lauernd.

»Ich ... Ich weiß gar nicht, wie man Späße macht, Abscheulichkeit«, wimmerte Asmodeus und schaute zu Boden. »Es wird Buchhaltern nicht beigebracht.«

»Was wird's kosten?«

»Jeder zusätzliche Tag, den wir die Bauarbeiter beschäftigen müssen, veranschlage ich …« Asmodeus' Krallen schoben mit blitzschneller buchhalterischer Geschicklichkeit die Obsidiankugeln auf dem Abakus hin und her. »Soll ich die Gehälter der in Kürze überflüssigen Aufnahmebeamten auf Tages- oder Stundenbasis einbeziehen?«

»Tagesbasis natürlich, Idiot! Das ist dann eine größere Zahl!«

»Sehr wohl.« Wieder wirbelten die Krallen über das Rechengerät, und schon bald räusperte sich Asmodeus. »Für jeden weiteren Tag, den Molochs neuester analytischer Kristall noch nicht betriebsbereit und am Aufnahmepunkt Schleimau installiert ist und somit die vollständige Automatisierung der Aufnahme neuangekommener Seelen und die daraus folgende Einsparung an Arbeitskräften aufschiebt – an Arbeitskräften, die bei der Beschaffung alternativer Brennstoffe eingesetzt werden sollen –, entstehen uns Kosten in Höhe von 22.305 Obuli.«

Die Ziffer am Ende dieses Wortschwalls erschreckte sogar Byrernst. »Wollen Sie etwa sagen, daß uns jeder Tag, in dem die Dämonen in der Einwanderungsbehörde statt in den Lava- und Schwefelminen arbeiten, über zwanzig Riesen kostet?«

»Sie haben's erfaßt, Herr«, sagte Asmodeus grinsend.

Byrernst schnaufte wütend und trat dem stöhnend am Boden liegenden Moloch in die Rippen. »Ziehen Sie's von seinem Gehalt ab!« befahl er. »Schließen Sie die Einwanderungsbehörde schon heute und schicken Sie die weinerlichen Glühfederfuchser in die Minen von Miefingen!«

»Aber, Herr! Die Verzögerungen am anderen Ufer der Schleimau werden gewaltig sein!«

»Na und? Die frisch Abgekratzten haben hier unten eine Ewigkeit vor sich. Ein paar Wochen im Wartezimmer werden ihnen nicht gerade schaden.«

»Ach, das stimmt schon, Herr, aber werden die Fährschiffer sich nicht beschweren, wenn gar keine Seelen mehr durchkommen?«

»Zweifeln Sie etwa meine Entscheidung an?« platzte es aus Byrernst heraus. Er baute sich vor Asmodeus auf.

»O n-nein, Herr. Äh, das wird Buchhaltern gar nicht beigebracht.« Wenn er unter Druck gesetzt wurde, hakte seine Platte manchmal.

Byrernsts Oberlippe kräuselte sich, bebte und verzog sich zu einem bestialischen Grinsen. »Was die Fährschiffer betrifft, haben Sie recht. Ach, was wird das traurig sein! Die werden noch immer nach Anzahl der transportierten Seelen bezahlt, stimmt's?«

Asmodeus nickte. Er spürte, daß Byrernst ein Licht aufgegangen war.

»Dann sieht's so aus, als stünden ihnen verdammt magere Zeiten bevor.«

Hektische Stimmen hallten im Rumpf einer stillgelegten Fähre wider, denn die Paktisten waren in ihrem Versteck in Panik geraten.

»Was sollen wir bloß tun?« fragte Phaust zum fünfundzwanzigsten Mal.

»Wo haben sie ihn hingebracht?« heulte Quack. »Ich hoffe bloß, sie brechen ihm nicht die Finger. Ach, wenn ich mein Finale nie mehr höre ...«

»Dann wäre es noch immer zu früh«, stöhnte Phaust.

»Sag so was nicht! Wir müssen ihn retten. Ich kann unmöglich den Rest der Ewigkeit ohne Fiddels tröstendes Spiel überstehen«, sprudelte Quack verzweifelt hervor.

»Wir sind das alles schon hundertmal durchgegangen. Hat denn keiner von euch einen brauchbaren Vorschlag?« fragte Thussi.

»Äh, ich könnte die Pläne schematisch aufzeichnen«, schlug Kasso, der Maler, vor. Niemand beachtete ihn.

»Ölyg, du bist so still«, keifte Phaust.

Der Prediger Ölyg der Dritte schüttelte den Kopf und schaute mit verschrecktem Blick auf. »Ich glaub's einfach nicht«, krächzte er. »Gesandter, hat er gesagt. Gesandter! Ich hätte nie gedacht, daß ich hier unten je einen anderen Geistlichen zu Gesicht bekommen würde. Wir müssen ihm helfen. Er wird total überfordert sein, verängstigt, sich verloren und betrogen fühlen ...«

»Also, mir schien er ganz gut zurecht zu kommen«, murrte Phaust. »Ich mache mir viel größere Sorgen um Fiddel. Der andere Kerl hat sie mit seiner Predigerei um den Finger gewickelt.«

»Das wird sich ändern, wenn ihm klar wird, wo er sich befindet«, sagte Ölyg bedeutungsschwer. Und er mußte es wissen. Er hatte schließlich selbst alles durchgemacht. Ein einziger unvorsichtiger Moment der Verzweiflung in der Kapelle des Heiligen Absentius des Ordentlich Abgeschriebenen hatte genügt. An jenem schicksalhaften Tag war es ihm einfach zuviel geworden. Schon seit fünfzig Jahren zählte die eifrig zum Gebet erscheinende Gemeinde genau null Mitglieder. Dann hatte er es gesagt. Er hatte gar nicht bemerkt, daß er ein Selbstgespräch führte. Es war ihm einfach so herausgerutscht. Was nach fünfzig Jahren Einsamkeit ja auch nicht besonders verwunderlich war.

»Ach, was würde ich geben, wenn ich es mit echten Menschen machen könnte!« hatte er geseufzt, denn an diesem Tag waren nur einige Ratten auf der Suche nach Käse zu ihm gekommen. Er wußte genau, er hatte sie einzig mit der Kraft seiner Gedanken beschworen.

»Was genau *würden* Sie denn geben?« hatte die summende Stimme in seinem Kopf gefragt.

»Ach, alles!« hatte er gesagt, ohne nachzudenken.

»Alles?«

»Wirklich alles.«

»Wirklich alles?« wiederholte die summende Stimme in seinem Kopf.

»Jo. Wirkl …« Der Boden der Kapelle war explodiert, glühend heiße Rauchschwaden waren ausgeströmt und Dutzende schuppig-schwarzer Klauen hatten ihn gepackt …

Phausts Stimme durchbrach Ölygs Erinnerung und zerrte ihn in die Gegenwart zurück. »Ich glaube, der weiß schon, wo er ist. Von zwei solchen Ungeheuern weggeschleppt zu werden, müßte es ihm spätestens klar machen. Ein Geistlicher wie er kommt da schnell drauf. Wart's nur ab.«

Ölyg erschauerte. »Es muß ein Schock für ihn sein. Er ist bestimmt völlig verängstigt.«

»Und was ist mit Fiddel?« erinnerte Quack sie. »Vergeßt Fiddel nicht.«

»Ich hab ihm doch gesagt, er soll mich helfen lassen«, murmelte Thussi.

»O ja. Dann säße ich jetzt ohne Modell da«, sagte Kasso protestierend, der Thussi durch einen Rahmen aus Daumen und Zeigefingern bewunderte. »Dich hätten sie gleich mitgenommen.«

»Wohin eigentlich?« wollte Quack wissen.

»Ins Knochenbrecherhauptquartier«, stöhnte Ölyg. »Wahrscheinlich haben sie ihn jetzt schon an die Wand gekettet.«

»Ooooh, ich bin *so was* von neidisch«, klagte Phaust. »Wenn sie ihn auspeitschen, verzeihe ich es ihm nie. Und Daumenschrauben … Ach, welch Wonne!«

Quack biß in seine Hände, als er sich ausmalte, daß Fiddels Finger für immer und ewig ruiniert waren. »O seine Akkorde! Was für ein Alptraum! Wir müssen ihn unbedingt retten!«

Plötzlich meldete sich in Ölyg der winzige Teil, der zum Ränkeschmieden verantwortlich war, leise, doch bestimmt, zu Wort und erteilte seinem Sprachzentrum mit ungezügelter Wildheit einen Befehl. »Quack hat recht. Wir können keine Gefangenen der Willkür der Knochenbrecher überlassen«, bestimmte er, wobei er nur an Zorn dachte. »Ich persönlich könnte nicht mehr mit mir leben!«

»Hast du etwa ›leben‹ gesagt?« fragte Thussi erbsenzählerisch.

»Ach, du weißt schon, was ich meine«, erwiderte der Prediger. »Ich könnte nicht mehr mit mir tot sein – das klingt einfach nicht so gut, oder?«

»Hört auf, euch zu streiten!« rief Quack. »Wir brauchen einen Plan!«

»Einverstanden«, stimmte Ölyg mit einem heimlichen Lächeln zu. Es wäre wirklich zu schade, wenn bei diesem Plan zufällig auch ein gewisser soutanetragender Gefangener befreit würde.

Kasso grinste, glättete einen Bogen Nimmerbrenn-Pergament, rollte die Ärmel hoch und leckte an einem frisch gestohlenen Stück Kohle.

Die Fußbodenheizung zischte und blubberte in Nabobs Höhle, als Schoysal das Licht einer Lavalampe auf das Bündel mysteriöser Dokumente richtete. Kalte Dampfzungen zuckten von seiner Oberfläche und rannen an den Beinen des Obsidianschreibtisches herab.

Kiesela knabberte in der Ecke zufrieden an einem Felsbrocken, wobei sie geräuschvoll die Amethyste aus der Mitte herausschlürfte.

Schoysal grunzte nachdenklich und blätterte mit einer Zange um.

»Und?« fragte Nabob ungeduldig.

Schoysal machte eine wegwerfende Klauenbewegung und starrte noch angestrengter auf die den Dunst durchscheinende Schrift. Kiesela biß ein weiteres Stück Stein ab, was Nabob einen angewiderten Schauer über den Rücken jagte.

»Hast du schon irgendwas Nützliches herausgefunden?« quengelte er.

Schoysal drehte sich zu ihm um und öffnete das Maul, als wolle er eine beruhigende Weisheit von sich geben. Doch dann gähnte er, kratzte sich am Kinn und schüttelte seinen Kristallbecher. Nabob fauchte, verstand den Wink mit dem Zaunpfahl und schlurfte zur Bar.

»Du brütest jetzt schon seit Stunden darüber«, beschwerte er sich, als er gereizt den nächsten Lava-Martini mixte. »Weißt du immer noch nichts?«

»Na ja«, grunzte Schoysal, richtete sich auf und rieb sich die Augen. »Eins weiß ich.«

»Ja, ja, ja?« fragte Nabob.

»Ich weiß, daß ich einen steifen Hals habe.« Er massierte seine schmerzenden Halswirbel.

»Ich hab ja gleich gewußt, daß ich dich deine gemeinnützige Arbeit in voller Länge machen lassen sollte, du undankbares …«

»Beeil dich mit dem Getränk. Dann erzähl ich dir, was ich schon weiß«, wies Schoysal ihn an und rotierte mit seinem Drehstuhl.

»Du belügst mich also die ganze Zeit. Du weißt doch, was es ist.«

Schoysal schnappte sich den kochenden Lava-Martini und kippte sich die Hälfte in den Rachen. Er massierte noch einmal seinen Hals, stand auf und schritt bedeutungsschwer auf die andere Wand zu, wie belgische Detektive, wenn sie eine dramatische Ankündigung planen: die Hand auf dem Rücken und dergleichen.

»Und? Was *ist* es?« stöhnte Nabob, nachdem Schoysal zwei Minuten lang auf und ab gegangen war.

»Seltsam.«

Nabob schlug sich vor die Stirn und schluchzte. »Das hätte ich dir auch sagen können!« keifte er. »Gib mir was Bestimmtes. Zum Beispiel, warum es so dampft!«

»Ach, *das* weiß ich. Dein Fund ist, von seinem Inhalt abgesehen, für bestimmte Leute von großem Sammlerwert.«

»Was?«

»Er ist uralt. Aus der Zeit vor der Erfindung des Nimmerbrenn-Pergaments (feuerfest bei Zimmertemperatur, knittert, verrußt und kristallisiert nicht – ehrlich) und der Glühfederhalter, mit denen man es beschreiben kann. Damals mußte man das Zeug hier benutzen.« Er deutete auf die Dokumente. »Gewöhnliches brennbares Pergament in einem angebundenen Kühlfeld. Es ist mindestens ein paar hundert Jahre alt.«

Zum ersten Mal seit sehr langer Zeit war Nabob sprachlos.

Es hielt nicht lange vor.

»Wunderbar«, sagte er und klatschte nach einem Schluck Lava-Martini in die Hände. »Dann schaue ich einfach beim richtigen Händler vorbei und verdiene mir ein paar Kröten. Ich hab gerade Lust auf 'ne ordentliche Feilscherei.«

Schoysal riß die Augen auf. »Wenn du das Dokument für ein Trinkgeld verscherbeln willst, dann tu es. Ich biete dir fünfzig Obuli dafür.«

»Fünfzig?« wiederholte Nabob grinsend. »Na gut, das klingt ganz ordentlich … Moment mal. Du? Gibst *mir* Geld dafür? Wo ist da der Haken?«

Schoysal fegte durch den Raum und kam Nabob beunruhigend nahe. Seine Katzenaugen schauten auf der Suche nach neugierigen Ohren mißtrauisch zur Seite. »Der Haken? Es ist wahrscheinlich *viel* mehr wert, als du dir vorstellen kannst. Zumindest in den richtigen Klauen.«

»Wessen Klauen? Wann können wir es verkaufen? Sag mir, an wen …«

Schoysal winkte ab. »Verstehst du nicht? Es ist *unsere* Chance! Wir dürfen es auf keinen Fall verkaufen!«

»Du hast zu tief da reingeschaut«, grunzte Nabob und deutete auf Schoysals leeren Becher. »Du siehst schon weiße Ratten.«

»Ich schwöre dir, es ist unsere Chance!«

»Na gut. Chance worauf?«

»Das ist es ja gerade, verstehst du nicht? Ich … ich … Ich habe nicht die leiseste Ahnung.«

»Wunderbar.«

Auf einmal verzweifelte Schoysal. Die vergangenen Stunden forderten ihren Tribut. In seinem Innersten hatte Verbitterung seine Geduld für die scheinbar verschwendete Zeit verantwortlich gemacht und brutal zusammengeschlagen.

Schoysal wußte schon nicht mehr, wie oft Millionen unzusammenhängender und zufälliger Gedanken in seinem Kopf umhergeschwirrt waren. Glitzernde Bruchstücke von Hinweisen auf eine Lösung waren aufgeblinkt, um unverzüglich wieder zu erlöschen. Winzige Ausschnitte eines Gesamtbildes waren verschwommen aufgetaucht, hatten ihn kurz verspottet und waren sofort wieder spurlos versunken. Er hatte seine Klauen verständnissuchend in den Schlamm der Unwissenheit getaucht, und sie schmutzig, doch leer und vor Verzweiflung triefend wieder hervorgezogen. Kurz gesagt: Er war aufgeschmissen.

»Ein bißchen habe ich herausgefunden, aber es sind so winzige Details …«

»Sag's mir!« fauchte Nabob.

Schoysal schaute sich wieder nervös um. »Niemand schreibt: ›Streng, streng geheim! Auf keinen Fall lesen! Lassen Sie's bleiben! Jawohl. Sie sind gemeint!‹ irgendwo drauf, wenn es sich nicht, na ja, um etwas sehr Geheimes handelt, stimmt's?«

»Gratuliert dem Kleinen«, stöhnte Nabob sarkastisch.
Schoysal funkelte ihn wütend an. »Wenn du schnippisch wirst …«

»Schon gut, schon gut! Sprich *bitte* weiter.«

»Und niemand läßt Geheimnisse einfach dort rumliegen, wo sie jeder lesen kann, stimmt's? Man unternimmt irgend etwas, um zu verhindern, daß sie in die falschen Klauen geraten und so, weil es sonst Ärger gibt.«

»Und worauf willst du hinaus?« stöhnte Nabob, der

sich langsam aber sicher wünschte, Schoysal nie in die Sache eingeweiht zu haben. Er hätte damals auch etwas viel Aufregenderes tun können, zum Beispiel der Lava beim Trocknen zusehen.

»Ich will darauf hinaus, daß *wir* für den, der das da geheimhalten will, die falschen Klauen sind!«

Langsam dämmerte es Nabob.

»Wir müssen es sein«, fuhr Schoysal Dank seiner übernervösen Stimmbänder etwas zu schrill fort. »Also, es ist doch logisch. Wenn wir nicht die Richtigen sind – denn wenn wir es wären, wüßten wir im Nu, was es ist –, *können* wir nur die Falschen sein!«

Nabob nickte eifrig, obwohl er noch immer keine Ahnung hatte, worauf Schoysal hinauswollte.

»Es gibt zwei Dinge, die wir mit dem Zeug tun können, die es extrem wertvoll für uns machen.«

»Ja, ja?«

»Erpressung ...«

»Au ja!« rief Nabob und reckte begeistert die Faust in die Luft. »Natürlich. Wir quetschen einen Haufen Obuli aus den Leuten raus, die das Geheimnis nicht an die Öffentlichkeit gelangen lassen wollen. Und das andere?«

»Wenn ich es wüßte!«

»Also, wirklich! Hör damit auf. Du blinzelst die Bilder jetzt schon stundenlang an. Du mußt doch irgend etwas wissen!«

»Na gut, na gut. Aber es sind nur Vermutungen!«

Schoysal machte eine wegwerfende Klauenbewegung und griff erneut nach der Zange. »Schau mal ... Wo isses denn? Hier. Schau dir das mal an.« Er deutete auf eine Reihe seltsamer Strichmännchen, manche mit spitzen Schwänzen, Hufen und Hörnern; andere waren kleiner und bärtig, trugen lange Gewänder und hatten eigentümlich flache Ringe um den Kopf.

»Das hier«, erläuterte Schoysal, und zeigte auf die größeren Figuren, »sind Teufel.«

»Wie kommst du denn darauf?« fragte Nabob.

Schoysal räusperte sich verächtlich und warf einen Blick auf seinen spitzen Schwanz, seine Hufe und Hörner. »Wie gesagt, es sind alles nur Vermutungen.« Er ließ seinen Blick spöttisch vertrocknen.

Nabobs Körper hatte den Anstand, sich für sein Maul zu entschuldigen und errötete kurz.

»Das hier«, fuhr Schoysal fort und deutete auf die kleineren Gestalten mit den langen Gewändern und Kopfringen, »sind, glaube ich, so eine Art Gegner. Siehst du, hier stehen sie sich gegenüber.« Er deutete mit der Zange auf die obere Ecke einer Seite, übersprang einen unverständlichen Textabsatz und klapperte über dem nächsten Bild mit der Zange. »Hier raufen sie ...«

»Sie könnten auch tanzen«, meinte Nabob. »Den Griff habe ich bei so manchem Höhlenfest gesehen.«

»Maul halten.« Schoysal überschlug ein paar Seiten bis zur nächsten Illustration. Diesmal standen nur noch wenige der Figuren. Der Boden war mit hingestreckten Vertretern beider Arten übersät. »Die Schlacht geht weiter?« vermutete er.

»Oder sie haben bis in die frühen Morgenstunden getanzt und sind ...«

»Die Bemerkung werde ich mit genau der arroganten Mißachtung strafen, die sie verdient«, knurrte Schoysal und blätterte ein paar Seiten weiter. »Jetzt kommt die Stelle, die mir Kopfschmerzen bereitet. Bis jetzt war alles noch halbwegs einsichtig. Es ist eine Schlacht. Aber das hier ... Was sagt dir das?«

Das Bild zeigte die seltsamen Strichmännchen, die um ein Lagerfeuer herumsaßen. In den Händen hielten sie etwa kopfgroße Ringe, die rundherum mir kleineren Ringen besetzt waren. Sie schienen die eigentümlichen Dinger zu schütteln. Beängstigenderweise hatten einige den Mund geöffnet. Über ihnen, am Himmel, stand ein einzelnes Wort.

»Irgend eine Ahnung, was das bedeuten könnte?« fragte Nabob und zeigte auf das Wort ›Kumbayah!‹ auf dem Bilderhimmel.

»Wie gesagt«, grunzte Schoysal und kratzte sich lautstark am Kinn. »Wenn ich es nur wüßte!«

Es war ein ganz normaler Tag im Prophetensaal von Axolotl. Die fünf alten Propheten saßen um einen ungewöhnlich geformten Marmortisch herum, stellten wichtige Fragen in den Raum und warfen mystische Knochen in die Luft, um die Antwort aufzuspüren. Es ging um Themen wie den besten Termin für das Sportfest der Ur-Propheten, oder ob die anstehende Wiederholung von ›Anna und der Seher von Xiam‹ zwei Wochen oder drei Wochen und zwei Tage laufen sollte. Und dabei wäre es auch geblieben, wenn nicht plötzlich hektisch klappernde Schritte den Korridor entlang gekommen wären; Schritte, die einen Verzweifelten zügig voranbrachten. Er platzte durch die massiven Bambustüren, rutschte weiter und wurde wenig elegant von der gegenüberliegenden Wand aufgehalten. Er verfluchte den spiegelglatt polierten Boden.

Der Anführer des städtischen Prophetenrats, Hauptmann Zuphall, spähte über die Tischkante und raunzte: »Kommen Sie ruhig rein.«

Der Mann rappelte sich auf und rieb seine schnell blau werdenden Pobacken. Er sah Zuphall flehentlich an. »Ich brauche ein Datum. Ein absolut zuverlässig günstiges Datum. Und ich brauche es sofort. Ich muß nämlich etwas planen.«

»Und Sie sind?« knurrte Zuphall, der nicht genau wußte, ob es ihn sonderlich begeisterte, von einem so hektischen Menschen unterbrochen zu werden. Prophezeien war eine entspannende, ruhige Tätigkeit. Man mußte dabei sonst nicht so wild herumwirbeln. Insbesondere wenn man so schwere Arthritis hatte wie er.

»Lyndor D'Mol, Produzent von ›Du sollst mein

Glücksstern sein‹«, stellte der Eindringling sich heiter vor.

»Was für ein Stern? Was ist das?« raunzte Zuphall.

»Die astrologische Spielschau, die *Ihre* Zukunft in *Ihre* Hand legt. Mit Luphan Burk. Sie ist sehr beliebt. Aber lassen Sie mal gut sein. Sie sind bestimmt sehr beschäftigt, wenn sie läuft.«

»Es ist doch wohl nicht eine von diesen Vorabendtheateraufführungen?«

»Ja … Also …«

»Pfui, so was schaue ich mir nie an. Ich erinnere mich noch gut an die Zeit, als es niemand gewagt hätte, etwas auf die Bühne zu bringen, bevor die Sonne nicht weit hinter dem Tempel verschwunden war. Die Leute haben heute viel zu viel Freizeit, finden Sie nicht?«

»Ja, Sie haben sicher recht. Wenn ich jetzt bitte mein Datum haben könnte?«

»Ach ja, ich erinnere mich. Nennen Sie mir bitte die Einzelheiten.«

»Na ja, ich weiß zwar nicht, wie er es geschafft hat, aber Luphan Burk hat die ›Glücksstern‹-Siegerin dazu gebracht, das ›verflixte Omen‹ so zu deuten, daß sie ihn schließlich bat, sie zu heiraten. Das heißt, eigentlich hat er sie gebeten, denn er mußte … äh …«

»Sie wollen also eine schnelle Hochzeit für drei?«

»Häh?«

»Er mußte sie heiraten, haben Sie gesagt. Jetzt soll's schnell offiziell gemacht werden, bevor man es ihr ansieht, was? Das ist widerlich. Die Jugend von heute hat kein bißchen Anstand mehr.«

»Nein … Das heißt, ich glaube nicht.« D'Mol kratzte sich gedankenverloren am Kinn. »Der alte Schwerenöter«, dachte er laut.

»Na, dann wollen wir mal sehen, was wir tun können, ja?« Zuphall stand mühsam auf, schüttelte die angemessen vorgewärmten mystischen Knochen in seiner runzligen Faust und schlurfte zum oberen

Ende des Tisches. Dieser war etwa zwanzig Fuß lang und wies komischerweise einen achtzehn Zoll hohen Rand am anderen Ende auf. Er blies auf die Knochen in seiner knorrigen Hand, stützte sich auf den Tisch und warf die drei Runenwürfel zu Lyndors Überraschung vollkommen unfeierlich über den Tisch. Sie rollten los, prallten vom hinteren Rand ab und blieben in gespannter Stille liegen, die nur von Hauptmann Zuphalls ständigem Gebißpfeifen unterbrochen wurde.

Er schlurfte zum anderen Ende des Tisches und starrte die Runen an. Während er über ihre Bedeutung nachgrübelte, nuckelte er an seinen Zähnen. »Möglichst günstig, haben Sie gesagt?«

Lyndor nickte.

»Hmmm … Und so bald wie möglich?«

»Ja, wir wollen das Ereignis noch möglichst frisch im Gedächtnis der Leute wissen und so schnell wie möglich mit dem Kartenvorverkauf beginnen.«

»Das Paar soll glücklich werden?«

»Ja, äh … Ich nehm's an.«

Zuphall zog die Nase hoch, nahm die Runenwürfel und stopfte sie in die Tasche. »Nächste Woche Dienstag«, schniefte er und schlurfte zurück zu seinem Stuhl.

»Was?« quietschte Lyndor. »So bald schon?«

»Sie wünschten es, so bald es geht. Haben Sie selbst gesagt. Hier so unangemeldet hereinzuplatzen! Zu meiner Zeit haben die Leute noch geklopft. Nächste Woche Dienstag oder gar nicht!«

Und in Lyndors Kopf tat sich ein ganzer Haufen von Problemen auf. Kleidung … Geschenke … Gästeliste … Kostüme, äh, Garderobe …

Die Liste wurde immer länger. Die Panik saß ihm im Nacken, als er sich auf dem Absatz umdrehte und aus dem Prophetensaal hastete. Er schlitterte ganze fünf Schritte, bevor seine Füße Halt fanden.

»Das ist das Problem der Jugend von heute«, murrte

Hauptmann Zuphall melancholisch. »Hektisch. Können es nie abwarten. Zu meiner Zeit ist man mit einem Mädchen wenigstens ein- oder zweimal ausgegangen, bevor man gleich das schmutzige Wort ›heiraten‹ in den Mund nahm.«

»Das ist so nicht richtig. Er hat mir ein gefesseltes Publikum versprochen – nicht, daß ich selbst gefesselt werde«, beschwerte sich der Mietprediger Gottfried Zorn niedergeschlagen bei sich selbst, als er in Handfesseln von der Wand des Gefängnisses von Mortropolis herabhing.

»Du hättest weglaufen sollen, solange du noch konntest«, grunzte der neben ihm baumelnde Fiddel. Seine Worte waren halb an Zorn und halb an ihn selbst gerichtet.

»Niemals«, erklärte Zorn. »Ich werde nie aufgeben. Dies ist meine Mission, mein …«

»Beschweren Sie sich etwa immer noch?« grunzte Schuftus. Der sechs Fuß und neun Zoll große Teufel saß gelangweilt hinter einem Stapel Nachschlagewerke und kümmerte sich um den obligatorischen Pergamentkrieg.

»Ich gehöre hier nicht hin!« rief Zorn. Die kahlen Wände ließen seine Stimme trocken widerhallen.

»Keine Sorge, sobald ich die richtige Qual gefunden habe, kommen Sie hier raus.« Schuftus senkte den Blick wieder auf die Martertabellen. Er fuhr mit der Klaue über die linke Spalte, während seine Lippen sich beim Lesen bewegten. »Perversion, Prahlerei, Prostitution. Verdammt, kein Predigen! Warum steht Predigen hier nicht drin? Vollkommen nutzlos ist das alles. Wie kann ich denn rauskriegen, welche Qual ich Ihnen verpassen soll, wenn hier kein Predigen steht?«

»Raten?« schlug Zorn vor.

Fiddel ließ sich dankbar hängen. Er war froh, daß Zorn so schwierig war. Um so länger würde es bis zu seiner Verurteilung dauern, und an die Wand gekettet sein war im Vergleich zu dem, wo sie wohl hinkamen, fast schon so etwas wie Urlaub.

»O nein. Darf nicht raten. Das kann mich meinen Job kosten. Nichts da. Die Qual muß dem Verbrechen angemessen sein, klar? Ach, Teufel. Ich kann es wirklich nicht ausstehen, euch Paktisten zu verurteilen. Verfluchte illegale Einwanderer.«

»Wie haben Sie mich gerade genannt?« quietschte Zorn überrascht.

»Illegaler Einwanderer. Das sind Sie doch schließlich, oder? Sind nicht so hergekommen, wie es sich gehört – mit den Füßen voran!«

Jegliche Fragen, die Zorns Intellekt hinsichtlich der Paktisten hatte, wurden vom donnernden Röhren der neu in ihm entstehenden Hoffnung übertönt. Zu seiner eigenen Überraschung hörte er sich sagen: »Wenn ich illegal hier bin, warum schieben Sie mich dann nicht einfach ab?«

Fiddel grinste trotz seiner pochenden Schultern und schmerzenden Handgelenke. Gegen Zorns Logik war nichts einzuwenden. Wenn der Dämon jetzt noch versöhnlich gelaunt war …

Das Donnern höhnischen Lachens verriet beiden, daß er es nicht war.

»Nicht schlecht«, sagte Schuftus mit abstoßendem Grinsen. »Aber es wird dir nicht helfen. Du bist bis in alle Ewigkeit hier. Also, wegen des Urteils … Mal sehen. Predigen. Was ist so ähnlich wie Predigen?«

»Schlagen Sie mal unter ›Evangelisten‹ nach«, knurrte Zorn. »Aber machen Sie schnell und holen Sie mich hier raus. Ich muß wieder an die Arbeit.«

»Sie werden schon genug zu tun haben, wenn ich erst mal die richtige Qual gefunden habe«, kicherte Schuftus, der die Martertabellen jetzt von hinten nach vorn durchging. »Evangelisten, warum bin ich da nicht selbst drauf gekommen? G.F.E. Jetzt müßte es kommen.

Euthanasie, Exekutieren … Ah, das ist nicht schlecht. Äh, nein. Das gibt es auch nicht.«

»Dann lassen Sie mich einfach gehen! Ich gehöre hier nicht hin!«

»Können Sie sich nicht was Originelleres einfallen lassen? Den Spruch kenne ich schon.«

»Aber es stimmt, ich garantiere es Ihnen«, wehrte sich Zorn. »Lassen Sie mich frei, ich habe einen Vertrag.« Einen flüchtigen Augenblick lang wünschte er sich, er hätte eine Wiedergeburtsklausel in den Vertrag mit Syffel aufnehmen lassen. Er hätte seiner jetzigen Lage sogar eine Reinkarnation als Molluske vorgezogen. Mollusken waren wenigstens nicht angekettet.

»Komisch, als ich Ihre Taschen durchsuchte, war nichts Vertragsähnliches drin.«

Fiddel war verblüfft. Als er seinen Pakt abgeschlossen hatte, war ihm nie ein Vertrag angeboten worden. Lief das heute alles organisierter ab als früher?

»Aber man hat's mir versprochen!« jammerte Zorn.

»Wie oft?«, fragte Schuftus. »Dreimal?«

»Also, tatsächlich …«

Der schuppige Wächter warf den Kopf in den Nacken und lachte dreckig. »Dich hamse reingelegt, Kumpel. Ha! Willkommen in der echten Unterwelt.«

»Und ich sage Ihnen, ich gehöre hier nicht hin.«

»Ach nein?« knurrte Schuftus. »Dann verraten Sie mir doch mal, wo Sie eigentlich sein sollten. Ich könnte noch einen guten Lacher gebrauchen.« Er spielte entspannt mit dem Glühfederhalter. »Das macht mir den Pergamentkrieg etwas erträglicher.« Er trommelte gereizt auf die Martertabellen.

»Na, ich müßte überall hingehen können, wohin ich will. Nach Ansammlungen verlorener Seelen suchen, nach großen Mengen. Es ist immer besser, wenn eine ordentliche Menge Ohren da ist, die meine Botschaft hören kann.« Zorns Gedanken schweiften irgendwie in seine Missionarszeit zurück. »Nach meiner Erfahrung ist es das schwierigste: Genug Leute zu finden, die sich die Frohe Botschaft bereitwillig anhören. Die Leute zu finden, die sie am nötigsten brauchen. Deswegen bin ich hier, verstehen Sie? Es gibt hier unten erstaunliche Möglichkeiten. Wo ich auch hinschaue.«

»Erzählen Sie mir noch einen«, sagte Schuftus spottend.

»Nein, wirklich.« Apostolisches Feuer loderte in Zorns Kopf. »Schauen Sie sich selbst an. Stark und doch sanft – meine Schulter verheilt schon wieder ganz ordentlich – attraktives Äußeres.« Zorn erschauerte, als er das Maul voller Zähne sah. Er nahm sich ein paar Freiheiten mit der Wahrheit heraus, aber es war ja für einen guten Zweck. »Verantwortungsbewußt ... Aber obwohl all das für Sie spricht, können Sie ernsthaft behaupten, daß Sie wirklich glücklich sind?«

Fiddel war fassungslos. Gab dieser Kerl denn nie auf?

»Glücklich?« überlegte Schuftus. »Also, ehrlich gesagt, mache ich mir darüber nie besonders viele Gedanken. Ich bin nämlich ziemlich beschäftigt.«

»Nicht viele Berufstätige wie Sie haben Zeit dazu. Wenn Sie jetzt ein paar Minuten Zeit hätten, würde ich Ihnen gern ein paar Zeilen vorlesen, die Ihnen bestimmt sehr hilfreich sind. Seien Sie ein Eng ... ähm, ein Teufel, und geben mir das kleine rote Buch aus dem Beutel da drüben.«

Schuftus war auf die Hufe gesprungen und hatte den Raum schon halb durchquert, als ihm plötzlich klar wurde, was da gerade passierte. »He, was treiben Sie hier für ein Spiel? Lassen Sie das!«

Er schnappte sich fauchend das Pergamentbündel und die Martertabellen und knallte die Tür hinter sich zu, um draußen Ruhe zu suchen.

»Wie haben Sie das gemacht?« fragte Fiddel.

»Nicht besonders gut, wie es scheint«, sagte Zorn enttäuscht. »Ich muß hier raus. Ich habe Syffel Bekehrungen versprochen, die ...«

»Jetzt machen Sie aber mal einen Punkt. Er ist weg, und mir brauchen Sie nichts vorzumachen.«

»Was denn vormachen?«

»Den Blödsinn mit der göttlichen Mission. Wer ist dieser Syffel wirklich? Wo kommt er her?«

Zorn deutete mit einem Finger zur Decke.

»Sie brauchen sich nicht ständig zu verstellen, klar? Geben Sie's nur zu, das ist auf die Dauer einfacher.«

»Wovon sprechen Sie eigentlich?«

»Schauen Sie mal – wir alle haben ein verteufelt schlechtes Gewissen, wenn uns erst einmal klar wird, daß man uns reingelegt hat. Und peinlich ist es einem bestimmt auch, aber wenigstens ist man nicht so einer wie der da. Wir werden nicht ganz soviel gequält.« Fiddel deutete auf die dritte Gestalt, die an der Gefängniswand hing: Das war der mit Verbrennungen und Ruß bedeckte Ohnmächtige. »Na gut, wir schleppen halt für den Rest der Ewigkeit unsere Schuld mit uns herum, aber je früher man zugibt, ein Paktist zu sein, desto bess…«

»Ein *was* bitte?«

Fiddel versuchte, näher zu ihm hinzuschwingen. Die Neugier hatte ihn gepackt. »Weswegen sind Sie hier, häh? Was war Ihr Pakt? Kommen Sie schon, mir können Sie's ruhig sagen. Mir ist es bei all dem Gerede über Bier und Buxen jedenfalls eben nicht klar geworden. Sie waren wahrscheinlich verwirrt, desorientiert, hatten sich sozusagen höllisch erschreckt. Was war es, häh? Wollten Sie das ewige Leben? Oder der beste Liebhaber sein? Oder …«

»Nein! Ganz bestimmt nicht. Und ich war auch nicht verwirrt. Ich bin der Mietprediger Gottfried Zorn. Ich bin Missionar! Ich bin hier, um die Frohe Botschaft zu verkünden.« Zorns Stimme hatte einen schrillen, leicht hysterischen Unterton. Er verstand einfach überhaupt nichts mehr.

»Klar, Mann. Wenn Sie meinen«, sagte Fiddel herablassend. »Ach, eins noch. Haben Sie vielleicht was von dem Bier übrig?«

Schoysal schlief nicht besonders gut.

Da er die letzten Monate neben einem gewissen unhygienischen Abfluß unter Hölliens sternenloser Steindecke* gepennt hatte, wälzte er sich beim ungewohnten Lärm von Nabobs Fußbodenheizung unruhig hin und her.

Er lag schon stundenlang so da und war nach und nach leicht eingedöst, als ein besonders lautes Rülpsen der vulkanischen Gase unmittelbar unter seinem Ohr ihn wieder hellwach machte. Es war wie das REM-Äquivalent eines fliegenden Fisches: Einmal saust man unbeschwert durch den ruhigen Ozean der Träume, im nächsten Augenblick schnappt man in der schäumenden Brandung der Realität keuchend nach Luft. Und Kiesela, die sich liebevoll an ihn schmiegte, half auch nicht gerade weiter. Ihr Atem stank nach Pyrit und Schwefel.

Aber so sehr ihm die physischen Störungen auch auf die Nerven gingen, die geistigen waren noch viel schlimmer. Schoysal hätte auch ganz allein, in der tiefsten Stille des gemütlichsten Winkels Hölliens untergebracht sein können, er hätte sich trotzdem krampfhaft hin- und hergeworfen. Er hatte die kognitiven Uhrwerke seines Hirns so stramm aufgezogen und mit soviel mentaler Energie angetrieben, daß er sie unmöglich wieder anhalten konnte.

Große, gehörnte Strichmännchen mit peitschenden Schwänzen tanzten und kämpften mit kleineren, bärtigen Gestalten – legten abwechselnd einen heißen Tango aufs Parkett und die Hände mit tödlichen Kampfsportgriffen um den Hals ihrer Gegner. Bündel unausgereif-

* Die man liebevoll, wenn auch geographisch unzutreffend, als Felsenfirmament bezeichnet.

ter Mutmaßungen krümmten sich in trüben Tümpeln undurchdringlicher Dunkelheit. Rudel wilder Vermutungen galoppierten schreiend durch Landschaften des Unverständnisses, drängten nackte Fakten in felsige Ecken und näherten sich ihnen mordlustig.

Und über all der Verwirrung schritt würdevoll eine einzelne Gestalt in einer wehenden schwarzen Soutane, die ihrer Umgebung keinerlei Beachtung zu schenken schien. Ihre Sandalen zermalmten die kreischenden Leiber jammernder Vermutungen. Mit dem schwarzen Buch fest in der Hand köpfte sie wilde Mutmaßungen mit apostolischem Schwung, schritt unaufhaltsam immer weiter, unerbittlich, unnachgiebig ...

Schoysal jammerte kläglich. Seine Augen öffneten sich, konnten aber in der Dunkelheit nichts sehen. Kalter Schweiß brach auf seiner Stirn aus, als er hektisch rückwärts über den Boden kroch. Erst als seine Hörner an die Wand stießen, wurde ihm klar, daß es sich alles nur in seinem Kopf abgespielt hatte.

Er sprang auf die Hufe, machte einen raubkatzenhaften Satz quer durch den Raum, packte Nabob unsanft und schüttelte ihn heftig.

»Ich hab's!« schrie er. »Ich hab's!«

»Dann behalt's bloß für dich!« keuchte der aufgeschreckte Nabob mit einem Blick auf Schoysals fiebrige Stirn. »Was ist es? Luziferose? Stalagmonellen? Ich wußte gleich, daß das Essen im ›Gomorrha‹ ungenießbar ist!«

»Geheimnis!«

»Nein, du mußt es mir verraten. Ich habe Tabletten in meiner Hausapotheke. Wenn man früh was dagegen tut, ist man schnell kuriert. Gleichgültig, was es ist.« Seine Hufe suchten auf dem Steinboden nach Halt, als er zurückweichen wollte, um sich nicht anzustecken.

»Nein! *Das* Geheimnis.« Schoysal richtete eine gekrümmte Kralle auf die dampfenden, antiken Pergamentbögen. »Ich weiß jetzt, was sie bedeuten. Es ist so offensichtlich! Komm und schau's dir an.«

Er zerrte Nabob durch den Raum, schwang ihn auf den Drehstuhl und deutete auf die Dokumente.

»Es ist genau so, wie ich gesagt habe.« Schoysal hantierte mit den Zangen, seine Augen traten adrenalinerfüllt vor. »Sie sind die Fahrkarte ans Ziel unserer Träume. Es … ist der Schlüssel! Ich weiß, was die kleinen Bärtigen sein sollen. Ach, wenn Byrernst davon erfährt! Ha, ha!«

»Was? Sag schon!«

»Keine Zeit. Wir müssen schnell handeln, bevor es zu spät ist! Kiesela!« Schoysal pfiff auf einem Maulvoll Krallen – und die Stalagmotte wachte auf. Sie trippelte eifrig bei Fuß.

Nabob hatte genug. Er machte einen Satz quer durch den Raum und stellte sich vor die Tür, um Schoysals hastigen Abgang zu verhindern. Über ihm stand auf einem farbigen Schild ›Trauter Stein, Glück allein.‹

»Aus dem Weg«, bettelte Schoysal. »Es könnte schon zu spät sein.«

»Wofür? Ich lasse dich erst raus, wenn du mir die Lösung des Rätsels verrätst.«

»Du vergeudest wertvolle Zeit.«

»Spuck's aus!«

»Aaach«, knirschte Schoysal ungeduldig. »Na gut, hör mal, es ist kompliziert, aber …« Er sammelte mühsam seine wirbelnden Gedanken. »Erinnerst du dich noch an das Gefühl, das dich überkam, als der Kerl in der Soutane dich fast dazu brachte, Wunderwäsche zu kaufen?«

Nabob errötete. »Woher weißt du …?«

»Ist jetzt egal. Hast du die Wachen auf der anderen Seite gesehen? Sie waren völlig weggetreten. Es lag etwas Eigentümliches in der Luft. Etwas Geheimes.«

»Das kann nicht dein Ernst sein?«

In Schoysals Augen leuchtete die Stärke seiner Ernsthaftigkeit. »Stell dir das geheime Etwas vor, nur unendlich viel mächtiger und unter *unserer* Kontrolle!«

Nabob kratzte sich am Kopf. Seine Katzenaugen sprudelten überrascht – wie Kröten auf einem heißen Grill.

»Machst du jetzt die Tür auf, oder was?«

Sekundenbruchteile später schlugen ihre Hufe Funken auf der gepflasterten Straße. Kiesela war ihnen dicht auf den Fersen.

Ein kleines Häufchen von sechs Paktisten drängte sich in den Schatten einer winzigen Gasse und starrte besorgt das einschüchternde Knochenbrecher-Hauptquartier von Mortropolis an. Daß nur wenige Lavalampen in den Fenstern brannten, machte den Bau irgendwie noch weniger einladend, obwohl es bedeutete, daß die meisten Knochenbrecher auf Patrouille waren.

»Und ihr seid sicher, daß es funktioniert?« fragte Krubb, der verhungerte Besitzer des einzigen Millionen-Groschen-Scheins, den es je gegeben hatte, murrend.

»Natürlich«, antworteten Quack und Ölyg im Chor.

»Was ist los, Schätzchen, vertrauste mir etwa nicht?« säuselte Thussi, wobei sie ihr Dekolleté möglichst umwerfend richtete.

Phaust klopfte Krubb auf die Schulter. »Sieh's so«, sagte er wenig hilfreich, »wenn wir geschnappt werden, gibt's eine Ewigkeit in Ketten – und Jahrhunderte voller Disziplin. Ist doch wunderbar!«

»Perverse Sau«, murmelte Krubb.

»Hach, ich wußte gar nicht, daß dir das wichtig ist!«

»Haltet die Klappe, ihr beiden«, fuhr Quack sie an. »Also, Schmierestehen könnt ihr doch gerade noch, oder?«

Phaust rollte mit den Augen. Krubb fauchte.

»Ich will's mal als *Ja* werten«, grunzte der Komponist, der seine erste Geige unbedingt aus dem Gefängnis befreien wollte. »Gut, sind alle soweit? Dann geht's los.«

Die vier huschten aus der Gasse, rasten über die Straße auf das bedrohliche Maul des Hauptquartiers zu, bogen in letzter Sekunde ab und liefen zur Rückseite des Baues, wobei sie sich tief duckten, um von den Fenstern aus nicht gesehen zu werden.

Vier Köpfe lugten um die Ecke des Felsenkratzers, begutachteten die Lage und duckten sich wieder in Sicherheit. Sie schauten auf Kassos Kohlenskizze und murmelten zufrieden. Sie stimmte in jedem Detail und zeigte einen Wächter, der lustlos vor einem kleinen runden Steingebäude stand. Vor dem Wächter lag ein Stapel dicker Bücher. Wenn man Kassos Illustration genau betrachtete, konnte man sogar das Wort ›Martertabelle‹ auf den Buchrücken erkennen.

Es gab an Kassos Darstellung eigentlich nur eins, das von der Wirklichkeit abwich: einen breiten Pfeil, der vom Felsenfirmament bis an das kleine Steingebäude reichte. Darüber stand das Wort ›Gefängnis‹*. Er hatte geglaubt, es sei besser, alles klarzumachen.

---

* Da es der Natur des breit angelegten Qualensystems Hölliens entspricht, daß fast die gesamte Bevölkerung entweder ewige Qualen erleidet oder dafür sorgt, daß jene, die ewige Qualen erleiden sollen, dies auch tun, bleibt wenig Zeit oder gar Neigung für das, was man im weitesten Sinne als Verbrechen bezeichnen könnte. Diebstahl ist praktisch ausgeschlossen. Es gibt nichts zu klauen.

Mord? Na, dafür ist es ein bißchen zu spät.

Verbrechen aus Leidenschaft sind gänzlich unbekannt, da potentielle Täter entweder zu kaputt sind, um irgend etwas zu unternehmen oder niemanden finden, der irgendwie erregend wäre. Was wahrscheinlich an den verheerenden Auswirkungen liegt, die ewige Flammen und Leiden auf erotische Rundungen haben können.

Tatsächlich gab es nur eine Bevölkerungsgruppe Hölliens, die regelmäßig hier landete.

Die Paktisten.

Und die gammelten im wahrsten Sinne des Wortes nur dort vor sich hin, bis sich eine permanentere Form der Qual für die Ewigkeit gefunden hatte.

Ölyg sah noch einmal vorsichtig um die Ecke, um sicherzugehen. Dann winkte er den anderen ungeduldig zu. Die Luft war rein. Dalli, dalli.

Thussi schluckte nervös, richtete erneut ihr Dekolleté und schlenderte dann betont lässig um die Ecke des Gefängnisgebäudes. Sie ließ eine kleine Handtasche baumeln.

Die anderen drei rissen widerwillig den Blick von ihren kreisenden Pobacken los, rafften sich auf und wetzten wieder um den Felsenkratzer, wobei sie nur kurz anhielten, um die wuchtige Keule aufzuheben, die sie mitgebracht hatten.

Schuftus keuchte und blickte von seinen Pergamenten auf, als Thussi verführerisch kicherte und betörend »Aber hallo, mein Großer« hauchte. Sie schmollte genau den Schmollmund, der sie damals zu dem Sternchen gemacht hatte, das sie zu Lebzeiten gewesen war.

Schuftus faßte sich an die Kehle und fuhr sich über den Kehlkopf, wie es alle Männer tun, die sich einer schlafzimmeräugigen Blondine gegenübersehen, die weniger anhat als bequem ist – und kaum mehr, als unanständig gewesen wäre.

»Na, hallo.« Er setzte sein – wie er hoffte – attraktivstes Lächeln auf. Gleichzeitig wurde das Logikzentrum seines Gehirns von lüstern pfeifenden, geilen Sektionen niedergebrüllt und geknebelt, da es die Stirn hatte zu fragen: »Moment mal. Was macht *die* denn hier? Müßte die nicht in einer ewig währenden Folt … äährg?«

Thussi klimperte nochmals wirkungsvoll mit den Wimpern. Es war das letzte, was Schuftus für eine ganze Zeit zu Gesicht bekam. Eine wuchtige Keule, die Thussis Komplizen zusammen schwangen, fiel herab und krachte geschoßartig auf seinen Hinterkopf.

Ein Schwarm winziger rosa Drachen schwirrte und zwitscherte mehrere Stunden lang um seinen Kopf herum.

Wenige Sekunden, nachdem Schuftus schwerfällig

vom Hocker gefallen war, die Pergamente und Martertabellen heruntergerissen und im Sturz eine gewaltige Staubwolke aufgewirbelt hatte, riß Quack mit einem für Künstler völlig unüblichen Maß an Praxisbezug den umfangreichen Schlüsselbund von Schuftus' Gürtel, sprang auf Ölygs Schultern und schoß durch die Gefängnistür.

Das Kreischen rasiermesserscharfer Schneidezähne und zermalmender Beißzangen sowie die schrillen Angstschreie Zorns erreichten sie zuerst. Er verschwand strampelnd durch ein Loch in der Wand.

Darauf folgten die Schreie des in hilfloser Todesangst baumelnden Fiddel. »Laßt es nicht an mich ran! Die Klauen! Die Zähne! Es ist einfach durch die Wand gekommen und hat ihn gepackt! Holt mich runter!«

Hochwürden Ölyg der Dritte starrte mit bebender Unterlippe den zügig verschwindenden Rücken zweier großer Dämonen durch das von Stalagmottenzähnen ausgefressene Loch hinterher.

Hinter ihnen trabte ein Monster mit schwarzem Rückenpanzer.

Zwischen ihnen baumelte ein Missionar in schwarzer Soutane.

EINE GOTTHEIT VERSCHWINDET

Mit wie vielen Ellen reißfestem Hanfseil Marke Flammstabil der Mietprediger Gottfried Zorn an Nabobs Drehstuhl festgebunden war, ließ sich schwer sagen. Jedenfalls hatte der laut brüllende Schoysal gute zehn Minuten gebraucht, um ihn zu seiner Zufriedenheit zu sichern. Zorn sah nun aus wie das abstoßende genmanipulierte Experiment eines verrückten Wissenschaftlers: ein Predigerkopf auf dem sich windenden Körper einer riesigen, seilfarbenen Made.

»Ich will Antworten, und zwar sofort!« fauchte Schoysal und starrte den völlig verängstigten Zorn mit seinen Schlitzpupillen an. »Wer hat dich geschickt?«

Er erhielt keine Antwort.

»Warum bist du hier?«

Stille.

»Wir *können* es auch auf die harte Tour machen, klar?«

Noch immer bleierne Stille.

»Na gut! Wenn du's nicht anders willst …« Schoysal wirbelte herum, machte einen Satz quer durch Nabobs Höhle und riß eine Lavalampe von der Wand. Er knallte sie mit furchterregender Wucht auf den Obsidianschreibtisch und richtete ihr rötliches Licht auf Zorns Augen. Nun würde er endlich Antworten kriegen. Es war hinlänglich bekannt, daß ein vernünftiges Verhör erst richtig losging, wenn man das Opfer mit Licht blendete. Schoysal wußte zwar nicht, warum dieser Kunstgriff inquisitorischer Alchimie tatsächlich funktionieren sollte, aber ... Na ja, jetzt hatte er es halt getan. Zeit für Ergebnisse.

»Wer hat dich geschickt?« bellte er aus unmittelbarer Nähe in Zorns Gesicht. Für den Prediger war er nur noch ein schwarzer, von Lavalampenlicht umgebener Umriß.

Er erhielt keine Antwort.

»Warum bist du hier?« Die Hitze der Lampe versengte die Schuppen auf Schoysals Nacken.

Und Zorn? Er sagte nichts.

Schoysal fauchte und kam noch näher. »Was willst du ...?«

Nabob räusperte sich. »Falls ich einen Vorschlag machen darf«, unterbrach er das Verhör von dem gemütlichen Kieselsack am anderen Ende der Höhle aus.

»Nein!« brüllte Schoysal, ohne den Blick von den angsterfüllten Augen Zorns zu lösen.

»Ich glaube aber, daß er hilfreich wäre«, sagte Nabob gereizt. Das Verhör lief schon seit Stunden, doch Zorn hatte noch kein Wort von sich gegeben. Keinen Ton.

»Und, was gibt's?«

»Also, ich will ja nicht kleinlich sein, aber ... Na ja, es ist die Lampe.«

»Was ist damit?« verteidigte sich Schoysal. Vielleicht etwas zu inbrünstig. »Es funktioniert doch immer. Das perfekte Werkzeug für jede Vernehmung. Weiß doch jeder!«

»Ja, aber müßte sie ihm nicht gezielt in die Augen leuchten? Glaubst du nicht, daß dein Kopf ein Stück im Weg ist? Also, wenn du deinen Hinterkopf verhören willst, kannst du es natürlich gern tun, aber ...«

Schoysal fauchte und rieb die heiße Stelle in seinem Nacken. Er fuhr wütend herum, stemmte die Fäuste ins Kreuz und ging in der Höhle auf und ab. Nabob wurde das Gefühl nicht los, daß er hören konnte, wie sich der Zahnschmelz auf Schoysals Backenzähnen abrieb.

»Na, dann«, entschied Schoysal nach einigen Minuten zähneknirschend, »fangen wir eben wieder von vorn an. Du da! Wer hat dich geschickt?«

Das gleißende Leuchten der Lavalampe strahlte auf Zorns verängstigtes Gesicht, schien seine Haut zu durchbohren, seine Augäpfel zu kochen und seine Nasenhaare zu verschmoren. Zorn schluckte und …

Stille.

Ein winziger Lichtschein glitzerte auf Schoysals schuppiger Stirn und blinkte im Rhythmus des wütenden Pochens einer Arterie. Ein Morsekode donnernder Rage.

»Warum bist du hier?« brüllte er.

Der Schweiß auf Zorns Stirn verdampfte zischend.

»Ähhh …« unterbrach Nabob.

»Was ist denn jetzt schon wieder? Siehst du nicht, daß ich beschäftigt bin?«

»Es liegt mir zwar fern, dich zu kritisieren«, sagte Nabob, »aber findest du nicht, daß du langsam seinen Knebel rausnehmen solltest?«

Zwischen Schoysals Backenzähnen stieben Funken, als er sich bemühte, den rasenden Wutausbruch unter Kontrolle zu bekommen. Er machte einen Satz über den Tisch, riß den notdürftigen Knebel aus Zorns Mund und warf Nabobs nun feuchte Unterhose angeekelt von sich.

Für Zorn war es, als zeige eine Drei-Wochen-Ration verbaler Abführmittel endlich vernichtende Wirkung. Ein flutartiger Wortschwall zerstückelter Predigten strömte über seine Lippen. Konsonanten und Vokale drohten im tosenden Wildwasser seiner Worte unterzugehen. Nach drei Minuten ohne Atempause hatte er sich völlig verausgabt.

»Entschuldigung«, sagte Nabob. »Ich habe nicht alles mitbekommen. Könnten Sie es noch mal sagen?«

Zorn röchelte erbärmlich.

»Warum bist du hier?« keifte Schoysal noch einmal.

»Ach, gib's auf«, fuhr Nabob ihn an. »Es ist doch

ganz egal, warum er hier ist und wer ihn geschickt hat. Ich will nur wissen, was ich aus den Blättern auf dem Tisch herausholen kann.« Er stand kieselknirschend auf und zeigte mit krummer Kralle auf das beschlagene Bündel geheimer Dokumente.

»So weit war ich noch nicht«, zischte Schoysal und stampfte launisch mit dem Huf auf. »So was muß man in der richtigen Reihenfolge machen. Man fängt ein Verhör nicht mit der Sache an, die einen am meisten interessiert. Man muß langsam drauf hinarbeiten, die Leute ans Antworten gewöhnen und sie mit widersprüchlichen Fragen verwirren …«

»Und den Knebel rausnehmen.«

»Und den Knebel rausneh …« Schoysals Miene verfinsterte sich. Er tat so, als hätte er nichts gesagt. Er glättete gereizt seine Bauchschuppen, nahm eine Zange in die Klaue und hob damit ein antikes Pergamentblatt auf. »Das hier. Sag mir, was es bedeutet!«

Seine Kralle schwebte unter der seltsam geschriebenen Überschrift.

Zorn starrte die verschnörkelte Schrift an und schüttelte den Kopf. Deswegen war er ganz bestimmt nicht hier. Hier wurde keine Frohe Botschaft verbreitet.

»Was bedeutet es?« fauchte Schoysal nachdrücklich und wedelte das Papier hin und her. Die illuminierten Initialen der vier Wörter wanden sich vor Zorns Augen: chromglänzende Eidechsen und glitzernde Schlangen umgaben jeden Schnörkelbuchstaben.

»Was ist es wert?« fragte Zorn fast unbeteiligt.

Es war nicht die Antwort, die Schoysal erwartet hatte. Vielleicht verzweifeltes Flehen um Gnade. Oder herzerweichendes Betteln. Aber das? Niemals.

»Wert?« stammelte Schoysal. »Also, ich … Was glaubst *du*, was es wert ist?«

»Freiheit«, sagte Zorn lächelnd und unterstrich die Äußerung, indem er sich in seinen Fesseln wand. »Ich sage Ihnen alles, was Sie über das Zeug da wissen wollen, und Sie lassen mich mit meiner Mission weitermachen.«

Im hinteren Teil der Höhle fiel Nabob vor ungläubigem Gelächter fast vom Kieselsack. »Im Ernst? Du willst mit uns handeln?« krächzte er. »Dir ist doch wohl klar, daß wir Teufel sind und *du* dich derzeit in *unserer* Gewalt befindest. Hier gibt es für dich nichts zu handeln!«

»Das glaube ich aber doch«, sagte Zorn mit einstudiert ruhigem Lächeln. Innerlich kochte sein Magen in heißer Panik. Nur seine jahrelange Erfahrung in ähnlichen Situationen ließ ihn die Ruhe bewahren. Zorn fand es immer wieder erstaunlich, daß die typische Reaktion primitiver Stämme auf Missionare offenbar immer darauf hinauslief, ihn mit irgendwelchem Gemüse in einen großen Kochtopf zu stecken. Er hatte sich bestimmt schon hundertmal aus Kochtöpfen herausgeschwafelt. Im Augenblick redete er sich ein, daß auch seine Fesseln nur eine Variation des Topfmotivs waren.

»Wenn Sie nicht mit mir verhandeln wollen, sage ich Ihnen vielleicht auch nicht, was in dieser Sammlung geheimer Dokumente steht.«

»Woher weißt du, daß sie geheim sind?« fauchte Nabob, der es plötzlich mit der Angst zu tun bekam.

»Weil es klar und deutlich draufsteht«, erklärte der Prediger lächelnd. »Natürlich ist mein Alt-Tallinisch ein wenig eingerostet, aber …«

»Du kannst es lesen?«

»Natürlich. Fremdsprachen sind sehr wichtig, wenn man vielen verschiedenen Stämmen die Frohe Botschaft verkünden will. Um auf den Handel zurückzukommen …«

Nabobs Gesicht verzerrte sich zu einer grotesken Grimasse der Wut. »Du mußt völlig verrückt sein …«

»… wenn du glaubst, daß wir nicht darauf eingehen«, warf Schoysal plötzlich ein.

Nabob starrte ihn fassungslos an. Schoysal blinzelte

ihm hintergründig zu, als wolle er sagen: ›Jetzt schau mal zu, wie ein Experte es macht.‹ Er schlenderte zu Zorn hinüber. »Dein Vorschlag ist sehr vernünftig«, log er. »Beide Seiten kriegen genau das, was sie haben wollen. Er ist einfach perfekt.«

Schoysal lächelte. Innerlich strahlte er sogar wie eine Million Lavalampen. Warum sollte er ihm nicht versprechen, daß er am Ende freikam? Soll sich der Trottel, bis die Dokumente übersetzt waren, ruhig in Sicherheit wiegen. Danach kümmerte es niemanden mehr, ob der werte Prediger die Ewigkeit in einer günstig gelegenen Schwefelgrube schmorend verbrachte.

»Also los. Was bedeutet es?« knurrte Schoysal und hielt Zorn ein Pergament unter die Nase. Darauf stand geschrieben:

Hymmlisches Uiberlastungstzenarjum

Und wie zuvor verstand Zorn rein gar nichts davon.

»Davon verstehe ich rein gar nichts«, sagte er. Na gut, er hatte bei der Behauptung, er könne Alt-Tallinisch übersetzen, zwar nicht ganz gelogen, aber auch nicht die reine Wahrheit gesagt. Wort für Wort war seine Übersetzung zwar richtig, aber die Interpretation ließ viel zu wünschen übrig. Von dem ausgehend, was er bisher gesehen hatte, überstieg das Dokument bei weitem seine Kenntnisse. Es wimmelte von seltsamen Fachausdrücken für Gerätschaften und Kriegslisten, die ihm gänzlich unbekannt waren.

»Gar nichts?« kreischte Schoysal. »Treib keine Spielchen mit mir!« schrie er und holte weit aus, um Zorn zu ohrfeigen. Der Prediger spannte seine Gesichtsmuskulatur an, schloß die Augen und machte sich auf den Schlag gefaßt.

Schoysals Klaue zischte durch die Luft ... und hielt plötzlich inne. Einen knappen Zoll vor Zorns Wange wurde sie zurückgezogen.

Ein Schatten der Verwirrung huschte über das Gesicht des unentschlossen zitternden Dämonen. »Also … äh … Es war nur eine Warnung, klar? N-nächstes Mal setzt es wirklich was, und dann wird's dir leid tun.« Er drohte Zorn wenig überzeugend mit einer Kralle, als wolle er seine Autorität wiederherstellen.

Er hatte das Gefühl, als hätte im Unterbewußtsein etwas seinen Arm festgehalten. Etwas beunruhigend Vertrautes.

Nabob runzelte fragend die Stirn und zweifelte wieder einmal an Schoysals Geisteszustand.

Schoysal hielt dem Prediger knurrend eine Strichmännchenzeichnung vor die Nase. »Hier! Erklären!« bellte er. Nabob trat hinter Zorn und glotzte die Illustration an.

Zorn wand sich unbehaglich, blinzelte und musterte das Dokument. Seine Hände liefen unter den engen Fesseln rot an. Erklärung! Er biß die Zähne zusammen und setzte zu einem Bluff an. »Also … Es sieht nach einer Dämonenhorde aus. Sie tanzen, und …«

»Es ist kein Tanz!« rief Schoysal. »Es ist ein Kampf! Schau genau hin! Sie halten Dreizacke! Siehst du, daß es Dreizacke sind?«

»Sind Sie sicher, daß es keine Mistgabeln sind? Es könnte ein Scheunenfest sein. Den Griff da hab ich schon oft gesehen. Heißt, glaube ich ›Schäl die Weide‹. Ich könnte mich aber auch irren.«

»Siehst du?« murmelte Nabob. »Ich hab's dir doch gesagt. Ein Höhlentanz.«

Plötzlich wurde das Scheuern der Seile, die seine Hände abschnürten, zuviel für Zorn. Eine Schmerzwelle spülte jede Erinnerung an den Alt-Tallinisch-Intensivkurs in einen Ozean des Vergessens. Er keuchte und wand sich unbehaglich in seinem erstickenden Hanfkokon.

»Tun die Seile weh?« fragten Nabob und Schoysal gleichzeitig und mit erschreckend ehrlichem Mitgefühl.

Im nächsten Augenblick befanden sie sich am anderen Ende der Höhle und zitterten wie Espenlaub. Die Pergamentbögen segelten zu Boden. Nabob biß sich auf die Zunge und unterdrückte verzweifelt den Drang, Zorn zu trösten. Er konnte sich nur mit Mühe davon abhalten, zu ihm zu springen, ihn loszuschneiden und ihm einen Doppelkorn anzubieten.

»Was ... Was ist hier los?« stammelte er und krallte sich an seinen Kieselsack.

Als Schoysal die Angst und Verwirrung in Nabobs Zügen sah, zeichnete sich hysterische Erleichterung auf seiner Miene ab. »Siehst du? Du hast es also auch gespürt, nicht wahr?« flüsterte er eindringlich. »Streite es nicht ab. Du kannst es nicht abstreiten. Du wolltest ihm helfen. Wolltest die Stricke lösen, ihn mit allen erdenklichen Annehmlichkeiten überhäufen, es ihm urgemütlich machen ...«

»Es war widerlich«, gestand Nabob und schüttelte beschämt den Kopf.

»Sieh es ein, du wolltest gut sein!« sagte Schoysal vorwurfsvoll. »Und es hat dich glücklich gemacht. Du hättest singend durch den Raum hopsen können. Du wolltest fröhlich sein!«

»Pssst, leise. Mein Ruf! Ich ... Ich weiß nicht, was über mich gekommen ist!«

»Du hast wieder die Kontrolle verloren. Genau wie auf der Straße, als er gepredigt hat. Weißt du noch?« schnatterte Schoysal mit einem seltsamen Unterton von Furcht in der Stimme. Es war jene Art Beben, mit dem ein Sechsjähriger ›Ich hab ihn, Papa. Siehst du?‹ riefe, der sich beim Picknick plötzlich am Schwanz eines brüllenden Tigers festhält.

»Wie könnte ich es je vergessen?« Nabob wurde hellgrau, als er sich an das Bedürfnis erinnerte, zur Wunderwäsche bekehrt zu werden. »Aber was bedeutet es?«

»Hast du es noch immer nicht begriffen?« stammelte

Schoysal. Er zitterte wie jemand, der vor Aufregung fast explodiert.

Nabob schüttelte widerwillig den Kopf. Langsam stank es ihm wirklich, daß Schoysal immer mehr wußte als er. Es war so erniedrigend.

»Es ist … eine Geheimwaffe!«

Nabob brach in erleichtertes Gelächter aus. Jetzt war's passiert. Schoysal war endgültig durchgedreht. Daran gab es keinen Zweifel mehr.

»Worüber lachst du?« fauchte Schoysal gereizt. »Laß das!«

»Hach, das ist witzig!« kreischte Nabob hysterisch. »Aua, meine Rippen. – Eine Geheimwaffe? Wie denn? Etwa: Hände hoch! Geld raus, oder ich erwecke in Ihnen das Bedürfnis, mir Tee und Gebäck anzubieten? – Nein, ich weiß: Jawoll, du könntest Byrernst packen, ihm den Prediger drohend an den Kopf drücken und rufen: Mach mich zum Obertotengräber, oder ich sorge dafür, daß du den Rest der Ewigkeit den Obdachlosen im Elendsviertel von Tumor helfen wirst. – Willst du mir allen Ernstes erzählen, es ist diese Art von Geheimwaffe?«

»Ja«, sagte Schoysal trocken. »Ich hätte gedacht, *das* wäre sogar für dich offensichtlich!« Mit diesen Worten eilte er erneut um den Tisch, hielt möglichst viel Abstand zu Zorn und stocherte in den Dokumenten herum. Mit kalter Genugtuung zog er mit der Zange ein Blatt heraus.

»Schau dir das Bild an!« rief er und wedelte es vor Nabob hektisch hin und her. Der Teufel glotzte die seltsame Anleitung an.

»Kommt's dir bekannt vor?« krächzte Schoysal.

»Worauf … willst du hinaus?« wich Nabob kleinlaut aus.

»Der Gesichtsausdruck dieses Dämons unterscheidet sich nicht wesentlich von dem, der eben noch auf deinem Gesicht zu sehen war. Streit es nicht ab! Siehst du sonst noch was? Irgendwelche Ähnlichkeiten zwischen ihm und dem hier?« Er deutete zuerst auf Zorn und dann auf ein Strichmännchen auf den ersten beiden Bildern. »Er könnte dafür Modell gesessen haben!«

»Da ist eine gewisse Ähnlichkeit ...«

Zorns Ohren klingelten mit einer gefährlichen Mischung aus Neugier und Bestürzung. Worüber ereiferten sie sich bloß so?

»Er sieht genauso aus!« schrie Schoysal. »Glatze, Bart, Soutane!«

»Aber was ist mit dem komischen Kringel, der da um den Kopf gezeichnet ist?«

»Streng die Augen an und sag mir, daß er nicht da ist«, knurrte Schoysal, der kurz vor einer bedeutenden Entdeckung stand.

Nabob strengte seine Augen an, und plötzlich war er da. Er war sehr blaß, aber dennoch unzweifelhaft vorhanden: ein durchsichtiger Ring aus violettem Licht. Genau wie auf dem Pergament.

»Na gut, na gut. Aber was willst du damit sagen? Worauf willst du hinaus?«

Schoysal zitterte vor angespannter Erregung. Er hielt Zorn das Pergament triumphierend unter die Nase. »Was bedeutet dieses Wort?« raunzte er und zeigte mit einer bebenden Kralle darauf.

»Äh ... *gegen*«, sagte Zorn. »Nein, *Anti.*«

Ein Ausdruck übertriebener Siegessicherheit huschte über Schoysals Gesicht. »Und das hier?« Das nächste Wort.

»Personen«, antwortete Zorn verständnislos.

»Und das da?«

»Äh .... Ach, das ist einfach. Gebetsmine.«

Schoysal hätte vor überschäumender Begeisterung beinahe ein Rad durch die Höhle geschlagen. »Ich hab's gewußt! Jetzt ist klar, was es bedeutet«, flüsterte er eindringlich. »Ich hab's vorher schon vermutet, aber bei dem bißchen Tallinisch, das ich entziffern kann, wollte ich es nicht glauben. Ich habe mich geirrt. Jetzt verstehe ich. Jetzt *weiß* ich's! Jetzt erkenne ich erst, was es ist!«

»Ja, und? Sagst du's mir, oder soll ich es erraten?«

»Du hast überhaupt keinen Sinn für Dramatik«, murrte Schoysal kopfschüttelnd. »Da will ich dir die möglicherweise wichtigste Information geben …«

»Mach schon!«

Schoysal zuckte die Achseln. »Na schön, na schön. Ganz wie du willst. Hör gut zu. Die sechs Bilder erläutern die korrekte technische und strategische Anwendung einer Anti-Personen-Gebetsmine.«

Nabob konnte ein erschrecktes Gurgeln nicht unterdrücken.

»Ein falscher Schritt …« Schoysal war nicht mehr zu bremsen. »… und die Mine wird ausgelöst. Bums! Jeder Ungläubige im Bereich der Explosion kriegt eine dicke Dosis Gebetsstrahlen ab, fällt auf die Knie, fängt an zu jodeln und hat plötzlich das Bedürfnis, nur noch Soutane und Sandalen zu tragen.«

Nabob starrte das leicht transparente Pergament mit völlig neuen Augen an. War es möglich, daß es so wertvoll war, wie Schoysal behauptete? Hatte er wirklich recht? »Aber das ist doch unlogisch«, heulte er. »Wie kommt es hierher?«

»Weiß ich auch nicht. Archivierungsfehler? Es ist aber unwichtig …«

»Was ist es?« Nabobs Katzenaugen waren vor Besorgnis weit aufgerissen.

»Geheim«, erinnerte Schoysal ihn, wobei er Nabobs Dickköpfigkeit verfluchte. »Hör mal, ich weiß auch nicht genau, was es ist. Könnte eine Art Planspiel sein. Um sicherzugehen, daß wir auf eine Invasion vorbereitet sind. Oder so was.«

»Was! Von …?« Nabob deutete mit der Zeigekralle nach oben.

»Wir sind doch nicht ganz einer Meinung, wir und das Hymmelreich, oder etwa doch?«

»Soll das etwa heißen, daß sie uns angreifen wollen?« fragte Nabob bestürzt. »Eine richtige Invasion?«

»Keine Sorge«, sagte Schoysal mit einer wegwerfenden Klauenbewegung. »Das Pergament ist Jahrhunderte alt. Wir sind nicht in Gefahr. Ich nehme an, es ist rein hypothetisch. Ein Kriegsspiel. Die Teufel, die es verfaßten, haben die ganze Angelegenheit bestimmt längst vergessen. Und genau *das* ist unser Vorteil!« Sein Gesicht verzog sich zu einer hinterhältigen Grimasse.

»Vorteil? Was hast du denn jetzt schon wieder vor?«

»Schau dir nur mal an, was eine einzige Gebetsmine anrichten kann. Andere Blätter zeigen, daß es eine ganze Menge davon gibt. Genug, um eine Armee außer Gefecht zu setzen!«

»Ja und?« fragte Nabob, nachdem Schoysal ihn ein paar Minuten lang scharf angesehen hatte.

»Arggh!« schrie Schoysal erbittert. »*Wir* haben sie gefunden und kriegen endlich, was uns zusteht! Wir führen dann das Kommando!« Das diktatorische Grinsen kehrte triumphierend in sein Gesicht zurück.

»Also«, fuhr er eigentümlich großkotzig fort. »Ich brauche mehr Informationen. Ich schau noch mal nach. Beim ersten Anzeichen, daß ich lieb werde, kommst du sofort rein und ziehst mich zurück. Verstanden?«

Nabob nickte, obwohl er noch immer völlig verwirrt war.

Schoysal schlug mit der geballten Faust in seine Handfläche, zuckte die Achseln und stampfte durch die Höhle. »Na gut, Zorn. Was sagt dir das Wort ›Kumbayah‹? Es ist der Name eines Spions, wie? Oder der Ort, an dem die Anti-Personen-Gebetsminen gelagert werden?«

Die Überquerung der Schleimau in der rülpsenden Fähre trug nur wenig zu Byrernsts Erheiterung bei. Speziell deswegen, weil der Kapitän ein gewisser Nörglpytter war, der Bölkpfeife rauchende Sprecher der Koalition renitenter Unterwelt-Fährschiffer. Er hatte natürlich schon von weitem einen Skandal gewittert und löcherte Byrernst mit Fragen.

»Tja, schönes Wetter für einen Ausflug über den Fluß. Wo geht's denn hin?«

»Vulkan-Werft.«

»Aha. Ist nicht allzu weit von der Neuaufnahme entfernt, was?«

»Woher wissen Sie das?«

»So was *muß* ich doch wissen. Ich fahr die Strecke schließlich tagein, tagaus. Was wollen Sie eigentlich in der Neuaufnahme? Was Geschäftliches oder was Privates?«

»Habe ich überhaupt gesagt, daß ich da hin will? Und hören Sie auf, mir Rauch ins Gesicht zu blasen.«

»Geht die Sondereinheit auch mit? Alle zwölf?«

»Sie begleitet mich.«

»Muß ja 'ne wichtige Sache sein. Ich mein, Sie überqueren die Schleimau ja nicht nur zum Spaß – mit 'nem Dutzend strammer Knochenbrecher im Schlepptau.«

»Wie ich mich amüsiere, geht nur mich was an.«

»Was haben Sie vor? Vor der Vulkan-Werft Geisterfische angeln? Oder was Kniffligeres?«

»Kann der Kahn nicht etwas schneller fahren?«

»Er könnte vielleicht, wenn ich wüßte, warum Sie es so eilig haben. Möchten Sie 'n paar Angelruten ausleihen?«

Kapitän Nörglpytter wurde für den Rest der Überfahrt von drei knurrenden Knochenbrechern unter strenge Bewachung genommen. Sein Kragen und sein Nacken waren vom Kondenswasser ihres heißen Atems durchtränkt, als sie endlich vor der Vulkan-Werft vor Anker gingen. Und wie er es nicht anders erwartet hatte, hatten sie keine Angelrute an Deck angerührt.

Das erste Anzeichen ihres bevorstehenden Berufswechsels erhielten die Mitarbeiter der Neuaufnahme, als ein Huf Größe 48 durch die Tür krachte und einen riesigen Offizier der Leibgarde Byrernsts hereintrug.

»Schnauze halten, keine Bewegung!« brüllte er, als der Rest der gut bezahlten Truppe Byrernst in das Gebäude begleitete.

Einige Dämonen wußten nicht genau, ob man eine Verbeugung oder dergleichen von ihnen erwartete. Ein Überraschungsbesuch des Obertotengräbers war sicherlich irgendeine Geste wert. In wenigen Minuten würde die Geste mit Sicherheit aus zwei Klauen bestehen.

»Kennt ihr jämmerlichen Figuren das Wort *Personalabbau*?« herrschte Byrernst sie an. Es war totenstill im Schuppen. Draußen konnte man natürlich das Schluchzen und Heulen der neuen Gequälten hören, die gerade begriffen, wo sie gelandet waren und gerade feststellten, daß nirgendwo ein Ausgang ausgeschildert war.

»Wie steht's mit *Leistungsfähigkeit* und *Automatisierung*?« Die Stille hielt an. Byrernst rollte übertrieben mit den Augen. »Oder *feuern*?«

Eine Hand schoß empor. Byrernst kicherte. Er hatte die Fragen rein rhetorisch gemeint. Deshalb auch die Leibwache.

Der Dämon mit der erhobenen Hand sah zu selbstzufrieden aus, als daß Byrernst ihn hätte ignorieren können. Schließlich stand ihm ein sehr schlechter Tag bevor.

»Feuern, Herr. Ich weiß, was es ist, Herr.«

»Na, Sie sind ja ein besonders aufgewecktes Kerlchen!« zog Byrernst ihn auf. Die Ironie entging dem strebsamen Dämon völlig.

»Feuern ist das, was man mit Kanonen macht, Herr«, platzte der Dämon heraus.

»Fa-halsch!« sang Byrernst mit einer wegwerfenden Klauenbewegung. »Feuern ist das, was jetzt mit Ihnen geschieht. Sie kriegen die Fleppen …«

»Die Fleppen?« quietschte der Dämon, der wirklich gar nichts mitbekam.

»... oder um es anders auszudrücken, da ich nun mal der bin, der ich bin: Sie sind ab sofort überflüssig. Sie werden hier nicht mehr gebraucht. Ich habe Maschinen. Machen Sie, daß Sie hier rauskommen!«

»Danke!« rief der Dämon und klatschte in die Hände. »Ich bin wirklich urlaubsreif. Ach, Fleppen *und* Urlaub!« Er schaute sich um und stellte verblüfft fest, daß die anderen seinen Enthusiasmus nicht teilten. Da wurde ihm klar, daß vielleicht doch nicht alles so rosig aussah.

»Na los jetzt, raus hier. Suchen Sie sich etwas anderes zu tun!« rief Byrernst erleichtert. Seine Leibgarde machte einen Schritt vorwärts.

»Ach! Das hab ich ja ganz vergessen«, sagte Byrernst mit diabolischem Grinsen. »Sie haben ja sonst gar nichts zu tun. Wissen Sie was? Ich kenne genau den richtigen Ort, an dem sich Ihre tatenlosen Klauen nützlich machen können. Folgen Sie mir. Der Job ist natürlich nicht halb so gut bezahlt, aber Sie haben eigentlich keine Wahl.«

Seine Stimme verhärtete sich zu einem kalten Befehlston, als er sie zu den vor langer Zeit stillgelegten Schwefelminen von Miefingen führte und so tat, als höre er ihr widerwilliges Gemurre nicht.

Nabob wurde unsanft von lautem Getöse und Scheppern geweckt und wälzte sich von seinem Kieselsack.

Im Schein des rötlichen Lavalampenlichts schmetterte Schoysals schuppige Faust einen schweren Hammer auf ein dünnes Blech und verlieh ihm eine zutiefst nützliche Form. Um ihn herum lagen eigentümliche Gebilde verstreut – manche säuberlich aufgereiht, andere offenbar verworfen und zu einem wüsten Haufen aufgeschichtet.

Nabob beobachtete mit stirnrunzelnder Verwirrung,

wie Schoysal fieberhaft auf das Metallstück einhämmerte und es vorsichtig auf dem behelfsmäßigen Amboß – Nabobs Lieblingssessel – hin und her drehte. Dann stand Schoysal auf, hielt das Gebilde sorgfältig neben ein altes Pergament, verglich es mit dem antiken Bauplan und grunzte zufrieden.

»Was zum d'Eibele treibst du denn jetzt schon wieder?« fragte Nabob mit einem Blick auf die Schrotthalde.

»Ach, willst du mir endlich helfen?« keifte Schoysal, ohne lange von dem dampfenden Pergament aufzuschauen.

»Helfen? Wobei denn?«

»Hierbei! Dem Schlüssel zu unserer erfolgreichen Zukunft!« Schoysal deutete enthusiastisch auf den Haufen Teile, die wie ordentlich mißglückte Schuhanzieher aussahen.

»Nicht noch einer«, murrte Nabob atemlos. »Ich traue mich kaum zu fragen. Was ist es?«

»Ist das nicht offensichtlich?« zischte Schoysal. »Wir wollen Anti-Personen-Gebetsminen, ja?«

Nabob nickte so unverbindlich wie möglich. Er wußte, wie Schoysal war, wenn ihn der Pioniergeist überkam. Ein falsches Nicken, und er steckte wieder bis zum Hals in einem neuen, unverständlichen Komplott.

»Und wie findet man ein geheimes Lager von Anti-Personen-Gebetsminen, hmmmm?« fragte Schoysal begeistert. »Ganz einfach! Mit einem Gebetsminendetektor!«

Nabob konnte eine gewisse Logik dieser Aussage nicht abstreiten. Andererseits war sie natürlich vollkommen absurd. Er nahm sich vor, dafür zu sorgen, daß Schoysal bald einen Spezialisten für Dinge, die mit ›Psycho-‹ anfingen, aufsuchte.

»Es gibt da allerdings ein kleines Problem«, meldete sich der Prediger vom anderen Ende des Tisches zu Wort.

»Schnauze«, fauchte Schoysal. »Ich hab dich gewarnt!«

»Es gibt überhaupt keine Anti-Personen-Gebetsminen ...«

»Maul halten!«

»... also macht es nicht besonders viel Sinn, einen Gebetsminendetektor zu bauen, oder?« beendete Zorn seinen Satz.

»Ist doch klar, daß du so was sagen mußt. Du willst sie nur geheimhalten. Es belegt nur, wie gefährlich sie sind. Eine Waffe, die man einfach haben muß«, rief Schoysal mit einem unberechenbaren Leuchten in den Augen.

»Moment mal«, bat Nabob. »Ist das dein Ernst? Gebetsminendetektoren? Woher hast du denn die lächerliche Idee?«

Das Blatt eiskalten Pergaments wurde ihm vor die Nase gehalten. Es war mit komplexen Diagrammen überzogen, die ganz genau Maße, Anwendung, Wartung und anderes beschrieben.

»Hier steht alles drin«, erklärte Schoysal. »Detaillierte Konstruktionsanweisungen für unseren Detektor, übersetzt von unserem werten gefangenen Prediger ... Was heißt das hier?«

Zorn zuckte resigniert die Achseln. Je früher er mit der Übersetzung fertig war, desto schneller konnte er sich wieder seiner Mission widmen. Es war schließlich nicht seine Schuld, wenn die beiden eingebildete Gebetsminen jagen wollten.

»Befestigen Sie die kardanisch aufgehängten Gebetswellenindikatoren (g) auf den Zapfen (h), fügen Sie theophobische Lösung (j) – nicht im Bausatz enthalten – hinzu, und mit kaum nennenswertem Aufwand ist Ihr Gebetsminendetektor zum ersten Probelauf bereit. – Aber ich würde mir die Mühe nicht machen. Es ist reine Zeitverschwendung.«

Schoysal baute sich vor Zorn auf und brüllte: »Was heißt *theophobisch*?«

»Es ist so was wie Sie!« fuhr Zorn ihn widerspenstig an. »Panische Angst vor Religion.«

»Dachte ich mir's doch« grunzte Schoysal und raffte überall in der Höhle verschiedene Metallteile zusammen. Kurz darauf hielt er etwas hoch, das einst Nabobs Lavalampenständer gewesen war. Er hatte zwei Neun-Zoll-Nägel senkrecht von unten durch den Fuß gerammt. Er setzte vorsichtig zwei Ex-Eierlöffel auf die sehr glatten Nagelspitzen. Die Löffel drehten sich frei und glitzerten wie Kompaßnadeln in einem magnetischen Gewitter.

»Und zu guter letzt«, sagte Schoysal grinsend, während Nabob und Zorn ihm entgeistert zusahen, »die theophobische Lösung.«

»Es kann einfach nicht klappen«, wiederholte Zorn. »Es gibt gar nichts zu entdecken.«

Schoysal rollte die Zunge in seinem zahnreichen Maul, zog lautstark die Nase hoch und grinste mit unheilvoller Zuversicht. Mit einem ekelerregenden Würgegeräusch spuckte er auf die beiden Löffel und trat einen Schritt zurück.

»War das wirklich nötig?« fragte Nabob, der angewidert das Maul verzog.

»Aber ja doch«, antwortete Schoysal gutgelaunt, als die Löffel erzitterten und sich schließlich auf eine bestimmte Richtung einstellten. »Na also! Es funktioniert! Ich hab's gewußt! So detaillierte Anweisungen müssen einfach stimmen. Ein Gebetsminendetektor. Meine teuflisch theophobische Spucke will sich so weit wie möglich von allem grundsätzlich Frommen fernhalten – wie etwa Gebetsminen! Könnte gar nicht einfacher sein!«

Zorn glotzte verblüfft die Löffelenden an, die direkt auf ihn zeigten, da Schoysals Spucketropfen sich bemühten, ihm so fern wie möglich zu bleiben. Die metallenen Zeiger hielten ihre Position, und langsam wurde Zorn die Bedeutung der ganzen Szene klar.

»Nun warten Sie mal. Wenn Sie glauben, es bedeutet,

daß ich eine Gebetsmine bei mir habe, täuschen Sie sich gründlich. Ich schwöre, es gibt keine Gebetsminen. So etwas hat es noch nie gegeben!«

Nabob schaute verzweifelt zwischen dem gefesselten Prediger und dem diabolisch grinsenden Schoysal hin und her. Sein Hirn verstand überhaupt nichts mehr. Dann fiel sein Blick wieder auf den zusammengeschusterten Gebetsminendetektor. Er zeigte eindeutig an, daß sich in seiner Höhle etwas befand, das aller Vernunft nach gar nicht existierte. Sein Bedürfnis nach einem steifen Lava-Martini wuchs.

»Ich hab's gewußt!« schrie Schoysal. Ein Dutzend ungezügelter Verschwörungstheorien gingen mit seinem Verstand durch. »Ich hab's geschafft! Er zeigt Reststrahlung bei ihm an. Er hat früher mal mit Anti-Personen-Gebetsminen gearbeitet. Ist doch klar! Los jetzt, wir müssen was tun.«

»Nicht so eilig«, bat Nabob.

»Wir dürfen keine Zeit verlieren. Wenn er mit ihnen gearbeitet hat, kann es bedeuten, daß sie umgelagert werden. Wenn wir jetzt nicht handeln, können wir sie für immer verlieren.«

Schoysal rannte zu einem Schrank und schleuderte dessen Inhalt hinter sich. »Wo sind sie? Wo sind sie?« Er knallte die Türen zu und stürzte sich auf den nächsten Schrank.

»Was willst du denn? Hör auf!«

Weitere Besitztümer Nabobs flogen im hohen Bogen durch die Höhle und wurden Opfer von Schoysals besessener Suche.

»He, das war mein Lieblingstoaster!«

»Du kriegst einen neuen. Oder gleich drei! Zwölf! Du kannst dir mehr Toaster leisten, als du brauchst. Verrat mir nur, wo sie sind!«

Nabob packte Schoysal an der Schulter und zog ihn vom Schrank fort. »Was suchst du überhaupt? Hast du noch nicht genug von meinem Eigentum zerstört?«

»Ich brauche Decken«, schrie Schoysal hysterisch, ohne Nabobs Vorwurf zu beachten.

»Drittes Regal von rechts ...«

»Hab sie! Au ja! Komm schon, komm schon!« Schoysal packte den Gebetsminendetektor, stürmte aus der Tür und klapperte die Straße hinab. Mit einem Pfiff befahl er Kiesela bei Fuß.

Nabob hielt einen Augenblick inne, starrte den noch immer ausgesprochen gefesselten Prediger an, zuckte in hochgradiger Verwirrung die Achseln und lief hinter Schoysal her.

Irgendwie schien Schoysal zu wissen, was er wollte, und es gab schließlich nur eine Methode, um in Erfahrung zu bringen, was es war.

»Hallo! Komm zurück. Warte auf mich!«

Hoch oben in der Gebirgsstadt Axolotl rückte der einzelne schwarze Zeiger der Sonnenuhr im Heydenpark auf zehn Grad nach Sonnenaufgang und zog geräuschlos weiter. Im Norden glitzerte die nicht ganz ruhige Oberfläche des Appscheusees blaßsilbern. Der traurige Ruf eines Kranichs hallte von den fernen Geröllhängen wider, als er auf trägen Schwingen herabsank und sich auf einem Bein im flachen Wasser niederließ. Er ignorierte bewußt die am Südende des Sees zahlreich versammelten Axoloten und suchte mit seinem großen Schnabel im bitterkalten Wasser nach einem Frühstück – am liebsten mochte er eisgekühlten Stichling.

Als die Sonnenuhr 14 Grad nach Sonnenaufgang anzeigte, durchbrach plötzlich ein seltsames Rasseln die Stille des Morgennebels. Für die versammelte Menge klang es verdächtig nach Trockenlinsen, die in einem hohlen Schildkrötenpanzer an einem Stock herumrasselten. Und genau das war es auch.

Ein einsames Mantra schwebte – gerade hörbar – über dem Linsenrasseln. Es ging von einer gebeugten

Gestalt am steinigen Ufer aus, die tänzelnd um den hölzernen Landesteg herumhüpfte.

Es war die vorbestimmte Zeit*, die Zeit, in der man Beschwörungen gen Himmel rief, um den erfolgreichen Abschluß des Lebenswerkes eines bestimmten Mannes bat und flehte.

Ghorch Vogg mußte vor Stolz fast weinen, als er die schwungvollen Kurven des Schiffsrumpfes betrachtete. Das Schiff ruhte festgekeilt und startbereit am Steg, voller majestätischer Anmut und eleganter Statur. Jeder Axolot, der auch nur die geringste Ahnung von Nautik hatte, sah, daß es etwas ganz Besonderes war. Vom neckisch vorspringenden Bugspriet über die federleichten Bugbäume bis zur edlen Neigung des Ruders war das Schiff ganz auf Geschwindigkeit angelegt. Bei voller Leistung würde die *Witzelnde Wellhornschnecke* über die Wellenspitzen hüpfen und die leichthufigsten Schimmel übertreffen. Oder, wie die bodenständigeren Axoloten es ausdrückten: »Es würde abzischen wie 'ne gesengte Sau.«

Eine neugierige Menge hatte sich zum Stapellauf versammelt. Vogg hatte monatelang auf den denkbar günstigsten Zeitpunkt gewartet, um sein schwimmendes Kind zu Wasser zu bringen. Er hatte zig axolotische Hellseher konsultiert, war einem guten Dutzend Propheten auf die Nerven gegangen und hatte wertvolle

---

* Wenn man es genau nimmt, war sie es nicht. Der Singsang und das Linsenrasseln hätten schon zehn Minuten früher anfangen müssen, wenn man dem Tratsch der ›Omen-Ecke‹ glauben durfte. Aber leider besaß Hermelyn, der am Ufer Lallende, keine tragbare Sonnenuhr und hatte sich auf dem Weg zum See verzählt. Aber da auch sonst niemand die Zeit mitgezählt hatte und er mit soviel Kraft und Inbrunst sein Gefieder aufplusterte und mit der Schildkröte rasselte, fiel es eigentlich niemandem auf.

Was auch sehr gut für ihn war. Wäre es doch jemandem aufgefallen, hätte man ihn für die bevorstehende Katastrophe verantwortlich gemacht und feierlich enthauptet. Und zwar richtig.

Informationen aus denen herausgepreßt, die es wissen mußten. Sie alle waren einer Meinung gewesen: Sonntag in drei Wochen sei der günstigste Tag für die Jungfernfahrt. Wahrscheinlich.

Aber er hatte sich entschieden, die Sache selbst anzugehen und der erste zu sein, der Luphan Burk und seiner betörenden Zukünftigen Ferona Veldmusch in aller Öffentlichkeit gratulierte. Es war eine alte, uralte, fast vergessene Tradition, daß man einem jungen Paar den Segen in Form eines Schiffs darbrachte. Es sollte das Eheglück der Neuvermählten sicher durch die zweifellos vor ihnen liegende stürmische Zukunft bringen. Ganz Axolotl war von der großzügigen Geste sehr beeindruckt. Für Ghorch war es nur unbezahlbare Reklame für seine Werft, aber das tat nichts zur Sache.

Hermelyn, der gefiederte Oberbeschwörer für Verkehr und Gütertransport, wirbelte wie ein Derwisch umher und gab mit der Hand vor dem Mund ein eigentümliches Trillern von sich. Dies war sein erster richtiger Auftritt vor großem Publikum, und er wollte das Beste daraus machen.

Ehrlich gesagt war dies sein erster öffentlicher Auftritt, der überhaupt etwas mit Verkehr zu tun hatte. Gewöhnlich brauchte er nur etwas Pulver zu verstreuen oder Salbe zu verschmieren, um zum Beispiel eine wertvolle Vase sicher über den Postweg zu geleiten, ohne daß sie bis zur Unkenntlichkeit zerschmettert durch den Briefschlitz des Empfängers gequetscht wurde.

Bis jetzt (Klopf auf Holz und dreh dich dreimal im Kreis) hatte es für ihn kein Unglück gegeben. Dies lag aber wahrscheinlich daran, daß Empfänger wertvoller Vasen in der Regel schon wußten, was sie bekamen, weil sie die Postvorhersage im *Spiegleyn Spiegleyn* lasen und einfach die Tür offen ließen. Obwohl viele Axoloten dies vermuteten, hatte sich bisher noch niemand getraut, auch nur geringfügig Wertvolles ohne Hermelyns

Glaubenssiegel zu verschicken. Es half wahrscheinlich auch, daß er im Postamt arbeitete.

Heute morgen aber hatte er frei und genoß seinen Tanz vor dem dankbar gutgelaunten Publikum. Er schüttelte seine Schildkröte und spritzte parfümiertes Öl auf das Gestein – und gelegentlich auch auf Zuschauer, die ihm in die Schußbahn kamen.

Wie vorhergesagt (achtzehn nach Sonnenaufgang) erwachte im Süden eine sanfte Brise, gähnte und machte sich an die Arbeit. Einige Zuschauer deuteten aufgeregt auf das Schiff, und das beeindruckte Keuchen war nicht zu überhören, als die Segel der *Witzelnden Wellhornschnecke* zuckten und sich langsam blähten.

Davon ermutigt und ziemlich überrascht, schlug Hermelyn einen doppelten Salto, fügte aus Spaß noch einen spontanen Salto rückwärts hinzu und legte sich doppelt ins Zeug. Ein gleichmäßiger Strom flehentlicher Beschwörungen wirbelte unsichtbar nach oben, spülte durch den Äther und fand eine bestimmte Gottheit.

Klabautha, der Obergott für Schiffe und dergleichen, schnaufte irritiert, als ein elektrischer Fürbitterblitz durch sein Fenster sauste und respektlos in seine Nase einschlug. Er hustete, drosch verschlafen auf die kitzelnde Nase ein und rollte sich unsportlich von der ausladenden Wolke mit der farblich abgestimmter Kissen- und Oberbettgarnitur. Der Boden traf ihn mitten ins Gesicht.

Ein Dutzend glaubensbekennender Schildkrötenpanzergebete schossen sein linkes Nasenloch empor. Es zuckte und kribbelte, als hätten ein paar hundert Ameisen urplötzlich entschieden, sich eine Ameisensäureschlacht zu liefern. Natürlich mußte er niesen. Er putzte seine Nase mißmutig am Ärmel seines Kürbisschlafanzugs ab und wich schnaubend einem Schwarm Fürbitten aus.

»Schon gut, es reicht! Ich weiß, wenn mein Typ verlangt wird. Ein alter Gott ist doch kein D-Zug«, murrte er und stand ungelenk auf. Drei vereinzelte Gebete schwebten über der Fensterbank und überlegten, ob sie handeln sollten oder nicht. Sie entschieden sich einstimmig abzuwarten, wie die Dinge sich entwickelten.

Offengestanden haßte Klabautha frühmorgendliche Auftritte. Insbesondere nach langen Nächten in Manna Ambrosias Restaurant, wo sie den neuen Göttern an der Hohen Tafel zum Wohl getrunken hatten. Er kratzte sich am Kinn und überlegte, wie viele Flaschen von Lyblichs feinstem Tropfen er selbst wohl vernichtet hatte. Erinnern konnte er sich an zwölf. Danach war alles etwas verschwommen.

Die Gebete entschieden sich, endlich ihren Zweck zu erfüllen und bombardierten seine Nase.

»Hach! Keine ruhige Minute«, grollte Klabautha. Er nahm seinen Dreispitz, ging zur Tür hinaus und verschwand in einem grell glitzernden, fröhlichen Lichtblitz, der seinen unheilig empfindlichen Kopf schmerzen ließ.

Unten am Ufer des Appscheusees wurde die Menge immer aufgeregter. Die Brise aus Süden hatte gleichmäßige zwölf Knoten erreicht, und die *Witzelnde Wellhornschnecke* zerrte an den Tauen, die sie sicher an den Steg banden. Die Taue knarrten, die Spannung stieg, und Hermelyn verschwamm zusehends zu einem bunten Farbtupfer.

Ghorch Voggs Gesicht war ein Bild stolzer Vaterschaft – gemischt mit hohem Lampenfieber. Alle Zeichen und Omen sahen bemerkenswert vielversprechend aus. Guter Wind, gutes Publikum, hervorragendes Schiff. Und schon bald würde der große Augenblick kommen, an dem endlich nach monatelangem Warten und jahrelanger aufwendiger Konstruktion die *Witzelnde Wellhornschnecke* aufs offene Wasser hinaus segeln würde.

Plötzlich erschien in einem glitzernden Lichtblitz ein

leicht überdurchschnittlich großer Mann mit einem Dreispitz auf dem Kopf und einem kurzen, weißen Bart, der so gestutzt war, wie Kapitäne und andere Seeleute ihn in der ganzen bekannten Welt gern trugen. Seltsamerweise trug er zur Belustigung der Menge außerdem einen Schlafanzug mit Kürbismuster.

»Ahoi, alle zusammen. Eine Seefahrt, die ist lustig und der ganze Mist«, nuschelte er und gähnte ausgiebig. Er schaute sich enttäuscht nach den Jungs mit den ohrenbetäubend schrillen Pfeifen um, die, aus Gründen, die Landratten grundsätzlich verschlossen blieben, bei derlei Anlässen immer auftauchten und jeder Unterhaltung mit drei tödlichen Noten den Garaus machten. Er seufzte erschöpft, als die akustische Attacke ausblieb.

Kein Sinn fürs Zeremoniell, dachte er mißmutig, bevor ihn eine Welle wohliger Erleichterung überkam. Er bezweifelte, daß sein Kopf nach dem Wein gestern auf eine derartige Lärmbehandlung wohlwollend reagiert hätte.

Als Ghorch Vogg Klabauthas übernatürliche Erscheinung bemerkte, nahm er die für einen erfolgreichen Segen nötige Stellung ein: Er lag flach auf dem Kieselstrand, lallte Fürbitten und Gebete und hatte auf traditionelle axolotische Art beide Hände auf die Ohren gepreßt.

Jahrhundertelange Erfahrung hatte zu dieser Stellung geführt. Sich zu Boden zu werfen, zeigte der beschworenen Gottheit, wie ernst man die ganze Sache nahm – ein günstiges Ergebnis war wichtiger als eine saubere Toga. Das Zuhalten der Ohren war reine Selbstverteidigung. Niemand wollte es hören, wenn man von einem Angehörigen der göttlichen Stämme wegen seines dringenden Anliegens ausgelacht wurde.

Und so lag Ghorch Vogg mit der Nase in den Kieseln und den Händen auf den Ohren da und rasselte eine Liste von Bitten herunter.

»... segne, wenn es dir nichts ausmacht, dieses bescheidene Schiff und all jene, die das schlichte Vergnügen haben, mit ihm zu segeln, insbesondere das symbolische Glück Luphan Burks ...«

Völlig unerwartet ertönte ein beunruhigendes Kratzen und Scharren unter dem Heidekraut am Ufer. Das Publikum zuckte erschreckt zusammen. Die ›Omen-Ecke‹ hatte so etwas nicht erwähnt.

Ghorch bemerkte es nicht, was bei seiner augenblicklichen Beschäftigung nicht weiter überraschte. »... und laß mein armseliges Schiff leicht über die Wellenspitzen gleiten, auf ganz unanmaßend brillante Art, jetzt und in Ewigkeit ...«

Hermelyn hörte vorzeitig auf zu wirbeln und taumelte schwindlig überrascht, als er zu hören glaubte, daß eine ausgesprochen große Klaue von unten an dem Fels kratzte, auf dem sie alle gerade standen.

»... möge es so geschickt gegen den Wind kreuzen wie ein geölter Aal, möge der Ausleger niemals sinken und die Kimm nur in sauberster Flüssigkeit gebadet werden ...«

Und die Menge schrie auf.

Zehn Fuß hinter der gähnenden Gestalt Klabauthas explodierte der Boden in einer Geröllwolke, und ein Gewimmel zuschlagender Klauen wurde sichtbar. Ein Wesen mit einem schwarzen Rückenpanzer sprang behende zur Seite, landete mit klapperndem Exoskelett im Heidekraut und glotzte die versammelten Axoloten aus Facettenaugen an.

Eine Sekunde später tauchten in einer stinkenden Rauchwolke zwei weitere Gestalten auf. Sie waren fast zehn Fuß groß. Arme, Köpfe, Beine und Schwänze waren dick, rund und scheinbar ohne Gelenke. Eine von ihnen starrte gebannt auf das seltsam metallene Gerät in seiner Hand. Zwei löffelförmige Zeiger drehten sich erst launenhaft, um dann anschuldigend auf die Gottheit im Kürbisschlafanzug zu deuten.

»Der da! Der hat Anti-Personen Gebetsminen in sämtlichen Taschen!« rief Schoysal. Er machte einen Satz nach vorn, drehte Klabautha den Arm auf den Rücken und zerrte den verwirrten Gott in das rauchende Loch im Boden. Mit militärischer Genauigkeit sprang das Ungeheuer mit dem schwarzen Rückenpanzer hinter ihnen her und verklebte das Loch mit einem hochbelastbarem Netz aus einem Dutzend Asbestdrüsen. Der stinkende Rauch verschwand fast augenblicklich.

Klabautha, der Obergott für Schiffe und dergleichen, war spurlos verschwunden.

Erschrockene Stille senkte sich endgültig über die Ufer des Appscheusees.

Na ja, fast endgültig. Ghorch Vogg richtete sich mühsam auf und schritt mit demütig gesenktem Blick zum Landesteg. Er legte ehrerbietig einen Hebel um und löste die Sicherungstaue.

Die *Witzelnde Wellhornschnecke* glitt rumpelnd voran. Niemand im Publikum, das wie ein Mann gebannt auf das leicht schwelende Heidekrautgebüsch starrte, schenkte ihr auch nur die geringste Aufmerksamkeit. Die Segel blähten sich in der stetigen Brise, der Bug blickte stolz auf die weite Wasseroberfläche hinaus. Das Schiff beschleunigte zunehmend, und die Holzräder des Landestegs knarrten. Staubwolken wurden aufgewirbelt, als Taue und Ketten das Schiff wie berechnet abbremsten. Ghorch machte Luftsprünge und wedelte jubelnd mit zwei kleinen Fahnen, die er eigens mitgebracht hatte. Er war fast hysterisch vor Freude.

Der Bug der *Wellhornschnecke* durchbrach fast lässig die erste Welle und rollte vom Ende der Rampe herab. Mit einem unheilvollen Klatschen versank das sechs Zoll große Modellschiff im See, als die Ketten plötzlich feststellen mußten, daß sie nicht schwimmen konnten.

Tausend Fuß tiefer, am unteren Ende eines frisch gegrabenen Stalagmottentunnels, rissen sich zwei Teufel gerade einen Schrankvoll Decken vom Leib. Als sie den verblüfften Gott mit dem Dreispitz und dem Kürbisschlafanzug um eine Ecke zogen, um die Gebetsminen aus seinen Taschen zu holen, war ihnen gar nicht klar, wieviel Glück sie gehabt hatten.

Einige Dutzend Jahrhunderte zuvor hätten sie nicht den Hauch einer Chance gehabt, einen Gott in die Klauen zu kriegen, geschweige denn, ihn im Würgegriff nach Höllien zu entführen. Niemals. Er hätte einen Frevelabwehranzug getragen.

Obwohl Frevelabwehranzüge ungeheuer klobig, unfaßbar schwer und ohne die Hilfe zweier Engel weder an- noch auszuziehen waren, hatten sie in jener Zeit zur festen Reiseausrüstung jeder Gottheit gehört. Damals konnten eben nicht mal Götter vorsichtig genug sein, da man jederzeit mit einer teuflischen Invasion rechnen mußte. Jeder wußte, daß die Teufel eine reale Bedrohung für das Hymmelreich darstellten. Sie warteten nur auf den günstigsten Zeitpunkt, das war alles. Sie warteten und schmiedeten Angriffspläne. Jahrhundertelang hatten sich die Götter nicht mal getraut, das Hymmelreich zu verlassen und den Segen über ihre Anhänger zu bringen. Bis zur Erfindung des Frevelabwehranzugs.

In der drei Zoll dicken, sakramentverstärkten Rüstung konnte kein dämonischer Angreifer dem Träger etwas anhaben. Die Oberfläche des Anzugs war mit Fasern aus reinem Glauben beschichtet, die etwaigen Angreifern einen heftigen charismatischen Schlag versetzen konnten. Eine Zeitlang waren sie ein umwerfender Erfolg gewesen.

Doch als langsam klar wurde, daß die teuflische Invasion wohl doch nicht kam, waren die Götter es nach und nach leid geworden, schwitzend in schwerfälligen Frevelabwehranzügen herumzulaufen, und sie waren wieder aus der Mode gekommen. Heutzutage wurden sie nicht mal mehr von den paranoidesten Gottheiten getragen. Außer vielleicht zu Hause, mit ähnlich veranlagten Partnern, aber das ging niemanden etwas an.

Im Augenblick hingen am Ufer des Appscheusees die Kinnladen noch immer erschrocken herab.

»Tja, das war's dann wohl«, sagte Hermelyn und zuckte linsenrasselnd die Achseln.

Die Menge wandte sich ihm zu und starrte ihn bedrohlich an.

»Aber ... O nein. Es hat doch nicht mit mir zu tun! Wartet mal, ich kann alles erklären ... Ich ...«

In diesem Augenblick fand Hermelyn heraus, wie schnell er laufen konnte.

Und als die morgendliche Stille sich wieder wie eine brütende Henne aufs Ufer das Appscheusees herabließ, blieb nur eine einzelne Gestalt zurück, die einsam eine Reihe von Luftblasen musterte, die aus dunklen Tiefen nach oben stiegen.

Verwirrte Stimmen hallten durch den Rumpf des Schiffswracks am Ufer der Schleimau, das den Paktisten als Versteck diente.

»Aber weißt du genau, daß es so passiert ist?« fragte Quack äußerst besorgt. Er starrte verstohlen Fiddels Hände an, ob sie wohl einen Schaden genommen hatten, der seine Fingerfertigkeit irgendwie beeinträchtigen würde.

»Ich hab's dir schon ein Dutzendmal gesagt«, ächzte der Geiger. »Wenn ihn nicht irgend etwas abgehalten hätte, hätte der Wächterdämon Zorn das Buch gegeben und ...« Er verstummte.

»Und was?« drängte Quack der Komponist.

»Weiß ich nicht. Hatte keine Gelegenheit, es rauszufinden«, grübelte Fiddel gedankenverloren. »Aber es wäre gut gewesen.«

»Woher willst du das wissen?«

»Na, hör mal! Wäre er sonst so enttäuscht gewesen?«

»Wie enttäuscht?« mischte sich der Ex-Priester Ölyg

der Dritte ein. »So schlimm, als wenn du deine Geige verlieren würdest?«

»Kann schon sein«, sagte Fiddel achselzuckend.

»Das ist es!« rief Ölyg melodramatisch und schlug mit der Faust in seine Hand. Sein stundenlanges Grübeln über Fiddels Erzählung trug endlich Früchte.

»Was ist was?« fragten Quack und Fiddel im Chor.

»Deshalb ist er hier. Sein Pakt! Er rettet hier ...«

»Nein, nein«, unterbrach Fiddel kopfschüttelnd. »Das war ja gerade das Komische an ihm. Ich habe versucht, aus ihm herauszukriegen, welchen Pakt er abgeschlossen hat, aber er sprach immer nur von einem Vertrag.«

Ölygs Gesicht bot ein Bild überraschter Erkenntnis. »Von einem Vertrag?« stammelte er. Und in den Tiefen seines in sich zurückgezogenen Verstandes webte sich langsam ein komplexes Geflecht des Verstehens. Momentaufnahmen der Predigt auf dem Hüttendach erschienen vor seinem inneren Auge: die Wirkung, die Zorn auf die gequälten Seelen gehabt hatte, als er von Syffel sprach; die gebannten, fröhlich schickernden Teufel ... ein Vertrag?

Und dann wurde ihm schlagartig alles klar. Aber es war so unfaßbar, so abwegig. Obwohl er es mit eigenen Augen gesehen hatte. Er schüttelte den Kopf. Er hatte natürlich von der Mission der Heiligen Laudatia gehört, denn ihr Motto ›Jederzeit, an jedem Ort, jederlei Botschaft!‹ war bei den predigtorientierteren Orden geradezu berüchtigt. Einst, nach vierzig Jahren als Priester der nicht vorhandenen Gemeinde Absentius des Ordentlich Abgeschriebenen war er sogar versucht gewesen, zu ihnen überzuwechseln, aber ... Na ja, es wäre einfach nicht richtig gewesen, die Kapelle völlig aufzugeben. Außerdem waren seine Predigerkünste ganz schön eingerostet. Aber das Geld, das die Maschinengewehre Gottes verdienten, wirkte trotz allem verführerisch.

Verführerisch genug, um sich zu verpflichten, die Frohe Botschaft hier unten zu verbreiten?

Ölyg zitterte, als ihm die fast schon perverse Logik der ganzen Sache klar wurde. Er konnte nicht abstreiten, daß es hier unten ein ordentliches Potential gab. Für einen wirklich talentierten Prediger konnte es sogar eine wahre Goldgrube sein. Die Verdammten retten. Ihnen zu einem Leben nach dem Leben nach dem Tod verhelfen.

Und dann wurde ihm noch etwas klar: Wenn sich Zorn wirklich hier aufhielt, um Seelen zu retten, war dies seine Chance. Ein Ausweg für ihn.

Ölyg bebte, als er es in Gedanken durchspielte. Es stimmte. Es mußte einfach stimmen. In diesem Augenblick ließ sein Verstand abstimmen, Neuronen zuckten zustimmend, und der Antrag wurde angenommen. Er mußte Zorn einfach finden und retten!

Es gab nur zwei (wenn auch heftige) Wolken in diesem Silberstreif.

Wo war Zorn in diesem Augenblick? Und warum hatten zwei beunruhigend vertraut wirkende Dämonen ihn aus dem Gefängnis von Mortropolis entführt?

Irgendwie machte ihm die zweite Wolke die meisten Sorgen.

Wenn das boshafte, ränkeschmiedende Ungeheuer, das ihn damals hereingelegt hatte, einer der beiden war, die Zorn aus dem Gefängnis geholt hatten, konnte es nichts Gutes bedeuten.

Was wollte ein Teufel in Höllien bloß mit einem Mietprediger anfangen?

Es verhieß ganz bestimmt nichts Gutes.

Schoysals Stimme hallte von den Wänden in Nabobs Privathöhle wider. »Was soll das heißen, Sie haben noch nie von Gebetsminen gehört?« fauchte er die Gottheit im Kürbisschlafanzug an. Er musterte Klabautha bedeutungsschwer und richtete die Lavalampe auf seine Augen. Er verhörte ihn erst seit zwei Minuten und hatte schon keine Geduld mehr mit ihm.

»Sie brauchen es gar nicht abzustreiten. Die Dinger sind kein Geheimnis, wir wissen darüber Bescheid«, bluffte Schoysal. »Es nützt Ihnen nichts, es für sich zu behalten. Sie machen alles nur noch schlimmer!«

»Ich garantiere Ihnen«, insistierte der Gott mit dem Dreispitz, »ich weiß überhaupt nichts über Gebets ...«

»Lügner!« fuhr Schoysal ihn an und schlug mit geballter Klaue auf die Obsidiantischplatte. »Die Beweise sprechen eindeutig gegen Sie. Schauen Sie!« Er hielt Klabautha den Gebetsminendetektor Marke Eigenbau vor die Nase. Die beiden Löffelstiele zeigten unzweifelhaft anschuldigend auf ihn. »Sie haben damit gearbeitet, nicht wahr? Wohin werden sie verlagert?«

»Ich habe keine Ahnung, wovon Sie ...«

»Schön! Streiten Sie es ruhig ab. Aber Sie werden es bereuen, wenn ich das Lager erst gefunden habe. Ich schwöre Ihnen, es wird Ihnen leid tun!«

Schoysal stürmte zur Tür hinaus und zerrte Nabob mit einem knappen »Komm mit! Sie können nicht weit von hier entfernt sein, wir werden sie finden, auch ohne seine Hilfe!« hinter sich her.

Der noch immer an den Stuhl gefesselte Zorn zuckte versuchsweise elendig die Achseln. Es gelang ihm nicht.

Als der Schattenzeiger der axolotischen Sonnenuhr im Heydenpark langsam auf 31 Grad nach Sonnenaufgang vorrückte, öffnete sich die Tür einer winzigen Hütte am Stadtrand. Der Mann, der herauskam, rieb sich über die Augen und gähnte lange. Die Sonne, von seinem Anblick völlig unterwältigt, wälzte sich weiter über das makellos blaue Himmelszelt. Wie immer.

Der Mann im Türrahmen reckte sich knochenknackend, schlurfte die dreistufige Treppe der Veranda hinab und blickte auf die Hügelfelder aus goldener

Gerste. Windböen wirbelten durch das Ährenmeer und rauschten zufrieden säuselnd. Es war eigentlich wie an jedem Morgen. Der Bauer Seppli reckte sich jeden Tag, schlurfte am Feld entlang und suchte nach Anzeichen dafür, daß die Gerste erntereif war. Aber von heute versprach er sich mehr. Es gab gute Omen. Das behauptete jedenfalls *Spiegleyn Spiegleyn*.

Aber so gut die für *Spiegleyn Spiegleyn* arbeitenden Hellseher auch waren, in den Jahren seiner praktischen Erfahrung hatte Seppli gelernt, daß es diese und jene Omen gab. Es war zwar recht und billig, wenn Stadtpropheten aus Kristallkugeln und Teeblättern Vorhersagen für ländlich lebende Axoloten trafen, aber er wußte, daß es auch andere, ältere Prophezeiungsverfahren gab.

Sein Rücken beschwerte sich, als er sich bückte, um ein paar Getreidehalme vom Feldrand zu pflücken. Er schüttelte sie fünfmal, blies sie an und spuckte mit einem ungesunden Röcheln einen Schleimtropfen auf den Boden. Schließlich warf er die Getreidehalme in den morgendlichen Südwind. Und plötzlich fiel seine Kinnlade herunter, denn er sah es. Auf halbem Weg den Hügel runter gab es eine Stelle, an der die Halme plattgetreten waren. Es schien, als hätte irgendein hymmlischer Vandale einen steuerbaren Wirbelwind eingesetzt, auf daß er sich über der formbaren Oberfläche des Feldes austobe. Seppli erblickte Kreise, Dreiecke, merkwürdige geometrische Zeichen und sogar – überraschenderweise – das Abbild eines Igels.

Er schrie auf, tat einen Freudensprung und wetzte zur Hütte zurück. Es war da! Das Zeichen! Ein verzwicktes Zeichen, zugegeben, aber ohne Zweifel ein Zeichen. Jeder axolotische Bauer kannte es: Nur wenn Kreise und Gebilde im Getreide sichtbar wurden, war die Gerste reif.

Und nun war fast Erntezeit.

Das einzige, was nun noch zwischen ihm und dem

ersten Sensenhieb stand, war der göttliche Grundsegen für eine gute Ernte. Doch diesmal kam er nicht von der üblichen Erntegottheit. O nein. Diese Gerste würde nicht in gewöhnlichen Kornmühlen landen und die übliche landwirtschaftliche Verarbeitung erleben. Nee, diese Gerste hatte er sofort mit Eselsohren versehen, als er von der anstehenden Vermählung Luphan Burks und Ferona Veldmuschs gehört hatte. Dies war die Gerste, aus der das besondere unfermentierte Bier entstand, das zu Schampong verarbeitet wurde, auf daß Braut und Bräutigam es sich an ihrem Ehrentag gemeinsam ins Haar schmieren konnten! Dies war ein gaaaanz besonderes Gerstenfeld. Die Kleingottheit Elli Vithal mußte es segnen, die für Haupt- und Schamhaarbewuchs zuständig war.

Seppli rieb sich die Hände. Wenn er den Segen erst mal hatte, konnte er zehnmal mehr verlangen als üblich. Es war die Chance, auf die er gewartet hatte. Wie toll, daß Luphan es angekündigt hatte.

Seppli wetzte aufgeregt um die Hütte, riß den Vorhang vom Oberteil eines kleinen Holzregals und zündete alle Kerzen, Räucherstäbchen und sonstigen Drogenbrenner an. Sekunden später stiegen aromatische Rauchwölkchen in den morgendlichen Himmel hinauf und starteten eine Invasion auf seine Nasenlöcher.

Leicht schwankend und aufgrund der kopflastigen Wirkung fünfzehn verschiedener narkotischer Kräuter auf seinen leeren Magen, kniete Seppli blinzelnd vor dem umgebauten Kaninchenstall und brabbelte die korrekten Sprüche und inständigen Bitten in die allgemeine Richtung, in der sich seiner Meinung nach das Hymmelreich befand.

Eine mit einem Haarnetz bekleidete Gestalt, die ein Gähnen unterdrückte, nahm einen Kanten Vollkornbrot von einem bullernden Feuer, warf es auf einen Teller und nieste, als ein Schwall kriecherischer Fürbitten durch das Fenster hereinfegte und in ihr linkes Nasenloch hinaufstürmte. Elli Vithal tat ihr Bestes, um das störende Kitzeln in ihrer Nase zu vergessen – und griff nach der Marmelade.

Nach etwa fünfzehn akuten Niesern und einem halben Dutzend krächzender Hustenanfälle wurde ihr klar, daß ihr Frühstück möglicherweise besser ausfiel, wenn sie einen Abstecher nach unten machte und einen Segen schwafelte, um die nervensägenden Sterblichen zufriedenzustellen. Dann konnte sie weitermachen und die ultimate Taubenstallfrisur erschaffen – einen Stil, der den altmodischen Bienenkorb in den sprichwörtlichen Orkus der Frisurkreationen verbannen würde.

Sie leckte ihre Finger ab, um alle Spuren der dicken Orangenmarmelade zu verwischen, schloß die Augen, hielt die Luft an und verschwand in einem blendenden Blitz, bei dem jeder Konkurrenzpyromade vor Neid grün geworden wäre.

Seppli schrie erschreckt auf, als die Säule aus animierten Quecksilbertropfen hinter ihm materialisierte, sich verfestigte und zu einem Lebewesen in einem seidenen Nachthemd wurde, das ein Haarnetz und Lokkenwickler trug.

»Na schön, wem sollen also die Haare gemacht werden?« knurrte Elli. »Na, los, mein Frühstück wird kalt.« Sie äugte müßig an Sepplis kahler Platte vorbei, die aufgrund von vielen Jahren Feldarbeit ziemlich dunkel geworden war. »Du bist es doch wohl nicht, mein Lieber? *Dir* kann selbst ich nicht mehr helfen. Wo ersucht man um meine Hilfe?«

Seppli deutete grinsend auf die wogenden Gerstenfelder.

»Ähem«, machte Elli leise und peilte die güldenen Ähren an. »Um was für ein merkwürdiges Salonspielchen handelt es sich hier, mein Lieber? Falls ich in den vergangenen paar Jahrhunderten keinen schrecklichen Fehler gemacht habe ... Auf mich wirkt es eigentlich wie ein Gerstenfeld. Nun weiß ich zwar, daß die Ähren reifer Gerste *tatsächlich* ein hohes kunstgewerbliches Potential enthalten – man kann zum Beispiel kleine Tierchen aus ihnen flechten –, doch ich verstehe nicht, was ich hier machen soll.«

»B-Bier und Schampong«, platzte Seppli heraus. Er war platt, er hatte nämlich noch nie eine Göttin mit Lockenwicklern gesehen.

»Welch schauerliche Mischung. Davon kriegt man das abscheulichste Sodbrennen, glaub mir …«

Bevor Seppli eine Gelegenheit erhielt, seine Bitte zu verifizieren, eruptierte hinter Elli in einem scharrenden Schauer wilder Klauen der Boden, und dann zerriß der Ausruf »Da ist sie! Schnapp sie dir!« die morgendliche Stille. In einem blaurosa gestreiften Blitz wurde die Gottheit von zwei deckenumhüllten Ungeheuern ergriffen und verschwand in einem rülpsenden Loch. Elli beschwerte sich weiterhin darüber, daß sie noch nicht gefrühstückt hatte.

Seppli stierte das sich rasch wieder schließende Loch an und kratzte sich am Kopf. Hatte er irgendwas Falsches gesagt? Die falsche Beschwörung gemurmelt?

Seine Gedankenkette kam jedoch nicht dazu, sich weiter zu entwickeln, denn genau in diesem Augenblick stürmte ein kreischender Axolotenpöbel über den Horizont und strömte aus Richtung Appscheusee seinem Feld entgegen. Seppli erkannte Hermelyn in seiner ganzen Federpracht und fragte sich kurz, warum die brüllende Meute ausgerechnet auf ihn zujagte, und ganz besonders zu dieser morgendlichen Stunde. Er dachte ungefähr so lange darüber nach, wie Hermelyn dazu brauchte, die krakeelende Bande unaufhaltbar an den Außenbereich seines Gerstenfeldes zu führen.

Hermelyn lief wie ein Irrer im Zickzack, wandte mehrere Dutzend Ausweichmanöver an und leitete die Meute so auf hundert verschiedenen Pfaden zur Gerstenvernichtung an. Seppli griff sich an den Schädel und sah ihm dabei entsetzt zu.

Wessen Sandalenferse es genau war, die die beiden Feuersteine traf, die zusammenprallten und den katastrophalen Funken entzündeten, bekam zwar niemand je heraus, doch jedenfalls prallten sie zusammen. Hungrig stob das Feuer über das knochentrockene Feld; seine gelben und roten Zungen leckten gierig an den gereiften Ähren.

Das Feuerwerkskörpergeknalle der Körnchen weckte den Rest der Axoloten wenige Minuten später auf.

Tausend Fuß unter ihnen marschierten zwei Teufel im Gänsemarsch in Gesellschaft einer Gottheit im Nachthemd in die Tiefen der Innenstadt und kicherten dabei boshaft vor sich hin.

Ein Dutzend neunschwänzige Katzen fauchten wütend und knallten in Richtung der langsameren der völlig überflüssigen Einwanderungsbeamten, die ihren neuen Arbeitsplätzen entgegengetrieben wurden. Byrernst schritt herrisch an Kopf der Marschsäule dahin, seine Hufe schlugen auf dem felsigen Boden hin und wieder Funken. Sein Gehör war gegen die Beschwerden und Bitten, anderswohin versetzt zu werden, versiegelt.

Er hatte es sich genau überlegt. Die Miefinger Lava- und Schwefelminen mußten einfach wieder aufgemacht werden. Wenn es schon zu sonst nichts diente, würde es zumindest Scheytan ärgern.

»Ein Geniestreich, Herr«, schleimte Asmodeus, der freudig im Dunstkreis von Byrernsts boshafter und gebieterischer Aura ausschritt. »Scheytans Energiemonopol in Frage zu stellen, ohne dabei Verluste in der Qualeneffizienz zu machen! Es ist reines Genie!«

»Natürlich«, fauchte Byrernst und schritt aufgeblasen weiter.

»Es wird ihm eindeutig klarmachen, wer hier das Sagen hat.« Asmodeus versuchte ebenso höhnisch zu schnauben, wie Byrernst es ihm gerade vorgemacht hatte, doch das Ergebnis sah so aus, als bemühe er sich, etwas zu bewegen, das sich zwischen seinen Zähnen verklemmt hatte.

»Und da wir gerade von Provokation sprechen – er kann sich aus dem vertraglich zugesicherten Qualenbedarf nicht rauswinden«, sagte Byrernst grinsend. »Damit hab ich ihn! Er hätte eben nie versuchen sollen, Energiegebühren von mir zu kassieren. Welch ein Blödling!«

»Gewiß, Herr«, schleimte Asmodeus.

»Ha!« machte Byrernst. »Eigentlich«, sagte er nachdenklich, »gibt es in diesem bösen Spiel sogar zwei unglaubliche Tölpel.« Er kratzte sich beim Gehen mit einer Kralle hinter dem Ohr.

»Zwei, Herr?«

»Natürlich. Was ist mit dem Dämlack, der die Minen überhaupt erst stillgelegt hat? Welcher Schwachkopf war es eigentlich?« Er hob neugierig eine Augenbraue, verharrte mitten in der Bewegung und wirbelte zu Asmodeus herum. »Also los, Sie haben doch sämtliche Unterlagen aus den alten Zeiten im Kopf. Welcher Döskopp war's nun, hm?«

Asmodeus errötete. »Ich glaube, solche Worte sollten Sie lieber nicht verwenden, wenn Sie über ...«

Byrernsts Brauen verzogen sich zu erzlumpenhafter Gemeinheit. »Über wen?« knurrte er und krallte seine Pranke fest um Asmodeus' Hals. »Wer hat die Parole ausgegeben, daß die Minen unwirtschaftlich seien, hmmm?«

Hinter ihm schluckte die massierte Truppe der Einwanderungsbeamten nervös. Sie hatten Byrernsts geschäftsführerische Kommandotechniken bis vor wenigen Stunden noch nie am eigenen Leib gespürt. Sie schlurften aufgeregt im schwarzen Staub und griffen sich instinktiv an den Hals, als Asmodeus' Hufe sich vom Boden hoben. Wenn er schon enge Mitarbeiter wie diesen so behandelte, wie sprang er dann erst mit ihnen um, wenn er stinkig war?

Asmodeus gurgelte, als er an Byrernsts Krallen hing.

»Wer hat befohlen, die Minen stillzulegen? Heraus damit!«

Der Finanzverwalter hauchte verzweifelt einen Namen. Dann fiel er herunter, und Byrernst warf den Kopf in den Nacken und stieß ein brüllendes Gelächter aus. »Ist das Ihr Ernst?« bellte er.

Asmodeus, auf den Knien, nickte.

»Ich kann es *überprüfen*«, drohte Byrernst.

Der Finanzverwalter schüttelte so heftig den Kopf, daß er beinahe seinen Kneifer verloren hätte.

Byrernst brüllte erneut vor Lachen. »So, so, Fürst d'Eibele hat die Minen also stillegen lassen?« krähte er. »Wie entsetzlich kurzsichtig von ihm.«

Als er weiterging, wirbelten die Gedanken in seinem Kopf wild durcheinander. Wenn sogar er die dummen Beschlüsse des Fürsten d'Eibele erkennen konnte, warum wurde er dann nicht in dessen Position befördert? Es wäre doch nur zum Nutzen von ganz Höllien. O ja, er hatte mehr als nur das Zeug, Obertotengräber von Mortropolis zu sein! Und es war rechtens. Wenn er die Dinge sorgfältig plante, war nur das Felsenfirmament seine Grenze. Wenn er Mortropolis autark machte, konnte er sich allmählich in d'Eibeles Territorium vorangraben.

In diesem Augenblick wurde Byrernsts Schritt plötzlich zu einem deutlichen Schwanken, und er sah sich in einem neu erbauten Protzpalast, nicht in dem jämmerlichen roten Kasten am Ufer des Styx. Den konnte d'Eibele gern behalten.

Doch im Augenblick mußte er sich um weltlichere Dinge kümmern, die der Heimat näherlagen.

Er geleitete die Meute der geschaßten Beamten einen kleinen Hügel hinauf und führte sie darüber hinweg.

Dinge wie diese! dachte er, als er plötzlich des Eingangs der längst stillgelegten Schächte ansichtig wurde.

»Willkommen in eurer neuen Branche!« kündigte er

mit einer weit ausholenden Geste an und machte eine tiefe, spöttische Verbeugung.

Die Beamten stierten – bis zum letzten Dämon von Grauen erfüllt – den rülpsenden Eingang der Mine und die winzigen Gleise an, die am Anfang des Schlundes verschwanden. Die rostenden Hülsen uralt aussehender Loren lagen überall herum. Sie waren verbeult und grotesk verdreht. Fetzen schwefelhaltiger Luft kräuselten sich in würgenden Schwaden lungenzerfressender Giftigkeit aus dem Loch. Tropfen roter Lava pulsierten wie klagende Wunden eines kampfvernarbten Kriegsrhinozerosses übelkeiterregend aus Felsverwerfungen.

Mit dem Blitz der Erkenntnis erkannten sie, daß diese Branche sie etwas mehr anstrengen würde als, na, sagen wir mal, das Anspitzen von Bleistiften.

Byrernst lachte.

Laut Angabe der Sonnenuhr im Heydenpark war es 63 Grad nach Morgengrauen, und wie man zu dieser Zeit erwarten konnte, nahmen die Großstadtpropheten zu einem erneuten Arbeitstag auf ihren Sitzgelegenheiten Platz. Grunzend und ächzend, in verschiedenen Stadien der Altersschwäche, versammelten sich die fünf Uralten um den riesigen, hübsch verzierten Marmortisch und fingen an, ihre Omenknochen anzuwärmen. Einige von ihnen schüttelten die seltsamen Runenwürfel aus Lamaschenkelknochen, andere umhüllten sie mit ihren arthritischen Händen und pusteten sie an, während ein gewisser Hauptmann Zuphall die Toga hob und sich seine drei Würfel fest zwischen die Arschbacken klemmte.

Er glaubte, daß das Leben einfach zu ungerecht war, wenn man der Zukunft keinen Vorgeschmack von der Art seiner persönlichen Wurftechnik gab. Es muß jedoch gesagt werden, daß Hauptmann Zuphall trotz – oder wegen – seiner fast neunzigjährigen Amtszeit als Stadtprophetenvorsitzender, der jede Vorhersageart unter der Sonne kannte, sich zu einer Art Pessimist entwickelt hatte. Gerüchten zufolge wurde Axolotl nämlich an dem Tag von einer Katastrophe heimgesucht, an dem Zuphall eine positive Prophezeiung machte. Ob das Gerücht stimmte, wußte freilich niemand. Zuphall hatte nie etwas vorhergesagt, das ansatzweise so positiv war, daß man sich Sorgen machen mußte.

»Na schön, Spekulatius, dann fang mal an«, krächzte Hauptmann Zuphall gereizt und ließ sein Gebiß pfeifen. »Wird Zeit, daß wir in Erfahrung bringen, was das Schicksal für unsere geliebte Stadt auf Lager hat.«

Der vergleichsweise muntere Spekulatius erhob sich mit knarrenden Knochen auf seine sechzig Jahre alten Beine, schlurfte an den Kopf des langen dünnen Marmortisches und warf seine drei Omenknochenwürfel.

Er brabbelte leise etwas vor sich hin, schlurfte ans andere Ende des Tisches, schielte die Runen an, wischte sich die Nase ab und dachte über die prophezeiende Bedeutung des Resultats nach.

»Na?« quäkte Zuphall nach zehn Minuten langer peinlicher Stille. »Gibt's Probleme?«

Spekulatius ließ die Schultern sinken und schaute auf. Sein von Altersflecken übersätes Gesicht gab sich alle Mühe, ein Erröten seiner beruflichen Schande zu tarnen. »Ich ... Ich ... weiß nicht, was es bedeutet«, gestand er schließlich kaum hörbar ein.

»Was?« fauchte Hauptmann Zuphall und legte eine Hand hinter sein Ohr. »Was haste gesagt? Was haste gesagt?«

Die drei anderen Propheten am Tisch blickten einander nervös an. Sie wagten nicht zu glauben, was sie gerade vernommen hatten. Ein Prophet, der seine eigenen Zeichen nicht deuten konnte ... An so was durfte man nicht mal denken. Es sprach gegen alles, was die axolotische Kultur ausmachte. Ohne Blick in die Zukunft waren sie völlig blind. Alles, was sie für stimmig hielten, mußte garantiert vor ihren rheumatischen Augen zerbröseln.

War der Riß in der Decke schon vorher da gewesen?

»Was hat er gesagt?« krächzte Zuphall.

Spekulatius' Knöchel wurden dort weiß, wo seine Hände den Tischrand umklammert hielten, und sein Blick schweifte von dem vorwurfsvollen Trio der unergründlichen Runen zu dem gereizten Stirnrunzeln auf Zuphalls Miene.

»Es ist bedeutungslos ...« keuchte Spekulatius. »Völlig unergründlich. Ich habe nicht die geringste Ahnung!«

»Unmöglich!« fauchte der Hauptmann. »Setz deine Hirnzellen in Gang! Aber dalli! Außerdem wird es Zeit für das Morgenbrötchen!«

»Ich kann nicht.« Spekulatius zitterte. Er spürte wohl, daß er dem Ende seiner langen und erfolgreichen Laufbahn entgegenschaut, bevor die Brötchen eintrafen.

»Das darf doch nicht wahr sein!« fauchte Hauptmann Zuphall, schob seinen Bambusstuhl zurück und schlurfte ans Ende des Tisches. Jeder Schritt wurde von einem Pfeifen seines Gebisses und seinem quietschenden Atmen begleitet. Die anderen Propheten schauten erstaunt zu. Das war zweifellos noch nie passiert.

»Und so was nennt sich nun Prophet«, knurrte Zuphall, als er sich hustend um den Tischrand schwang. Spekulatius ließ den Kopf hängen und betrachtete beschämt seine Halbschuhe.

Der Hauptmann kneiste durch seinen grauen Star und zwang die Runen, halbwegs scharf zu werden. Die Luft im Saal schien sich in erwartungsvollen Sirup zu verwandeln, als sein verblassender Geist an der Bedeutung der Symbole zerrte und mit den geometrischen Anordnungen, Kurven und Positionierungen ihrer Bedeutung stritt. Es war, ehrlich gesagt, ganz schön schwer, aber das hätte er natürlich nie zugegeben. Er riß seine gesamte, fast neunzigjährige Erfahrung zusammen, legte sein ohnehin schon runzliges Gesicht in

Falten und rang wie eine intelligente Backpflaume mit den Vorzeichen. Schrittweise schob sich das Licht des Verstehens listig einen Weg unter seine Ahnungslosigkeit und flüsterte ihm etwas ins Ohr.

Das Letzte, was das Großstadtprophetenquartett aus Hauptmann Zuphalls Mund erwartet hätte, war ein unterdrücktes Schnauben. Alle Blick richteten sich baß erstaunt auf ihn, als er pfiff, seine Lunge mit Luft füllte und boshaft kicherte, wobei er die Hände in seinen Brustkorb krallte. Sekunden später lag er hysterisch lachend auf dem Boden.

Die übrigen Propheten stierten sich entsetzt an. Sie hatten buchstäblich keine Ahnung, was sie tun sollten, denn nun ratterte ein Krächzen der Heiterkeit durch den Saal und prallte als Echo von den Säulen ab.

»Ähm … Bist du vielleicht so freundlich und erhellst uns?« bat Spekulatius, der sich nun, nachdem er verpaßt hatte, in den Runen etwas zu sehen, was eine solche Wirkung ausüben konnte, noch schlimmer fühlte.

Hauptmann Zuphall rollte sich am Boden herum und krallte sich hilflos in seine Rippen. »Das mußt du unbedingt noch mal werfen, ja?« grölte er. »Ja, isses denn zu fassen?«

»Was ist es denn?« fragte Spekulatius und schielte die Runen an. »Ich verstehe nicht.«

Zuphall setzte sich zuckend hin. »Gute Nachrichten!« verkündete er. »Der idiotische Schiffbauer Ghorch Vogg wird uns für sehr, sehr lange Zeit unserer Voraussagen wegen nicht mehr auf den Geist gehen!«

Die vier anderen Propheten glotzten ihn verständnislos an.

»Sieht so aus, als würde er mindestens vier Jahre brauchen, um die *Witzelnde Wellhornschnecke II* zu bauen«, jubelte Zuphall. »Und dann noch eineinhalb Jahre, um genug Mut zu sammeln, das verdammte Ding vom Stapel laufen zu lassen! Ha, ha, das ist die beste Nachricht seit Jahren.«

Dann rafften sie es. Als ihnen gerade klar wurde, daß das kichernde alte pessimistische Prophetenwrack eine ›gute Nachricht‹ verkündet hatte, wurden sich ihre Ohren mit Schrecken dem fernen Klappern einer Herde wütender Sandalen bewußt, und ihre Nasen fingen den unmißverständlichen Geruch brennender Gerstenfelder auf.

Na bitte, das Gerücht stimmte also. Zuphall hatte kaum die ›gute Nachricht‹ verbreitet, da herrschte in den Gängen schon Tumult – und die Felder brannten. Sie hatten freilich nicht damit gerechnet, daß es so schnell passieren würde.

Das Gedonner der klappernden Sandalen wurde lauter und kam durch den marmornen Korridor immer näher auf sie zu.

Spekulatius geriet in Panik. Er kam! Der Pöbel! Und der Raum hatte nur eine Tür, nur einen Fluchtweg. Sein Herz näherte sich dem Stillstand, und der Schrecken kam immer näher. Es war ungerecht, wenn der wilde Pöbel ihn in Stücke riß, sehr, sehr ungerecht! Er hatte immer gute Voraussagen getroffen, hatte das Wohl Axolotls immer geleitet, und … In dieser Sekunde begriff er, daß es alles falsch gewesen war. Sein Fluchtinstinkt rang mit seinem Kampfinstinkt und zog sofort den Kürzeren. Es gab keinen Fluchtweg. In Zeiten wie diesen konnte man nur eines tun: Kreischen. Und … Na gut, zwei Dinge: Kreischen und in Panik verfallen. Und … Drei Dinge.

Er kreischte mit rasendem Herzen panisch auf, fiel mit wehender Toga zu Boden und nahm großzügig Option drei in Anspruch. Er traf auf den Marmor und stieß Wogen verzweifelter Anrufungen und von Furcht getriebene Versprechen aus, flehte jene, die über ihm standen, inständig an, sich irgendwie einzumischen und ihre sprichwörtliche Haut vor dem sich hektisch nähernden Pöbel zu retten. Blitzartig gesellten sich in einem Trio dumpfer Aufschläge die anderen Propheten zu ihm. Lautes Flehen krakeelte aus den alten Kehlen der axolotischen Stadtpropheten hymmelwärts.

Fünfzig Meter weiter, hinter der festen Bambustür des städtischen Prophetensaals, schlitterte ein schwitzender, entsetzter und gefiederter Mann in Technicolor um eine Ecke. Fünfeinhalb Sekunden später hetzte die ganze Meute hinter ihm her, die noch vor kurzem am Ufer des Appscheusees gestanden hatte.

Hermelyn, der Oberbeschwörer für Verkehr und Gütertransport, jagte durch den Gang auf die riesige Ausdehnung der Bambustür zu und schrie aus vollem Halse »Ich bitte um Asyl!«

Das polternde Donnern der Verfolger ratterte unheimlich in seinen Ohren.

Zehn Fuß vor dem Prophetensaal setzte er zu einem quietschenden Gleiten an, knallte gegen die Tür, prallte ab und landete flach auf dem Rücken. Als wäre er an irgendeinem Gummiband befestigt, war er einen Sekundenbruchteil später wieder auf den Beinen. Seine Fäuste schlugen verzweifelt auf die Tür ein, und er warf einen Blick nach hinten – auf den schäumenden, nicht aufzuhaltenden Pöbel.

Mit wütenden Mienen klapperten die Verfolger weiter. Sie waren bereit; es drängte sie, den Göttern zu zeigen, was sie von ihm hielten.

Viel zu spät wurde ihnen bewußt, daß glatte marmorne Bodenfliesen einer plötzlichen Bremsung äußerst abträglich sind.

Obwohl der Pöbel längst den Rückwärtsgang eingelegt hatte, trug die Schwungkraft dazu bei, daß er fest gegen die Bambustür knallte. Scharniere, Platten und mehrere völlig überraschte Spinnen flogen aufgrund der Bugwelle der aufgebrachten Axoloten ins Innere des Prophetensaales.

Und in genau diesem Augenblick wurden die Fürbitten der vier Propheten erhört. Vier Säulen aus blendendem Aerosolquecksilber vereinigten sich zu einem

Quartett gähnender, leicht verkaterter Gottheiten. Entsetzte Stille zog den Axoloten eine Zwangsjacke bestürzter Verblüfftheit an, und sie stierten auf die göttlichen Besucher.

»Na los, was wollt ihr?« grunzte eine Gottheit mit freiem Oberkörper, vor deren Nase zwei geballte Fäuste kreisten. Sie waren, wie man an ihrem Äußeren sah, bei mehreren Gelegenheiten eingerenkt worden. Alle Blicke fuhren von den knielangen Schnürstiefeln zur Stirn Nockauths, des Gottes der Kinnhaken und geplatzten Brauen. Einhundert Kinnladen sackten herab. Spekulatius grinste. Seine Gebete waren erhört worden. Jetzt sollten die undankbaren Axoloten es bloß mal wagen, Hand an ihn zu legen.

Sämtlichen uneingeladenen Gästen war völlig klar, was Spekulatius beim panischen Ausrufen seiner Fürbitten geplant hatte.

Die anderen Propheten hatten ihre jeweilige Wahl etwas pragmatischer getroffen.

Vom Boden aus musterte der Pöbel Flychtha, den Obergott des Mückemachens; Hans A. Plast, den Obermentor für Erste Hilfe und Schrammen, und den allseits beliebten Pämperl, den hymmlischen Jugendoffizier, dessen besondere Aufmerksamkeit dem Sauberhalten der Unterwäsche galt.

Urteilte man nach dem Ausdruck der Verlegenheit und des Unbehagens, das einer der Propheten zur Schau stellte, war Pämperl ein Sekündchen zu spät gekommen.

»Also? Was wollt ihr?« knurrte Nockauth, der unablässig herumtänzelte und mit seinem eigenen Schatten boxte.

Kein Axolote bekam Gelegenheit, ihm zu antworten.

Mit dem Ausruf »Hier rein! Pack sie!« warfen zwei in Decken gehüllte Teufel ein Netz durch ein Dachfenster, zogen an den Verschlußseilen und rissen das Götterquartett in einem zuckenden Bündel vom Fußboden. Mit einem angestrengten Grunzen versetzten sie ihre

Beute in Schwingungen, warfen sie durch ein großes Fenster und ließen sie mit einem bemerkenswert gut eingeschätzten Kunststück sauber in ein günstig bereitstehendes Rülpsloch fallen.

Die Stalagmotte ratterte und tollte begeistert herum und bereitete ihre Asbestspinner vor.

Die beiden Deckenumhüllten schwangen sich am Ende der Seile durch das Dachfenster und sausten fast lässig durch das zerschmetterte Fenster in das Loch hinab. Ihnen folgte ein schwarzgepanzertes Lebewesen mit mehr Klauen und Beinen, als gesund für es war.

Erst als das Loch sich schloß und der rülpsende Schwefeldunst verschwand, brach im Prophetensaal ein hysterisches Gekreische aus.

Ein scharlachroter Lichtblitz zuckte aus dem steinernen Dunkel des Felsenfirmaments herab und ließ den schleimigen Kohlenwasserstoff der Schleimau sprudeln. Unbemerkt von ganz Höllien kämpfte etwas Bauchiges und Eisiges in der sausenden Entladung und starb. Was eine echte Schande war. Denn mit dem richtigen Übersetzer hätte es als materieller Zeuge sehr wichtig sein können.

Keine drei Minuten zuvor hatte es in heftigem Kopffüßerinteresse beiläufig einen Sehtentakel in Richtung Uferlinie von Tumor gewedelt.

Unerwartet lugte ein Teufel aus einer finsteren Gasse hervor, suchte die Umgebung nach Beobachtern ab, stellte zufrieden fest, daß die Luft rein war und verschwand in der Finsternis.

Sekunden später tauchte er mit einem schwarzen und geschuppten Kollegen wieder auf und beschäftigte sich damit, ein zuckendes Netz aus der Dunkelheit in Richtung einer verschlossenen Falltür auf der Straße zu zerren. Das Netz schien mit den sich wehrenden Leibern vierer bleicher und besonders eingeschnappt aussehender bärtiger Männer gefüllt zu sein.

Der erste Teufel öffnete blitzschnell die Hintereingangsluke seiner Höhle, und das Netz wurde ganz unfeierlich eine Treppenflucht hinuntergetreten. Ein letzter Blick nach hinten, und die Geschuppten, begleitet von einem großen huschenden Ding mit Beinen, folgten dem Netz und zogen die Falltür mit einem leisen Klicken hinter sich zu. Von niemandem bemerkt, schwebte eine eigenartig purpurne Aura frömmelnd über der Falltür und blieb wie ein übergewichtiger Mitternachtssmog dort hocken.

Das ganze Unternehmen hatte nur wenige Augenblicke gedauert. Hätten sie länger gebraucht, wären sie zweifellos nicht nur von dem getoasteten Geschöpf in der Schleimau gesehen worden. Hätte Stibitz, der finstere Bewohner der weniger appetitlichen Seitengassen, sie nicht gesehen, dann zumindest sein letztes Opfer.

Stibitz hatte den nervtötend wohlhabend aussehenden Teufel, der sich immer weiter von seiner gewohnteren Umgebung entfernte, schon seit mehreren Minuten im Blickfeld. Selbst der ineffizienteste Taschendieb hätte in aller Deutlichkeit gesehen, daß er ein Hauptziel abgab. Er hatte sich eindeutig verlaufen, denn niemand, der alle Tassen im Schrank hatte, stromerte in der Innenstadt herum. Man lief, man schlich, oder man versteckte sich. Man stolzierte *niemals* mit einem Spazierstöckchen in abgemessenen Schritten durch diese Gegend. Nun ja, es sei denn, man hatte das überwältigende Verlangen, eins auf die Birne zu kriegen und ausgeraubt zu werden.

Stibitz war es völlig klar, daß er zwischen 6310 und 6315 Obuli in einer kleinen Börse der linken Anzugtasche mit sich herumtrug. Er konnte es erkennen. Jahre konzentrierter und hingebungsvoller Übung hatten seine akustischen Berechnungen vervollkommnet. Er hörte den Fall eines Obulus auf fünfhundert Meter. Im Berufsverkehr. In einem Feuersturm.

Stibitz nahm ebenso an, daß die Börse außerdem eine

kleine Rotzfahne und einen Nimmerbrenn-Stadtplan enthielt, die seinem Opfer den Weg zu einem Fest in Ober-Mortropolis wies, auf dem dieser Trunkenbold sich an Gratiskelchen mit Lava-Martini erfreuen wollte.

Er folgte ihm wie ein Schatten durch die Gasse und wußte, daß er nur auf den günstigen Augenblick zum Zuschlagen warten mußte. Klar, er hätte ihm jederzeit eins überbraten und sich verdünnisieren können, aber, na ja, es war eben nicht sehr originell, sich von hinten brüllend auf sein Opfer zu stürzen, ihm mit dem Totenlümmel eins auf die Rübe zu hauen und seine Taschen zu durchwühlen. Nein, so was konnte jeder Idiot. Stibitz war mehr für die feineren Sachen zu haben.

Und bei diesem Teufel im Stresemann mußte er natürlich die klassische Methode anwenden. Er würde bald innehalten, sich erstaunt umschauen, ein verdutzten Blick auf den Stadtplan werfen und dann den nächsten Fremden nach dem Weg fragen. Es konnte nicht mehr lange dauern. Stibitz spürte es.

Der Ach-so-selbstlose-Fremde war natürlich er, Stibitz, und sobald er reagierte, war die Falle gestellt. Dann war der Anzugtyp in Stibitzens Schuld und würde nie wieder so volle Taschen haben wie im Augenblick. Es klappte jedesmal.

Falls Stibitz überhaupt eine Situation beurteilen konnte, war sie jetzt da. Er warf nonchalant und so laut und bedrohlich wie möglich einen dicken Stein hinter sich in die Gasse. Der Teufel im Stresemann zuckte zusammen, schaute sich vorsichtig um und blieb vor einer bestens im Boden der Straße verborgenen Falltür stehen.

Eine elegante Klaue kratzte sich zwischen den Hörnern am Schädel, griff dann in die Tasche und zog die Einladung zur Party hervor. Stibitzens Augen traten hervor, als seine Schlitzpupillen des unglaublichen Glücksfalls ansichtig wurden: Die kleine Obuli-Börse fiel aus der Anzugtasche und landete mit einem dumpfen Plumps auf der Falltür.

»Sechstausenddreihundertunddreizehn Obuli!« bestätigten seine Ohren trotz der Tatsache, daß die Börse in einer Pfütze gelandet war. Und er wußte, dies war der richtige Zeitpunkt.

Er pfiff ein fröhlich Liedchen, sprang in die Mitte der Gasse und schlenderte auf den Fremden zu, der sich verlaufen hatte.

»Ahh, entschuldigen Sie, mein guter Teufel«, sagte der Typ im Stresemann. »Können Sie mir vielleicht den Weg zur ...?«

»Aber allemal«, schleimte Stibitz fachmännisch und fegte dicht an sein Opfer heran. Ohne einen Blick zu Boden zu werfen, stellte er einen Huf auf die Börse und unterdrückte ein Grinsen. Mann, war das leicht! »Wohin wollen Sie denn?« Ein merkwürdiges Purpurwölkchen umkreiste seinen Huf auf eigenartig scheinheilige Weise.

»Zum Mafya-Turm in Ober-Mortopolis. Ich muß dort eine Rede halten.«

»Das kann ich mir vorstellen«, grunzte Stibitz und kam sich innerlich plötzlich sehr eigenartig vor. Sein Huf zuckte unbeherrscht auf der dicken Geldkatze. »Mafy-Turm, ähm, mal sehen. Sie ... ähm ... Sie gehen ganz einfach geradeaus ... ähm ... da rüber ...« Eine Schweißperle entstand auf seiner Stirn, als das scheinheilige Wölkchen sich an seinem Bein entlang nach oben bewegte. »Meiden Sie die Sackgasse dort, ähm ... das Hintergäßchen, und behalten Sie das Wechselgeld ... Nein, bleiben Sie auf dieser Straße, bis zur dritten links.«

In Stibitzens Kopf breitete sich eine merkwürdige Leichtigkeit aus, als er den Weg abspulte. Er hatte sich noch nie so gefühlt. Innerlich so schmutzig, so zittrig, so *verlogen*.

Die Börse mit den Obuli ließ die Sohle seines Hufs jucken, und er mußte sich zusammenreißen, um nichts darüber zu sagen.

Der Teufel im Stresemann schaute Stibitz fragend an. »Ist Ihnen nicht gut?« fragte er. »Ich hab einen Flachmann mit Lava-Martini dabei, falls Sie ein Schlückchen ...«

»Nein, nein ... Mir geht's gut. Ich fühle mich Justiz ... Ich meine, *just* in diesem Moment ... relativ gut. Bin im Knast ... Ich meine, *im Moment,* nur etwas ermüdet.«

Die Obuli brannten sich unlauter in seinen Huf, als das Purpurwölkchen seinen Unterleib kitzelte.

»Nun, wenn es so ist, kann ich ja gehen. Und danke, daß Sie mir den Weg gewiesen haben. Ich finde ihn jetzt ganz bestimmt.« Der Teufel im Stresemann setzte sich in Bewegung.

Stibitz hätte beinahe aufgeschrien. Er war sicher, daß sein Huf versengt war. Er schnüffelte vorsichtig und zuckte die Achseln. Dann bückte er sich, riß die kleine Geldkatze an sich und inhalierte eine große Lunge voll Frömmigkeit. Bevor er es auch nur begriff, wurde er von einer Flutwelle abscheulich ehrenhafter Güte ergriffen. Seine Finger zitterten in einem Beben der Wahrheit, sein Herz klopfte unter einer angstmachenden Masse von Sittlichkeit, sein Kopf drehte sich in kreischenden Sonetten furchteinflößender Bedenken. Die längst verkümmerte Orgel seines Gewissens trat in Aktion, riß seinen Willen an sich und ergriff mit ihm die Flucht.

Sekunden später wetzte er unbeherrscht lachend hinter dem Teufel im Stresemann her, schwenkte freudig die Börse mit der Kohle und rief: »Ähm, entschuldigen Sie, aber ich glaube, Sie haben das hier verloren! Wollen Sie es zurückhaben?«

DER DOMINUM-EFFEKT

Grobe Flüche echoten an den Innenwänden von Nabobs Höhle, als Schoysal die Reihe der sieben fest an Drehstühle gebundenen Gestalten anbellte.

»Zum siebenundfünfzigsten Mal!« raunzte er. »Wo versteckt ihr die Anti-Personen-Gebetsminen? Also los! Redet! Antwortet!«

Das Septett der Gefangenen zuckte unisono und mit überraschter Miene die Achseln.

»Antwortet!« brüllte Schoysal und schlug wütend eine geballte Klaue auf den Obsidianschreibtisch. Die auf die Gefangenen gerichtete Lavalampe machte einen gefährlichen Hopser. »Wenn ihr noch länger das Maul haltet, macht ihr es nur noch schlimmer. Ich kriege es sowieso raus! Ha! Damit kommt ihr nicht weiter. Mit eurem Leben in Axolotl ist es aus. Versteht ihr? Jetzt habe ich das Sagen! Wo sind die Anti-Personen …«

»Entschuldigen Sie«, wurde er von einer zappelnden Gestalt am Ende der Reihe unterbrochen. Ein rotes Kreuz funkelte genau an der Stelle, wo sich sein Revers befunden hätte, wären Togen damit ausgestattet gewesen. »Würde es Ihnen eventuell etwas ausmachen, die Seile ein wenig zu lockern? Sie schränken den Blutfluß meiner Handgelenke ein, und ich fürchte, es könnte eventuell zu einem permanenten Schaden füh …«

»Schnauze!« fauchte Schoysal Plast an, den Mentor für Erste Hilfe und Schrammen. »Ich werde gar nichts lockern! Ich weiß nicht mal, wieso du dir Sorgen um dein Blut machst. Hier unten braucht man so was nicht. Du bist tot!«

Plasts Augenbrauen kräuselten sich verwirrt. »Ich komme mir aber nicht sonderlich tot vor. Außerdem spüre ich ganz deutlich ein gewisses Pulsieren in meinen Gelenken. Ja, eindeutig.«

»Halt die Klappe, du hast einen Schock!« fauchte Schoysal.

»Ohhh nein! Ich glaube, Sie irren sich. Ein Schock ist eher so was wie … Nun ja, ein Schreck, und …«

»Schnauze!« brüllte Schoysal.

»… unangenehm«, beendete Pämperl den angefangenen Satz.

Dann schüttelte Plast den Kopf. Was dachte er denn da? Er war eine Gottheit, also *konnte* er nicht tot sein. Eine der Sondervergünstigungen der Göttlichkeit war … Man war unsterblich!

»Wo sind die Anti-Personen-Gebetsminen?« fauchte Schoysal erneut. Ihm platzte allmählich der Kragen. Er hatte nie damit gerechnet, daß es sich als so schwierig erweisen würde. Seine Gefangenen hatten sich beinahe pervers darauf verschworen, ihn ins Leere laufen zu lassen. Wenn sie die Existenz der Gebetsminen unbedingt geheimhalten mußten, mußten sie *wirklich* leistungsfähig sein.

Er brauchte nur ein Dutzend von den Dingern, dann konnten Nabob und er ganz Mortropolis beherrschen. Zwei Teufel gegen das System … Ahhh, all diese Macht! Er wußte genau, wo er sie, um maximale Störungen zu erzeugen, installieren mußte. Die geheimen Dokumente hatten es ihm gesagt. In dem Säckchen, das mußte er mit ergötzlicher Zufriedenheit zugeben, befanden sich einige sehr hilfreiche Landkarten.

»Sag mir, wo sie gelagert werden!« befahl er und maß Elli Vithal mit einem wütenden Blick. »Sag es sofort, oder es ist aus mit meiner Nettigkeit!« Ohne daß er es bemerkte, fuhr eine Purpurzunge aus Dunst aus Ellis undeutlich sichtbarem lockengewickelten Schopf und streichelte seine Stirn.

»Ach, bitte, starren Sie mich nicht so an«, murmelte Elli. »Es ist mir ohnehin schon peinlich genug. Schauen Sie sich bloß meine *Frisur* an! Und die trockene Hitze hier … Sie wird sie noch völlig ruinieren. Es dauert nicht mehr lange, dann hab ich Spliß, und alles kräuselt sich … Sie werden es erleben. Ich werde wahnsinnig viel Formbalsam brauchen, um mein Haar wieder hinzukriegen, wenn ich mit dem Frühstück fertig bin … Ach, ja, das Frühstück. Ach, Hasi, könnten Sie mir vielleicht, wenn es Ihnen nichts ausmacht, einen klitzekleinen Imbiß reichen? Ich bin so furchtbar hungrig. Ich hab nämlich noch nicht gefrühstückt.«

Schoysal wirbelte ohne nachzudenken herum und ließ seine Krallen in Nabobs Richtung klicken, doch dieser schnarchte gelangweilt auf seinem Kieselsack. »Besorg ihr ein Steinofenbrot«, fauchte er. Kieselas Fühler richteten sich interessiert auf, und sie fing an zu sabbern.

»Kann ich auch eins haben?« fragte Plast.

»Ahhh ja, und ich auch«, flötete der nächste.

»Und ich!«

»Hol sieben Stück«, knurrte Schoysal Nabob zu und knirschte mit den Reißzähnen. Die Sache war nun wirklich nicht so effektiv, wie er erhofft hatte. Aber für diese Zeitverschwendung würden sie bezahlen … O ja … Darum wollte er sich persönlich kümmern.

»Ich weiß aber nicht, ob ich so viele tragen kann«, begann Nabob.

Schoysal fuhr herum und stampfte in eine Nebenhöhle. Dabei packte er Nabob grob an einem Horn und zerrte ihn mit sich. Mit einer gemurmelten Reihe von Flüchen, die im wesentlichen darin gipfelten, daß man sich auf niemanden verlassen könne und es am besten sei, gleich alles selbst zu erledigen, verschwanden sie.

»Tja, Matrosen, das ist ja wirklich eigenartig«, grunzte Klabautha, die Obergottheit für Schiffe und allen dazugehörigen Kram. »Hat irgend jemand eine Ahnung, was hier eigentlich los ist?«

»Ich weiß nicht mal, wo wir sind«, murmelte Flychtha, die Obergottheit des Mückemachens, denn es war ihm noch immer sehr peinlich, daß man ihn in einem von der Decke herabgeworfenen Netz gefangen hatte. Er hätte doch wirklich in der Lage sein müssen, ihm zu entgehen. Es war einfach unsportlich. Nicht mal eine Pistole oder so was hatte man auf ihn abgefeuert.

Gottfried Zorn, der ganz am Ende der Reihe der gefesselten Gottheiten hockte, konnte sich nicht länger zusammenreißen, und so platzte er mit einer Antwort heraus. »In Höllien! Sie befinden sich in Höllien!«

Die Gesichter der sechs Gottheiten wandten sich zu ihm um. Ihre Mienen wirkten fragend und vorwurfsvoll.

»Wer ist das denn?« kreischte Elli Vithal. »Ein Fremdling! Ich bin doch nicht gekämmt! Au weia.«

»Weiß auch nicht, wer er ist, meine Lieben«, sagte Klabautha, wobei die Spitze seines Dreispitzes wackelte. »Er war schon hier, als ich ankam.«

»Ich bin Mietprediger Gottfried Zorn von der Mission der Heiligen Laudatia«, sagte Zorn.

»Deswegen habe ich ihn nicht erkannt«, grunzte Nockauth, das für Kinnhaken und aufgeplatzte Brauen zuständige hymmlische Wesen. »Er ist gar keine Gottheit.« Dann fügte er hinzu: »Ich vergesse nie ein Gesicht. Zeigt mir eine Nase, die ich gebrochen habe, und ich sage euch sofort, wo und wann es war!«

In Zorns Kopf kreiste alles. Gottheiten? Was machten denn sechs Gottheiten hier? Es hatte doch wohl nichts mit den Dokumenten zu tun, die er übersetzt hatte? Oder doch? Arbeiteten sie etwa auch für Syffel?

Flychtha musterte Zorn argwöhnisch und finster. »Wenn er nicht zu uns gehört, warum ist er dann hier, allein mit uns, und nach all diesen Fragen? Es gefällt mir nicht. Es gefällt mir überhaupt nicht. Ich glaube, wir sollten so schnell wie möglich von hier verschwinden. Uns davonmachen, sozusagen.«

»Was? Glaubst du etwa, er ist 'n Spitzel?« grunzte Nockauth spöttisch.

»Ja, er ist 'n Spitzel, der unsere Gespräche belauschen soll …«

»Und wozu?« konterte Nockauth. »Das ist doch völlig unlogisch.«

»Er wird mir meine Kreationsgeheimnisse stehlen!« winselte Elli Vithal.

»Nein, nein«, sagte Flychtha mit einem Anflug von Paranoia. »Ich habe davon gehört. Erinnert ihr euch noch an den Tagungspunkt *Verschiedenes* vor ein paar Tagen? Erinnert ihr euch noch an Spylers abgefahrene Ideen? Glaubt mir, nur er steckt dahinter!«

»Was? Der Typ am dritten Tisch?« platzte Nockauth hervor. »Der Typ, der das Todesmanagement und die Krisenleitung unter sich hat? Ich kenn ihn von irgendwoher. Hmmm, wenn alles seine Schuld ist, werd ich's mit 'n paar gutgezielten Haken richten, darauf könnt ihr euch verlassen.«

Flychtha nickte. »Ja, der war's. Er sucht willkürlich irgendwelche Gottheiten aus, und *Schwupp,* bevor man sich versieht, ist man in einem seiner Kurse. Ich hab von ein paar Leuten gehört, die sich mit einem Kompaß und dreiundzwanzig Seilen irgendwo im Nichts wiederfanden und sich den Weg nach Hause selbst suchen oder ein Zelt aufstellen mußten. Oder so was. Soll angeblich den Teamgeist stärken. Aber meist endet es nur damit, daß sie sich in die Hose machen.«

»Klingt lustig«, sagte Nockauth grinsend.

»Aber was sollen *wir* denn hier?« fragte Elli Vithal verzweifelt. Eine Locke fiel ihr in die Augen. »Teamgeist ist doch wohl nicht *wichtiger* als Haarpflege, meine Lieben. Und was hat der nur immer mit seinen Anti-Personen-Sowiesos?«

Niemand bekam eine Gelegenheit, ihr zu antworten, denn in diesem Augenblick trat ein Huf die Tür auf und Schoysal erschien mit einem großen Tablett voller Steinofenbrote. Er kämpfte sich zum Tisch durch und knallte es ungeduldig auf die Platte. »Da, seid ihr jetzt zufrieden?«

Alle Augen stierten die sieben klumpiggrauen Stücke an. Und die Gottheiten grinsten. Vielleicht war Spylers neuer Kursus gar nicht so übel. Na schön, die Qualität der Nahrung deckte sich nicht unbedingt mit der Norm, an die sie Dank des Wohlwollens des unvergleichlichen lieben alten Luitschi Fabritzi in Manna Ambrosias Restaurant gewöhnt waren, aber, Mann, es wurde *wirklich* von einem Kellner gebracht. Fast wie an der Hohen Tafel. Fast.

»Wo sind die Anti-Personen-Gebetsminen?« schnaufte Schoysal schon wieder, wie ein Verhörpapagei, der nur eine Frage kannte und sich am Klang der eigenen Stimme ergötzte.

»Ähm, ich weiß nicht genau, ob es schon mal jemand gefragt hat«, wandte Flychtha ein und sprach damit eine Frage an, die man schon vor fünf Stunden hätte stellen sollen, als Schoysal zum ersten Mal das Thema Anti-Personen-Gebetsminen in Angriff genommen hatte.

»Um was geht's denn?« fauchte Schoysal ungeduldig und funkelte ihn aus eng zusammengezogenen Schlitzpupillen finster an. Dampfwölkchen stiegen aus seinen Nüstern auf.

»Ähm, nun ja …« erwiderte Flychtha. »Was ist es? Ich hab nicht die geringste Ahnung, um was es sich bei diesen Anti-Personen …«

Der Brüll- und Fluchausbruch, der sich auf Schoysals Miene abzeichnete, wurde nur durch Nabobs Rückkehr abgelenkt. Er brachte einen dampfenden Topf Schwefel herein.

Eine Woge der Anerkennung schleimte bei der willkommenen Ankunft weiterer Erfrischungen aus den versammelten Gottheiten hervor. Unbemerkt schwollen die kleinen Purpurpilotlichter, die über ihren Köpfen schwebten, an, und fuhren drängend auf Schoysal und Nabob zu.

Nabob stellte den Topf auf den Tisch und überraschte sich selbst, indem er die Reihe der sieben Gäste lieb anlächelte. Ähm, die Reihe der sieben *Gefangenen.* Es sind Gefangene! redete er sich schnell ein und trat mit einer höflichen Verbeugung zurück.

Schoysal funkelte die Gefangenen an, musterte mit finsterer Miene das Steinofenbrot und fauchte: »Es ist alles da, also bedient euch.«

Niemand rührte sich.

»Na? Worauf wartet ihr?«

Plast bewegte schüchtern seine Handgelenke. »Wir können uns nicht an die Tafel begeben«, sagte er. »Wir sind im Augenblick leider ... ähm ... anderweitig gebunden.«

»Was erwartet ihr von mir?« schrie Schoysal. »Daß ich euch füttere?«

Drei Gottheiten rollten erfreut mit den Augen. Soviel Aufmerksamkeit genoß nicht mal die Hohe Tafel. Es sah immer besser aus.

Zu ihrer Enttäuschung verschwand Schoysal hinter ihnen und begann knurrend ihre Flammstabil-Hanfbindungen zu lösen.

»Bringt uns ein paar Rosinenbrötchen«, knurrte er. »Kann im Moment nicht an die Tafel kommen. Pah! Ihr seid jämmerlich, und was bekomme ich dafür? Nichts! Also, wenn ich nicht bald ein paar Antworten kriege, setzt es was. Dann bin ich gezwungen, sehr, sehr böse zu werden, darauf könnt ihr euch verlassen.«

Etwas später schlugen die Gottheiten ihre Zähne in das harte, aber nachgebende Steinofenbrot Hölliens und grinsten sich beim Kauen eins. Wogen von Beifall strahlten von ihnen aus, verbreiteten sich, streichelten Schoysals fiebernde Stirn und kühlten seine schlechte Laune ab.

»Ich sag's euch, ich kann echt gemein werden. Wirklich. Es wird euch noch echt leid tun, daß ich euch geschnappt habe, wenn ihr nicht nett seid und mir wenigstens eine Kleinigkeit darüber erzählt, wo die Anti-Personen-Gebetsminen so ungefähr sein könnten.«

Die sechs Gottheiten futterten pausenlos; sie schenkten Schoysals Gequengel nicht die geringste Beachtung. Was die Einzelheiten betraf, so konnten sie sich auch später darum kümmern. Wenn es etwas an diesem Kursus gab, das sie nicht verstanden, konnten sie schließlich auch fragen. Es mußte schließlich irgendwelche Regeln geben oder so was.

Schoysal löste grollend auch Zorns Fesseln.

»Also, wenn ihr mir nicht sagt, wo die Anti-Personen-Gebetsminen sind«, quatschte er, »könnte ich wirklich leicht sauer werden und …«

Zorn atmete tief ein, rutschte vom Stuhl, richtete sich zu voller Größe auf und rieb seine Handgelenke. Sein Blick stierte fest auf Schoysals Brustkorb.

»Kann ich dann jetzt gehen?« fragte er. »Ich hab meinen Teil des Abkommens doch erfüllt, oder? Ich hab den ganzen Text übersetzt, und …«

»Ja, ja, hau ab«, murmelte Schoysal in Gedanken, da er sich mit den sechs anderen Gefangenen beschäftigte.

Nabobs Kinnlade klappte herunter, als er Schoysals Worte hörte. Er hatte *wirklich* sein Wort gehalten! Das war ja noch nie dagewesen! Fühlte er sich etwa nicht wohl?

»Durch die Tür da«, sagte Schoysal und deutete mit einer krummen Kralle in die entsprechende Richtung. Wogen von Beifall leckten an seiner Wut, sie kamen von den fröhlich mampfenden Gottheiten.

»Mach schon, verschwinde«, sagte Schoysal.

Zorn verschwendete nicht die geringste Zeit; er wetzte mit freudig erregter Miene zur Tür, packte die Klinke und drückte sie …

»Zorn!« schrie Schoysal.

Der Mietprediger wandte sich um. Er rechnete mit

einer bösartig grinsenden Visage, einer Kralle, die ihn zurückriß und wieder auf dem Hocker festband.

Schoysal schaute ihn an, eine Woge von Frohlocken durchschleimte ihn zufrieden, wie warmer Sirup ein frisch getoastetes Hefeküchlein. Ein eigenartiger Ausdruck legte sich auf sein Gesicht, er war fast friedlich, fast glücklich. Es war sehr verstörend. »Ich wollte nur sagen, ähm ... Was die Übersetzung und so angeht ... Na ja ... Da-danke.«

Nabobs Kinnlade lag auf seinem Brustkorb, als er Schoysal musterte. Was war nur mit ihm los? War er krank? Hatte er irgendwas Unrechtes gegessen? Er maß die Steinofenbrote mit einem vorwurfsvollen Blick.

Zorn grinste und verschwand hinter der Tür. Er wußte zwar nicht im geringsten, was hier vor sich ging, hatte sich aber vorgenommen, den Vorteil der Situation gnadenlos auszunutzen. Die Tür knallte hinter ihm zu.

»Mann, ist das lecker!« rief Plast aus und wischte sich den Mund ab. »Genau die richtige Zuckermenge, um einem Leib ein Wohlgefühl zu verschaffen! Kann ich noch eins haben?«

»J-ja ...« antwortete Schoysal verträumt. »Wie viele wollt ihr noch? Ich geh dann mal eben, und ...«

Er drehte sich um und fegte über den Boden zur anderen Höhle hinüber, beschleunigt von einer zunehmenden Purpurwoge der Erleuchtung, die von den Gottheiten ausstrahlte.

Er hätte wirklich mal einen Blick auf seinen Gebetsminendetektor werfen sollen. Der hätte ihn vor der Gefahr gewarnt. Die beiden sechszölligen Nägel, auf denen die löffelartigen Zeiger standen, beugten sich nach hinten, als die theophobischen Zellen dem zunehmenden Ansturm der Gebetsminenwellen zu entkommen versuchten.

Nabob eilte schlotternd in die Küche und knallte die Tür hinter sich zu.

In den letzten Sekunden seines Mittagsschläfchens war ›Schnüffi‹ Löschler von der Axolotischen Brandvorhersage stöhnend und um sich tretend in den allzu realen Bildern eines entsetzlichen Alptraumes gefangen. Er zuckte hilflos in der Hängematte herum, warf die Decke quer durch den Raum und führte eine waghalsige, sich in seinem Inneren abspielende Rettungsaktion aus.

Erneut schrie ein brennender Balken in der Agonie der Selbstopferung auf, löste sich vom Turmdach und raste Schnüffi brüllend entgegen. Seine gesamte Alptraumwelt wurde zu dem flammenverzehrten, auf ihn zufliegenden Deckenbalken. Schnüffi schrie auf, sprang zurück und spürte, daß die sengende Hitze ihn für eine, sein Herz zum Stillstand bringende Sekunde einhüllte, dann fiel der brennende Balken an ihm vorbei und stürzte in das von Rauch erfüllte Treppenhaus.

Warum hatte er es nur geschehen lassen? So unvorstellbar es auch war, irgendwie war es Schnüffi Löschler in diesem Alptraum ganz und gar mißlungen, seiner Pflicht für die axolotische Gesellschaft nachzukommen. Weshalb hatten seine Nasenlöcher nicht prophezeiend gebebt und ihn vor dem bevorstehenden Brand gewarnt? Hatte er das Talent verloren, Feuersbrünste unfehlbar vorherzusehen? War dies das Ende seiner Laufbahn bei der Axolotischen Brandprävention?

Das Alptrauminferno tobte unaufhaltbar um ihn herum und brüllte wie ein tollwütiger Drache mit starkem Sodbrennen. Dann vernahm er es trotz des Lärms des vernichtenden Brandes erneut: Das schlechte Gewissen überwand die Panik und jagte ihn die Treppe hinauf, denn er vernahm das verschreckte Gewimmer seines treuen Esels Erwin.

Sie waren seit Jahrzehnten ein Team, hatten keine bevorstehende Feuersbrunst verpaßt und waren jedesmal in der sprichwörtlichen letzten Sekunde aufgekreuzt, hatten ihren Ledereimer über den schmorenden Eicheln einer gewaltigen, in der Entwicklung befindlichen Infernoeiche geleert und ihre Hoffnungen für immer in Dampf gelöscht. Er mußte Erwin erreichen, bevor es zu spät war.

Wieder ratterte ein adrenalingetränktes Quäken durch Schnüffis Hirn, stärkte seine Entschlußkraft und jagte ihn die scheinbar endlos nach oben führende Treppe hinauf. Zwei weitere Balken fegten auf Wagen mit feuriger Zunge aus dem Nichts herab und nagelten ihn an die Wand. Sie krachten auf die Treppe, prallten ab, flogen ins Treppenhaus hinunter, überschlugen sich und verspritzten Feuerzungen.

Mit einem Aufbrüllen gingen jene achtzig Fuß des Treppenhauses in Flammen auf, die seinen Rückweg sichern sollten.

Schnüffi knirschte mit den Zähnen. Nun gab es keinen Rückweg mehr. Er mußte weiter nach oben, die Angst vor der Gefahr heldenhaft beiseite schieben und alles, was gegen ihn war, bekämpfen, um seinen treuen Esel zu retten. Und als wolle Erwin ihn ermutigen, ertönte schon das nächste Quäken, wenn auch gedämpft, denn es kam hinter einer Holztür hervor.

Schnüffi zwang seine Beine zum Handeln und eilte über die endlose Treppe mutig weiter nach oben. Dann war er auf dem obersten Absatz, und nur noch eine Eichentür trennte ihn von dem treuen Tier. Und eine Wand heldenverbrennender Flammen. Ach, und natürlich auch ein dichter Rauchvorhang, der seine Sicht erheblich einschränkte.

Für jeden außer Schnüffi wäre dies eine Katastrophe gewesen. Aber darüber konnte er nur lachen. Es bedurfte schon etwas mehr als einer solchen Barriere, um Schnüffi Löschler von seinem zottigen Grautier fernzuhalten. Besonders jetzt, da er schon so weit gekommen war.

Schnüffi schnaubte, scharrte wie ein geiles Rhinozeros mit den Füßen, nahm Anlauf und stürmte los.

Die Tür flog beim Ansturm seiner Schulter knallend auf, Holzsplitter sausten in alle Richtungen. Mit einem Satz hatte er den Raum durchquert und sprang auf Erwins Rücken. Der treue Esel wieherte vor Freude, als er das vertraute Gefühl der sich um seine Wampe legenden Beine spürte. Er galoppierte voran und sprang aufs Fenster zu. Dann flogen sie, eingerahmt von einer Milchstraße wirbelnder Glassterne, in die Nachtluft hinaus.

Um genau zu sein, einhundert Fuß in die Nacht hinaus.

Das hungrige Gestein grinste ihnen erwartungsvoll entgegen, und Schnüffi erkannte, wie wenig aerodynamisch ein durchschnittlicher Esel war.

Der Boden raste ihnen mit dem grenzenlosen Enthusiasmus eines verdreckten Labradorhundes entgegen.

Schnüffi schrie, ruderte hilflos mit den Armen und fiel aus der Hängematte. Die plötzliche Kollision seiner warmen Nase mit dem kalten Marmor war fast so etwas wie ein Gefühl der Erleichterung.

Es war alles nur ein Alptraum gewesen. Erwin saß gar nicht in einem brennenden Turm fest. Es brannte auch nicht. Und er hatte seine prophetische Gabe keineswegs verloren.

Schnüffi blieb eine Weile auf dem kalten Boden liegen, tätschelte ihn leidenschaftlich, suhlte sich in seiner Erleichterung und atmete tief ein und aus. Dann hustete er plötzlich, setzte sich alarmiert hin und schnupperte, was das Zeug hielt.

Wenn alles nur ein simpler Alptraum gewesen war und es nirgendwo brannte, warum kitzelte dann Rauch in seiner Nase? Und weshalb vernahm er ein ängstliches Wiehern?

Er wetzte zum Fenster und beugte sich hinaus. Erwin befand sich in seiner Koppel. Er sprang und hüpfte aufgeregt umher und deutete mit einem aufgeregten Lauf in Richtung Horizont. Schnüffi richtete seinen Blick dorthin. Dann schnappte er nach Luft, denn er erblickte mehrere Rauchsäulen, die ungeprüft von einem brennenden Gerstenfeld aufstiegen.

In einer Sekunde war er aus dem Fenster und rutschte an seinem Noteinsatzpfahl auf den Rücken des vor Ungeduld fast platzenden Erwin. Er öffnete das Koppeltörchen und eilte in vollem Trott ins Freie.

Erst jetzt, als die Straßen von Axolotl an ihm vorbeizockelten, hatte er Gelegenheit, sich zu fragen, was passiert war. Er hätte es doch spüren müssen. Seine Nasenflügel hätten zittern müssen. Aber ... er hatte nichts gespürt. War der Alptraum etwa eine Warnung gewesen? Er bezweifelte es. Auch wenn er vielleicht so abergläubisch war wie alle anderen Axoloten – aber Warnalpträume am hellichten Tag? Unmöglich! Gab es etwa einen Neuzugang in den Reihen seiner Truppe? Jemanden, dessen Pflicht es war, stets eine Nüster auf potentielle Feuersbrünste der Feldfrüchte und agrikulturellen Waren zu richten? Wenn dies der Fall war, warum wußte er nichts davon? Es war sehr unwahrscheinlich!

Blieb also nur der dritte und erschreckendste seiner Schlüsse. Jeder Axolote, der nur eine Unze an Vorausschau aufwies, wußte, daß es eine Ereignisklasse gab, die man ganz unmöglich prophezeien konnte – eine Gruppe von Ereignissen, die nicht mal die sonst sehr rührige und gierige Axolotische Versicherungsgesellschaft mit der sprichwörtlichen Kneifzange anfaßte. Handlungen der Götter!

Aber es hielten sich noch zwei Fragen im Vordergrund von Schnüffi Löschlers Verstand auf, als er am Außenfenster des Städtischen Prophetensaals vorbeitrottete.

Wie, bei den Dämonen Hölliens, sollte er diesen Feldbrand löschen? Und – dies war noch schlimmer –, was wollte eine Gottheit damit erreichen, wenn sie ein Gerstenfeld in Brand setzte?

»Was kann eine Gottheit damit erreichen, wenn sie ein Gerstenfeld in Brand setzt?« schwafelte der Großstadtprophet Hauptmann Zuphall ungläubig, als er in dem nun überfüllten und zugigen Prophetensaal stand. Draußen, durch das gerade geschlossene Fenster, hörte man noch das Trotten des Esels Erwin.

Der axolotische Bürgerpöbel glotzte ihn an. »Wie kommen Sie darauf, daß es die Götter waren, häh?« fragte ein aufgebrachter Mann. Er gaffte, wie die anderen, vorwurfsvoll die gefiederte Gestalt des Oberbeschwörers für Verkehr und Gütertransport an.

»Asyl«, wimmerte Hermelyn erneut und klammerte sich an Hauptmann Zuphalls Fußgelenk.

»Es muß eine Handlung der Götter gewesen sein«, beharrte Zuphall und tätschelte Hermelyns gefiedertes Haupt. »Hat etwa einer von euch diese Ereignisse vorhergesehen, häh? Den Untergang von Ghorch Voggs Schiff? Den Brand im Gerstenfeld? Oder diesen hundsföttisch gemeinen und geschmacklosen Akt äußersten Vandalismus?« Er deutete herrisch auf das zerstörte Dachfenster und die eingeschlagene Scheibe und konnte kaum ein Frösteln unterdrücken, als er sich an das gerade erfolgte Eindringen der bulligen, netzschwingenden Ungeheuer erinnerte. »Habt ihr auch nur das geringste Zittern des Organs verspürt, das bei euch fürs Zittern zuständig ist, häh? Nun, habt ihr es verspürt?«

Allgemeines Füßescharren, peinlich berührte Blicke zum Boden hin.

»Nun?« fauchte Zuphall und funkelte die Leute über seine faltige Hakennase hinweg an. »Du!« Er deutete mit dem Finger willkürlich auf einen Bestandteil des Pöbels. »Hast du irgendwas davon vorhergesagt, häh?«

Der plötzlich im Rampenlicht stehende Seher murmelte etwas und musterte verlegen seine Sandalen.

»Häh? Nun red schon!« kläffte Zuphall. »Haste was davon gesehen oder nicht?«

»Nein ... Ich ... ähm ... war in letzter Zeit ziemlich

beschäftigt. Hab mich … sozusagen … auf … ähm … andere Dinge konz …« Die Stimme des Mannes verblaßte.

»Auf was? Spuck's aus, Mann!«

Der Befragte errötete und schaute sich nervös um. »Auf … auf Luphans Hochzeit. Ich … Ich wollte ganz sicher sein, daß sie gut wird. Ich bin sein größter Fan, und … äh … wirklich.«

»*Ich* bin sein größter Fan«, kam eine Stimme aus dem Hintergrund. »Ich habe jede ›Glücksstern‹-Folge gesehen, echt; wirklich jede. Ich kenn auch all seine Sprüche …«

»Pah«, sagte ein anderer. »Du willst sein größter Fan sein? Ich hab ihn schon gekannt, da war er noch gar nicht auf der Bühne.«

»Und *ich*«, schrie der nächste, »hab ihn überhaupt erst dazu überredet, es mal mit der Bühne zu versuchen …!«

Es wäre zu einer Kinnhakenschlacht gekommen, wenn Hauptmann Zuphall nicht auf den marmornen Prophetentisch gestiegen wäre, sich nicht aufgerichtet und mit einem Dutzend Echos fester Hiebe seinen Spazierstock auf dessen Oberfläche geknallt hätte.

In die nachfolgende Stille flötete ein Piepsstimmchen von ganz hinten: »Wenn es eine … ähm … Handlung der Götter war, war es aber ziemlich abgefahren.«

Alle Blicke im Saal wandten sich um, richteten sich auf die offensichtliche Blasphemie und verlangten nach einer Antwort.

Der ungebetene Kommentator war der ziemlich verloren wirkende Ghorch Vogg. Er lächelte verlegen und hatte wenigstens den Anstand, verlegen zu erröten, bevor Hauptmann Zuphalls dirigierender Finger ihn vor den Pöbel hinschob.

»Nun ja, ich meine … ähm … Es ist doch wirklich kaum zu glauben, daß sich jemand die Mühe macht zu erscheinen, nur um dann *Puff!* zu machen!«

»Puff?« stieß Zuphall verwirrt hervor.

»Jo«, erwiderte Vogg, der von sämtlichen Ereignissen,

die er am Appscheusee verpaßt hatte, aus den Berichten der anderen wußte, auch wenn er während der ganzen Zeit mit zugehaltenen Ohren und der Nase am Boden gelegen hatte. »Puff!« Er schwenkte die Arme auf eine Weise, von der er annahm, sie beschreibe irgendwie die Bewegung, mit der eine Gottheit sich auflöste. »Und würdelos zu verschwinden!«

»Jo, ohne die geringste Chance. Sie ham sich auf ihn gestürzt und ihn weggeschleppt ...« warf eine andere Stimme ein.

»Wer hat sich auf ihn gestürzt? Und wie sahen sie aus?« stieß Zuphall hervor, während ein kalter Schauer des Grauens seinen Rücken hinablief und eisige Finger sich an seinem Hals zu schaffen machten.

»Sie sahen genauso aus wie die Dinger, die durch das Loch kamen«, sagte eine andere aufgekratzte Stimme, und jemand deutete auf den Riß in der Decke.

»Jo«, brummte eine dritte Stimme. Sie kam aus der Kehle eines muskulösen, kahlköpfigen Bürgerdeppen, dessen Arme dicker waren als die Oberschenkel der meisten anderen. »Sehr professionelles Vorgehen. Kein hin und her. Haben sie sich einfach durchs Fenster geschnappt. Denen würd ich gern mal die Hand schütteln. Hatten keine Chance, sich zu wehren. Das ist die beste Methode. War aber 'n bißchen eigenartig.«

»Was soll das heißen?« stieß Zuphall hervor. »Natürlich war es eigenartig. Man sieht schließlich nicht jeden Tag, daß jemand einem ein Loch ins Dach reißt, oder? Was meint er denn nur?« Er deutete ungehalten auf den Rausschmeißer der örtlichen Nachtkaschemme.

»Na ja«, knurrte der Rausschmeißer. »Die Typen, die durchs Fenster abgehauen sind ... Ham Sie denen ihre Visagen gesehen? Ich seh so was ja alle naselang. Eigentlich jeden Abend. Ich kenn mich mit so was aus. Ist die typische Fresse von dem Kerl, der immer sagt ›Nee, ich will noch nich' gehen. Ich will hierbleiben, bitte, bitte!‹ Aber meist isses genau umgekehrt. Verstehnse, wat ich mein'?«

»Leider nicht, nee«, gestand Zuphall. »Wie denn umgekehrt?«

»Woher kennen Sie meinen Namen?« fragte Nee der Rausschmeißer verblüfft. »Na, ist ja auch egal. Also passen Sie mal auf. Ich hab da so 'ne Theorie …« Und er verstummte.

»Ja? Und?« krächzte Zuphall und wedelte mit den Händen, als wolle er die Luft umrühren. »Lassen Sie sie uns mal hören.«

Nees Augen leuchteten auf. Er hatte im Laufe der Jahre gelernt, daß man ihm aufgrund seines kräftigen Körperbaus und seiner grabestiefen Stimme nicht zutraute, daß er nicht nur Menschen durch Türen werfen konnte, sondern auch fähig war, vernünftige Gedanken zu fassen. Nachdem man seine Theorien öfter verlacht hatte, als er sich erinnern wollte, zögerte er, wenn es darum ging, sie zu äußern. Doch diesmal war es anders. Wenn der Großstadtprophet sie hören wollte …

Er holte Luft. »Die Gottheiten sind gekidnappt worden. Oder vielleicht auch gegottnappt.«

Die Menschen im Prophetensaal keuchten auf, und alle Blicke richteten sich auf Nee den Rausschmeißer.

»Was?« polterte Nee. »Also wirklich, wehe, ihr lacht; so was ist gemein.«

»Hätten Sie die Güte, es uns zu erklären?« bat Hauptmann Zuphall.

»Oh, aber ja doch, Euer Gnaden. Ähm, nun ja, es ist mein Beruf, Leute *rauszuwerfen,* wenn sie den Kellnerinnen zu nahe treten, nicht wahr? Ich schnapp sie mir und werf sie raus. Dabei schauen sie mich immer mit einem ›Ich-will-noch-nicht-gehen‹-Blick an.« Atemlose Stille herrschte, denn alle versuchten herauszukriegen, was Nee meinte.

»Die Typen, die durchs Fenster flogen, hatten alle diesen Ausdruck im Gesicht – also wollten sie nicht mit den Typen gehen, die das Loch gemacht haben, klar?«

Blitzartig wurde allen Anwesenden klar, daß die Fakten in der Tat ausnahmslos zu Nees Theorie paßten. Der alarmierte Gesichtsausdruck der Gottheiten, die unorthodoxe Methode ihres Entfernens – alle den Umständen entsprechenden Indizienfinger deuteten in die gleiche Richtung. Die Gottheiten waren tatsächlich entführt worden.

»Tja, was sagt ihr dazu?« fragte Nee der Rausschmeißer. »Oder habt ihr 'ne bessere Erklärung?«

Zuphall wünschte sich durchaus, er hätte eine gehabt. Sein Verstand saugte Nees Theorie auf, schob sie unter eine hypothetische Armbeuge und lief mit ihr davon, wobei ihm gleich ein ganzes Hundert Fragen einfielen. Einige davon waren folgende:

Spielt es eine Rolle, ob er recht hat?

Es hat doch keine Auswirkungen auf mich, oder?

Ich werde doch keinen körperlichen Schaden dadurch erleiden, oder?

Es kommt doch nicht zu einem grundlegenden Zerfall der axolotischen Gesellschaft, wenn alle erkennen, daß sie gar nicht in die Zukunft sehen können, oder?

Es kommt doch nicht zu einem plötzlichen Ausbruch von Aufruhr und wilder Panik, oder?

Es kommen doch nicht Hunderte während der Plünderungsorgien ums Leben, wenn die schreckliche Wahrheit erst einmal heraus ist, oder?

Kommt nicht alles darauf an, wer die Götter entführt hat?

Seine letzte Frage ließ in einem blasenplatzenden Schock akuten Begreifens die Eiswürfel eines ganzen Gletschers sein Rückgrat hinunterlaufen.

Auf diese Frage gab es nur zwei Antworten: Götter oder Teufel!

Und wenn die letzte Antwort die richtige war, mußten alle obigen Fragen fortan mit GROSSBUCHSTABEN geschrieben werden!

»Nun, was haltet ihr davon?« fragte Nee der Rausschmeißer erneut und zerrte Zuphalls Verstand wieder auf den Teppich zurück. »Habt ihr 'ne bessere Erklärung?«

Hauptmann Zuphall spielte mit seinen Fingern und holte tief Luft. »Ähm, tja, wissen Sie ...« begann er mit überwältigender Zuversicht. »Ähm ... Aha! Es waren die Götter; ja, sicher. Ich glaube nicht, daß wir uns wirklich um irgend etwas s ... sorgen müssen. Ähm, wir wissen doch alle, wie geheimnisvoll und unerklärlich sie vorgehen. Oder nicht?«

Das Lächeln, das er auf seine faltige Miene zauberte, hätte gewiß von den tausend Gallonen Zuversicht, die sich dahinter verbargen, profitieren können.

»Was?« sagte jemand aus der Menge. »Wollen Sie damit sagen, es ist alles symbolisch gemeint oder so was?«

»Ähm ... Ich nehme an, ich ...« hauchte Zuphall, den die Zuversicht rapide verließ. Dies war ein Gebiet, in dem er sich nicht im geringsten auskannte. Prophetische Vorhersagen? Kein Problem. Aber hypothetische Extrapolationen, die auf Hörensagen und Augenzeugenberichten basierten ... Das war ein vertracktes Gebiet, dem man lieber fernblieb. Es war zu wahrscheinlich, daß man erwischt wurde, wenn die Antwort nicht stimmte.

»Gibt es deshalb ein Bild der Typen, die durch das Dach gekommen sind, in den Schnitzereien an der Seite eures Tisches?« fragte Ghorch Vogg und deutete auf eine Ansammlung von Gestalten.

»*Was?!*« schrie Zuphall. Er schwang in einem für ihn ungewöhnlichen Akt verzweifelter Tollkühnheit seine Knie, sprang vom Tisch herunter und stierte mit heftig pochendem Herzen die Zeichnung am Ende von Voggs Fingerspitze an. Wenn es stimmte, dann wußte er eins: Er würde seine Knie ohnehin bald nicht mehr brauchen.

Zuphalls alte Kinnlade sank auf seinen Brustkorb, und er stierte den geschnitzten Fries von ›Einige apokalyptische Dinge, auf die man aufpassen muß‹ an. Die vor Jahrhunderten entstandene Wasserspeier-Darstellung war der letzte noch erhaltene Überrest aus der Ära der Empiriker. Der Ära vor dem Aufkommen des Prophetentums, als man die Zukunft nur hatte erraten können, wenn man eine gewissenhafte Datensammlung sämtlicher Themenkreise betrieb und nach Übereinstimmungen suchte. Die Empiriker hatten das Konzept der Tage und Nächte erfunden, die Theorie der wiederkehrenden Jahreszeiten und das sichere und bestimmte Wissen, daß der einzige Grund, aus dem feste Körper nicht einfach fortschweben, wenn sie hoch genug springen, darin besteht, daß jedermann von zwei an den Fußgelenken befestigten unsichtbaren roten Riemen am Boden festgehalten wird.

Eine große Anzahl ihrer Lehren war problemlos in die axolotische Kultur aufgegangen. Nun, sie waren auch verdammt logisch. Schließlich wußte *jeder,* daß er von zwei unsichtbaren roten Riemen am Boden festgehalten wurde, oder nicht? Wenn es nicht so gewesen wäre, müßten sie doch jetzt alle zwischen den Wolken schweben.

Aber es gab auch Dinge, die nicht jeder wissen durfte. Geheime Dinge, die pausenlose Beobachtungen der Empiriker enthüllt hatten. Dinge, die Probleme ankündigten. DINGE, VOR DENEN MAN SICH HÜTEN MUSSTE.

Als Hauptmann Zuphall die uralten Schnitzereien musterte, wünschte er sich geradezu verzweifelt, seine Mami sei noch am Leben.

Denn dort war sie, in soliden Marmor gehauen, in grotesk kratziger Vollendung, und glotzte ihn über die Jahrhunderte hinweg an – die greuliche Warnung einer anstehenden Katastrophe, die die Empiriker ihm hinterlassen hatten: zwei birnenförmige Lebewesen mit dicken Köpfen, spitzen Nasen und gliederlosen Armen tanzten auf abscheuliche Weise mitten in einem wirbelnden Sturm aus Gestein.

Es war eine SAUSCHLECHTE Nachricht.

Zuphall schüttelte sich unwillkürlich, als er *Die üblen*

Schneebestien der eiskalten Apokalypse erkannte. Wenn sie zurückgekehrt waren und die kataklysmischen Stürme ankündigten, konnte er den Bürgern von Axolotl nur noch einen Rat geben:

Kauft sofort sämtliche Aktien der Axolotischen Wärmflaschen-GmbH, die ihr nur kriegen könnt, aber dalli!

Mietprediger Gottfried Zorn hatte nicht innegehalten, um sich die Frage zu stellen, warum Schoysal – oder irgendein anderer Teufel – auf die Idee gekommen war, sein Wort tatsächlich zu halten. Ganz vorn in seinem Verstand standen andere, dringendere Dinge an. Frei von den zahllosen Ellen Flammstabil-Hanfseil und fern von Schoysals Klauengriff, konnte er sich wieder seiner dringenden Mission widmen: der Rettung von Seelen.

Heftige Erregung durchpulste ihn angesichts der Aussicht, eine verdammt gute Predigt zu halten und trieb ihn durch Straßen und Gassen, wobei er wie ein Besessener um die Ecken schlitterte. Einzelne Lavapfützen übersprang er mit einem Satz, und schließlich kam er auf eine von Leben erfüllte Straße, auf der es von elend dahintrottenden Seelen nur so wimmelte. Nur ein Schritt mehr, und er wäre in die schmutzige Flut der Gequälten hineingeschlittert, die schon der nächsten Leidenssitzung entgegenschlurften. Doch statt dessen sprang er auf den nächsten Felsenkratzer zu und suchte sich einen Weg an den schartigen, von Stalagmotten genagten Wänden hinauf, bis er an eine winzige Fensterbank kam. Von dort aus ließ er seine segensreiche Stimme über dem geknechteten Geist der Höllianer erschallen, die unter ihm dahinschlurften. Mit dem unmäßigen Frohlocken des ihn bestärkenden Evangeliums laberte er sie zu, damit sie erst mal zu Bewußtsein kamen. Dann fing er ihre Aufmerksamkeit ein und zog sie in die Arme engelhafter Verzückung.

Nach einer halben Stunde aufrührenden Gelabers, in der er die Freuden des Bierkonsums beschrieb und der nachfolgenden Akquisition mehrerer hundert Anhänger für Syffel, die Gottheit des Bieres, wandte sich seine Revolverschnauze anderen Themen zu. Bald waren mehrere hundert Bekehrte zu dem festen Glauben gelangt, die Rettung könne nur durch die korrekte Anwendung von Schwester Innozenzias Schrubbschwamm und Faßbalsam (mit Festiger) erfolgen. Einige Dutzend beteten den Boden an, über den man ging, wenn man Diakon Dorschs Gebetsstiefel und Klostersocken trug. Jetzt war er gerade im Begriff, die Zahlen der Konvertiten zu verdoppeln, die an die Vorteile glaubten, die man errang, wenn man den Mietzins für seine schöne Behausung durch die Truhen der Kaplan-Krösus-Bank gehen ließ. Doch auch damit wollte er noch nicht enden …

»Spürt ihr nicht auch das drängende Kitzeln an euren Fingerspitzen und … ähm … Krallen?« führte er aus, als er einige größere und schuppigere Bewohner Hölliens erblickte, die ein listiges Ohr in seine Richtung drehten und sich achselhöhlentief durch die Massen der Umstehenden schoben. »Ertastet die nackte Unvollkommenheit von Zeigefinger und Daumen! Irgend etwas fehlt! Spürt ihr es nicht?«

Er hob die Hände in Brusthöhe vor sich, krümmte die Zeigefinger so, daß sie die Daumen berührten, bildete zwei Kreise und spreizte die restlichen Finger wie Hahnenkämme ab. Dann fügte er die Hände lautlos zusammen. Für manche Ungläubige in der Menge sah es aus wie der Versuch eines jämmerlichen Schattenbildners, zwei sich küssende deformierte Papageien darzustellen. Doch jene, die Zorns inbrünstige Worte bereits ergriffen hatten, sahen und hörten etwas anderes. Sie hörten schon jetzt das leise Bimmeln der imaginären Glaubensfingerglöckchen, die bei jedem Zusammenprallen schimmerten. Sie sahen auch die Vibration der glänzenden Metallscheiben und sehnten sich urplötzlich danach, eigene Wendepunkt-Willi-Seelenretterzymbeln zu besitzen und erklingen zu lassen.

»Oder meint ihr, der Rhythmus der Rettung müsse etwas lauter erklingen?« fragte Zorn, legte beide Hände zu einer Kugel zusammen, tat so, als ergriffe er zwei hölzerne Hülsen, hob eine Hand hoch, stampfte auf die Fensterbank und drehte hektisch eine Pirouette. »Mit Papst Ronibalds Rumbakugeln kann der Hymmel euer sein. Ja, flamencot euch einen Weg aus dem Feuer der Schmerzen in die vorwiegend gewinnbringenden Ebenen des Paradieses!«

Er ließ sich mitreißen. Seine Worte strömten ungeprüft, undurchdacht dahin, aber der Menge schien es gleich zu sein. Das Klicken teuflischer Hufe bewies es, als die Neun-Fuß-Ungeheuer Großkotzposen einnahmen, auf den Boden stampften und ihre Klauen in wildem Geklatsche über gehörnten Köpfen zusammenschlugen.

Und als Zorn einen Blick über die verzückte Menge warf, lächelte er. Deswegen war er hergekommen. Dies war seine Bestimmung!

Als Schoysal die letzten von Nabobs höllischen Steinofenbroten aus dem Behälter nahm und mit höchst seltener Ordentlichkeit auf das Tablett legte, packte eine Klaue seine Schulter und riß ihn wütend herum.

»Hast du völlig den Verstand verloren?« fauchte Nabob trotz fest zusammengebissener Reißzähne. Seine Nase war nur einen Zoll von der Schoysals entfernt. »Wenn das jemand mitkriegt ...«

»Mach bitte Platz, ich muß das Brot ...« Schoysal schob sich beharrlich, aber nicht *zu* heftig, auf die Tür zu, die zum Rest der Höhle führte.

»Vergiß die Typen!« fauchte Nabob. Er schlug das Tablett aus Schoysals Klauen und zuckte zusammen, als es von seinem Huf abprallte.

»Aber ich habe ihnen doch versprochen ...«

Nabob wußte nicht genau, ob er seine Ohren vor dem abscheulichen Geschleime Schoysals verschließen oder seinem Gefährten Vernunft einprügeln sollte. Also versetzte er ihm zuerst mal eine Maulschelle.

»Das war aber nicht nett«, sagte Schoysal schmollend. Er zeigte kein Zeichen von Vergeltung. »Ich glaube, das habe ich nicht verdient.«

»Tja, und *dies* hast du auch nicht verdient«, fauchte Nabob und semmelte ihm noch eine rein. Fester diesmal, auf die andere geschuppte Wange.

»Du hast recht. Ich habe es nicht verdient. Tu es bitte nicht noch mal ...«

Nabob kreischte auf, schlug die Klauen über seine Ohren und machte fest die Augen zu. Er hatte es *schon wieder* gesagt! Das abscheuliche Wort mit ›B‹!

Dabei hätte er doch jede Menge andere Wörter mit ›B‹ sagen können – Bestie, Bestrafung, Beerdigung – alles gute, gesunde Wörter, die wunderbar zu ›gnadenlos‹ paßten. Aber ›Bitte‹?

Nabob schüttelte sich. Diesen Gossenjargon hatte er von Schoysal noch nie gehört. Und als wäre das noch nicht schlimm genug ... Man mußte sich erst mal den *Tonfall* anhören, in dem er das Wort geäußert hatte! Er war so *harmlos!* So *vernünftig!*

So furchteinflößend!

Als etwas über Nabobs Huf strich, öffnete er die Augen. Entsetzt stierte er Schoysal an. Er kroch auf dem Boden herum, sammelte die verstreuten Brote ein und wischte sie sorgfältig ab.

Es war mehr, als Nabob jetzt noch ertragen konnte.

Eine Klaue zischte aus der Höhe herab, packte Schoysal fest an der Kehle und hievte ihn auf die Hufe.

»Hör damit auf!« raunzte Nabob, einen Zoll von Schoysals Gesicht entfernt.

»Aber, ich ...«

»Was ist nur in dich gefahren?« krakeelte Nabob, schüttelte Schoysal wild an den Schultern und betonte jeden Konsonanten mit einer festen Ohrfeige. »Warst du wieder an meinem Lava-Martini? Hast du irgendwelche

Dreckschlacke geraucht? Weshalb hast du ihn überhaupt gehen lassen? Ich kann's einfach nicht fassen! Du hast dein Wort gehalten! Das ist doch gar nicht deine …«

»Wen hab ich gehen lassen? Was für ein Wort hab ich gehalten?« stieß Schoysal hervor, als sein umnebelter Verstand allmählich seine rotglühenden und pulsierenden Wangen spürte.

»Zorn!« fauchte Nabob.

»Aber er sitzt doch gefesselt auf dem …«

»Ach, wirklich? Wie viele Obuli willst du darauf wetten?« Nabob trat die Tür auf, schwang Schoysal über die Schwelle und zwang den erstaunten Blick seines Gefährten auf die Flammstabilhanfseile, die sich um einen verdächtig leeren Drehhocker ringelten. Es war genau der Hocker, auf dem der Mietprediger Gottfried Zorn hätte gefesselt sitzen müssen.

Eine Reihe von sechs Gestalten winkte ihnen aufgekratzt zu, und in dieser Sekunde ging Schoysal eine abscheuliche Stallaterne auf. Hier war irgend etwas ganz und gar nicht in Ordnung.

»Was, zum Teu …?«

»… hast du dir dabei gedacht?« fauchte Nabob, unterbrach den erschreckten Schoysal und ließ ihn stinkwütend los.

Schoysal sackte zusammen und stierte den Boden an, dabei wippte er vor und zurück, wie ein meschuggener Frömmler, der einen Versuch machte, auf einem Floß in zehn Fuß hoher Dünung zu beten. »D-damals kam es mir wie eine gute Idee vor«, stotterte er.

»Aber dein Wort halten?« Nabob empfand vor Unglauben Schwindel. »Du hast ihm sogar noch für seine Hilfe gedankt!«

»*Was* habe ich getan?« Schoysal riß entsetzt die Augen auf, dann warf er sich zu Boden, hielt sich an Nabobs Beinen fest und fing jämmerlich an zu heulen. »Hat es irgend jemand gesehen? Du wirst doch niemandem von meinem kleinen … ähm … Ausrutscher erzählen, oder?

Von jetzt an bin ich nur noch richtig eklig, glaub mir! Ich bin wieder mein übliches durchtriebenes, verschlagenes, übles Ich …«

»Durchtrieben? Du hältst dich für durchtrieben?« fauchte Nabob und versetzte Schoysal einen Tritt. »Falls es dir noch nicht aufgefallen ist: In meiner Vorderhöhle sitzen sechs illegale Einwanderer! Sie sitzen auf meinen Hockern und essen mein Steinofenbrot! Würdest du mich bitte erleuchten, wie dieses gemütliche kleine Szenarium dazu dienen kann, Byrernst abzusägen? Wenn er uns hochnehmen läßt, weil wir gegen die Einwanderungsgesetze verstoßen und uns etwas Neues einfallen lassen, wie wir der Gemeinschaft durch irgendeine Arbeit dienen können, lacht er sich höchstens tot!«

Schoysal rappelte sich vom Boden auf, schüttelte den Kopf und haute sich mit der Klauenkante aufs Ohr, als sei er im Begriff, lockere Schrauben aus seinem Schädelinneren durch das andere Ohr herauszuschlagen. Bruchstücke von Erkenntnis und peinliche Erinnerungen kollidierten, fielen übereinander und landeten auf dem schwelenden Feuerstein des Begreifens. Er hatte die Axoloten sechs Stunden lang verhört und von ihnen wissen wollen, wo sie die Anti-Personen-Gebetsminen lagerten. Er wußte, daß sie wußten, wo sie waren, denn schließlich hatten sie doch mit dem Zeug zu tun. An ihnen waren überall Spuren. Das hatte der Detektor gemeldet.

Ein Minimalzweifel meldete sich. Der Detektor? fragte er. Ob der Detektor etwa völlig falsche Angaben machte?

»Du hast die Sache vermasselt, nicht wahr?« höhnte Nabob wütend. »Gib's zu. Dieser Zorn hat dich in den Sack gesteckt! Er hat dich wie den Schwachkopf behandelt, der du bist! Tja, was willst du nun mit denen machen?« Er deutete mit einem Krallendaumen auf die Tür und die dahinter befindlichen sechs Gefangenen.

Die Niederlage und Nabob blickten Schoysal an. Schoysal schüttelte erneut den Kopf. »Es kann nicht sein«, murmelte er. Seine scharlachroten Augen schauten sich unscharf um. »Er hat funktioniert. Ich hab's gesehen ...«

»Es könnte sein, daß die Knochenbrecher jeden Augenblick die Tür eintreten. Was willst du jetzt tun?«

»Er hat wirklich funktioniert.«

»Wer?«

»Der Gebetsminendetektor«, wimmerte Schoysal.

»Ach, wirklich?« sagte Nabob spöttisch. Er troff vor Häme. »Und *wo* ist der Anti-Personen-Gebetsminenstapel, häh? Du hast mit dem Ding nur eins *entdeckt*, und zwar ein halbes Dutzend illegale Einwanderer!«

»Er hat *wirklich* funktioniert! Er hat Gebetsminenwellen aufgespürt, wie es seine Aufgabe war! Warum hätte er sonst geradewegs auf Zorn und die sechs anderen deuten sollen?«

Schoysals Stimme versagte, denn ihm wurde schlagartig etwas klar. Warum war er nur so blind gewesen? So wild darauf, zu den knorrigen Wurzeln des falschen teuflischen Nadelbaums zu flitzen und sich fröhlich doofzubellen?

Es gab nur einen Grund, warum eine Apparatur, die dazu diente, Gebetsminen zu entdecken, auf alles deutete, was die fundamentalen Partikel reinen Theismus ausstrahlte. Es gab nur einen Grund, warum sein Detektor auf Zorn und die sechs Gefangenen gedeutet hatte. Sein Herz blieb beinahe stehen, als das Begreifen in einer Korona sengender Chrysanthemen explodierte.

Sie alle strahlten Gebetswellen aus.

Und plötzlich paßte alles zusammen: Die Wirkung von Zorns Predigt, die ihn dazu gedrängt hatte, Wunderwäsche zu tragen; der plötzliche Wunsch, Zorns Fesseln zu lösen; sein unfaßbares Verhalten, sich an sein Wort gebunden zu fühlen und ihn gehen zu lassen. Er schüttelte sich. Nichts davon wäre ohne den Einfluß einer fortwährenden Aussetzung hoher Dosen theischer Ausstrahlung geschehen.

Er rieb sich nachdenklich die Klauen, kratzte die Lauterkeit des ansteckenden Frömmelns ab, und sein Geist erinnerte sich schüchtern an einen schrecklichen Gedanken: Er hatte sich, wenn auch nur ganz kurz, gefragt, warum der Detektor die sechs Gefangenen durch eine tausend Fuß dicke, solide Felsschicht aufgespürt hatte und warum die Zeiger bei Zorn nur lahm geflattert hatten. Er hatte nie aufgehört, sich zu fragen, warum es so gewesen war.

Bis jetzt.

Denn jetzt wußte er es.

Die sechs Gefangenen strahlten viel, *viel* stärkere Gebetswellen ab, als der nun freie Prediger. Sie leuchteten wie theische Bojen in der Wildnis des Unglaubens und der Verachtung. Und was gab tausendmal stärkere Gebetswellen ab als bloße Prediger? *O Götter!*

Schoysal wurde sehr, sehr bleich. Er hustete, schaute – noch immer unter dem Einfluß hochdosierter Theismusausstrahlung – Nabob an und öffnete den Mund.

»Ähm, was die illegalen Einwanderer betrifft ... Da ist noch etwas, das ich dir sagen muß ...«

Hätte irgend jemand vor der Höhlentür des Dämonen Stibitz gelauscht, hätte er das Scheppern des fast konstanten Sperrfeuers eines Hammers auf Metall vernommen. Vielleicht hätten die bis dato ungehörten Geräusche ehrlicher Plackerei, die man dort hören konnte, den Lauscher verblüfft. Vielleicht aber auch nicht. Wäre er bei der neuesten Spontanpredigt des Mietpredigers Gottfried Zorn nicht zugegen gewesen, hätte er auch nicht verstanden, was Stibitz dazu trieb, sich auf eine derart fieberhafte und hingebungsvolle Weise zu verhalten.

Um der Wahrheit die Ehre zu geben: Auch Stibitz hatte nicht die geringste Ahnung, was in ihn gefahren war. Aber ihm war seine Veränderung auch nicht aufgefallen. Er war *viel* zu beschäftigt, um sich eingehend zu pychoanalysieren. Dies würde warten müssen. Im Augenblick war er wirklich schwer beschäftigt ... Geradezu verzweifelt beschäftigt.

Seit es ihn wie den Musterdieb, der er war, zu einer großen Menge börsenklimpernder Bürger Hölliens gezogen hatte, war alles anders geworden. Er hatte nur das Glück gehabt, ein halbes Dutzend Teufel von der Last ihrer dicken Brieftaschen zu erleichtern, dann war seine Aufmerksamkeit wie ein scharlachroter Blitz vor einem Feuersturm von den Worten eines Soutane tragenden Geschöpfs auf einem Balkon angezogen worden. Sekunden später hatten seine Krallen gekitzelt, und er hatte wie hypnotisiert gegen das überwältigende Verlangen angekämpft, sich ein wenig als Metallarbeiter zu betätigen.

In der Privatsphäre seiner Höhle im tiefsten Herzen von Tumor kicherte er aufgeregt vor sich hin, als er eine kleine Metallscheibe aus einem Beutel nahm und sie auf einen abgerundeten Stein legte. Sekunden später nahm er seinen treuen Hammer, schlug fieberhaft auf den Obulus ein, plättete ihn sorgfältig und breitete seine weiche Verfügbarkeit auf dem abgerundeten Stein aus. Sein Blick schaute den ersehnten Plan, verglich in jeder Sekunde das, was er sah, mit dem, was er so gern sehen wollte. Er beäugte und formte. Seine Ohren klingelten schon in dem ersehnten Ton, ihr Leiden wurde mit jedem Hammerschlag geringer, als er den atonalen Schall glättete und sich der klingenden Einzelnote mit eleganter Vollendung näherte.

Drei Stunden später war es fertig: ein Metallkäppchen mit einem Bändchen aus Flammstabil-Hanf, das durch die Mitte verlief.

Stibitz grinste erwartungsvoll, nahm das Band zwischen Daumen und Zeigekralle und spreizte die übrigen Krallen so ab, daß sie wie die Kakadu-Imitation eines Schattenspielers für Arme aussahen. Das gleiche tat er mit der anderen Klaue. Bebend, am Rande der Erleuchtung, schlug er die beiden perfekten Exemplare der Wendepunkt-Willi-Seelenretterzymbeln aneinander und suhlte sich in der reinen, schimmernden Note, die aus ihnen fortklang.

In diesem Augenblick gab Stibitz alle Gedanken ans Klauen auf und hängte seine Lust an der Dieberei an den Nagel. Sein teuflisches Herz quoll im überwältigenden Glücksgefühl der Erleuchtung über. Er richtete sich auf und eilte zur Tür.

Erst im letzten Moment blieb er stehen und zog eine hellrote Strickmütze über seine Hörner. Er wußte zwar nicht, warum er es tat, aber es kam ihm irgendwie richtig vor.

Und so, mit fröhlich bimmelnden Krallenklingeln, trat er in die Straßen der Innenstadt hinaus – bereit, die bimmelnde Wahrheit unter all jenen zu verbreiten, die sie hören wollten.

In Manna Ambrosias Restaurant war Mittagszeit, und der Lärm, die Zahl der besetzten Stühle und die Nektarmenge im Blut der meisten Gottheiten nahmen zu. Und zwar rasch.

Schon jetzt schwirrten die engelhaften Kellnerinnen wie verrückt umher, brachten dies und jenes, rissen es vom Servierwagen und stellten es vor den sabbernden Schlünden der niedrigen Gottheiten ab.

Es war immer das gleiche. Götterflotten eilten in Richtung Manna Ambrosia. Lümmelten sich angeberisch auf dem Rücken ihrer Silberwolken und waren willkürlich chaotisch und unbekümmert. Erstaunlicherweise kreuzten sie jeden Tag unverletzt auf. Wie sie es genau machten, wußte niemand. Und offen gesagt, es kümmerte auch kein Schwein.

Zur Mittagszeit zählte nur eins: daß man sich den Bauch vollschlagen und sich an der schönsten Flüssigkeit ergötzen konnte, die Lyblich und Syffel im Angebot hatten, denn nachmittags schüttete man sich zu. Das Ereignis hatte nur einen Nachteil: Alle mußten warten, bis jeder an der Hohen Tafel saß; erst dann durfte reingehauen werden.

Es war angeblich Tradition. Obwohl zahlreiche Bewohner der Niederen Tafel insgeheim mutmaßten, daß es eine elende Plackerei für die ›Heiligen Sieben‹ war, so anzugeben, wenn sie selbstgefällig auf ihre erhöhte Tischdeckenstellung zustolzierten.

Auch wurden sie erst nach allen anderen bedient. Dies war ebenfalls Tradition. Hatte etwas damit zu tun, daß es das Beste immer zuletzt gab.

Und so war es auch an diesem höchst gewöhnlichen Tag, nachdem Platzl, die Untergottheit in Sachen Tischbestallung, alle Anwesenden unnötigerweise an ihre Plätze geführt hatte: Die glorreichen Sieben hoben ihre Togen, grinsten dem niederen Götterpöbel zu und ließen ihre Hinterteile Platz nehmen.

Sekunden später wurde der Servierwagen von zwei nach Luft ringenden engelhaften Kellnerinnen herangefahren und das Heilige Hymmelsbrot in ihrer Lieblingsform ausgeteilt. Als tiefgebräunte Pizza.

Aber irgend etwas, fiel Platzl auf, stimmte nicht. Er saß an einem Tisch im Hintergrund und zählte verstohlen die Köpfe. Die Zahl kam nicht ganz hin.

Happa, der Gott der Köstlichkeiten, lächelte gelassen, krempelte die Ärmel hoch und bereitete sich darauf vor, das uralte traditionelle Segensmantra auszustoßen: ›Achtung, fertig – fressen!‹

Er hätte es auch diesmal getan, doch als er gerade das letzte Wort grunzen und den ersten Bissen nehmen wollte, fing er aus dem Augenwinkel den Anblick sechs einsamer Pizzen auf, die auf dem Servierwagen vor sich hinlagen.

»Was machen die denn da?« bellte er. »Wer hat keine Pizza gekriegt?«

Es war eine wohlbekannte Tatsache, daß jeden Tag nur soviel Pizzen gebacken wurden, wie sich Gottheiten bei

Manna Ambrosia aufhielten, damit es nicht zu Küchenabfällen kam und der Bäcker mal Pause machen konnte. Es war ein System, auf das Eyfer, der Untergott der Abteilung ›Ich sorg schon dafür, daß niemand sich ärgern muß‹, rechtschaffen stolz war. »Nun?«

Die engelhaften Kellnerinnen zuckten die Achseln, und ihre Schwingen raschelten in gefiederter Verunsicherung. Alle anderen scharrten nur nervös mit den Füßen und blickten sehnend auf die vor ihnen stehenden Tische.

Das heißt, alle außer Platzl, der die leere Holzausdehnung neben sich anstarrte. Auf ihr hätte sich ein göttlicher Hintern befinden müssen. Er zuckte zusammen. Plötzlich wußte er, warum er das Gefühl hatte, mit den Zahlen sei irgend etwas nicht in Ordnung. Da fehlte eine Gottheit. Panik erfaßte ihn, als ihm klar wurde, daß das Problem sich nun ins Unendliche ausdehnte. Eine Pizza war übrig! Mehrere Gläser Wein oder Bier blieben ungetrunken in den Flaschen zurück! Ein Pudding, auf den niemand Anspruch erhob! Die Entsorgungsprobleme waren endlos. Und noch schlimmer war die Unausgeglichenheit des Tisches. Die Gespräche würden nicht glatt verlaufen. Man mußte eine Kluft überwinden. Die beiden, die durch die Kluft voneinander getrennt waren, würden sich zur Schau gestellt und unsicher fühlen ... Ah, was für eine Katastrophe! Und alles unterlag seiner Verantwortung.

»Na los, raus damit!« brüllte Happa.

In der hinteren Ecke des Lokals hob jemand schüchtern eine Hand.

Happa erblickte sie sofort. »Nun? Was hast du uns zu sagen? Schmeckt dir der Fraß plötzlich nicht mehr, oder was?«

»Das ist es nicht«, stieß Platzl hervor. »Ich ...«

»Das tägliche Einerlei hängt dir wohl zum Halse raus, was?« bellte Happa an der Hohen Tafel.

»Nein, nein ...«

»Glaubst wohl, du hättest was Besseres verdient, was? Hm? Na? Und ist es so? Los, los, rede schon! Sag mir, was du glaubst. Sag mir, warum du dich nicht an der leckersten Nahrung gütlich tust, die das Hymmelreich aufzuweisen hat. Ich höre mir gern jedes vernünftig vorgetragene Argument an, solange es sich um die Frage dreht, warum du nicht, wie wir alle, die übliche Gemeinschaftsnahrung zu dir nimmst. Aber es sollte schon ein gutes sein, weil du allein die gesamten Grundlagen des Nützlichen ...« Happa ging schließlich die Luft aus, und er wurde dunkelrot.

»Da ist ein leerer Stuhl«, warf Platzl mit der Geschwindigkeit jahrzehntelanger Übung ein, in denen er Happa beim Krakeelen zugehört hatte. Ihm ging immer die Luft aus, wenn er sich über etwas ereiferte, zu dem er starke Gefühle hegte.

»...?« keuchte Happa mit offenem Mund und in endlosem Entsetzen.

Platzl hob hilfreich den Stuhl hoch, damit alle ihn sahen.

»Da drüben ist noch einer«, verkündete eine durchsichtig schillernde Göttin. Ihr pflichteten bald noch andere bei.

Platzls Kinnlade sank herab. Es war noch schlimmer, als er gedacht hatte!

Happa wirkte nun deutlich schockiert. Sechs Gottheiten waren nicht erschienen. Es war schrecklich. Noch nie zuvor hatte ein Doyen des Hymmelreiches eine der drei täglichen Hauptmahlzeiten verpaßt. So was war noch nie vorgekommen!

»Nun, wo stecken sie?« fauchte er und musterte Platzl mit gestrengem Blick. Er hatte nicht die geringste Ahnung, wen er sonst mustern sollte. »Was machen wir jetzt?«

Allgemeines Rhabarber setzte ein. Es klang aufgeregt und unentschieden.

»Trinkt noch ein Bier!« rief Syffel fröhlich.

Plötzlich schoß ein bebender kleiner Untergott von seinem Stuhl hoch. Er trug eine dünne Brille und hatte einen Pißpotthaarschnitt. Er schwenkte einen Griffel und mehrere dicke Schiefertafeln. »Ich möchte den Vorschlag vorschlagen, daß wir eine Versammlung ... vorschlagen«, verkündete er. Seine Worte wurden von tiefster Stille willkommen geheißen.

»W-wir ... könnten die Versammlungsgelegenheit dazu nutzen, um aktuelle Angelegenheiten sozusagen zu diskutieren und über sie zu beschließen«, sagte Pyngel, der für Terminpläne, Versammlungen und lebensnotwendige Verabredungen zuständig war.

Die Stille tropfte von der Decke.

»Ich ... Ich kann's nächsten Mannatag schaffen, und ... Ich glaube, da bietet sich eine terminliche Gelegenheit zur maximalen Nutzung an einem zeitlichen Verbindungspunkt für die überwältigende Mehrheit von euch. Ähm ... ausgenommen der gegenwärtigen Fehlmenge unserer sechs Kollegen ...«

»Meine Pizza wird kalt«, grollte eine Stimme von irgendwoher.

»Mein Bier wird warm«, antwortete eine andere.

Und ein hymmlischer Magen knurrte eine Antwort.

»Ich ... Ich gehe davon aus, daß ein überwältigend positiver Akzeptanzfaktor in den meisten eurer ...« begann Pyngel.

»Schnauze!« raunzte Happa und stürzte sich auf seine Pizza.

Die engelhaften Kellnerinnen zupften sanft an dem Servierwagen.

»Ähm, lassen Sie mal, meine Damen«, sagte Happa mit dem Mund voller Pepperoni. »Ich möchte eventuell Nachschlag.« Er grinste.

Die Kellnerinnen flatterten hinfort.

»Na ... natürlich könnten wir auch einen positiven diskussiven Aufenthalt festlegen oder arrangieren, wenn ...«

»Schnauze!« raunzte Happa über das allgemeine Kauen und Schmatzen hinweg.

Pyngel sank leicht empört und grollend auf seinen Stuhl zurück. Er schluckte. »Also wenn es hier an einem mangelt, dann eindeutig an *Organisation.*«

Er verschob den folgenschweren Gedanken in seinen Hinterkopf und nahm eine Pizzaecke von seinem Teller.

An der anderen Seite von Manna Ambrosia kaute ein Gott automatisch vor sich hin. Seine Gedanken waren fern von der Pizza in seinem Mund. Syffel dachte nach. Konnte es wirklich ein Zufall sein, daß ein halbes Dutzend Gottheiten nach dem Tag nicht auftauchte, an dem er den Mitprediger Zorn rekrutiert hatte? Er hatte Zorn hinsichtlich der Methode der Bekehrung so ziemlich alle Freiheiten gewährt. Hatte er ihm zu viele Freiheiten gelassen? Hatten die beiden Ereignisse etwa miteinander zu tun? Es war doch wohl nicht seine Schuld, oder?

Mit einem nervösen Frösteln verschluckte er einen Klumpen Pepperoni.

Ansätze von Schatten. Pfützen dunkelroten Lichts. Hin und wieder helle Blitzschläge. Das konstante Strömen Botschaften befördernder Mhodemms, die durch eine Ansammlung von Pforten ein- und aussummten. Ein typischer Tag in der Finsternis des Felsenkratzers des Dämonischen Dienstes. Ausgenommen für die Gruppe der in der Dunkelheit herumschleichenden Paktisten.

»Beeilt euch, beeilt euch, sonst vergeß ich sie«, bat der Komponist Quack und zerrte am Ärmel der Soutane Ölyg des Dritten.

»Geduld«, warnte Ölyg sich selbst. Sein Blick tastete die vor ihnen liegende Gasse ab und suchte verzweifelt nach irgendwelchen Anzeichen des Predigers Zorn.

»Brauch keine Geduld«, knurrte Quack durch zusammengebissene Zähne. »Ich brauche Pergament; ich muß es haben, bevor ich sie vergesse!« Seine rechte Hand schwebte rhythmisch durch die Luft, seine Zehen tappten auf den Boden, und aus seiner Kehle war ein leises Summen zu vernehmen.

»Na schön, na schön.« Ölyg hob abwehrend die Hände. Quack war in den letzten paar Stunden unerträglich geworden, und er nörgelte pausenlos nach Pergament. Er hatte seinen ganzen Vorrat aufgebraucht und jeden überzähligen Fetzen Kassos an sich genommen. Nun war er unerträglich.

Quacks Erleichterung darüber, daß Fiddels Verhaftung und Freilassung seine Finger nicht beschädigt hatten, hatte ihn zum Komponieren inspiriert. Es hatte ihn wie ein klebendes Fieber gepackt und durchströmte seinen Leib mit alarmierender Heftigkeit. Er hatte urplötzlich stark gezittert, war auf die Beine gesprungen, hatte aufgeregt gequiekt und ein Stück Holzkohle und ein Blatt Pergament an sich gerissen. Dann hatte man seine rechte Hand nur noch hin- und herfegen sehen. Streifen von fünf parallelen Linien waren über die Nimmerbrenn-Flächen gekritzelt und mit Massen winziger sich reformierender Kaulquappen bevölkert worden, von denen manche an anderen hingen und wieder andere nur aus Wackelschwänzchen bestanden.

Für jeden außer den beiden Paktisten wäre all dies nur kompletter Quatsch gewesen.

Sie hätten Quacks gelegentliche Ausbrüche inspirierender Töne frohen Herzens ignorieren können, wenn er versuchte, die aufsteigende atonale Tonleiter eines abgeflachten Akkordes zu summen oder ein trillerndes Glissando zu pfeifen. Doch sie konnten ihn nicht ignorieren, wenn die Krise zuschlug. Mitten im dritten Satz seiner Neunten Sinfonie für Solovioline, Kamm und Pergament, als er gerade das kontrapunktuale Hauptthema unterstreichen und die Tonlagen für den anschwellenden Höhepunkt spicken wollte, war ihm das Nimmerbrenn ausgegangen.

Es war ein Wunder, daß er sich nicht permanent taub machte, als er aufschrie, sich in die Knöchel biß und den

Pergamentstapel umkippte, verzweifelt nach weiteren Fetzen suchte und die Harmonien in seinem Hinterkopf abspeicherte.

Es hatte nur zweier Stunden seines Stöhnens bedurft, um die restlichen Paktisten zu überzeugen, daß sie wirklich Nachschub brauchten. Und zwar sofort.

Und deswegen waren sie hier, duckten sich in den Schatten des Felsenkratzers des Dämonischen Dienstes und waren zum Zuschlagen bereit.

Ölyg lugte auf die Straße hinaus, die vor der riesigen von Stalagmotten genagten Fassade verlief – und er sprang beinahe aus den Falten seiner toten Haut, als lärmend das Schichtwechselhorn ertönte. Obwohl er damit gerechnet hatte, überraschte ihn das in ganz Mortropolis hörbare Blöken.

Nun war er an der Reihe, aufgeregt herumzuzappeln. Er mußte den Augenblick sorgfältig wählen. Sobald die Straße von vorbeischlurfenden gequälten Seelen wimmelte, wollte er sich auf die Socken machen. Er peilte aus der Finsternis heraus und wartete den Augenblick ab, wobei er sich auf die dichte Seelenmenge auf der Straße konzentrierte. Es war sein Pech, daß er nicht zu einem fernen Balkon hochblickte, auf dem ein hochgewachsener Soutanenträger gerade eine weitere nötige Predigt in Angriff nahm.

In genau der gleichen Sekunde äugten zwei Schlitzpupillen in einem anderen Stadtteil von Mortropolis nach vorn und analysierten die Lage. Der rülpsende, von infernalischen Verbrennungsmotoren angetriebene Leib von Kapitän Nörglpytters Fähre schwenkte unter dem wachsamen Blick eines fröhlich schnaubenden Passagiers über das letzte Stück der Schleimau.

Sobald die Mole in Reichweite war, sprang Byrernst über die Kluft schmutzigen Schleims und landete mit lautem Hufgeklapper. Er schlitterte voran, dicht gefolgt von einer Knochenbrechergruppe und dem Finanzverwalter Asmodeus.

Byrernst war nicht in der Stimmung, am Fluß Zeit zu verschwenden. Er mußte in den Felsenkratzer des Dämonischen Dienstes zurück und seine Unterlinge mit der guten Nachricht erfreuen, daß die Lava- und Schwefelminen von Miefingen wieder eröffnet und betriebsbereit waren. Wenn er den dort tätigen Faulpelzen mit einigen sorglos hingeworfenen Drohungen über die dort existierenden freien Stellen kam, arbeiteten sie bestimmt noch effizienter, dessen war er sich gewiß. Eine Produktivitätssteigerung von fünfzig Prozent mußte allemal drin sein. Für den Anfang. Und so wandte Byrernst dem glückseligen Geräusch der noch in seinen Ohren klingenden Schwerarbeit und den Leiden der Schleimau den Rücken zu und beschleunigte.

Die Straße vor dem Felsenkratzer des Dämonischen Dienstes wogte. Mietprediger Zorn holte tief Luft, hob die Hände und … sein Blick fing in der unter ihm stehenden Menge eine eigenartig verstohlene Bewegung ein. Mit einem heftigen Schwenken des Handgelenks zeigte Ölyg dem Rest der Paktisten drei, zwei, einen, keinen Finger. Los!

Zorn blinzelte überrascht auf dem fernen Balkon, als Fiddel der Geiger mit einem Schwall eleganter Noten auf ein passendes Hüttendach sprang und wie ein Blöder anfing zu fiedeln. Erschreckt wie immer stierten die gequälten Seelen zu dem ihr Gehör beleidigenden Mißtonorkan hinauf, und eine Frage brannte im Vordergrund ihrer hoffnungslosen Geister: Was für eine neue Qual war dies?

Ihre Kinnladen sanken herab, sie blieben stehen und stierten den verzückt die Geige quälenden Violinisten an. Der Berufsverkehr kam zum Erliegen. Teufel, Dämonen und kreischende Seelen waren gefangen wie Hornissen in Sirup. Und Fiddel geigte weiter.

Ölyg grinste in der Dunkelheit. Es lief genau so ab, wie er es erhofft hatte. Nun mußte er ein scharfes Auge auf den Eingang des Dämonischen Dienstes richten.

Sobald der Wächterdämon herauskam, um zu überprüfen, was dort vor sich ging, würden er, Phaust und Krubb wie geölte Frettchen hineinjagen. Er war wild entschlossen, und …

Plötzlich veränderte sich etwas. Der Klang von Fiddels Fiedel veränderte sich, klingelte, bimmelte, als hätte man ihm etwas hinzugefügt. Ölygs Aufmerksamkeit wurde von der Tür abgelenkt. Er schaute erstaunt zu, als plötzlich ein Dämon zwei Wendepunkt-Willi-Seelenretterzymbeln aus der Tasche zog und sich zu dem ersten gesellte. Ihre Klauen klopften leise klingelnde, mystische Rhythmen, die das begleiteten, was Fiddel für eine Melodie hielt. Dann eruptierte ein kurzes, irgendwie hölzernes Geratter vor jedem siebenten Takt, und zwei von Papst Ronibalds Rumbakugeln fielen in die Musik ein.

Oben auf dem Balkon kicherte Zorn vor sich hin.

Und tief eingegraben im Foyer des Felsenkratzers des Dämonischen Dienstes, an einer Stelle, die etwa drei Zoll nördlich von der Milz des Wächterdämons entfernt war, wuchs ein Drängen. Es propagierte eine Reaktion auf die satten Rhythmen, die durch die Spalten der Eingangstür hereinwehten. Es schwoll stolz an, dehnte sich aus und erblühte zu tausend frohlockenden Freudenblüten, als der Wächterdämon unter den Schreibtisch griff, eine pergamentbespannte Trommel unter seinen Arm klemmte und zur Tür hinaus eilte, um sich zu dem zunehmenden Lärm zu gesellen.

Ölygs Augenbrauen konnten kaum höher auf seine staunende Stirn hinauf, als er sah, daß der massige Wächterdämon sich in die nun tanzende Meute mischte und seine frisch gestrichene Mantratrommel schlug. Er hätte fast vergessen, warum er überhaupt hergekommen war.

Aber nur fast.

Er versetzte den verzückten Wangen Phausts und Krubbs eine passende aufmerksamkeitsheischende Backpfeife, sprang aus der dunklen Gasse hervor und schlüpfte durch die Drehtür. Das Foyer war, wie geplant, leer. Kaum fähig, ihre Erregung zu verbergen, mußten sie an sich halten, um nicht zu rennen. Sie legten die Strecke zum Schreibtisch in Sekunden zurück, filzten ihn mit flinker Hand und duckten sich in die Halbschattendüsternis.

Und da war sie, ihre Beute. Stapel jungfräulichen Nimmerbrenn-Pergaments. Volle Kartons. Schadenfroh schnappte sich jeder eine ganze Ladung, dann fegten sie um den Tisch und waren im Nu wieder auf der Straße. Rings um sie her schepperte die Kakophonie, explodierte das Fegefeuer in kreischender Katzenmusik. Fiddel zuckte wie der Teufelsgeiger von Pöseldorf hin und her und malträtierte sein Instrument, berauschte sich an der Freude derjenigen, die ihn begleiteten und suhlte sich in ihrer inspirierenden Energie. Dafür war er vor langer Zeit gestorben! Er hätte noch stundenlang weitermachen, die Melodien seines großen Repertoires variieren und hin und wieder auch nach Laune eine Kleinigkeit abscheulichen Mißtonmülls hinzufügen können. Doch genau in dem Augenblick, als er loslegen wollte, um eine Violinensalve abzufeuern, erblickte sein Auge aus einem Winkel desselben eine sich rasch nähernde Abteilung von Teufeln, die zweifellos zu den Knochenbrechern gehörten.

Und dann, urplötzlich und äußerst erschreckt, erkannte er das bösartige Schnauben des Obertotengräbers von Mortropolis. Fiddel fiedelte mit einer speziell eingeübten Staffelung von Alarmiertheit die letzten Töne und stieß viermal in die Luft, damit sich die rhythmische Kakophonie fortsetzte. Die Geige ragte wie ein zusätzliches Organ unter seinen Kinn hervor. Dann verbeugte er sich und sprang in vollendet einstudierter Weise von dem Hüttendach, um in der Finsternis zu verschwinden.

Zorn, in dessen Schädel die Alarmglocken läuteten, flitzte über den Balkon, sprang auf ein naheliegendes Dach und tauchte mit wehender Soutane unter.

Doch diesmal war seine Bewegung nicht ganz verdeckt abgelaufen. Ölyg, der nach hinten blickte, um zu sehen, warum Fiddel Alarm geschlagen hatte, erblickte den unübersehbaren Rock des Geistlichen und wurde von dem unbeherrschbaren Drängen erfaßt, das Heil zu umarmen. Er ließ den Pergamentstapel fallen, wirbelte auf den Sandalen herum, hechtete mit erhobenem Arm hinter Zorn her und rief: »Äh, entschuldigen Sie, ich möcht mal mit Ihnen sprechen!«

Byrernst hatte weder Fiddels Abschiedsverbeugung noch Zorns Flucht gesehen; seine Aufmerksamkeit galt dem fröhlich nirwanischen Ausdruck auf den Mienen der ausgelassenen Menge. Sein Magen drehte sich vor Abscheu um.

»Was ist *das* denn? Habt ihr denn alle den Verstand verloren?« raunzte er und stierte die grinsenden, zymbelnden Teufel an, die sich auf der Straße versammelt hatten. Irgendwie übertönte sein Organ das Geräusch des plötzlich geigenlosen Lärms. Er stand da, stützte die Arme in die Seiten und setzte die finsterste seiner finsteren Mienen auf. »Wer hat damit angefangen?« brüllte er und ließ hinter seinem Rücken zwei Krallen klicken, die sofort zwei große Knochenbrecher alarmierten. Sie wußten, was zu tun war. Sie waren sofort da, standen auf den Hufspitzen, reckten sich in die Höhe. Sobald der Übeltäter feststand, würden sie ihn sich schnappen.

»Nun, ich warte!« schnaubte Byrernst und scharrte wütend mit den Hufen.

Der Pöbel schüttelte verwirrt den Kopf, drehte sich um und deutete auf das Dach einer kleinen Hütte, auf dem bis vor wenigen Sekunden noch … Ach, er ist weg. Eilig und äußerst nervös versteckten sie ihre Trommeln unter den Kleidern, schauten zu Boden, um nicht erkannt zu werden, und lösten sich so schnell auf, daß es schon eine unglaubliche Frechheit war zu glauben, auf diese Weise unverdächtig zu wirken.

»He! Kommt zurück!« raunzte Byrernst über die plötzliche Stampede hinweg.

Niemand schenkte ihm Gehör. Sekunden später waren vor dem Felsenkratzer des Dämonischen Dienstes nur eine große Wolke wirbelnden Staubes, eine zertretene Gebetsmühle, ein roter Kissenbezug und ein äußerst verlegen blickender Wächterdämon zurückgeblieben, der sich verzweifelt bemühte, eine pergamentbespannte Trommel zu verbergen.

»Es kam einfach so über mich«, brabbelte er, als Byrernsts wütend-finsterer Blick auf ihn fiel. »Eben saß ich noch an meinem Schreibtisch, dann mußte ich ... ähm ... urplötzlich mitmachen.«

Byrernst fletschte die Zähne. »Sie haben gesessen?« Er holte zischend Luft. »*Gesessen?*« brüllte er und ließ seine Krallen klicken. Zwei Knochenbrecher packten den Wächterdämon in einem Gewirbel von Schuppen und schleiften ihn bis auf einen Zoll an Byrernsts qualmende Nüstern heran. »Warum haben Sie nicht gearbeitet?« knurrte der Obertotengräber.

»Tja, ich ... ähm ... Eigentlich hatte ich nichts zu ...«

»Sie haben sich gelangweilt, da haben Sie gedacht, spiel ich doch 'n bißchen auf der Trommel«, schnaubte Byrernst bissig. »War's so?«

»Ähm, man *könnte* es so sagen, aber ...«

Der Obertotengräber ließ seine Krallen erneut klicken. Die beiden Knochenbrecher-Ungeheuer ließen den Wächterdämon unfeierlich fallen, wobei sich seine Nase in den Dreck bohrte.

Byrernst packte Asmodeus' Gurgel und führte ihn die Treppe hinauf und durch die Drehtür.

»Sehen Sie, was geschieht, wenn man Leistungsfähigkeit in die Branche einführt?« knurrte er. »Ist *das* der Dank, den man dafür kriegt? Sobald diese verdammten Kreaturen Zeit haben, kommen sie auf die Idee, sie für sich zu verbrauchen – um sich zu vergnügen. Man kann mich, wenn man will, zwar altmodisch und puritanisch nennen, aber ... Ich möchte nicht, daß *derartig* schmutzige Dinge in meinem Reich passieren! VERSTANDEN?«

Asmodeus nickte, so gut er es in dieser Stellung konnte, denn er war sozusagen am Ende von Byrernsts bebenden Armen an die Wand genagelt.

»Die Arbeitslast verdoppeln!« befahl Byrernst und ließ den Finanzverwalter sinken. »Nein, verdreifachen! Solange *ich* an der Macht bin, nennt niemand Mortropolis glücklich! Und jeder, der zu grinsen wagt, geht sofort in die Schwefelminen! Ist das klar?«

Die am Boden liegenden Überreste des Finanzverwalters nickten.

Byrernst fuhr auf dem Absatz herum und rannte die Treppe hinauf. Bei jedem Schritt schlugen seine Hufe Funken.

Asmodeus rappelte sich stirnrunzelnd auf. Im Augenblick hatte er wohl die geringsten Chancen, in den Schwefelgruben von Miefingen zu landen. Trotzdem war er weit davon entfernt, glücklich zu sein. Irgend etwas am Gesichtsausdruck der herumtollenden Teufel war ihm nicht geheuer erschienen. Er wußte genau, daß ihr Ausdruck nicht nur einfachen Frohsinn gezeigt hatte. O nein. Es war schlimmer. Viel schlimmer. Er hoffte verzweifelt, daß die Ereignisse, deren Zeuge er gerade geworden war, nicht das bedeuteten, vor dem ein alter Dokumentenstapel sie vor Jahrhunderten gewarnt hatte. Es gab nur eine Möglichkeit, es in Erfahrung zu bringen. Sein Schritt wurde schneller, als er durch den Korridor klapperte und durch einen kaum bekannten Seiteneingang in die Intimsphäre seiner privaten Höhle ging.

Inzwischen wetzten die Paktisten minus Ölyg viele Gassen weiter vor sich hin. Sie waren mit dem Unternehmen ganz zufrieden, obwohl Fiddels Spiel als Ablenkungsmanöver noch nie so wirkungsvoll gewesen war. Trotzdem, sie hatten ihr Ziel erreicht. Sie hatten drei dicke Stapel Nimmerbrenn-Pergament organisiert. Quack würde zufrieden sein.

Er war es aber nicht. Schade.

Quack zockelte hinter den Paktisten her, sein Gesicht bot ein Bild leerer Verzweiflung. Er jammerte leise und schmerzlich und zog an den fünfzig Blatt der beiden ersten Drittel seiner Neunten Sinfonie für Violine, Kamm und Pergament. Sie waren nicht gut. Es war ungerecht.

Im Stillen hatte er zwar gewußt, daß der Sinfonie noch etwas fehlte, aber er hatte sich eingeredet, es sei nur eine Sache der Orchestrierung und der Noten. Doch nun wußte er, was ihr fehlte. Er hatte es gehört, als sei in seinem Geist irgendeine Offenbarung eruptiert.

Von diesem Augenblick an hatte Quack gewußt, daß er die Neunte Sinfonie für Violine, Kamm und Pergament außerdem noch für ein komplettes Ensemble von Schepper- und Klapperinstrumenten würde schreiben müssen.

Sie würde ein Schlager werden.

Sie mußte ein Schlager werden.

Asmodeus stürzte keuchend in seine Höhle, fegte um den Türrahmen, schnappte sich einen Marmorsessel und schob ihn gegen die geschlossene Pforte. Für diese Sache brauchte er Privatsphäre. Keine Störungen.

Er eilte, vor Entsetzen gespannt, durch die Höhle, schob den großen Garderobenschrank drei Fuß nach links, sank auf die Knie und kratzte in dem so enthüllten Geheimspalt herum. Seine Krallen berührten und verschoben einen Haufen Schachteln, die mehrere tausend Hundert-Obuli-Münzen enthielten und ignorierten ein Dutzend Döschen mit purer achthundert Jahre alter Einzelverwerfungslava. Dann fand er es. Seine Klaue fuhr über die Oberfläche, packte es und öffnete es blitzschnell. Er zog die Kralle ächzend und fluchend zurück, schüttelte sie und klemmte sie in seine Achselhöhle.

Er hatte vergessen, wie kalt es war.

Er band winselnd ein Handtuch um seine Klaue und machte einen erneuten Versuch. Sekunden später hatte er es herausgeholt und legte es in der Mitte der Höhle auf den Tisch.

Kondenswasser löste sich von der aufgerollten Pergamentbroschüre und lief wie ein geisterhafter Wasserfall in Zeitlupe über den Tischrand.

Asmodeus musterte den geheimen Index nervös und fragte sich, ob er ihn aufschlagen und hineinschauen sollte. Angenommen, es stimmte, daß die Prophezeiungen angefangen hatten? Wollte er es wirklich wissen? Sollte er das Ding nicht einfach wieder wegstecken und mit den anderen das Risiko eingehen?

Die Krämerseele in seinem Inneren fuhr zwei Zangen aus, um die erste Seite umzublättern. Er mußte wissen, ob es so geschah, wie die Prophezeiung es verheißen hatte.

Na ja, es ging um die Frage der Investitionen!

Warum sonst hätte er sich alle fünf Bände des streng geheimen Werkes *Malleus Nugae* – ›Der tödliche Hammer des Frohlockens‹ kaufen sollen? Schließlich mußte er seine Geschäftsinteressen schützen. Denn was hatte man davon, wenn man mehrere Jahrhunderte damit zubrachte, echte Obuli-Fabriken aufzubauen, die in einer Sekunde vernichtet wurden? O nein, vorgewarnt heißt vorbewaffnet. Und er hatte das Handbuch. Den *Malleus Nugae.*

Die graphisch dargestellten Gefahren, die es nicht enthielt, waren auch nicht der Rede wert. Jeder der fünf Bände zeigte das vollständige und erschreckende Szenarium einer feindlichen Übernahme. Alle möglichen Schrecken, und alle erschreckend realistisch. Jeder einzelne war von tödlich detaillierten Alternativplänen begleitet.

Jeder in Höllien wußte, daß das Hymmelreich eine schreckliche Bedrohung darstellte, eine reale und brütende Körperschaft, die nur darauf wartete, sich bei ihnen einzuschleichen und alles mit Frohlocken zu unterwandern und zu vernichten. Doch vor dem Abfassen des *Malleus Nugae* waren sämtliche Diskussionen zu diesem Thema auf nicht zu beantwortende Fragen wie diese reduziert gewesen: Wie? Wo würde der Angriff beginnen? Welche Waffen würde man einsetzen? Und wie würde man sie einsetzen?

Kurz nachdem die grauenhafte Erkenntnis sich in der Bevölkerung Hölliens festgesetzt und panische Steppenbrände hervorgebracht hatte, nahm man sich vor, dagegen aber nun wirklich etwas zu unternehmen. Auf dem Höhepunkt der Paranoia – das Entsetzen über Schwärme von in Höllien eindringenden Religionären, die sich durchs Felsenfirmament abseilten und unschuldigen Säuglingen und Kindern die Frohe Botschaft verkündeten, hatte damals am heißesten gekocht –, war das Handbuch in Auftrag gegeben worden.

Einige Jahrzehnte später – man hatte sich fünf Jahre darüber gestritten, wie man es betiteln sollte – war *Der Tödliche Hammer des Frohlockens* in der geheimen alt-tallischen Sprache publiziert worden. Er war so prächtig wie entsetzlich gewesen: Fein geschnörkelte Leuchtbuchstaben beschrieben fünf akribisch detaillierte Angriffsszenarien und schilderten in herrlichem Grauen, wie die Truppen des Hymmels den Versuch machten, die Bürger Hölliens dem Willen des Frohlockens zu unterwerfen.

Und wenn der Übernahmeversuch erfolgreich war? Wenn das Hymmelreich siegte? Welche Alpträume kamen dann auf sie zu?

Es war schrecklich, darüber nachzudenken.

In diesem Fall wäre jeder Teufel zum Häkeln gezwungen worden. Jeder Dämon mußte dann stricken, und alle waren dazu verurteilt, ihre Kekse zu essen, ohne beim Morgenkaffee zu krümeln. Bingospielen war dann Pflicht, Fang-den-Hut ein Muß, und dann … Dann gab es noch Flohmärkte und Basare für die Armen. Anwesenheit war natürlich Vorschrift. Dann mußten alle kommen, um ihr flauschiges Stalagmottenklo zurückzugeben, das sie beim letzten Mal erstanden hatten. Niemand würde wagen, so etwas zu verpassen – denn keiner wollte die gefürchtete Tombola erleiden.

Asmodeus schüttelte sich, als er an all dies dachte, und er bebte in namenlosem Grauen. Natürlich war alles nur hypothetisch. Eine einfache Extrapolation gegenwärtiger Vorstellungen und Informationsfetzlein. Natürlich würde es nie dazu kommen.

Oder doch?

Vor Jahrhunderten hatte Fürst d'Eibele, als er erfuhr, daß das Handbuch in Alt-Tallinisch geschrieben worden war, diese Schrift mit einem beiläufigen Krallenschnippen verworfen und zu den Akten legen lassen. Und dort hatte es gelegen, bis ein Bekannter und Anti-Frohlockens-Genosse es Asmodeus zum Kauf angeboten hatte.

Wann immer der Finanzverwalter nun, sich der stetigen Gefahren von oben stets bewußt, eine neue Investition in Betracht zog, sorgte er dafür, daß diese nicht in ein mögliches strategisches Zielgebiet gelangte. Denn wenn es zu einer Revolution kam, stünde er ohne einen Obul da.

Kam nun die Zeit, in der sein Programm getestet wurde? Er wußte nur eins: Einer der streng geheimen Bände enthielt etwas über das scheinbar spontane Auftreten von Massenfrohlocken, so wie er es vor dem Felsenkratzer des Dämonischen Dienstes gesehen hatte. Aber welcher war es?

Asmodeus schlug den pergamentenen Index auf, glotzte den alt-tallischen Text an und kniff die Augen zusammen, um seinen Blick an die eigenartige Schrift anzupassen.

Innhallth

Bannt Einntz … Khlerikhahle Krieghsfüührunng

Eihnnfüührunng

Nee, in dem Band stand es nicht. Das wußte er genau.

Bannt Zwoyh … Opperatzjon Pahppstmurx

Nee, das war das komplette Ausradierungsszenarium. Keine Gefangenen machen. Wie finster. Völlige Dezimierung durch Frohlockensbomben. Teufel, die sich totlachten. Dämonen, die sich kitzelten, sich Witze erzählten und spontane Wohltätigkeitsbasare organisierten. Band drei und vier waren auch nicht die richtigen.

Und dann sah er es, und seine Erinnerung klickte.

Bannt Fühmf …
Hymmlisches Uiberlastungstzenarjum

Das war es. Es fiel ihm wieder ein. Bau und Einsatz von Anti-Personen-Gebetsminen. Strategische Geschützstände. Angriffswellen. Gegensturmtruppen. Die Symptome der Betroffenen.

Es war eine Unterabteilung der Klerikalen Kriegführung, aber subtiler und bösartiger. Die brutalen Klosterbombenattacken kamen hierin nicht vor, o nein. Hier ging es um Guerillataktik. Man verließ sich auf den Dominum-Effekt – Bewahrung und Unterwerfung. Indem man Personen in Amt und Würden sowie großmächtige Geschäftsteufel mit Anti-Personen-Gebetsmienen ins Ziel nahm, wurde die ganze höllische Gesellschaft vollkommen schmerzlos und ohne Blutvergießen unterminiert.

Es war einfach. Hatten die obersten zehn Prozent erst mal das Licht einer Anti-Personen-Gebetsmine gesehen, waren sie bereit, alles zum Nutzen des Hymmelreiches zu tun. Und wenn der Spaltpilz erst mal aktiv war, ging alles den Bach runter.

Asmodeus wußte, daß er ihn haben mußte. Band fünf. Aber wo hatte er ihn versteckt?

Wie alle gerissenen Krämerseelen war auch er nicht das Risiko eingegangen, sämtliche Bände an einem Ort zu verstecken. Er hatte sie überall in Mortopolis versteckt, an finsteren Orten, unzugänglichen Plätzen, fern von neugierigen Blicken.

Er schielte ein Pergamentzettelchen an, das von Klauen gekritzelte Buchstaben aufwies, grunzte und wußte, wohin er gehen mußte. In einem Wirbel von Zangen, Handtüchern und Möbelverrückungen wurde in seiner Höhle alles wieder normal. Er zog den Marmorsessel von der Tür, fegte auf die Straße hinaus und eilte in die Richtung, in der sich der hoch aufragende Felsenkratzer des Dämonischen Dienstes befand.

Nabob schüttelte in hektischer Ablehnung den Kopf und schwenkte hilflos seine Klauen. »Das ist doch wohl nicht dein Ernst?« sagte er zu Schoysal. »Los«, heulte er auf. »Sag schon! Du hast es erfunden!«

»So'n Fehler kann einem doch mal passieren ...«

»Fehler?« würgte Nabob. »Du entführst sechs Gottheiten, weil du sie für Waffenhändler hältst und meinst, so ein Fehler kann einem schon mal passieren? – Na ja, klar, so was kommt doch jeden Tag vor! Gibt es etwas Natürlicheres?«

Schoysal kam nicht zu einer Antwort. Nabob krakeelte einfach weiter.

»Du mußt irgendwas mit ihnen machen. Sie können nicht hier bleiben. Nicht in meiner Höhle. Sie sind gefährlich, bergen zuviel Risiko, und ... Außerdem nehmen sie zuviel Platz weg. Es war ein Fehler, daß ich dich überhaupt ins Vertrauen zog. Ich hätte einfach bleiben sollen, wo ich war. Ich hätte leiden und mich knechten lassen sollen. Ich hätte mich von Byrernst anspucken, angiften und demütigen lassen sollen. Da wußte ich wenigstens, woran ich war.« Ihm standen fast die Tränen in den Augen.

»Hast du dich jetzt genug in deiner stehenden Selbstmitleidpfütze gesuhlt?« schnaubte Schoysal. Nabob schaute auf. Schoysals plötzlich abweisender Tonfall überraschte ihn. »Willst du jetzt hier sitzenbleiben und deine elenden Zukunftsaussichten bewinseln, oder reichst du mir eine helfende Klaue, um Byrernst zu schlagen?«

»Wie kannst du nur an so was denken, solange *die* da drin hocken?« Nabob deutete mit einem bekrallten Daumen auf die Tür und die sich dahinter aufhaltenden sechs Gottheiten.

»Eben *drum*«, sagte Schoysal grinsend. »Dein Horizont ist sehr beschränkt, was? Kannst über meinen kleinen Irrtum nicht hinaussehen ...«

»*Sechs* kleine Irrtümer«, fauchte Nabob.

»Na schön, na schön«, sagte Schoysal fassungslos, »aber wir wollen sie doch, bitte, nicht aufbauschen. Hör auf, über meine Fehler nachzudenken. Denk lieber an das unangezapfte Reservoir des unerwarteten Gelegenheitspotentials, das uns nun zur Verfügung steht!«

»Jo ... Und wo?«

Schoysals Daumen deutete auf die Tür.

»Die?« stieß Nabob hervor.

Schoysal nickte in der überwältigenden Aura der List, die manche Typen immer ausstrahlen, bevor sie jenen, die zu dämlich sind, um selbst darauf zu kommen, das Offensichtliche enthüllen.

»Der Dominum-Effekt!« sagte Schoysal grinsend und schob den Begriff an die Front seines Verstandes. Ein Name und eine Definition, übersetzt vom wackeren Prediger Zorn.

»Der was?«

»Du hast ihn gespürt.« Schoysal glotzte Nabob an. Er bebte geradezu vor Aufregung. »Das übelkeiterzeugende Gefühl, daß man jemandem einen Gefallen tun möchte. Das Drängen, über die Straße zu hüpfen. Oder leidende Gottheiten loszubinden.«

»Oder gefangene Prediger freizulassen?«

Schoysal hustete verlegen. »Auch das. Verstehst du, welche Macht es ist? Es ist so, wie das Dokument sagt:

Bewahrung und Unterwerfung. Wir können es noch *immer* tun. Wir können Byrernst fertigmachen!«

»Und wie?« winselte Nabob, der immer verwirrter wurde. »Dazu brauchen wir die Anti-Personen-Gebetsminen. Du hast es selbst gesagt.«

»Ich habe das anfangs auch geglaubt. Aber jetzt weiß ich mehr. Wir können es mit den Typen da drüben hinkriegen.« Schoysal grinste. Sein Grinsen besagte: »Vertrau mir, ich weiß, was ich tue.«

Nabob zuckte besorgt zusammen, hob die Achseln und fragte, obwohl er wußte, daß er es sofort bedauern würde: »Wie?«

Ein Siegesblitz zuckte über Schoysals Visage hinweg. »Angenommen, es käme in ganz Mortropolis zu plötzlichen Ausbrüchen von Frohlocken. Stell dir nur mal das Chaos vor, das entstünde, wenn Teufel anfangen, sich zu vergnügen. Wenn sie damit beginnen, morgens Kaffee und Brötchen zu sich zu nehmen, wenn sie herumsitzen und an ihrem Täßchen nippen, statt herumzueilen und zu prügeln und zu treten ...«

Nabob zuckte zusammen. »Widerlich«, murmelte er in kaltem Schrecken. Ihm fiel ein, daß er Schoysal eine reingehauen hatte, als dieser ein Tablett mit Steinofenbroten trug.

»Wenn die Teufelheit plötzlich anfängt, sich nicht mehr zu überwachen und einander die andere Wange hinhält, breitet sich Panik aus. Das Entsetzen herrschte. Alle werden darauf warten, daß Byrernst etwas unternimmt, aber dann ist er völlig hilflos. Man würde einen Mißtrauensantrag gegen ihn stellen, weil er all das zuläßt, und dann wirft man ihn raus! Dann wäre Mortropolis führerlos!«

Nabob keuchte auf.

»Dann kommen zwei treue mortropolische Bürger ins Spiel, die die Sache unter großen persönlichen Risiken übernehmen und das Durcheinander beseitigen. Diese Helden könnten durchaus gemeinsam zu Obertotengräbern gewählt werden.« Schoysals Augen leuchteten vor Erregung in hektischem Scharlachrot. »Klingt es nicht toll?«

»Welche Helden denn? Wer könnten sie wohl sein?«

Schoysal schluchzte auf, riß sich zusammen und schrie: »Na wir, du Dämlack, wer denn sonst?«

Das Verstehen kroch wie ein besonders zögerliches Morgengrauen über Nabobs Gesicht.

»Wir schlagen sofort los«, sagte Schoysal begeistert, »dann ist der Feuertag für Byrernst der letzte! Einverstanden?«

Nabob nickte.

»Ausgezeichnet. Nimm deine Decken und folge mir.« Schoysal sprang auf die Tür zu.

»Häh?« machte Nabob. »Decken? Wozu?«

»Ich brauch noch etwas Munition«, sagte Schoysal grinsend und drückte die Klinke herunter.

O nein! dachte Nabob entsetzt. *Nicht schon wieder!*

Asmodeus klapperte in die tiefsten Korridore des Felsenkratzers des Dämonischen Dienstes hinunter, umrundete quietschend die Ecken und näherte sich seinem Geheimversteck. Er mußte einfach zu dem Aktenschrank, um in Erfahrung zu bringen, ob seine Mutmaßungen stimmten. In seinem Kopf wirbelte vor Schreck und Grauen alles durcheinander, denn die Worte ›Hymmlisches Uiberlastungstzenarjum‹ blitzten in der komischen alt-tallinischen Schrift ständig vor seinem inneren Auge auf. Ob es stimmte? War das hymmlische Überlastungsszenarium schon in Betrieb? Erlebten sie bereits in diesen Minuten eine verdeckte Attacke heimlich eingesickerter Religionäre? Er schüttelte sich, ging um die letzte Ecke, hielt quietschend vor einer großen Schiefertür an und schob sich hinein. Er sprang drei Schritte auf die Stelle zu, an der sich der Aktenschrank befinden mußte und versuchte sich zu erinnern, ob sich das versteckte Dokument seit all den Jahren in der dritten oder vierten Schublade von unten befand. Beim vierten Schritt schrie er auf, wirbelte auf dem Huf herum und fegte wieder in den Gang hinaus, um sich zu orientieren. Entsetzen und Panik mischten sich, als er begriff, daß er in der richtigen Lagerhöhle gewesen war. Er hatte sie vor allem deswegen ausgewählt, weil *niemand* sie je betrat. Sein Herz schlug ihm im Halse, als er zurückeilte und die drei riesigen monolithischen Obsidianblöcke anstierte, die die Höhle einnahmen. Flecke lavafarbenen Lichts blinkten regelmäßig, und geschmolzenes Gestein pulsierte unter der glasigen Oberfläche.

»Nein, nein!« schrie er und sank auf die Knie.

»Kann ich Ihnen helfen?« fragte jemand. Eine Luke öffnete sich in der Seite des nächsten Analysekristalls Molochs.

Asmodeus zuckte zusammen, als er Moloch erkannte. »Nein, nein«, wiederholte er, nun mit festerer Stimme. »Der soll doch drei Zoll weiter nach hinten stehen! Verschieben Sie ihn, bevor Byrernst davon hört, sonst kriegen Sie Ärger.« Er wirbelte auf dem Huf herum, raste aus der von MAKs wimmelnden Höhle und trat mit wirbelnden Gedanken in den Korridor hinaus.

Die Aktenschränke waren weg! Byrernsts Leistungsfähigkeitsmanie hatte sie vernichtet. Von allen Höhlen, die es im Keller des Dämonischen Dienstes gab, hatte er ausgerechnet diese auswählen müssen! Und er hatte ihm nichts davon gesagt.

Sein Dokument war verschwunden. An seiner Stelle saß das stumpfsinnig quälende Grauen. Konnte er sich an den genauen Angriffsplan und die Symptome des hymmlischen Überlastungsszenariums erinnern? Konnte er sich an die Plazierung der Anti-Personen-Gebetsminen erinnern? Der Zufall, daß es zu Ausbrüchen von Frohlocken gekommen war und die Dokumente nicht mehr vorhanden waren, schien ihm zuviel Zufall. Und als Krämerseele glaubte er ohnehin nicht an Zufälle. Als Buchhalter lernte man so was nicht.

Asmodeus war sich sicher: Die Invasion hatte schon begonnen.

Doch was sollte er tun? Würde Byrernst ihm ohne Beweis glauben? War vor dem Schlafengehen vielleicht schon alles zu Ende?

Die Zeit würde es erweisen.

Die Zeit und der Tödliche Hammer des Frohlockens.

ENTSCHEIDUNGEN, ENTSCHEIDUNGEN

Ein irritiertes Grunzen schwebte durch die Tür von Luphan Burks Umkleideraum und wurde vom kurzen Rascheln einer steifen Krinoline begleitet. Er schaute von der Mühsal des Befestigens eines pinkfarbenen Sternmusterstirnbandes auf und spitzte interessiert die Ohren. Wieder kam ein verärgerter Laut durch die Tür, summte gereizt und löste sich in eine Wolke launenhafter Verärgerung auf, als sein schnuckelig anzusehendes zukünftiges Weib ergebnislos mit dem Knopf ihrer Hochzeitstoga kämpfte.

Das zerknitterte Stirnbandchaos rutschte auf seinen Hals hinunter, als er an der falschen Strähne zog. Er stand rotgesichtig und geladen auf und kam sich urplötzlich trotz holzkohlengrauer Hochzeitstoga und dazu passender Boa nackt vor.

Ein unterdrückter Wutschrei bahnte sich unaufhaltbar einen Weg in sein Zimmer und riß jede noch vorhandene Tünche von Geduld aus seinem Gesicht.

»Was ist denn?« fauchte er, trat die Tür auf und stürmte in den übermäßig beblümten Raum. Die Frau vor dem von Kerzen erhellten Spiegel kreischte auf, zog die offene Krinolinen-Hochzeitstoga hastig um ihr üppiges Dekolleté und schrie ihren zukünftigen Gatten an.

»Rausrausrausraus!« In einem ordentlichen Anfall abergläubischer Panik sprang sie von ihrem Hocker auf und trat die Tür wieder zu.

Das letzte, was Luphan Burk sah, bevor die Türfüllung seine Nase brach, war das reizende Aufblitzen von kornblumenblauen Strapsen und ein dazu passendes Schößchen.

Für Hayrath, den Hochzeitschaos-Koordinator und Bewerter bevorstehender Katastrophen, verfehlte ihn die Tür zum Glück um eineinhalb Tage. Doch trotz seiner Jahre als praktizierender Kristallkugelgucker zuckte Hayraths Kopf reflexartig von dem polierten Ball zurück, und die Bilder der Möglichkeiten des morgigen Tages verschwanden in einem Hauch von Geglitzer.

Sein rechter Arm zuckte vor, packte einen Pfauenfederkiel, stieß ihn in ein Tintenfaß und kritzelte hektisch auf der bereits langen Liste jener Desaster, die es um jeden Preis zu meiden galt. »Bräutigam sieht Braut vor der Eheschließung ... Na *so was!* Äußerst schädlich für die Festigkeit der Nase, erhöht außerdem die Wäschereirechnung. Empfehle, dem Bräutigam die Augen zu verbinden.«

Er skizzierte flink ein passendes Binokulargerät an den Rand und beschloß, sich etwa fünfzehn Minuten, bevor es zu dieser Szene gekommen war, erneut in das Geschehen einzuschalten, um zu bewerten, ob Fräulein Ferona Veldmusch tatsächlich ihre kornblumenblaue Unterwäsche auf die Weise trug, die das Omen befriedigte. Als ihr nackter Leib in der Kristallkugel sichtbar wurde, seufzte er. »Ahhh ja, wirklich – ein entsetzlicher Job! Aber irgendeiner muß ihn schließlich machen!« Ein Funkeln warmen Kerzenscheins spielte über die Kurve ihres Pos, als sie den Arm ausstreckte und das Schößchen vom Bett nahm.

In diesem Augenblick voyeurhafter Bewertung waren die Haare auf Hayraths Kopf wahrscheinlich die einzigen paar Liter in der ganzen Gebirgsstadt Axolotl, die nicht mit einem Gefühl von starker nervöser Erregung geladen waren.

Die Stunde von Luphan Burks Hochzeit mit der knackigen Ferona rumpelte immer näher, und in ihrer Bugwelle tanzte die Saat der Hysterie wie ein Schwarm bösartiger Delphine. Seit dem Tag, an dem der begehrteste Junggeselle Axolotls seinen suchenden Blick auf die speziellen 96 cm ihrer Anatomie gerichtet hatte und sein treues (meist weibliches) Publikum mit der plötzlichen Ankündigung erschreckt hatte, war die gesamte Bevölkerung in eine Woge von Weissagungen verfallen.

Frauen, die ihm in jahrzehntelanger Blickfick-Anbetung mehr als nur ihr Hütchen zugeworfen hatten, stürmten in die Büros sämtlicher Ehepropheten und bestanden auf sofortiger Beratung. Was niemanden überraschte: Das Hauptthema ihres hochnäsigen Interesses galt der prophezeiten Langlebigkeit der bevorstehenden Vereinigung und der Identität wahrscheinlicher zukünftiger Ehefrauen. Es hatte vor dem Schlafengehen viele Tränen hoffnungslos enttäuschter Möchtegern-Frau-Burks gegeben. Die besten Ehepropheten der Stadt prophezeiten dem neuen Paar nämlich glückliche dreißig Jahre angemessener Kuschelseligkeit. Das Glück werde nur getrübt durch die Geburt dreier strammer Söhne.

Anderswo, eingepfercht in rauchgeschwärzten Kämmerchen oder über die glühende Kohle ersterbender Feuer gebeugt, glubschäugig von der stundenlangen Anstrengung, in Kristallkugeln zu blicken oder mit versagenden Handgelenken, was davon herrührte, daß sie fortwährend omenische Würfel an weit entfernte Wände geworfen hatten, weissagten Propheten, Seher und Rutengänger, falls sie nicht gerade voraus- und vorhersagten bzw. berechneten. Sie sagten eine Million verschiedene Ergebnisse für die Störungen voraus, die die Hand des Schicksals bereithielt und zogen schicksalsverkündende Fliegen aus der Vaseline des vollkommenen Tages.

Die pechbehaftete und blutige gebrochene Nase, die Luphans zufällige Sichtung Feronas dem fröhlichen Prominentenpaar eingetragen hatte, war aufgrund von Hayraths Wachsamkeit abgewendet worden. Auch hatte sein Team den Weg der Hochzeitsprozession umgeleitet, um zu vermeiden, daß sie einem besonders bösartigen schwarzen mantrischen Gecko über den Weg lief, der morgen früh in einer bestimmten Gegend seine Kreise zog. Sie hatten das Wetter vorhergesehen und die Ereignisse verlegt, um sich des vollen Vorteils eines Drei-Stunden-Loches in den Wolken zu sichern. Alles lief wie am Schnürchen. Jetzt brauchten sie nur noch die Liste der Hochzeitsgäste zu überprüfen.

Hayrath ließ die Büroflöte ertönen, wirbelte auf dem Drehstuhl herum und stand Nase an Zwerchfell mit der Vorhersagekraft seines Chaosbewertungsteams. Toll, wie pünktlich die Leute immer waren. Es war fast so, als hätten sie gewußt, wann seine Flöte erschallen würde. Und so war es auch.

»Okay, Männer, runter nach …« Wie ein Mann wandte sich der Trupp mit wehender Toga um und marschierte drei Etagen tiefer, am zweiten Gang rechts ab, begab sich nach links und ließ sich in eine riesige Grotte hinunter, in der es von prunkvoll verpackten Geschenken für das glückliche Paar nur so wimmelte.

Da gab es die üblichen Dinge: echte Frottierföne, Kissen aus Bambussplittern; Terrakottarasierbecher für Ihn und Sie (und dazu passende Halter); Bademäntel mit dazugehörigen Küchengewändern und Wasserkastenwärmer … Alles, was das Herz frisch vermählter Ehepaare begehrte, um aus einer Bruchbude ein Heim zu machen. Es ging sogar das Gerücht um, jemand hätte ihm zwölf Schock Spitzenhöschen und ihr eine Schnurrbartbinde geschenkt. Aber das war nur ein Gerücht.

Hayrath marschierte zum Podest hinauf und gaffte die Geschenke an. Er wußte, daß Luphan Burk beliebt war … aber war er *so* beliebt? Er schätzte rasch die Arbeitsmenge ein, dann verkündete er: »Also los, teilt euch in zwei Gruppen. Laßt den Platz in der Mitte frei. Jede Hälfte kümmert sich um die Hälfte der Geschenke …«

Seine Stimme verstummte, denn als er sich umdrehte, sah er sein Team sitzen. Es war bereit anzufangen.

»Tja, dann mal los. Ihr wißt ja, was ihr zu tun habt«, befahl er lahm. Manchmal fragte er sich wirklich, wozu er überhaupt da war.

Der Rest seines Teams wußte genau, wozu er da war. Beim Packen kam es immer zu Streßphänomenen. Jeder, der in Axolotl irgend jemand war, konnte ein Lied davon singen.

Es war allgemein bekannt, daß ein Geschenk, das von einem Menschen verpackt wurde, der mit weniger als höchster Begeisterung bei der Sache war, eine Zeitbombe aus Kummer und Elend hervorbringen konnte. An irgendeiner Stelle in der Zukunft konnte der ganze angesparte Abscheu in einem plötzlichen Knall hervorspringen. Eine in gereizter Laune eingepackte Strycknadel konnte ausschlagen und einem ins Auge stechen. Ein Fußbänkchen, Jahrzehnte zuvor von einem wütenden Gast verpackt, konnte sich plötzlich drei Fuß zur Seite bewegen und zu einem übel verstauchten Knöchel führen.

Es war der Job des Chaosbewertungsteams, Päckchen dieser Art herauszusuchen und zu entschärfen. Und heute war die Arbeit mehr als anstrengend, da die meisten Frauen in Axolotl mehr als nur vorübergehende Abscheu für ein gewisses Fräulein Ferona am Busen nährten.

Hayrath flitzte begeistert zwischen den Reihen seiner Teamhälften hin und her, reichte ihnen die Geschenke und sprach dabei ein paar Worte der Ermutigung, die sie nur mit einem Ohr vernahmen. Seine Gefährlichen Päckchen-Aufspürer hielten die Pakete wie ein Mann an die Stirn, fingen an zu summen und schickten mentale Frettchen aus, um jeden in ihnen enthaltenen Verärgerungsrückstand aufzuspüren und zu eliminieren.

Erst als sich der grottenhafte Geschenkraum mit einschläferndem Gesang füllte, wurde Hayrath von einer erschreckenden Wahrheit getroffen.

Er hatte etwas Lebenswichtiges vergessen. Er mußte

den traditionellen Segen von Muh Linneks, dem Göttlichen Oberwächter über die Haushaltsgeräte erflehen.

Er sank mit einem Winseln auf die Knie, faltete die Hände und landete mit dem Gesicht nach unten in Demutshaltung Nr. 59 (d). Er sang laut, bevor er sich hinlegte und den großen Muh Linneks zu erscheinen bat, um großzügig Segen und Glückszapfen über sie und das glückliche Paar zu entleeren, für das die Geschenke bestimmt waren.

In der Luft erklang ein Heulen und Wirbeln, die Atmosphäre füllte sich mit Ozongeruch, und plötzlich entstand ein blendender Lichtblitz.

»Hallo«, sagte Muh Linneks zu dem auf dem Bauch liegenden blinzelnden Hayrath. »Ich bin gekommen, um ... mmmmmh ... mmmmmh!«

Die beiden in Decken gehüllten Dämonen, die plötzlich dem Geschenkestapel entsprangen, packten ihn am Hals und zerrten ihn durch ein rauchendes Loch im Boden, so daß er leider keine Chance mehr hatte, etwas Genaueres zu sagen.

Eine Sekunde später befand sich das gesamte Chaosbewertungsteam fingernägelkauend und zitternd draußen im Korridor und hatte nur noch einen gemeinsamen Gedanken.

Es gab offenbar *wirklich* jemanden, der das glückliche Paar nicht ausstehen konnte.

Ex-Prediger Ölyg der Dritte eilte mit langen Sprüngen durch das verzwickte Netz der Straßen, Gassen und von Stalagmotten genagten Passagen, aus denen Mortropolis bestand. Er war dem Mann von der Mission der Heiligen Laudatia dicht auf den Fersen. Sein Herz klopfte heftig, als er um Ecken fegte, Kreuzungen überquerte und weiterrannte, ohne sich umzuschauen. Er wußte, daß er den Mietprediger Gottfried Zorn erwischen mußte. Der Mann in der Soutane war sein Weg in die Freiheit, der Schlüssel zu seiner Freilassung aus dieser schwefeligen, geschuppten Grube des Grauens, sein Pfad in die Reinkarnation.

Wäre Ölyg ein echter Paktist gewesen, hätte er es hier unten wahrscheinlich weniger übel empfunden. Wenn er seine Seele tatsächlich für die Erfüllung eines Wunsches verkauft hätte, wäre er möglicherweise klargekommen. Aber ihm fehlte alles, das auch nur entfernt seinem innigsten Traum entsprach – eine Gemeinde.

Es war eine traurige Zustandsbeschreibung der Religiosität im Reich Cranachan, aus dem er so unzeremoniell entfernt worden war, denn niemand hatte auch nur zufällig die Kapelle St. Absentius' des Ordentlich Abgeschriebenen betreten. Er hatte jahrzehntelang auf einen einzelnen frommen Menschen gewartet, doch immer vergeblich.

Er wollte dort oben doch nur eine zweite Chance. Diesmal würde alles anders laufen. Er wollte nicht mehr warten, bis jemand an die Kirchentür klopfte. Er wollte hinausgehen und die Leute holen. Ja, genau, er wollte sie hereinholen und ihnen die Frohe Botschaft in die Kehle rammen, ob sie sie nun erfahren wollten oder nicht. Im zweiten Leben würde man ihn nicht mehr ignorieren. Aber jetzt mußte er erst mal Zorn einholen …

Er fegte um die Ecke einer schmalen Gasse, quiekte auf und kam quietschend zum Halten, als eine schwarze Soutane aus der Finsternis hervorbrach und sich um seine Kehle legte.

»Sie folgen mir?« bellte Zorn aufgebracht und nagelte Ölyg an die gegenüberliegende Gassenwand.

»Nein … nein … Äh, ja … Nun, noch nicht, aber ich würde gern …« stammelte Ölyg, denn seine Gedanken waren reichlich verwirrt, da der Griff um seinen Hals bedrohlich enger wurde.

»Sie würden gern was?« fauchte Zorn.

»Ähm … Was würde ich gern, Euer Ehren?« versuchte Ölyg es hoffnungsvoll. Es war nicht die richtige Antwort.

Zorn verengte seinen Griff und runzelte die Stirn. Er hatte in den ausgedehnten Jahren seiner Missionarstätigkeit gelernt, daß in finsteren Gassen Gefahren lauerten. Na schön, er wußte zwar nicht genau, ob finstere scharlachrote Gassen irgendwie weniger gefährlich waren als die traditionellen finsteren schwarzen Gassen, an die er gewöhnt war. Aber Vorsicht war halt besser als Nachsicht.

»Weswegen folgen Sie mir?« knurrte er.

»Ähm, ich möchte Ihr Jünger sein, falls Sie verstehen, was ich meine.« Ölyg versuchte ein beruhigendes Lächeln. Aber es gelang nicht.

Zorn betrachtete Ölygs Verhalten mit einem finsteren Blick. »Der letzte Führer hat Sie wohl hängenlassen, was?« schnaubte er höhnisch.

»N-nein. Es fehlte an Gemeinde. Ähm, hören Sie, das ist eine lange Geschichte, und meine Kehle tut etwas weh. Könnten Sie eventuell ...?« Er warf einen wehmütigen Blick zu Boden und zappelte auf eine Weise mit den Beinen, von der er hoffte, sie sei ebenso bedeutungsvoll wie einnehmend.

Zorn ließ ihn grunzend los.

»Uff, gehen Sie mit neuen Rekruten immer so um?« krächzte Ölyg und fragte sich, ob ein ernsthaftes Neuüberdenken der Zornschen Tauftechnik angebracht sei.

»Nur mit denen, die mich durch finstere Gassen jagen. Was also *wollen* Sie?«

»Hab ich doch gesagt«, erwiderte Ölyg schmollend. Er fühlte sich verletzt. »Ich habe nämlich eine Ihrer ... ähm ... kürzlich erfolgten Predigten gehört, die mich sehr nachdenklich gemacht hat, und deswegen ...«

Zorn mußte trotz seines Argwohns innerlich lächeln. »Wie sehr?«

»Oh, *sehr* sehr!«

»Genug, um hinauszugehen und sich eine komplette Garnitur blauer Wunderwäsche zu kaufen – die Größe, die allen paßt?«

»Ja, ja, ja, ganz klar«, sagte Ölyg katzbuckelnd.

»Und wo ist sie?«

»Ähm, was?«

»Die komplette Garnitur blauer Wunderwäsche – die Größe, die allen paßt. Meine Predigt hat Sie doch inspiriert, sich eine zu kaufen.«

»Ach.« Ölyg blickte auf seine Zehen und ließ die Daumen umeinanderkreisen. »Tja, ich habe mich umgeschaut, konnte aber nirgendwo eine finden.«

Zorns Stirn faltete sich. Er beugte sich drohend vor.

»A-aber ich hätte mir das Zeug gekauft – ehrlich.« Ölyg bemühte erneut sein ölyges Grinsen.

»Wie wär's mit zwei von Wendepunkt-Willis Seelenretterzymbeln?«

Ölyg zuckte die Achseln. »Ich nehme an, ich lief bisher vielleicht an ihnen vorbei. Aber ich bin ganz sicher, daß sie ausgezeichnet sind.«

Zorn machte »Dz, dz«, wandte sich um und eilte durch die Gasse weiter. Es hatte keinen Sinn, wertvolle Predigtzeit an diesen depperten Blödian zu vergeuden. Er brauchte große Menschenmengen. Es war doch idiotisch, seine Zeit damit zu verschwenden, sich mit Einzelpersonen zu unterhalten. Eins wußte er verdammt genau: Von einer gut sichtbaren Kanzel aus konnte man eine Menge in den Bann ziehen, ohne mehr Energie zu verschwenden als gegenwärtig. Dann konnte er Hunderte in einer einzigen schillernden Sekunde der Pracht bekehren.

Ölyg stand eine kurze Sekunde lang überrascht da und schaute der herrisch wehenden Soutane hinterher, die da und dort am Boden viel Staub aufwirbelte. Was hatte er gesagt? Was hatte er falsch gemacht?

Er eilte wieder hinter Zorn her. »Warten Sie doch mal, ähm, nicht so schnell. Erzählen Sie mir doch mal von Wendepunkt-Willis Seelenretterzymbeln. Ich weiß genau, daß ich an sie glauben werde, wenn ich erst mal alles über sie weiß. Bitte! Hallo? Könnten Sie wohl etwas langsamer gehen?«

Es war Krallwochmorgen, und das elende pergamentene Bürokratengekritzel, das in der Einwanderungsbehörde des Dämonischen Dienstes fortwährend die unzufriedenen Seufzer untermalte, wurde von Hufschlag und einer aufgetretenen Tür unterbrochen. Als hätte irgendein übelriechender Wirbelsturm ihn herangeschleppt, trat Byrernst freudig um sich tretend ein. Das breite, aufgeregte Grinsen, das auf seiner Miene lag, war ein schreckliches Omen.

»Arbeit einstellen, sofort!« brüllte er quer durch das infernalische Amt und suhlte sich in der Echos werfenden Autorität seiner Stimme. »Sofort, hab ich gesagt!« fauchte er und riß mit einem tödlichen Hieb seiner Krallen einem in der Nähe stehenden Bürokraten den Glühfederhalter aus der Klaue. Ein Blatt Pergament sank in herbstlicher Lässigkeit bodenwärts. »Liegen lassen!« bellte Byrernst. Er stützte seine Klauen fest in die Hüften, und Ärger legte sich wie der Mundschutz eines Chirurgen auf sein Gesicht. »Ich muß etwas verkünden. Das Pergament ist ab sofort gestorben! Folgen Sie mir!«

Ganz am Ende des Büros schüttelte Nabob den Kopf und schluckte nervös. Das klang aber gar nicht gut.

Byrernst fuhr auf dem Huf herum und stampfte in Richtung Tür. »Los, mitkommen.« Er verbeugte sich, eine klickende Kralle kitzelte die Luft neben dem Türrahmen. »Sie brauchen keine Angst zu haben. Legen Sie den Glühfederhalter hin und kommen Sie mit. Auf der Stelle!« Als die überraschten Bürokraten aufstanden und sich, die geschuppten Achseln zuckend, hinter ihm aufstellten, kicherte er hinter vorgehaltener Klaue.

Das einzige Geräusch war ein gelegentlich verwirrtes Murmeln, das Klappern von Spalthufen und das Gedonner der Fußbodenheizung, als Byrernst die Bürokraten durch labyrinthische Korridore und in die Tiefe führende Treppenhäuser in die Eingeweide des Felsenkratzers führte. Und während dieser Zeit nahm die Neugier der Bürokraten zu, denn sie waren von dem überwältigenden Gefühl beseelt, daß sie gleich einer neuen Byrernstschen Leistungsfähigkeitsentwicklung gegenüberstanden.

Damit hatten sie recht, doch mit der Annahme, daß sich dies auf ihre Arbeitsbedingungen auswirkte, lagen sie granatenschief. Nur Nabob ahnte allmählich, was sie gleich sehen würden, denn der Weg, den sie nahmen, war ihm eigenartig vertraut.

Byrernst geleitete die Einwanderungsbürokraten wie ein junger Flötenspieler eine Horde gehörnter Ratten, dann blieb er vor einer gesicherten Schiefertür stehen, grinste gefährlich und drehte den Schlüssel im Schloß. Nabob schluckte alarmiert.

Eine Sekunde später war Byrernst im finsteren Inneren des dahinter befindlichen Raumes verschwunden und winkte den anderen enthusiastisch zu. Die Bürokraten traten im Gänsemarsch gehorsam ein und waren sich glückseligerweise der zwölf klobigen Angehörigen der Knochenbrecher nicht gegenwärtig, die befehlsgemäß aus einem Seitengang kamen und mit bösartigen Mienen abwartend stehenblieben.

Nabob wußte zwar nicht genau, warum, aber er sank plötzlich auf die Knie, rutschte vorwärts und tauchte zwischen zwei riesigen kristallinen Formen in den noch dunkleren Teil ein.

»Meine verehrten Satansbraten«, sagte Byrernst in der ihn tarnenden Finsternis, »ich habe eine kleine Überraschung für Sie.« Er ließ eine Kralle aufblitzen, zog an einem Hebel, und auf der Stelle wurde der Raum vom rostigen Glanz der Lavalampen erwärmt. Die Einwanderungsbürokraten keuchten auf, als drei riesige Obsidianplatten in ihr Blickfeld kamen. Ihre Oberfläche war beeindruckend glatt und zermürbend groß.

Nabob quetschte sich enger in die Lücke und zog die Hufe aus dem Blickfeld.

»Schaut!« rief der Obertotengräber von Mortropolis. »Die Zukunft! Das Ende der Arbeit, wie ihr sie kennt.«

Ein kaltes, grausames Grinsen legte sich auf sein Gesicht, als er sich umdrehte und rief: »Moloch! Feure sie an!«

Von irgendwo ganz hinten kam das krächzende Grunzen einer Bestätigung, dann wurden andere Hebel umgelegt, und Ströme hyperheißer Lava zu den Innereien der drei Molochschen Analysekristalle umgeleitet.

Wenige Sekunden später zeigte das verräterische Pulsieren winziger scharlachroter Flecke, daß die frisch installierten MAKs bereit waren, eine Analyse vorzunehmen. Die Temperatur zwischen den beiden Kristallen stieg rasch an, als Lava durch die miteinander verbundenen Rohre in ihrem Inneren floß. Nabob fing allmählich an zu toasten.

»Willkommen in der neuen Einwanderungsbehörde!« sagte Byrernst grinsend. »Sie sind Zeugen eines neuen scharlachroten Zeitalters der Effizienz! Von nun an werden alle individuellen Ewigkeitsqualen neuer Klienten hier entschieden. Die Myriaden ihrer verschiedenen Bosheiten und ruchlosen Verbrechen werden taxiert, mit einem frisch formulierten Index strafbarer Handlungen verglichen und einem individuellen Torturencocktail zugewiesen – mit verheerend leistungsfähiger und fehlerloser Perfektion. Von nun an gibt es kein dämonisches Versagen mehr. Gefällt Ihnen das?«

Aufgeregtes Hufgescharre war zu hören.

»Nun?« schnaubte Byrernst und übertönte das Zischen der Lava in den Rohren.

»Ganz Höllien wird uns darum beneiden«, schleimte ein arschkriecherischer Bürokrat in dem Versuch, sich bei Byrernst einen guten Namen zu machen. »Alles, was Eifersucht und Neid vorantreibt, lebe hoch! Hip! Hip ...!«

Unter anderen, weniger drückenden Umständen, hätte Nabob ihm am liebsten verächtlich ins Angesicht gespuckt. Aber im Augenblick schwitzte er nur heftig – seiner Nerven und der Hitze wegen.

»Ich freue mich sehr, daß Sie so empfinden«, sagte Byrernst grinsend und tätschelte die glitzernde Oberfläche des ihm am nächsten befindlichen MAK. »Es wäre ja auch etwas unglücklich, würde einer von Ihnen Zweifel an seinem Busen nähren – angesichts der Vorteile, die diese Entwicklung Mortropolis bringen wird. Die Kristalle können schon jetzt zehnmal mehr verdammte Seelen taxieren und verarbeiten als Sie alle zusammen. Sie machen Mortropolis damit zur Qualenhauptstadt von Höllien. Diesen Effizienzsprung wird Scheytan niemals einholen!«

»Hurra!« brüllte der Schleimer, auch wenn seine Stimme weniger Zuversicht transportierte, als er tatsächlich empfand.

Nabob wünschte sich die Freiheit, dem Speichellecker eine oder zwei Klauen in den Schlund zu rammen. Doch genau in diesem Augenblick ratterte sein Verstand eine Reihe äußerst besorgniserregender und unbehaglicher Berechnungen herunter. War bei diesem Anstieg des Seelenverkehrs nicht auch ein Brennstoffmehrverbrauch nötig, um das korrekte Niveau der Qualen und Schmerzen zu halten, für das Mortropolis zu recht berühmt war? Eine tückisch grinsende Frage schlich über den Horizont. Wo sollte der zusätzliche Brennstoff herkommen? Der Boden unter seinen Hufen erschien ihm weit weniger sicher, als ihm lieb gewesen wäre.

»Natürlich«, fuhr Byrernst mit fast schmerzhafter Nonchalance fort, »wären all diese Fortschritte nicht nötig gewesen … Es hat nur am fortwährenden Niveau Ihrer, nun ja, Arbeitsleistung gelegen. Und eingedenk dieser Tatsache freue ich mich, Ihnen verkünden zu dürfen, daß Sie neue Positionen als Permanente Geländesubstanzbesorger einnehmen werden.«

Als was? durchfuhr es Nabob in stummer Panik.

»Fangen Sie sofort an!« verkündete Byrernst in dem blitzenden Ton des Freude, von dem Nabob seit langem wußte, daß er Ärger bedeutete. »Wache!« brüllte Byrernst.

Und Nabob wußte auf der Stelle, daß er recht gehabt hatte. Aufs Stichwort hin schwärmten zwölf riesige Knochenbrecher-Dämonen durch die Tür herein und musterten die Ex-Einwanderungsbürokraten mit funkelnden Augen.

»Wenn Sie diesen Herren bitte folgen wollen?« sagte Byrernst auf eine Weise, der man sich unmöglich widersetzen konnte. »Sie werden Sie an Ihren künftigen Arbeitsplatz begleiten.«

»Ähm … Nur eine Frage«, meldete sich der einzige Bürokrat, der seine Zungenlähmung überwand. »Was ist das für eine Substanz, die wir besorgen?«

Nabob empfand zum ersten Mal Dankbarkeit. Es war schon schlimm genug, wenn man erfuhr, daß das Einwanderungsamt nicht mehr existierte, aber wenn man keine Ahnung hatte, was ein Permanenter Geländesubstanzbesorger war, konnte einen dies vor Neugier in den Wahnsinn treiben.

Er konnte Byrernsts Frösteln bösartiger Freude beinahe hören, als jemand genau die Frage stellte, die er sich erhofft hatte. »Tja, es kommt darauf an, in welchem Teil der Mine man die Hacke schwingt.«

»Mine?« echoten der Bürokrat in einem Aufwallen von Panik und Nabob in einem Schütteln der Erleichterung.

»Ja, Mine«, höhnte Byrernst. Er schleimte pedantische Ironie aus und suhlte sich in jeder Sekunde der Massenberufsveränderung. »Konkret: die Lava- und Schwefelminen von Miefingen. Es ist komisch, aber genau *dort* kommen Lava und Schwefel nun mal her.«

»Augenblick! Sie können uns doch nicht einfach so nach Miefingen versetzen …!« protestierte der Bürokrat.

»Ach, nein?« Byrernst beugte sich mit geheucheltem Interesse vor. »Und warum nicht?«

»Ich … ähm … Wir haben einen Arbeitsvertrag mit der Einwanderungsbehörde, und …«

»Nun ja, *das* ist natürlich ein Einwand. Aber wissen

Sie, die Einwanderungsbehörde existiert nun mal nicht mehr, also ist Ihr Vertrag eigentlich nicht viel wert.«

»Aber man hat uns nicht gewarnt!«

»All dies wurde Ihnen letzten Monat per Infernopost bekanntgegeben. Ich habe diesen Brief hier verschickt, in dem sämtliche Einzelheiten stehen ...« Byrernst zog einen Pergamentzettel aus der Hosentasche und schwenkte ihn siegreich vor den Nasen der Bürokratenmeute. »Hier steht alles drin, was Sie wissen müssen, und ... Au weia, wie *dumm* von mir! Sieht so aus, als hätte ich *vergessen,* ihn zur Post zu bringen. – Na ja, macht nichts. Miefingen ist um diese Jahreszeit ein wirklich lauschiges Plätzchen, wenn man sich erst mal an den Geruch, die Hitze und die jeder Beschreibung spottenden Arbeitsbedingungen gewöhnt hat. Ich wünsche Ihnen viel Vergnügen!« Er drehte seinen pfeilförmigen Pürzel in einer Befehlssalve, und die zwölf Knochenbrecher hechteten vorwärts und bedrohten die Ex-Bürokraten mit äußerst langen Knüppeln. Effizienztriefend trieben sie sie flugs aus dem MAK-Raum hinaus.

Byrernst, nun vermeintlich allein in der vergleichsweisen Stille des Raumes, warf den Kopf in den Nacken und lachte. Leistungsfähigkeit – wie er sie liebte! Sie war das perfekte Alibi für seine ultimate Grausamkeit!

Und nun war es Zeit, ans Ufer der Schleimau zu eilen, um Teil zwei seines genialen integrierten automatischen Seelenverarbeitungssystems einzuleiten.

Er schlackerte kurz mit den Hufen, dann verschwand er und ließ nur den sinkenden Staub seines gackernden Sieges und den entsetzten Nabob zurück.

Sämtliche Gottheiten an der Hohen Tafel bei Manna Ambrosia glotzten den schwer überladenen Servierwagen an und zählten die Anzahl der übriggebliebenen Teller. Eine engelhafte Kellnerin hielt flatternd inne und schüttelte nervös die Schwingen. Es war schon wieder passiert! Es gab Reste! Schnell und mit äußerster Verstohlenheit warf sie einen Blick über die Schwinge auf die restlichen Tische und ließ einen erleichterten Seufzer erklingen. Zum Glück war es nicht ihre Schuld; sämtliche Gottheiten saßen vor einem artig dampfenden Teller.

An einem niedrigeren Tisch begaffte eine verschreckte Gottheit die sich entwickelnde Szenerie und hüllte sich in ein verzweifelt geheucheltes Schuldbewußtsein. Wird man mir die leeren Stühle anlasten? dachte Platzl ohne vernünftigen Grund. Es war zwar seine Pflicht, alle Ankömmlinge zu ihrem Stuhl zu geleiten, aber war es etwa auch seine Schuld, wenn nicht alle kamen?

»Sieben?« stieß Happa an der Hohen Tafel aus. »Es wird ja immer schlimmer! Wo sind sie?«

»Irgendwo anders«, sagte der hilfreiche Lyblich.

»Was? Sie können doch nicht anderswo essen! Es gibt kein Anderswo!«

Platzl spitzte die Ohren, um zu erlauschen, worüber sie sprachen. Schob man es etwa ihm in die Schuhe?

»Vielleicht essen sie gar nicht«, fuhr Lyblich fort.

»Wie?« fauchte Happa. »Sie essen nicht? Wat soll dat heißen?«

»Ähm … Vielleicht machen sie gerade eine Diät.«

Happa klatschte stöhnend die Hände über seine Ohren und quiekte. »Sag *so was* nicht! Denk nicht mal daran!« Wenn es etwas gab, das ihn wirklich verärgerte und erschreckte, dann waren es Abmagerungskuren. Sie waren für ihn ein echter Schlag ins Gesicht. Wie konnte sich jemand *bewußt* weigern, etwas zu essen? So was war doch *unnatürlich.*

Trotzdem, dachte er, als er auf das Septett der nicht benutzten Gedecke blickte, die Diät eines Gottes ist des anderen Gottes Portion. Na prima, dann konnte er ja heute noch mal Nachschlag nehmen. Er hob grinsend seine Gabel und wollte gerade reinhauen.

Doch die erwartungsvolle Vortischstille wurde von einer kleineren Gottheit unterbrochen, die auf die Beine sprang und eine Hand hoch in die Luft reckte. »Meine

Schuld ist es nicht!« rief Platzl in hektischer Panik. »Wenn sie nicht kommen, kann ich sie auch nicht zu ihren Stühlen führen, oder?«

Happas Gabel blieb mitten in der Luft hängen.

»Eigentlich«, fuhr Platzl schrillstimmig fort, »sollte man mir danken, daß ich dafür gesorgt habe, daß die heute Anwesenden alle Plätze einnahmen. Wie ihr wißt, ist es nicht einfach, tagein, tagaus für jeden Po die passende Sitzgelegenheit ...«

Happa glotzte sein erkaltendes Essen an. Sein Magen knurrte. »Jetzt ist nicht die Zeit, über Abwesende zu diskutieren. Bring das Thema später noch mal aufs Tapet, ja? Sagen wir mal, unter *Verschiedenes.*«

Eine andere Gottheit sprang auf die Beine. »Das müssen wir aber dann auf einen anderen Termin verschieben«, stieß Pyngel hervor, der für Terminpläne, Konferenzen und Lebenswichtige Zusammenkünfte zuständig war. »Das heißt, würde man diesen Punkt als Notfall deklarieren, könnten wir ihn schon in der nächsten Woche besprechen. Dazu wäre allerdings vonnöten ...«

Happa, dessen Gabel in der Luft schwebte, lief das Wasser im Mund zusammen. »Laßt es uns später klären«, heulte er.

»Natürlich könnten wir die Angelegenheit auch in einer hochnotwichtigen Sitzung nach dem Mittagessen besprechen«, erläuterte Pyngel eilig. »Aber das bedeutet natürlich, daß wir den Punkt *Verschiedenes* verschieben und neu einplanen müssen. Eine solche Verschiebung müßte zu gegebener Zeit in einer offenen Versammlung erörtert werden, damit wir sie auf der nächsten planmäßigen Zusammenkunft fordern können.«

Die Schwerkraft und der Hunger bemächtigten sich Happas Gabel. In einer einzigen flüssigen Bewegung tauchte sie in seine nektarinierte Pasta ein und schob sie seinem sabbernden Mund entgegen.

Im Augenblick konnte er sich nicht darum kümmern, daß sieben Gottheiten über den Zapfen gewichst hatten.

Früher oder später tauchten sie schon wieder auf. Eigentlich hatte er nichts dagegen, falls sich der eine oder andere der Anwesenden noch zu ihnen gesellen wollte.

Pyngel spie unermüdlich weitere Termin- und Änderungsvorschläge in die urplötzlich taub gewordenen Ohren der futternden Gottheiten.

Syffel rieb nachdenklich sein Kinn und fragte sich verzweifelt, was mit seiner Anhängerampel los war. Erstrahlte sie schon in diesem Augenblick im luminösen Glanz Tausender bekehrter Seelen?

Er rutschte unbehaglich auf seinem Stuhl hin und her. War seine Intrige entdeckt worden? Hatten die bierseligen Angehörigen des Himmelfahrtskommandos etwa nach dem Verschwinden des frisch gekillten Zorn geplaudert? Lag es im Bereich des Möglichen, daß die sieben verschwundenen Gottheiten in seinem Fall Ermittlungen anstellten?

Er mampfte seine Pasta und hoffte, sich zu irren.

Wirbel dichten Qualms kräuselten sich über den flatternden Ecken von Zorns Soutane, als er unaufhaltbar durch die endlosen Gassen der Innenstadt von Tumor schritt. Ölyg schlitterte in seinem Kielwasser, seine Sandalen klapperten doppelt schnell, um mit Zorn Schritt zu halten.

»Hören Sie, ich bin ebenso glaubensfähig wie jede andere Seele«, schwatzte er. »Genau genommen kann ich sogar noch besser glauben als die anderen.«

»Hauen Sie ab.«

»Bitte, machen Sie weiter. Sagen Sie, ich soll glauben, daß Schwarz Weiß ist. Ich wette, ich glaube es sofort. Versuchen Sie's doch mal.«

»Hauen Sie *ab.*«

»Mmmm, 'ne wirklich hübsche Soutane haben Sie da an. Was für ein prächtiger Farbton. Sehr üppig, und was noch besser ist: man sieht nicht gleich, wie schmutzig sie ist …«

»Hauen Sie *ab*!«

»Gefallen Ihnen die weißen Dämonen auch so gut, die da unten um sich treten?«

Ölyg hechtete um eine scharfe Kurve und trottete eifrig zwei Schritte hinter der sich aufblähenden Soutane Zorns her.

Muh Linneks kämpfte sich unter einer großen Decke hervor, hustete und schaute sich in größter Verwirrung um. Sein Haar war ordentlich zerzaust. Lavalampen schwammen in sein Blickfeld, und genau voraus, vor den grobgehauenen Wänden der Höhle stierte ihn die unwillkommene Aufmerksamkeit von sechs Gestalten an. Sie waren ihm unbestimmt bekannt. Eine, die eine Miene aus purem Entsetzen und Freude zur Schau stellte, stierte das Chaos auf Linneks' Kopf an und berechnete das riesige Stylingpotential, das es enthielt. Elli Vithal fegte unbeherrscht durch die Höhle und schwenkte begeistert einen uralten Knochenkamm.

»Was zum ...? Wo bin ich? Was geht hier vor?« schrie Linneks und wollte aufstehen. »Fort, fort!« raunzte er Elli an.

»Managerkursus, alter Knabe«, grunzte Klabautha respekteinflößend. »Willkommen an Bord.« Er trug noch seinen Kürbisschlafanzug.

»Was? Auf welche Frage soll das eine Antwort sein? Laß mein Pony in Ruhe.«

»Auf alle drei.«

Muh Linneks schüttelte den Kopf, was Elli Vithal sehr konsternierte, denn sie runzelte die Stirn und knallte ihm gereizt eine. »Hau ab!« schnauzte er Elli an. »Nein, das kann nicht sein. Ich wurde gerufen, um in Axolotl Hochzeitsgeschenke zu segnen, und ...«

»Ist unnötig, mehr zu sagen, Seemann. Sie haben dich wie ein böiger Sturm von hinten erwischt und dich durch ein Loch gezogen. Und dann warst du auch schon hier.«

»Woher weißt du das?« stieß Muh Linneks hervor und glotzte die mit einem Dreispitz bekleidete Gottheit durch die wirbelnden Arme der ungebetenen Friseuse an.

»Abgesehen von einigen kleinen Einzelheiten haben wir alle den gleichen Kurs genommen.«

»Was?« krächzte Muh Linneks, und ein Ausdruck von Panik huschte über sein Gesicht.

»Ach, *sooo* schlimm es nun auch wieder nicht«, sagte Elli Vithal beruhigend, trat zurück und begutachtete ihre neueste Kreation. »Eigentlich, so könnte man fast sagen, ist der Service hier sogar besser. Das Essen schmeckt zwar nicht so gut, aber … Nun ja, man kann eben nicht *alles* haben. Hmmm, da oben muß ich wohl noch ein paar Löckchen legen. Hat dir eigentlich schon mal jemand gesagt, daß man mit deinem Haar ganz toll arbeiten kann?«

»Nein, ähm, jetzt hör bitte damit auf.« Muh Linneks wehrte sie lahm ab und wandte sich wieder Klabautha zu. »Aber warum gerade wir? Was haben wir denn angestellt, daß wir das verdient haben?«

»Nichts besonderes«, brummte Nockauth leise. »Wir waren eben zur falschen Zeit in der falschen Ecke. Ich schätze, wir waren halt die ersten, die es getroffen hat.«

»Aber aus welchem Grund? Was erwartet man von uns?« stieß Linneks hervor, der nun immer verwirrter wurde, da die Antworten, die er erhielt, mehr Fragen aufwarfen als klärten.

»Hast du denn nicht gehört, was Spyler neulich von sich gab?« knurrte Klabautha, der, da er – abgesehen von Zorn – am längsten hier gewesen war und deswegen eine Art Autorität darstellen zu können glaubte. Außerdem war er, wie er den anderen Gefangenen bereits erklärt hatte, der einzige mit einem Dreispitz, wie sie echten Führernaturen zustanden. Sonst wäre es ja auch nautisch nicht korrekt gewesen.

Linneks schüttelte erneut den Kopf, was ihm einen

festen Schlag von der aufgeregt herumwirbelnden Götterstylistin eintrug. »Was hat er denn gesagt? Ich … na ja … war da wohl gerade arbeiten. Sieht so aus, als würden neuerdings unheimlich viele Leute heiraten. Es ist doch immer wieder dasselbe. Jahrzehntelang heiratet keiner, und dann – zack – plötzlich alle auf einmal. Komischerweise muß es immer im Frühling sein. Ich weiß auch nicht, was an der Jahreszeit so besonders ist …«

»Vielleicht die Hormone«, sagte Plast.

»Häh? Ging es bei dem Gerede darum?« fragte Linneks, verlor erneut den Faden und kam zu dem Schluß, daß es besser gewesen wäre, wenn er sich von Anfang an Notizen auf seinem Göttlichen Spezialradiernotizblock mit Erinnerungshilfe gemacht hätte.

»Nein, nein, nein«, grollte Klabautha. »Er hatte ein paar komische Ideen, wie er uns dazu bewegen könnte, besser zu arbeiten …«

»Und du glaubst, dies ist eine davon?«

»Oh, aber ja, mein Schatz«, sagte Elli Vithal zustimmend. »Sonst hätte ich doch nicht das große Vergnügen erlebt, meinen Kamm durch deine prächtigen Locken ziehen zu dürfen, oder? Weißt du eigentlich, daß dein Haar hier und da ein bißchen Spliß hat? Ich glaube, in den letzten dreißig Jahrhunderten habe ich dich nicht mehr frisiert. Kann das sein?«

»Hmmm, könnte hinkommen«, gab Linneks widerwillig zu. »Dann seid *ihr* also in Ordnung. Aber was erwartet man von uns, häh?«

»Nun jaaaa, das ist halt die Frage, was?« erwiderte Elli Vithal, den Mund voller Haarklammern. »Schieb den Kopf etwas vor. Ja, so ist es gut.«

»Was ist die Frage?« grunzte Linneks. Sein Kinn drückte unbequem auf seinen Brustkorb.

»Wir haben nicht die Bohne Ahnung«, gestand Klabautha, dem die bisherigen Ereignisse offenbar den Wind aus den Segeln genommen hatten. »Sieht so aus, als wollte es uns niemand erzählen.«

»He, nun ist's gut«, grunzte Linneks. »Ich hab's.« Er schob Ellis Hand beiseite, und ein komplizierter Zopf wurde ganz unfeierlich sichtbar.

Sechs Mienen in unterschiedlichen Stadien der Zotteligkeit glotzten ihn verwirrt an. »Was hast du?« fragten sie wie aus einem Munde.

»Warum wir hier sind. Wir wollen lernen, wie man Entscheidungen fällt. Ist es nicht offensichtlich?«

Das kopfkratzende Schweigen sagte ihm, daß es dies nicht war.

»Entscheidungen, hmmm«, brummelte Klabautha nachdenklich und rieb sich das Kinn. »Könnte stimmen. Wir könnten die Idee zwar mal an den Mast binden und zuschauen, ob sie fliegen kann, aber …«

»Nun, ich … Möglicherweise …« Plast ließ seine Daumen schnippen. »Klingt 'n bißchen hastig, findet ihr nicht auch? 'n bißchen radikal.«

»Ich weiß nicht genau …«

»Kommt mir irgendwie unnötig vor …«

»So was braucht man uns doch nicht erst beizubringen, oder?«

Fruchtloses Kneifen umgab das Septett der Gottheiten und erfüllte den Raum.

»Ich glaube, das beantwortet meine Frage«, sagte Linneks.

»Nun, ich …«, setzte Klabautha an, bevor er grob von einem schnellen Huf unterbrochen wurde, der die Tür auftrat. Zwei Teufel schleiften eine weitere in eine Decke gehüllte Gestalt herein.

Schoysal und Nabob warfen ihren neuesten Gefangenen fast beiläufig in die Höhle und verschwanden in der Küche, um sich rasch einen halben Liter Lava zu gönnen.

»Und ich sag dir, wir haben keine Zeit mehr«, heulte Nabob elend, als die Tür geschlossen war. Er warf sich mit einer theatralischen Geste auf seinen Kieselsack. »Was ich gehört habe, habe ich gehört! Wenn Byrernst in diesem Tempo weitermacht, ist Mortropolis zum Wochenende entvölkert. Wir haben keine Zeit mehr, um uns die zwei, drei, oder wie viele du noch brauchst, zu greifen. Außerdem hängt mir die Plackerei allmählich zum Halse raus. Götter zu entführen ist ein hartes Brot ...«

»Schnauze, du Memme«, knurrte Schoysal von der Tür her, während ihr neuester Gefangener sich aus den Decken wickelte, in fassungslosem Entsetzen umschaute und sein zerknittertes Gewand glattstrich.

»Ach, meine *Süüüßen*«, heulte Ramahni, der Gott des Schicks, des Charmes und der Damenunterwäsche. »Schaut mich *bloß* nicht an! Ich sehe bestimmt *grauenhaft* aus.« Die Fusseln steinalter Decken hingen an seiner Designertoga; er bemühte sich verzweifelt, sie sich vom Leib zu ziehen.

»Mach dir deswegen keine Sorgen«, säuselte Muh Linneks. »Nimm das hier.« Er zog eine kleine Bürste aus einem Beutelchen und reichte sie Ramahni. »Bürste die unansehnlichen Fusseln in Sekunden einfach fort! Siehst du? Sie entfernt auch unerwünschtes Nasenhaar und sammelt es in einem praktischen Schnellreinigungsfach.«

Ramahni zuckte zusammen, als er Klabautha in seinem Kürbisschlafanzug und dem Dreispitz erblickte. Hatte er denn gar keinen Sinn für Mode? Kürbis war doch seit einem Jahrhundert nicht mehr angesagt! Schlafanzüge wiesen Avocado-Muster auf. Entweder Avocado oder nichts. Er freute sich freilich, daß letzteres im Augenblick nicht aktuell war.

Plötzlich – und bevor Ramahni seinen neuesten Moderatschlag verbreiten konnte – wurde die Küchentür aufgetreten. Schoysal trat heraus. Er trug zwei schäumende Lavahumpen. »Hau weg den Dreck«, grollte er und warf Nabob einen zu. Ein Schluck, und er war verschwunden.

»Wir müssen bald zuschlagen, sonst sind wir ganz auf uns allein gestellt«, wiederholte Nabob und wischte sich den Mund mit einer geschuppten Klaue ab. »Acht reichen doch, oder nicht?«

Schoysal grunzte gereizt, zog das Geheimpergament aus der Schublade und blätterte es mit den Zangen rasch durch.

Die Gottheiten schauten verblüfft zu und fragten sich, ob dies tatsächlich Bestandteil ihres Entscheidungsfällungskurses war. War dies etwa eine Demonstration dessen, wie man es machen sollte?

Schoysal musterte konzentriert jedes einzelne Blatt der dampfenden Pergamente, prüfte, zählte zusammen. Schließlich zog er einen einzelnen skizzenhaft gezeichneten Stadtplan von Mortropolis heraus.

»Nun?« drängte Nabob. »Haben wir genug? Ich kann kaum noch auf den Hufen stehen. Es ist kalt da oben, und ...«

»Schnauze«, fauchte Schoysal. »Ich denke nach. – Wenn wir davon ausgehen, daß jede Gottheit mindestens die gleiche Menge Gebetswellen produziert wie eine durchschnittliche handelsübliche Gebetsmine ... brauchen wir ... nach diesem Plan ... ähm ... für die maximale Wirkung noch mal vier. Siehste? Hier sind zwölf Plätze angegeben, an denen man sie aufstellen muß. Wir müssen also ein göttliches Dutzend strategisch positionieren, um den Dominum-Effekt zu erzeugen.«

»Noch vier?« quäkte Nabob. »Aber das dauert ja eine Ewigkeit! Wir haben doch keine Zeit mehr. Hör mal, die Pläne gehen doch davon aus, daß Mortropolis voll bewohnt ist. Wenn wir noch länger hier rumhängen, arbeiten irgendwann alle in den Schwefelminen von Miefingen!«

»Bloß weil du fast dort gelandet wärst, bedeutet das doch nicht ...«

»Ich sag's dir, wir müssen uns beeilen! Zeit ist ...«

»Hier steht, daß wir für die maximale Wirkung ein Dutzend brauchen. Also greifen wir uns auch ein Dutzend, klar?«

»Und inzwischen versetzt Byrernst alle Mann in die Minen!« stieß Nabob hervor. »Was haben wir denn davon, wenn wir ein Mißtrauensvotum gegen ihn in Gang setzen wollen, und niemand ist da, der es aussprechen kann?«

»Aber *wir* sind doch noch da! Und vergiß auf keinen Fall Fürst d'Eibele!« Schoysal riß den Pergamentstadtplan vom Tisch und ließ ihn zwischen den Zähnen der Zange baumeln. »Hier steht, man stelle zwölf Anti-Personen-Gebetsminen auf, zünde sie, und *Patsch!* – erblicke das Licht. Und dann sind wir am Zuge!«

Nabobs Miene verfinsterte sich, als er begriff. »Wir stellen zwölf Gebetsminen auf?«

Schoysal nickte und deutete enthusiastisch auf die Einsatzkarte. Seine Kralle suchte den schnellsten Weg.

Nabob schüttelte äußerst langsam den Kopf. »Ähm, ich nehme zwar niemandem gern die Begeisterung, und dir schon gar nicht, aber für den Fall, daß es deiner Aufmerksamkeit entgangen ist: Wir haben gar keine Anti-Personen-Gebetsminen.«

»Ich hab's dir doch schon mal erklärt. Hast du etwa nicht zugehört?« Schoysal deutete auf die Gruppe der hinter ihnen befindlichen Gottheiten. »Es kommt nur auf die Wellen an. Die da können sie ebenso erzeugen, um die gewünschte Wirkung hervorzurufen …«

»Aber … Falls es dir noch nicht aufgefallen ist – sie haben Beine!« stieß Nabob ungläubig hervor und fragte sich, weshalb er erst jetzt darauf kam.

»Na und?« Schoysal zuckte die Achseln.

»Na und? – Ja, glaubst du denn wirklich, sie bleiben da stehen, wo du sie hinstellst? Die hauen doch ab, da gehe ich jede Wette ein!« Nabob schrie nun und zitterte, denn er sah, daß ihr gesamter Plan sich vor seinem inneren Auge auflöste.

»Tja, ähm … Dann fesseln wir sie einfach«, sagte Schoysal lahm.

»Ja, klar, sehr gut. Und du glaubst wirklich, niemandem fallen zwölf Gottheiten auf, die urplötzlich an irgendwelchen Straßenecken auftauchen? Glaubst du nicht auch, einer der Knochenbrecher könnte ein klitzekleines bißchen mißtrauisch werden?«

»Wir … nun, wir … könnten sie tarnen«, schlug Schoysal lahm vor.

»Bist du irre? Ich weiß nicht mehr, wie du mich zu dieser Sache überredet hast.«

»*Ich* habe dich überredet?« fauchte Schoysal aufgebracht. »Du bist doch zu mir gekommen! Hast du es vergessen?«

»Ich habe dir einen Gefallen getan. Sag bloß nicht, die Gemeinschaftsarbeit hat dir Spaß gemacht! Wenn ich nicht gewesen wäre, wärst du jetzt noch da.« Nabob sprang auf die Hufe und blieb heftig schnaubend vor Schoysal stehen.

»Hätte ich bloß nie einen Blick auf den blöden Stadtplan geworfen«, knurrte Schoysal mit zusammengebissenen Reißzähnen durch einen Filzschleier der Verzweiflung. »Vorher war das Leben viel einfacher!« Er warf das Pergament in einem Wutanfall durch den Raum.

Es wirbelte wild umher, drehte eine Schleife und sank dem Boden entgegen, wo es vor den acht gefangenen Gottheiten sanft zum Halt schlitterte. Vierzehn Augen konzentrierten sich gleichzeitig unter verblüfft hochgezogenen Brauen. Elli Vithal schielte Ramahnis Bart an und fragte sich, was sie mit ein paar besonders koordinierten Schnitten aus ihm machen konnte.

»Soll das für uns sein?« hauchte Klabautha und deutete auf den Stadtplan.

»Glaub ich schon«, erwiderte Muh Linneks und beäugte ihn argwöhnisch durch ein praktisches Kompakt-Opernglas, das er gerade seinem Beutel entnommen hatte.

»Bestimmt?« fragte Flychtha schüchtern. »Es hat aber doch niemand gesagt, wir sollten es uns ansehen, oder? Vielleicht empfinden sie es als aufdringlich, wenn wir es zu konzentriert mustern. Ich möchte keine Rauferei.«

»Ich auch nicht«, stimmte Ramahni ihr zu. »Die Krallen dieser Typen ruinieren womöglich meine Toga.«

»Dann schauen wir doch mal«, knurrte Nockauth. »Ich hätt nix gegen 'ne Rauferei. Hab schon verdammp lang kein' Haken mehr verteilt.«

»Sie würden es doch nicht rüberwerfen, wenn sie nicht wollten, daß wir es uns anschauen, oder?« fragte Klabautha.

»Jo, er hat recht«, stimmte Linneks zu. »Außerdem hat uns niemand *verboten,* es anzuschauen.«

»Aber ist es auch wichtig für uns?« fragte Ramahni, der den Geist des angeblichen Managerkurses schlagartig erfaßte. »Ist das Anschauen des Dokuments die Lektion? Oder ist es der kollektive Entscheidungsfällungsprozeß, ob wir es uns anschauen oder nicht? Kucken oder nicht kucken, das ist hier die Fra ...«

»Schnauze«, grunzte Klabautha, machte einen Schritt nach vorn, bückte sich und warf einen Blick auf den Stadtplan. Sekunden später waren Linneks und Nockauth bei ihm und rieben sich in kollektiver Verwirrung das Kinn.

»Was hat es zu bedeuten?« fragte Klabautha, als die Neugier auch unter den restlichen Fünf zu sprudeln begann.

Nockauth zuckte die Achseln und grunzte verwirrt, und plötzlich schauten auch die anderen hin. Sie beugten sich wie ein Mann eifrig über das verwirrende Blatt Pergament und umzingelten es.

Daraufhin geschahen merkwürdige, äußerst unerwartete Dinge.

Die Purpurzungen der über ihnen schwebenden Gebetswellen trafen aufeinander, überlagerten sich, prallten ab, kollidierten auf der Stelle miteinander, und so weiter etc. pp. Und als sich weitere Gebetswellen dazu gesellten, fing die Luft über den acht Gottheiten in einem Schimmer von purpurner Frömmigkeit zu leuchten an.

Der Gebetsminendetektor schlug heftig aus, ratterte laut vor sich hin und rutschte über den Boden – fort von der synergistisch verstärkten Wellenaura.

Schoysal schrie verwundert auf, als der Detektor umkippte und gegen die Wand schlitterte, als hätte man ihn dorthin geworfen. Sein Blick zuckte an die Stelle, an der er die Bewegung aufgenommen hatte. Seine Schlitzpupillen weiteten sich erschreckt.

Die über den acht Gottheiten schwebende Purpurwolke erstrahlte und knisterte in gespenstischer Unheimlichkeit. Eigenartigerweise roch die Luft nun nach Weihrauch und frisch gelöschten Kerzen. Und dann, als Klabautha sich noch weiter vorbeugte, um einen genaueren Blick auf das Pergament zu werfen, flackerte die Wolke, pulsierte und spuckte einen purpurnen Flammenbolzen auf den Boden.

Die Gottheiten spritzten erschreckt auseinander, und die Wolke verschwand auf der Stelle.

Schoysal brauchte eine gute Viertelstunde, um das Maul zu schließen. Dann wandte er sich bleich zu Nabob um und flüsterte heiser: »Ich glaube, ich habe eine Idee.«

In dem schwelenden Bodenloch unbeobachtet, entdeckten 5000 Silberfischlein die Religion und planten schon, ein gewaltiges Nest zu bauen, das sie ausschließlich dem gerade erblickten Purpurblitz widmen wollten, den sie für die Inkarnation ihres Stammvaters Ignatz hielten. Es war natürlich höchst wahrscheinlich, daß sie sich irrten, aber was soll's, sie waren glücklich dabei. Im Augenblick.

Die Schleimau schleimte und schlammte sich blasenwerfend ihren Weg durch die Innereien von Mortropolis und hatte glücklicherweise keine Ahnung von der Wichtigkeit zweier verstärkter gelber Buden, die geheimnisvollerweise an ihrem Ufer erschienen waren. Die Schleimau ignorierte auch die argwöhnisch gaffenden Massen der Fährschiffer, deren Fähren an eben diesem Ufer angelegt hatten – Fähren, die nun seit zwei Tagen keinen rechtmäßigen Passagier mehr an seinen letzten Bestimmungsort gebracht hatten.

Aber all das würde sich ändern.

Der erste Hinweis darauf war das Geräusch klappernden Hufschlags, als eine Sondereinheit stampfender Knochenbrecher eine Herde von Ex-Bürokraten dem Fluß entgegentrieb.

Eysenhart, ihr Anführer, trat ans Flußufer und winkte den dort versammelten Fährschiffern zu.

»Werft die infernalischen Verbrennungsmotoren an!« befahl er in drohendem Tonfall.

Kapitän Nörglpytter blickte gelangweilt auf. »Wofür denn?« knurrte er, ohne die Bölkpfeife aus dem Mund zu nehmen. »Ich seh hier keine zahlenden Passagiere!«

»Werft die Maschinen an!«

Nörglpytter nahm die Pfeife aus dem Mund, stieß auf so lästige Weise wie nur eben möglich das Mundstück an einen seiner hundert verschieden großen Zähne und fragte: »Warum denn?«

Eysenhart schnaubte. »Weil ich eure Fähren beschlagnahme«, kam seine herrisch-höhnische Antwort.

»Was?« stieß Nörglpytter hervor. Er sprang nun endlich auf die Hufe. »Sie können doch nicht …«

»Ich kann«, grinste Eysenhart mit einer Boshaftigkeit, die ihresgleichen suchte. »Ich hab Befehle. Von Byrernst.«

Nörglpytter schwenkte gelangweilt eine Klaue. »Ha! Also Byrernst steckt dahinter. Tja, dann möchte ich Ihnen sagen, daß die Jungs und ich hier 'n Geschäft betreiben – falls es Ihnen noch nicht aufgefallen ist. Wieso glaubt er, wir würden was für ihn tun, wenn er nicht dafür blecht, häh?«

Eysenhart beugte sich zu Nörglpytter hinüber und stierte ihn drohend an. »Haben Sie irgendeine Vorstellung davon, wo die Passagiere hinfahren?« knurrte er.

»Nee, aber ich hab das komische Gefühl, daß Sie's mir

gleich erzählen werden«, erwiderte Nörglpytter grinsend durch eine Wolke kampflustig versprühten Qualms hindurch. Die Sache fing ja gut an. Als rechtmäßig gewählter Vertreter der Koalition renitenter Unterwelt-Fährschiffer war er berechtigt, die Widerspenstigkeit bis zum Äußersten zu treiben und es als Kampfhonorar plus Spesen zu berechnen.

Der Knochenbrecher-Chef schnaubte abfällig. »Sie fahren nach Miefingen«, knurrte er wichtigtuerisch.

»Was sollen sie denn da? Betriebsausflug der Einwanderungsbehörde? Da gibt's doch nichts zu sehen – außer alten, abgewrackten Gruben und ...«

»Falsch. Sie sind wieder in Betrieb.« Irgend etwas in Eysenharts Blick wirkte wie ein böses Omen. »Und es ist eine Fahrt ohne Wiederkehr«, fügte er in einer verstörend freudigen Tonart hinzu.

Über Nörglpytters faltiges Gesicht breitete sich entsetztes Verstehen aus. »Sie meinen, sie werden in den Gru ...«

Eysenhart schnaubte und nickte langsam. »Ich nehme an, es wäre nicht einfach für Sie, den Fährbetrieb aufrechtzuerhalten, wenn Sie dort arbeiten müßten. Oder?«

Nörglpytter nickte zögernd und winkte seinen Kollegen eine ziemlich komplizierte Serie von Klauensignalen zu. Gequengel war das Salz in der Berufssuppe, doch leicht durchsetzbare Drohungen aus dem Maul des Anführers der Knochenbrecher waren etwas anderes. Sie erforderten das Einziehen der Hörner und augenblickliches Handeln.

Minuten später rülpsten schmutzig-schwarze Rauchwolken felsenfirmamentwärts, und die Fähren husteten chthonischen Rotz aus ihren verstopften Lungen.

Als die infernalischen Verbrennungsmotoren gerade angeworfen wurden, schritt eine hochgewachsene Gestalt in wehender Soutane aus einer schmalen Seitengasse, hielt schlagartig an und legte spontan den Rückwärtsgang ein. Ölyg knallte gegen Zorns Rücken und stolperte über seine Soutane.

»Ah, warum haben Sie das getan?« winselte er und rappelte sich auf. »Sie hätten mir doch sagen können, daß sie plötzlich anhalten wollen …«

»Still!« bellte Zorn heiser, bückte sich und blickte zum Flußufer hinunter. Seine Nüstern bebten, als er angestrengt wie ein Vampir vor dem Wind einer Vestalin an einem mondbeschienenen Abend in die Luft schnüffelte. In der Finsternis der Gasse funkelten seine Zähne durch grinsende Lippen, denn er spürte das riesige Konvertitenpotential der zusammengetriebenen Dämonen.

Eins wußte er genau: Zu ihnen mußte er hin. Wohin sie auch gingen – er würde ebenfalls dort sein. Er richtete sich auf, schaute sich rasch um, berechnete eine perfekte Reihe beginnender Schatten zwischen Gasse und Ziel und fegte ohne Warnung ins Freie.

»He!« quäkte Ölyg und wetzte hinterher. Dann erblickte er die versammelte Meute der Knochenbrecher-Dämonen, geriet in Panik und eilte ins Dunkel der Gasse zurück. »Kommen Sie zurück«, keuchte er in theatralischem Entsetzen. »Sie können da nicht hingehen. Es ist gefährlich!«

Nur von dem hilflosen Ölyg beobachtet, schlenderte Mitprediger Gottfried Zorn am Ufer entlang, verbarg sich hier und da an dunklen Stellen und wurde von dem überwältigenden Verlangen angetrieben, die Frohe Botschaft unter den geknechteten Dämonen zu verbreiten. Ausgedehnte Erfahrungen hatten ihm eins gezeigt: Je geknechteter das Publikum schien, desto verzweifelter war es bereit, an etwas Besseres zu glauben. Und wenn er sich diese Bande anschaute … Er würde hundert Prozent von ihnen bekehren, bevor sie auch nur *Ulp* sagen konnten. Syffel würde sich freuen.

Und außerdem hatte er sich noch den beknackten Ölyg vom Hals geschafft. Welche Erleichterung!

Innerlich aufs höchste gespannt, löste Zorn mit einer raschen Drehung des Handgelenks ein passendes Seil von einer günstig gelegenen Klampe, schaute kurz hinter sich, machte die Augen zu, schwang sich über die schmale Strecke des kochenden schwarzen Flusses und landete an Deck der nächsten Fähre.

Sekunden später hatte er sich unter einem großen Ersatzsegel verborgen, blieb dort liegen und lauschte den über die Planken ratternden Hufen – angespornt vom Quieken der Knochenbrecher und dem tödlichen Zischen ihrer peitschenartigen Schwänze.

Gerade als die erste beschlagnahmte Fähre sich einen Weg in die tranigfette Fahrrinne der Schleimau rülpste und die erste Lieferung der Ex-Einwanderungsbürokraten in Bewegung versetzte, schritten zwei Dämonen ans Ufer und schlenderten den beiden gelben Buden entgegen. Eine Meute säuerlich glotzender Dämonen verfolgte ihren Weg und hob vorbereitete Spruchbänder.

Als Eysenhart mit einem Anflug von Furcht erkannte, daß Byrernst früher als erwartet kam, wirbelte er auf dem Huf herum und stampfte auf einem Abfangkurs los. Hinter ihm flutschten drei weitere Fähren in den Fluß und tschuggten in Richtung Miefingen ab.

»Alles wie befohlen geladen«, meldete Eysenhart und salutierte zackig. »Meine Unterlinge können die Minen *sofort* in Betrieb nehmen.«

»Sie sollen es *noch schneller* tun«, knurrte Byrernst. »Jeder Tag, den wir Scheytan bezahlen müssen, ist ein vergeudeter Tag. Und ich kann vergeudete Obuli nicht ausstehen!« Er näherte sich bis auf wenige Schritte den gelben Buden und schnaubte stolz. Jeder seiner Schritte wurde von einer Schar Einweiserdämonen bewacht. Sie hatten auch den Bau der verstärkten Monstrositäten beobachtet und ohnmächtig vor sich hingeschäumt – na ja, in den letzten beiden Tagen hatten sie nichts anderes zu tun gehabt. Seit der Strom der Verdammten nach Mortropolis zum halten gekommen war, hatten sie niemanden mehr einzuweisen brauchen. Es war ihr Beruf, sich gequälte Seelen zu krallen, sobald sie von der Fähre kamen, sie solange zu verdreschen, bis sie die ihnen zugewiesenen Qualen gestanden und sie dann im Gänsemarsch in das entsprechende Elendsquartier zu führen. Sie waren alle auf ihren Beruf stolz gewesen. Sie wußten, daß ihre Handlungen die Sichtweise einer verdammten Seele in Höllien im höchsten Maße beeinflußten. Der erste Eindruck war immer der wichtigste.

Doch im Augenblick hatten die Einweisungsdämonen das schreckliche Gefühl, daß sie im Begriff waren, die jüngsten Verkehrsopfer von Byrernsts Leistungsfähigkeitsmanie zu werden.

Und sie irrten sich nicht.

Byrernst schritt mit einem erwartungsvollen Grinsen auf die beiden Automatikseelenbuden zu und betätigte einen Schalter. Sekunden später flossen Lavaströme durch die Rohre. Zwei gelb blitzende Lampen erwachten auf den Dächern der Buden zum Leben. Und dreiundfünfzig Einweiser waren arbeitslos.

»Asmodeus«, fauchte Byrernst boshaft. »Vorführen!«

Der Finanzverwalter machte überrascht einen Schritt zurück. »Ich … Ich … ähm … dachte, diese Ehre gebührt Ihnen, Herr!«

»Tja, Sie haben sich geirrt! Vorführen!« Byrernst schob Asmodeus durch die Seitenpforte hinein. Die Einweiser schauten wachsam zu, als die Ereignisse ihren Lauf nahmen.

Scharlachrote Lampen fegten im Inneren der Seelenbude auf Asmodeus herab, und ein Obsidianbildschirm flackerte auf. »Name?«

Asmodeus gab nervös eine Reihe von Buchstaben in die Symboltastatur ein.

»Strafe?« fauchte die Hütte.

Asmodeus zuckte die Achseln. »Mir ist keine zugewiesen worden«, sagte er zu Byrernst. »Ich arbeite hier.«

»Sie sollen nur *so tun,* als wären Sie eine verdammte Seele! Das müßten Sie doch inzwischen wissen. Erfinden Sie irgendwas! Es ist doch nur eine Vorführung!«

»Ich … ähm …«, stammelte Asmodeus.

»Hach! Lassen Sie mich mal!« Byrernst beugte sich vor und gab mit klickenden Krallen ›Fäkalseen des Gestanks und der Verderbtheit‹ ein. Sofort fing die Bude wild an zu vibrieren. Eine winzige Luke öffnete sich, eine summende zinnoberrote Kreatur flitzte heraus und schwebte einen Zoll vor Asmodeus' Nase. Sie winkte übereifrig und wackelte mit einem sehr langen Stachel.

Und die Einweisungsdämonen erkannten schlagartig die Wahrheit: Dieses Geschöpf sollte sie ersetzen! Mit einem heftigen Knurren rissen sie ihre Spruchbänder hoch und setzten sich in Richtung Buden in Bewegung.

Das zinnoberrote Mhodemm summte Asmodeus ungeduldig an, denn es war irritiert, weil der Delinquent ihm nicht zu den Fäkalseen folgte. Dann fegte es blitzartig hinter ihm her und spritzte einige Milligramm Ameisensäure in die zarteste Stelle des Teufelshinterns. Asmodeus kreischte auf und schlug nach ihm. Sofort erhielt er eine weitere Dosis in die andere Backe.

»Weg mit dir!« quäkte Asmodeus klagend. »Es tut weh!«

Die Einweisungsdämonenmeute strömte auf die Buden zu und schwenkte ihre Spruchbänder. Byrernst wandte sich um und beobachtete sie, während sein Schwanz Eysenhart subtile Befehle zumorste.

»Wir verlangen, daß diese Apparatur auf der Stelle abgeschaltet wird ....«, begann der Sekretär der Einweisungsdämonengewerkschaft.

»Verlangen, häh?« sagte Byrernst spöttisch. »Und warum?«

»Weil, ähm ... Wir vermuten, daß sie uns arbeitslos machen wird, und ...«

»Aber *neeeiiin!* Diese Automatikseelenbuden machen niemanden arbeitslos«, schleimte Byrernst mit zuckersüßer Stimme. Er deutete mit einer gefälligen Klaue in Richtung Eysenhart. »Offen gesagt ist es so: Wenn Sie so freundlich wären, diesem Herrn dort zu den wartenden Fähren zu folgen, würde ich mich überglücklich schätzen, mit Ihnen über einen neuen Arbeitsvertrag zu verhandeln. Nach einer fröhlichen nachmittäglichen Kreuzfahrt auf dem Fluß.« Und da er seine Bitte so lieb äußerte, zuckten alle die Achseln und kamen ihr nach.

Byrernst packte die Spruchbänder und schleuderte sie zu Boden. »Die brauchen Sie von jetzt an nicht mehr.«

Und als die Ex-Einweisungsdämonen ihren letzten Gang zu einem krisensicheren und ewig währenden Job in den Lava- und Schwefelminen von Miefingen antraten, grinste Byrernst sich eins. Asmodeus floh derweil wie ein Wilder vor dem bösartig stechenden Sicherheitsmhodemm, wobei seine Arschbacken rot glühten, denn es trieb ihn in Richtung der Fäkalseen des Gestanks und Verderbtheit.

»Stellt euch dichter zusammen«, bellte Schoysal die acht Gottheiten an.

»Ach, wirklich? Müssen wir? Da muß ich aber Einspruch erheben. Sein Kürbisschlafanzug paßt doch nicht zu meiner Toga!« Ramahni musterte Klabautha mit einer Miene hochnäsiger Arroganz. »Kürbis! Also *wirklich!* Er müßte Avocado tragen!«

»Ich an deiner Stelle würde ihn umhauen«, sagte Nockauth hilfsbereit. »'n schneller Uppercut, und 'n alter eins-zwei, dann nennt er dich nie mehr 'n geschmacklosen Banausen.«

»Bitte, bitte, ich möchte keine unnötigen Verletzungen verarzten«, beschwerte sich Plast.

»Beim ersten Anzeichen von Ärger würde ich einfach wegrennen«, winselte Flychtha.

Schoysal fauchte wütend und brüllte die Gottheiten an. »Hört zu, stellt euch einfach dichter zusammen«, sagte er. »Es ist wichtig!«

»Sind wir deswegen hier?« fragte Muh Linneks.

»Ja, ja«, erwiderte Schoysal, bloß damit sie ihm gehorchten. »Also, los jetzt! Dichter zusammen!« Und als sie die Achseln zuckten und sich dichter zusammenstellten, sprang er hinter dem umgedrehten Obsidiantisch in Deckung.

Sekunden später war das Purpurfeld der Frömmigkeit wieder da. Es schwebte strahlend über den Köpfen der Gottheiten.

»Ich hatte recht«, flüsterte Schoysal. »Schau!« Er stupste Nabob aufgeregt in die Rippen. Ein Gebetswellenblitz flackerte im Inneren der Wolke. Schoysal kreischte auf und schlug sich mit den Klauen auf den Mund. »Noch dichter«, rief er in seine Handfläche hinein, als der Weihrauchduft in seine Nüstern stieg. Die Gottheiten beugten sich einander entgegen. Das Purpurschimmern nahm zu, zuckte und vibrierte wie ein Dutzend Frettchen in einem Samtsack und verlängerte sich, als sei es im Begriff, sich loszureißen.

Schoysals Augen waren weit aufgerissen und stierten ehrfürchtig das sich vor ihm abspielende Spektakel an. Dann gab es plötzlich einen blendenden Blitz, ein Knistern von heiligem Ozon, und eine einzelne winzige Pusteblume purpurner Frömmigkeit riß sich los, wippte kurz und schwebte durch die Wand. Die Gottheiten trennten sich, da ihre Ohren kitzelten.

»Haste das gesehen?« sagte Schoysal bebend und rüttelte Nabobs Schultern. »Haste das gesehen? Es ist so, wie ich's gesagt habe! Eine Glaubenskugel! Ha! Dem Dämon, der damit zusammenstößt, steht ein Riesenschreck bevor. Ungefähr so, als würde er von 'nem halben Dutzend Anti-Personen-Gebetsminen getroffen. Danach werden sie *alles* glauben!«

»Jo. Na und?« Nabob grunzte, er war nicht sonderlich begeistert. »Macht es etwa einen Unterschied?«

»Hast du eigentlich gar keine Phantasie?« fragte Schoysal.

»Eigentlich nicht«, gestand Nabob.

Schoysal richtete den Blick an die Decke. »Hör mal, es passiert nur, wenn alle acht wirklich dicht zusammenstehen, klar?«

»Klar.«

»Je dichter sie zusammenstehen, desto höher ist also die Konzentration der Wellen, klar?«

»Klar.«

»Mit den konzentrierten Wellen von acht Gottheiten haben wir eine vierzöllige Glaubenskugel erzeugt, die wahrscheinlich ziemlich instabil ist, klar?«

»Klar«, bestätigte Nabob achselzuckend und fragte sich, wohin all dies eigentlich führen sollte.

»Was passiert also, wenn wir noch mehr Gottheiten zusammenkriegen, häh?«

»Klar ... ähm, also ...«

»Natürlich kriegen wir dann eine größere Glaubenskugel. Ich schätze sogar, wenn es uns gelingt, genügend Gottheiten zusammenzubringen, können wir in einem wilden Ausbruch kritischer Masse jedermann in Mortropolis zu dem Glauben bringen, daß Byrernst abtreten muß! Klar?«

»Ähm, und wie viele brauchen wir noch, bis wir die kritische Masse erreichen?«

»Pah, Einzelheiten, Einzelheiten«, fauchte Schoysal. »Laß gehen, schnapp dir 'ne Decke!«

»Irgendwie hatte ich das Gefühl, daß du so was sagen würdest«, stöhnte Nabob.

Schoysal ergriff den Minendetektor, pfiff nach Kiesela und verschwand durch die Tür.

Warum immer ich? dachte Nabob und eilte hinter ihm her. In seinem Kopf wirbelten noch immer fromme purpurne Pusteblumen reinen Glaubens umher.

Nachdem Happa zwei Riesenportionen verdrückt hatte, wischte er sich mit zufriedener Hand den Mund ab, lehnte sich in seinen Stuhl an der Hohen Tafel bei Manna Ambrosia zurück und trank einen großen Schluck Bier. Dann gab er, wenn auch eher zögerlich, bekannt: »Na schön. Thema Verschiedenes.«

Das Echo war kaum verklungen, als Pyngel auch

schon auf seinem Stuhl stand und Schriftrollen schwenkte. »Es wurde vorgeschlagen, die im Augenblick unplanmäßige Abwesenheit einiger Angehöriger unserer Gruppierung zu besprechen. Dies bedeutet, wie schon mehrmals von mir vor der gegenwärtigen Versammlung zur Sprache gebracht, eine sehr kurzfristig einberufene Versammlung und macht eine sofortige Terminänderung anderer, weniger dringender Geschäfte erforderlich ...«

»Und?« grunzte Happa.

»Könntest du zum Nutzen jener, die die Regeln ernster nehmen, die Bedeutung dieser Anfrage möglicherweise klarifizieren, bitte?«

»Ich habe sie in ihrer Klarheit für geradezu verheerend gehalten. Aber für jene von pedantischerer Natur werde ich sie verdeutlichen: Diskutieren wir das Thema jetzt?«

»Ich nehme an, mit *Thema* meinst du unsere abwesenden Freunde, und mit *jetzt* sprichst du die gegenwärtige Versammlung des Tagesordnungspunktes Verschiedenes an.«

Happa seufzte schwer. »Ja«, erwiderte er, hob seinen Humpen und versetzte Pyngels nächster Frage einen linguistischen Hieb. »Das gilt für beide Feststellungen.« Er schluckte einen großen Mundvoll Bier.

Pyngel blickte sich wichtigtuerisch um. »Will irgend jemand diesen untermingemäßen Vorschlag unterstützen?«

Lyblich stand pflichteifrig an der Hohen Tafel auf, grinste Syffel ironisch an und hob die Hand.

»Ist noch jemand dafür?« flötete Pyngel.

Mehrere gelangweilte Hände wackelten zur Antwort.

»Sehr gut«, sagte Pyngel strahlend und suhlte sich in seiner Wichtigkeit. »Der Antrag ist gestellt. Die Terminänderung wird also nächste Woche unter *Verschiedenes* besprochen. Bis dahin dürften alle ausgearbeiteten Einwände und Redebeiträge die tatsächliche Diskussion befähigen, so effizient und glatt wie möglich abzulaufen.«

Happa schüttelte erstaunt den Kopf. Das war aber bemerkenswert glatt abgelaufen. Es mußte ein echter Notfall sein.

Syffel tappte nervös auf die Tischplatte und wünschte sich, er hätte gewußt, was in Höllien vor sich ging. Er fragte sich insgeheim, ob ein Platz an der Hohen Tafel den ganzen Ärger überhaupt wert war. Aber damals hatte er es eben für eine gute Idee gehalten.

Man konnte die nervöse Spannung fast schmecken, die in der Luft hing: Eine Arbeitsgruppe der Abteilung Zufriedenstellende Sitzordnung blickte einsam in ihre Kristallkugeln und verschob Pergamentzettel von hier nach dort. Auf jedem Zettel stand ein hingekritzelter Name.

Tyftler, Generaldirektor des Komitees für Zufriedenstellende Sitzordnung, zog sechs Namen aus dem zeremoniellen Hut und legte sie vor sich hin. Dann fuhr er müde mit der Hand über seine Kristallkugel, summte diverse halbherzige Melodeien und wartete, daß der Nebelvorhang sich auflöste. Er wurde durch das klare Abbild der sechs Gestalten an einem Tisch ersetzt, die an der Feier von Luphan Burks und Ferona Veldmuschs Hochzeit teilnahmen.

Zwei Brautjungfern, eine alte Tante des Bräutigams, zwei Beamte des Müllvorhersageamtes und ›Schnüffi‹ Löschler saßen schweigend herum, glotzten verloren die rosafarbenen Servietten an und warteten auf den ersten Gang.

»Sie, ähm ... haben also den Brautstrauß gefangen?« fragte Schnüffi die Jungfer, die ihm am nächsten saß.

»Nein«, fauchte das einfach aussehende Mädchen und ließ hochmütig ihr rosafarbenes Kleid rascheln.

»Ach, ähm ... Dann waren Sie es also?« fragte Schnüffi die andere.

»Nein!« fauchte auch sie und warf einen finsteren Blick über den Tisch.

»Aber ich dachte, es gäbe nur zwei Brautjungfern.«

»Ja!« erwiderten die beiden im Chor.

»Und wer ...?«

Die alte Tante streckte einen faltigen Finger aus und deutete vorwurfsvoll auf einen Beamten der Müllvorhersage. »Er!« sagte sie nur. Die Dolche, die ihr Blick versprühte, fegten ihn beinahe vom Stuhl.

»Hören Sie mal, es ist mein Beruf, dafür zu sorgen, daß Axolotls Straßen sauber bleiben ...«, begann der Müllvorhersage-Mann.

»Er wurde aber noch gebraucht«, heulte die erste Brautjungfer los. »Er hätte uns gesagt, wer von uns beiden als nächste heiratet! Es ist doch Tradition!«

»Es war eindeutig zu erkennen, daß der Strauß mutwillig weggeworfen wurde und dazu dienen sollte, den städtischen Bürgersteig zu verunreinigen, um das potentielle Chaos der Verschmutzung noch zu steigern ...«

»Wenn Sie nicht mit dem Mülleimer dazwischengesprungen wären, hätte ich ihn aufgefangen!« fauchte die zweite Brautjungfer.

»Nein – *ich* hätte ihn aufgefangen!«

»Nein, ich!«

»Ich kann kaum glauben, daß Sie sich darüber streiten, wer den simplen Zeremonienmüll aufgefangen hätte«, grollte der Mann von der Müllvorhersage. »Hätten Sie etwa auch den gebratenen Wunschknochen eines einheimischen Kückelhahns aufgefangen, wenn ihn irgend jemand beiläufig weggeworfen hätte?«

»Ja«, riefen die Brautjungfern im Chor. »Vielleicht wäre ja ein bißchen Fleisch an ihm gewesen!«

»Dann billigen Sie also das Fortwerfen nutzloser Dinge auf die Straße, die dazu beitragen können, der städtischen Vermüllung Vorschub zu leisten?«

»Nein.«

»Aber das haben Sie doch gerade *gesagt*.«

»Ich hab das nicht gesagt. Das war sie!« Die beiden Brautjungfern deuteten vorwurfsvoll aufeinander.

»Ist gar nicht wahr!«

»Und ob!«

»Nein, er war's. Es ist alles seine Schuld!« Die erste Brautjungfer musterte den Mann von der Müllvorhersage mit finsterer Miene. »Auf ihn!« Das Geräusch umkippender Stühle ertönte, als die beiden rosafarben gekleideten Krieger über den Tisch sprangen und dem Mann von der Müllvorhersage mit geballten Fäusten aufs Maul hauten.

Tyftler hielt sich die Augen zu, schaltete den Kristall ab und wäre beinahe in Tränen ausgebrochen. Er hatte 97 Sitzkombinationen ausprobiert, aber alle hatten in einer Schlägerei geendet. Der einzige Unterschied, den es zwischen diesen Kombinationen gab, bestand in der Frage, *wann* die Leute anfingen, sich zu verdreschen.

Bei diesem Tempo kriegte er nie eine befriedigende Sitzordnung zusammen. Es war einfach zu schwierig. Das Beste, was ihm bisher gelungen war, war ein Tisch mit sechs Personen, die sich überhaupt nicht kannten und von denen drei ein Schweigegelübde abgelegt hatten. Für sie war die Feier natürlich todlangweilig, aber sie würden wenigstens unverletzt nach Hause gehen.

Er warf einen Blick auf sein Einsatzkommando und zuckte zusammen, als er die zusammenzuckenden Propheten sah, die andere Schlägereien begutachteten. Sie hatten keine Wahl. Er mußte um göttlichen Beistand bitten. Und es gab nur einen, der das Chaos möglicherweise klären und zu etwas weniger Gefährlichem als einem potentiellen Tumult machen konnte: Platzl, die Untergottheit der Sitzordnung.

Tyftler fragte sich, warum er nicht früher darauf gekommen war. Aber insgeheim gestand er Niederlagen eben nicht gern ein.

»Na schön, Jungs«, gab er leicht beschämt bekannt. »Kristalle abschalten. Wird Zeit, daß wir den Obermeister ins Spiel holen.«

Überall wurde eilig nach Luft geschnappt. Den Obermeister! Dann sah die Lage wirklich übel aus.

Tyftler zündete zwei feierliche Weihrauchstäbchen an, schlurfte zögernd dem Sitz von Platzls Schrein entgegen und nahm vorsichtig und mit den erforderlichen Verdrehungen der Beingelenke darauf Platz. Seine Kniegelenke knarrten unheimlich, als er die Fußgelenke halbwegs auf den gegenüberliegenden Oberschenkeln ablegte.

Er schloß die Augen und nahm zur großen Freude der beiden Teufel tausend Fuß unter ihm die zeremonielle Anrufung in Angriff.

Erneut drehten die Minendetektoren durch, zuckten und deuteten starr auf eine Stelle an der Decke des nun sehr wabigen Seitentunnels. Schoysal grinste aufgeregt, deutete auf die besagte Stelle und drängte Kiesela zu einem Steinfreßrausch. Sekunden später war die Stalagmotte an der Wand hochgekrabbelt und attackierte das Granit in einem Wirbel fliegender Splitter. Sie war schlau. Mit Bohren kannte sie sich aus.

Schoysal und Nabob wickelten sich in zahlreiche Deckenschichten und folgten ihr: der eine randvoll mit purem Eifer, der andere etwas über seine schmerzenden Knie murmelnd.

In Bälde würden sich neun Gottheiten in Höllien aufhalten.

Mietprediger Gottfried Zorn blieb unter dem Ersatzsegel der Fähre völlig bewegungslos. Erst als alle gebellten Befehle und das Hufgestampfe erstorben waren und die evangelistische Inbrunst wieder in seiner Blutbahn kreiste, lugte er hinaus, suchte das Ufer der Schleimau nach versteckten Dämonen ab und sprang an Land. Es war nicht allzu schwierig, die Herde der elenden Ex-Einwanderungsbeamten und ihre Häscher aufzuspüren: überall waren laute Rufe zu hören, hin und wieder auch ein Schmerzensschrei, und natürlich der schnelle Hufschlag im Staub, der sogar dem dämlichsten Jäger die Richtung gewiesen hätte.

Minuten später hockte er vorsichtig hinter einem sehr großen Findling und peilte von dort zum klaffenden Eingang der gefürchteten Lava- und Schwefelminen von Miefingen hinüber. Zwei parallele Metallschienen fuhren in den schlundartigen Raum hinein und verschwanden in einem dunkelroten Halbschatten übelriechender Finsternis. Die rostigen Gehäuse zerschmetterter Loren lagen überall willkürlich verstreut, wie längst vergessene Opfer eines übermäßig gewalttätigen Lorenangriffs.

Dies war mehr als alles andere, was Zorn bisher gesehen hatte, das passendste Beispiel für das, was man von Höllien erwartete.

Die Knochenbrecher-Wachen knurrten aggressive Befehle und verliehen jedem einzelnen mit einer Reihe wiehernder Tritte Nachdruck. Zorn spürte, daß das Glaubenspotential mit jeder weiteren Minute zunahm.

Er war sich in diesem Augenblick glücklicherweise der nervösen Annäherung einer eigenartig purpurnen Pusteblume konzentrierter Frömmigkeit nicht bewußt. Sie schwebte auf ihn zu und wurde von den hauchdünnen Schwingen einer sanften Brise getragen.

Zorn beobachtete die im Mineneingang abrollenden Ereignisse: die Knochenbrecher-Wachen warfen den Beamten riesige Spitzhacken zu, die elend aufgehoben wurden. Blasen warteten schadenfroh in den Ecken der Agonie und bereiteten sich darauf vor, auf Klauenflächen zu wachsen, die von Jahrhunderten des Pergamentsortierens und Glühfederhalterquälens verweichlicht waren. Und als die Knochenbrecher die neuen Rekruten zusammentrieben und ihnen drohende Blicke zuwarfen, erkannte Zorn seine Chance. Sein Herz raste, seine Milz zuckte, dann wußte er schlagartig, daß er nur zu predigen brauchte. Und er hatte das passende Gleichnis schon im Kopf.

Er dachte flugs nach und versuchte sich an den Vertrag zu erinnern, den er mit der Firma Fileda-Grubenhandschuhe hatte – der richtige Schutz für die werktätigen Massen. Hatte er ihn erfüllt? Hatte er die verlangten 20.000 Bekehrten erfolgreich eingefahren, für die man ihn bezahlt hatte? Irgendwie wohl nicht. Doch nun bot sich ihm die geeignete Gelegenheit, diese heikle Sache auszugleichen. Ohne innezuhalten, um darüber nachzudenken, wo die Ex-Beamten überhaupt Fileda-Grubenhandschuhe erwerben konnten, was ihm auch schnurzpiepe war, denn dies war ein reines Problem des Vertriebs, wußte er, daß die Zeit zum Handeln gekommen war. *Carpe daemon* und so weiter. Zuschlagen, solange der Dreizack noch spitz war. Er breitete die Arme aus, hob den Kopf, wetzte auf den Findling hinauf, holte Luft und verkündete: »Freunde! Dämonen! Höllianer! Leiht mir euer Gehör!«

Es war zwar nicht gerade die originellste Anrede, aber er fand Beachtung. Alle wirbelten auf den Hufen herum und konzentrierten den Blick auf die mit der Soutane bekleidete Gestalt auf dem Felsklotz. Hinter ihr schien ein purpurnes Leuchten zu pulsieren und größer zu werden.

»In diesen Zeiten der Veränderung brauchen wir alle ein wenig Bequemlichkeit«, rief Zorn. »Ein Stäubchen der Freude in der ausgedörrten Wildnis des wüsten Jammertals. Meint ihr nicht auch?«

Einige Köpfe nickten vorsichtig oder nervös – denn die Knochenbrecher schauten wachsam zu.

»Ist Leid nicht etwas, das anderen passieren müßte?« fragte Zorn. »Ist Schmerz und Qual ein Luxus, den sich nur jene leisten können, die ihn wirklich verdienen? Warum solltet ihr den Schmerz an euren weichen Klauen erleiden müssen?«

Als Zorn in einem Anfall trommelnden Glaubens gerade die Augen schloß, schwebten die Pusteblumen aus reiner purpurner Frömmigkeit über seine Schulter. Sie flogen leise ins natürliche Amphitheater des Grubeneingangs. Er bereitete sich auf den letzten evangelistischen Schlag erweckender Fragen vor, um das Bedürfnis zum Höhepunkt zu führen, damit seine Zuhörerschaft, wenn sie mit dem Rücken zur Wand stand, begriff, daß es, wenn es scheinbar keinen Ausweg mehr gab, wenn es keinen Ort gab, an den sie fliehen konnte, doch noch eine Lösung gab. Er würde sie ihnen anbieten! Den einzig wahren Weg ... Fileda-Grubenhandschuhe!

»Warum sollte die perfekte Maniküre von den Unbilden der täglichen Plackerei demoliert werden? Kann man splitterfreien Krallenlack benutzen und *trotzdem* in den Gruben arbeiten?«

Plötzlich und unerwartet prallte die Pusteblume aus reiner Frömmigkeit gegen einen ungünstig positionierten Findling. So zerbrechlich sie war und so rammelvoll mit Kilopsalmen an Gebetswellen, war es dennoch überraschend, wie groß der blendende Lichtblitz ausfiel, der aus ihr hervorschoß. Die gesamte Umgebung wurde in einem retinaversengenden Blitz geradezu hymmlischer Proportionen gebadet, als hätte jemand versehentlich die Hanfzündschnur einer kleinen Supernova angesteckt und vergessen, den anderen davon zu erzählen.

Winzige Glaubenskrapfen bildeten sich in dem sengenden Frömmigkeitsfeuerball und stürzten in einem spontanen Heyligenscheinsturm vom Himmel. Und Sekunden später hatte der gesamte Dämonenpöbel das Licht gesehen, kaufte das T-Shirt und umarmte die letzten Worte des Fremdlings auf dem Felsen mit der Inbrunst eines geilen Terriers, der auf sein Lieblingsmenschenbein traf.

Ja, *warum* sollten sie ihre Krallen ruinieren? Warum sollten sie sich in den Gruben abrackern? Ja, warum?! Fragen über Fragen, die beantwortet werden mußten. Falsches mußte korrigiert werden! Und es gab nur einen Teufel in ganz Mortropolis, der all diese Fragen beantworten konnte.

Der Obertotengräber. Seine Hochnäsigkeit persönlich. Byrernst.

Doch bevor der Mietprediger Gottfried Zorn eine Chance erhielt, dem Pöbel die Freuden von Fileda-Handschuhen schmackhaft zu machen, war dieser schon ans Ufer geströmt, riß ihn von seinem Felsen und trug ihn der Schleimau entgegen – in dem Wissen, daß er ihm den Weg gewiesen hatte. Den einzigen Weg. Den Randale-Weg!

VERSUCHEN KOSTET NIX

Die ersten theatralischen Strahlen des Frühmorgenlichts krochen schlapp über den Horizont und trotteten dösend auf Axolotl zu. Ihnen stand ein äußerst rüdes Erwachen bevor.

»Was ist passiert?« schrie Bocus, der Hohepriester der Zunft der Hochzeitsfeierspeisen. Seine Augen waren aufgrund einer hochaktanischen Mischung aus nervöser Anspannung und extremem Schlafmangel rot umrandet. Es war ihm in der letzten Woche – seit der Verkündung von Luphans und Feronas anstehender Ehestandsverkündigung – gerade mal gelungen, drei Stunden lang die Augen zu schließen. Und man sah es ihm an. Seine Nerven waren kraus und durchgescheuert, und die Megatonnenwut seines legendären explosiven Temperaments spielte erregt mit einem empfindlichen Abzug. »Was ist mit dem Kuchen los?« wiederholte er kurz vor einem gewaltigen Ausbruch.

»Er ist h-h-hin«, stieß der Küchenlakai hervor.

Bocus richtete den Blick zum Hymmel und keuchte drohend: »Erkläre ...«

Fyhlo, der Unterling, wischte sich schluckend die Hände an der Brust der weißen Küchentoga ab. Eine kleine Mehllawine stürzte bodenwärts. Fast sicher, daß heute sein letzter Tag in der Küche war, holte er Luft und fing an. »Es war nicht meine Schuld. Sie standen nebeneinander. Tja, sie stehen zwar immer nebeneinander, aber ... Es war nicht meine Schuld«, blökte er, für den Fall, daß Bocus es vergessen haben sollte. Die unheimlich brütende Stille und die zuckenden Wangenmuskeln des Hohepriesters erschienen ihm als kein gutes Omen.

»Sie sehen eben gleich aus, nicht wahr?« winselte Fyhlo. »Also, in einer vollgestopften Küche, mitten zur Hauptessenszeit; na ja, da sieht ein Puderzucker eben wie der andere aus. Es war ein Fehler, den *jeder* gemacht haben könnte. Sie fangen sogar mit dem gleichen Buchstaben an …«

Als Bocus' Stimme schließlich in einem heiseren Tonfall wieder erklang, transportierte sie erzwungene Ruhe. Wenn es das nicht war, hatte er einen irreparablen Stimmbandschaden, dem gleich eine ausgewachsene Tirade rotgesichtigen Kreischens folgen würde. »Soll das etwa heißen, daß DER KUCHEN, der in weniger als acht Stunden für die wichtigste Hochzeit bereitstehen soll, die dieses Jahrzehnt erlebt hat, *gewürzt* wurde?«

Fyhlo lugte unter seiner Kochmütze hervor wie ein in Furcht versetztes Nagetier. Er nickte und rang die Hände.

»… statt *gezuckert* zu werden?«

Fyhlo riskierte ein weiteres, von schlechtem Gewissen kündendes Nicken.

An Bocus' Schläfe zuckte eine Ader, und alle Mann verpißten sich. »Du hast ihn *gesalzen*?«

»Es war das beste sonnengetrocknete Felsensalz …« winselte der Unterling, der sich nun an alles klammerte, was die Strafe mildern konnte, der er fraglos entgegensah.

Bocus schloß die Augen und hob einen tödlichen Finger. »Und worin, falls du die *Güte* hast, es mir zu sagen, bestand das Schicksal der drei Pfund und vier Unzen erstklassigen Rohrzuckers?«

»Ach ja, das wollte ich auch noch sagen«, gestand Fyhlo mit einem leichten Beben in der Stimme. »Die Wurstbrötchen sind bestimmt lecker, wenn man sie mit besonders scharfem Senf serviert … dann schmeckt man nicht so, wie süß sie sind … Halten Sie es nicht auch für eine sehr gute Idee?«

Der heiße Atem von Bocus' Temperament krachte aus

seinen schnaubenden Nüstern, bereit, auf hundert Metern die Wandfarbe aufplatzen zu lassen.

Fyhlo schloß die Augen und empfahl seinen Leib den Launen des Hohepriesters der Hochzeitsfeierspeisen. Es war ein tragischer Abgang, aber zumindest wußte er nun sicher und gewiß, daß man ihn mit äußerster Präzision in Würfel schneiden würde.

Er hörte das Rascheln von Bocus' Gewändern, als dieser voranhechtete; spürte das Trommeln des Blutes in der Ader an seiner Stirn; spürte das schnarrende Schnauben stürmischen Atems auf seinem Hals …

Und hörte, daß die Tür ins Schloß knallte und sich zwei klappernde Füße entfernten.

Fyhlo riß die Augen auf und erblickte Bocus' sanft zu Boden schwebende Dienstmütze. Ein erleichtertes Quäken machte sich vorzeitig in seiner Kehle breit, als sein Blick hin- und herhuschte und nach einer Spur des Hohepriesters suchte. Seine Knie fühlten sich wie Vanillepudding an. Millisekunden, bevor er in einem Baiser blubbernder Erleichterung zu Boden schlitterte, wurde die Tür zum Spezialitätenlager aufgetreten und Bocus stürmte heraus.

Fyhlos Augen waren schwarzolivene Vol-au-vents der Wachsamkeit, als der schäumende Hohepriester unaufhaltsam und mit erhobenen Händen auf ihn zustampfte.

»Trag das!« brüllte er, warf Fyhlo einen Sack mit seltenen und teuren Kräutern in die Rippen und rauschte an ihm vorbei.

Fyhlo flog wie Safran in einem Sandsturm herum und wurde am Kragen herausgezerrt.

Erst zwanzig Minuten später kam er wieder zu Atem, und zwar dann, als Bocus ihn auf einen merkwürdig öden Fleck von zottiger Erika auf einem hohen Vorgebirge östlich der Stadt fallen ließ. Der Hohepriester sank wenige Zoll vor dem Rand eines dreihundert Fuß tiefen Abgrundes auf die Knie und wischte dort liegende

Zweiglein und Blätter von einem eigenartig geformten Stein.

»Anmachholz! Anmachholz!« bellte Bocus verzweifelt. »Aber dalli!«

Fyhlo sprang beinahe aus der Haut, ließ den Sack fallen und fegte hektisch durchs Unterholz, um leicht entzündbare Erikazweiglein zusammenzuschrappen.

Kurz darauf hatte Bocus sie zu einem zusammengestoppelten Lagerfeuer aufgeschichtet, hockte vor einer kleinen, grobgehauenen Gesteinseinkerbung und ließ ein Brandstöckchen zwischen den Händen wirbeln. Fyhlo gaffte die sich verwischenden Hände an und blinzelte voller Ehrfurcht, als Sekunden später Funken sprühten und in die Erikazweiglein fielen. Strähnen bläulichen Rauchs stiegen in die Morgenluft auf. Es knisterte erst, dann brannte das Feuer.

Bocus fuhr herum, riß den Sack vom Boden hoch, zog das Ziehband auf, schob die Arme tief hinein und schloß die Finger eng um zwei Hände voller seltener und kostbarer Kräuter.

Und dann gewann Fyhlo allmählich den Eindruck, daß Bocus die Sache in letzter Zeit vielleicht ein wenig übertrieb. Er gab aber eine hübsch beeindruckende Silhouette ab. Er schwang die Arme mit geballten Fäusten, stand hoch aufragend am Rand des dreihundert Fuß tiefen Abgrundes, warf den Kopf in den Nacken und stierte flehentlich auf das orangegestreifte Morgenhimmeltürkis. Das Feuerchen brannte zu seinen Füßen.

Fyhlo schaute zu und fragte sich nach dem Zustand von Bocus' geistiger Gesundheit. Er wußte einiges darüber, wie unterschiedliche Menschen mit Streßsituationen fertig wurden. Manche wandten sich der Flasche zu, andere rauchten Kräuternarkotika, und wieder andere eilten kreischend auf dem Rücken wilder Steinböcke durch die Stadt. Aber daß jemand *so was* machte, hatte Fyhlo noch nie gehört.

Und das Geheule schon gar nicht.

Er lauschte den verzweifelten, hymmelwärts treibenden Worten Bocus' und schüttelte den Kopf. *Wie traurig,* dachte er. *All diese Sorgen wegen eines kleinen Kuchens und einiger Wurstbrötchen. Manche Menschen nehmen das Essen aber auch wirklich ernst!*

Eine plötzliche Bewegung fing Fyhlos Beachtung ein. Bocus' rechter Arm schleuderte die seltenen und kostbaren Kräuter in das Erikafeuerchen. Es knisterte, dann ein rotblaues Aufflackern, und eine Säule aromatischen Rauches schlängelte sich in die stille Morgenluft hinauf – wie das gut ausgebildete Seil eines Wesirs in einem sündanischen Basar.

Fyhlo entspannte sich leicht. Es war in Ordnung. Bocus wickelte es auf traditionelle Weise ab und verbrannte ein paar getrocknete Pflanzenextrakte. Na schön, er fügte einige persönliche Noten hinzu, aber das spielte keine Rolle. Wenn Fyhlo den Rückweg nach Axolotl gekannt hätte, wäre er am liebsten davongeschlichen und hätte den Hohepriester machen lassen. Was für eine Schinderei, der ganze Weg hierher. Er hatte nicht mal Zeit gehabt, sich zu orientieren.

Trotzdem, hier oben war es gar nicht so schlecht. Kühler als in der Küche, das stand mal fest, und viel bessere Aussicht hatte man auch. Es war schon toll, wie die Strahlen der fast horizontalen Sonne schillerten, auch auf den Flügeln des Mannes, der da drüben stand …

Fyhlo rammte sich die Handknöchel in die Augen. Er blinzelte und starrte. Der grinsende Mann flatterte nonchalant über dem dreihundert Fuß tiefen Abgrund und strich nachdenklich über seinen gekräuselten Schnauzbart.

Fyhlo, der sich die Frage stellte, wer von ihnen streßgeplagter war, krabbelte näher heran.

»Salz, sagst du?« sagte die Flattergestalt nachdenklich.

»Dreieinhalb Pfund Salz!« knurrte Bocus auf seltsam bittende Weise. »Na los, Luitschi, du mußt mir helfen!«

»Hmmm, wie wär's mit doppelt dickem, extrasüßem Zuckerguß?«

»Kotz«, sagte Bocus. »Hast du überhaupt eine Vorstellung davon, wie *wichtig* diese Hochzeit ist?«

»War ja nur 'n Vorschlag.«

Bocus musterte ihn mit einem vernichtenden Blick.

»Wie wär's, wenn du ihn in extrasüßem Avocado-Wein eintauchst?«

»Nee, dann verfärbt sich doch der Zuckerguß! Einen blaßgrünen Hochzeitskuchen! Komm zu dir!«

»Ja, aber Prominente machen doch immer so verrückte Sachen. Sag einfach, es wär Mode!«

»Hör mal, Luitschi, es ist ernst. Ich brauche ein Rezept für einen Kuchen, den ich in weniger als einer Stunde hinkriege. Kannst du so was?«

»Hmmmm, das ist aber schwierig«, sagte der Geflügelte nachdenklich und strich sich übers Kinn. »Wir schauen uns lieber mal an, was du in der Küche hast.« Er flatterte grinsend in Richtung Axolotl an Bocus vorbei. »Ist wirklich mal was anderes, als immer nur über Pizza nachzudenken, das kannst du mir glauben. Weißt du, Bocus, du solltest mich eigentlich viel öfter anrufen.«

Als Fyhlo die in seine Küchentoga eingestickten Initialen – ›L. F.‹ – sah, klickte es in seinem Hirn.

Luitschi Fabritzi! Der inzwischen legendäre Erfinder des berüchtigten Drachonzola-Knoblauchbrots, der bei einer tragischen Explosion einen Tag vor der Eröffnung seines Restaurants in Axolotl ums Leben gekommen war. Man sagte, ein herumirrender Funke von irgendwoher habe eine Schale hochexplosiven Drachonzolakäses entzündet. Es war immer noch ein Mysterium, daß kein Angehöriger der Feuervorhersage gewußt hatte, daß dies passieren würde. Luitschi Fabritzis Verschwinden war von mehr rätselhaften Geheimnissen umwölkt gewesen als die Straße in jener schicksalhaften Nacht vor vielen Jahren.

Götter! dachte Fyhlo, der teiggesichtige Kochlehrling

nervös. Bocus mußte *wirklich* verzweifelt sein, wenn er Luphan und Ferona nur beeindrucken konnte, indem er jemanden von den Toten auferweckte, um an ein Schnellbackrezept für einen Hochzeitskuchen heranzukommen.

Der neunzöllige Nagel eines geschuppten Daumens legte sich um eine glänzend schwarze Zeigekralle und nahm mit einem Klickgeräusch Schnippstellung ein. Eine Murmel fiel hin und wurde sorgfältig und mit einem echowerfenden Pfeifen durch die Höhle geschossen. Sie knallte pfeilgerade in den Haufen ähnlich steiniger Kugeln und ließ sie in alle Richtungen fliegen.

»Hörst du wohl auf damit!« fauchte Schoysal, als eine Murmel zwischen seinen Hörnern herflog.

»Ich langweile mich«, sagte Nabob verdrießlich und nahm eine weitere Murmel aus dem Sack neben sich.

»Wie kann man sich in diesen Zeiten langweilen?«

»Ist ganz einfach. Ich mache jetzt seit Stunden nichts anderes, als auf dem Kieselsack zu sitzen und darauf zu warten, daß das Ding da zuckt.« Er deutete mit geringschätziger Klaue auf Schoysals Minendetektor. »Dabei stellt sich die Langeweile wohl von selbst ein.«

»Hör mal, es ist doch nicht meine Schuld, daß sich im Augenblick nirgendwo Gottheiten rumtreiben, oder?« fauchte Schoysal, der mit einem verzweifelten Ausdruck über der dampfenden Einsatzkarte der Anti-Personen-Gebetsminen schwitzte.

»Tja, die sollten sich lieber beeilen und sich zur Verfügung stellen. Neun sind einfach nicht genug.« Nabob schnippte eine weitere Murmel gegen den Haufen an der Wand, und Querschlägerschrapnells flogen durch den Raum.

Schoysal knirschte mit den Reißzähnen. Er wußte verdammt gut, daß neun Gottheiten nicht reichten. Aber was sollte er machen? Wo sollte er, bevor es Nachmittag wurde, drei weitere hernehmen?

Heute nachmittag! Ein Aufwallen wütenden Unvermögens verknotete seine teuflischen Innereien. Zu wenig Zeit! Heute nachmittag sollte Fürst d'Eibele zu seinem planmäßigen Besuch antanzen. Die beste Zeit, um ihren tollen Plan in die Tat umzusetzen. Und nun war es unmöglich. Ihm fehlten nur drei lumpige Kleingötter, um sämtliche Schurkereien Byrernsts zu unterbinden, sein neues Leistungsfähigkeitssystem lächerlich zu machen und die Zeit seiner Herrschaft ein- für allemal zu beenden. Und all das vor den Augen d'Eibeles. Byrernsts Hufe würden nicht mal mehr den Boden berühren.

Aber welche Chance hatte er, wenn sie die Sache nur mit neun Gottheiten durchzogen? Schoysal winselte innerlich. Sie waren ihrem Ziel so nahe, und dennoch entglitt ihnen der Obertotengräber immer mehr. Es mußte einen Weg geben, die Sache zum Laufen zu bringen. Er schielte das Geheimpergament an und lugte durch die dunstigen Dünste der Kondensation, die über dem Rand des Küchentisches schwebten. Es mußte einen Götter-Einsatzplan geben, der auch in kniffliger Lage funktionierte.

Nabob rutschte lärmend auf dem Kieselsack herum, schloß ein Auge und schnippte ein weiteres Geschoß auf den Kugelhaufen zu. Diesmal landete er einen Volltreffer. Die einzelne Murmel krachte in den dichtstehenden Haufen und sprengte ihn auseinander. Drei Murmeln prallten laut von der gegenüberliegenden Wand ab und knallten Schoysal an den Kopf.

»Uaaahhh! Jetzt *reicht's*!« brüllte Schoysal und sprang auf die Hufe. »Wenn du jetzt noch anfängst, sie zu werfen, werde ich …«

»Ich hab nichts geworfen. Ich hab nur eine in den Haufen geschni …«

Schoysal erstarrte mitten in der Bewegung und funkelte die nun leere Ecke an, in der sich zuvor die Murmeln befunden hatten. Dann blickte er sich langsam in der Höhle um, sah, wie weit sie sich zerstreut hatten, und in seinem Kopf formte sich eine Idee. Wenn sich feste Gegenstände nach einer Kollision so weit verstreuten … Denken wir doch mal darüber nach, was mit kurzfristig einflußreichen Gebetswellen passieren könnte …

Er griff sich in einem letzten Augenblick des Nachdenkens ans Kinn. Dann grinste er, fuhr auf dem Huf herum, stürmte in den Rest von Nabobs Höhle und brüllte den Gottheiten enthusiastisch Befehle zu.

Es mußte einfach hinhauen.

Dünne Nebelstrudel wirbelten von ihren Fingerspitzen, als sie fast vertikal nach unten beschleunigte und Tempo aufnahm, als gäbe es kein Morgen. Ihr Brustkorb schwoll an, ihre Muskeln schufteten schwer, machten sie noch schneller, nutzten die Zugkraft des freien Falls und die Energie ihres Fluggefieders, um über die normale sichere Geschwindigkeit hinaus zu beschleunigen. Ein dünner Luftzug fegte an ihrem Gesicht vorbei, ließ ihre Augen tränen und die Flüssigkeit in Streifen über ihre brennenden Wangen laufen.

Das war das Tolle am Dasein eines Engels. Aerobatics.

Hier draußen am Rande des Hymmels hatte man scheinbar den ganzen blaßblauen Raum der Ewigkeit an den Flügelspitzen. Ah, das war das Leben nach dem Abgang!

Angela breitete die Schwingen aus, zog sie wieder ein und fegte mit fast vier G das gefährlichste und aufregendste Manöver überhaupt aus – eine Außenschleife. Ihr Brustkorb pulsierte, die Schwingenglieder ächzten, als der Schub sie hochhob. Sie vibrierte, als sie auf einem Wirbelsturm aus Dunst nach oben fegte und ihre Flügelspitzen Kondensstreifen abgaben. Sie raste der höchsten Stelle der Schleife entgegen, ihre Wangen schlackerten, das Haar flog hinter ihr her. Mit jedem Stück, das sie höherstieg, verlor sie an Schwungkraft, die Schwerkraft nahm zu, zog sie zurück und verlangsamte sie. Der Höhepunkt näherte sich, der prächtige Augenblick des Absturzes in den freien Fall, wenn das Herz in der Euphorie der Nullgravitation mit den Gedärmen ringt, näher, höher …

Und mit einem sehr unengelhaften Fluch wich sie aus.

Ihre Flügel zuckten zusammen, sie rutschte zur Seite und fiel in einem Gewirr von Federn, Haaren und Geschimpf vom Himmel. Sie fluchte unterdrückt und ließ sich, wie ein Trapezartist, der die Stange verpaßt hat, ein paar hundert Fuß tief fallen. Dann verfiel sie mit einem Seufzer in einen Kopfsprung, flatterte zweimal und hatte sich sofort wieder vollständig unter Kontrolle. Sie beruhigte sich, warf sich auf den Rücken, fegte gelassen durch eine vorbeistromernde Wolkenbank und pfiff sich eins. Na und? Auch wenn sie es vermasselt hatte, es gab immer ein nächstes Mal. Oder die Zeit danach. Das war das Gute daran, wenn man unsterblich war – man hatte eine Menge Zeit zum Üben.

Angela gab einer plötzlichen Laune nach, schlug lässig einen dreifachen Salto, flatterte weiter, umflog eine besonders dicht wirkende Wolke und hielt inne, denn sie vernahm ein eigenartig summendes Geräusch. Als sie schwerelos in der Luft hing, legte sie eine Hand ans Ohr und lauschte. Sie war sicher, daß das Geräusch aus der Wolke kam. Aber das konnte doch nicht sein. Aus Wolken kamen doch keine …

Das Summen ertönte erneut, und diesmal gab es keinen Zweifel mehr, was seine Herkunft betraf. Angela flitzte zu der Wolke hinüber, streckte eine Hand aus, um sich hineinzuschieben und stieß ein überraschtes Quäken aus, als sie auf etwas Festes stieß. Verblüfft flitzte sie an die andere Seite und war sprachlos, denn dort fand sie eine hübsch verzierte Türklinke. Sie ragte aus dem Wolkendunst heraus.

Und wieder ertönte das Summen.

Die Neugier packte sie. Sie drückte die Klinke hinunter und öffnete die Tür. Sie schwang auf; das in Abständen auftretende Summen wurde lauter und deutlicher hörbar. Verblüfft flatterte sie in das verdunkelte Innere hinein und musterte erstaunt einen einzelnen leuchtenden Dreizack an einer Wand, die von ähnlichen, doch unbeleuchteten Symbolen wimmelte, und unter denen jeweils ein Namensschild befestigt war.

An der Wand hing eine handgeschriebene Notiz.

Die Sache langweilt mich.
Hab allen erzählt, daß sie nicht kommen,
und mich verdünnisiert.
Tschüß. Schnyffler.
P.S. Sollte jemand dies lesen und irgendwelche
von den Dingern summen gerade, soll er sich mit mir
in Verbindung setzen. Schnellstens.

Angela kratzte sich am Kopf. Schnyffler? dachte sie. Na, wo hab ich den Namen nur schon mal gehört? Schnyffler … Ach ja, er ist das Oberste Wesen für … Sie schluckte, als es ihr einfiel … für Spionage, Desinformation und Agententum. Au weia! Blitzende Lichter, Summer, Spionage. Irgendwas sah nicht allzu gut aus.

Sie flatterte durch die Wolkentür und machte sich auf die Suche nach Schnyffler, um in Erfahrung zu bringen, um was es hier eigentlich ging. Echtes Pflichtgefühl war das nicht.

Das winzige zinnoberrote Mhodemm schwebte kurz auf der Stelle und berechnete eine Hinternangriffsroute. Dann summte es wütend los, senkte die Fühler, schob den Ameisensäure spuckenden Rüssel in volle Angriffsbereitschaft und machte eine saubere Wendung. Es stürzte wild an schwarz verschwommener Schuppenhaut vorbei, entkam in letzter Sekunde einem heftig um sich schlagenden Schwanz und stach Asmodeus erneut in die linke Hinterbacke.

Der Finanzverwalter quäkte schon wieder, sprang mehrere Fuß hoch in die Luft und schlug mit der Klaue auf seinen Pürzel ein. Das Sicherheitsmhodemm wackelte zufrieden mit den Fühlern und bereitete die nächste Attacke vor. Irgendwie war es ja traurig, wenn sein Opfer den Weg zu den Fäkalseen des Gestanks und der Verderbtheit fand, zu denen es verurteilt worden war, denn dann mußte es die Angriffe leider einstellen. Man darf nämlich sagen, daß das Mhodemm allmählich auf bösartig sadistische Weise Vergnügen an der Sache empfand.

Es wich Asmodeus' um sich schlagenden Krallen leicht aus, als dieser sich bemühte, den gereizten zinnoberroten Quälgeist zu schlagen. Er eilte um eine finstere Ecke. Das Mhodemm summte pflichteifrig hinter ihm her und bereitete sich auf die nächste Stechattacke vor. Es prickelte im Urgefühl von Sadismus, schlängelte seinen Rüssel, holte aus, traf das Ziel und wurde auf Asmodeus' schuppigem Hinterteil von einer mähenden Klaue zerschmettert.

»Und sagen Sie nie, ich hätte Ihnen keinen Gefallen getan«, fauchte Byrernst und wischte die insektenhafte Kreatur von seiner Handfläche ab.

Asmodeus schaute mit bewundernden Augen zum Obertotengräber von Mortropolis auf. Was war er doch für ein Held – er hatte ihn vor dieser Qual bewahrt und das Risiko auf sich genommen, selbst gestochen zu werden.

Natürlich hatte Asmodeus nicht die geringste Ahnung, daß das Wächtermhodemm nur programmiert gewesen war, ein bestimmtes Ziel anzugreifen. Byrernst war lediglich das Risiko eingegangen, sich das Handgelenk zu verstauchen, als er das Ding auf Asmodeus' pulsierendem Hinterteil zerschlagen hatte. Doch da dies eine einmalige Gelegenheit gewesen war, etwas außerplanmäßige körperliche Züchtigung zu verteilen, hatte er seine Pflicht mutig erfüllt.

Asmodeus blinzelte in unmhodemmischem Unglauben. »Aber warum?« stieß er hervor.

»Ich brauche Sie!« bellte Byrernst. »Haben Sie etwa vergessen, welcher Tag heute ist?«

»Ähm ...« Asmodeus war bis vor kurzem eigentlich mit dringenderen und insektoideren Dingen beschäftigt gewesen.

»Der große Tag, Schwachkopf! d'Eibele! Haben Sie's vergessen? – Mitkommen!«

Asmodeus galoppierte hektisch hinter Byrernst her, der nun durch eine enge Gasse stob und sich dem Felsenkratzer des Dämonischen Dienstes und einer Versammlung mit Tausenden von Statisten näherte.

Das Dämonenduo bahnte sich einen Weg durch die von scharlachrotem Licht erfüllten Straßen der Stadt Mortropolis. Byrernst führte sie an; sein Herz raste vor Erregung.

Dies war die letzte Gelegenheit, um dafür zu sorgen, daß bei Fürst d'Eibeles Inspektionsbesuch alles klar verlief – es war der erste, den er als Obertotengräber zu erleiden hatte. Und wenn nicht alles so war, wie es d'Eibele gefiel, war es auch sein letzter. Der Rest der Ewigkeit schwang unsicher im Gleichgewicht der Vorstellung des heutigen Nachmittags.

»Ist alles bereit?« bellte er Eysenhart zu, als er auf den Synderplatz kam. Asmodeus war gleich hinter ihm.

Die neun Fuß und sechs Zoll des Knochenbrecher-Chefs richteten sich zur Habachtstellung auf, und er salutierte zackig. »Bereit!« bellte er zurück und musterte sein aus elf Beamten bestehendes Kommando mit finsterem Blick. Seine Leute standen ebenfalls stramm und schulterten mit Schuppengeraschel ihre Dreizacke.

»Dann also weitermachen«, grollte Byrernst durch zusammengebissene Reißzähne und hechtete der Tür zum Felsenkratzer des Dämonischen Dienstes entgegen. Als er halb oben war, blieb er plötzlich stehen. Asmodeus knallte gegen seinen Rücken und entschuldigte sich tausendmal.

»Wo sind sie?« brüllte Byrernst, packte eins von Asmodeus' Hörnern und warf den winselnden Finanzverwalter die Stufen hinauf und dem nackten Balkon im dreizehnten Stockwerk entgegen. »Die Flaggen? Wo sind sie? Sprich!«

»Ich … ähm … war anderweitig beschäftigt …« Asmodeus rieb entschuldigend seinen Hintern.

»Ich *will* keine Entschuldigungen hören!« raunzte Byrernst und versetzte Asmodeus noch einen Stoß. »Ich will sie dort oben sehen! Sofort!« Sein inneres Auge wässerte sich vor Stolz, als er sich die Szene vorstellte: Er, Byrernst, der ordnungsgemäß gewählte Obertotengräber von Mortropolis, stand auf dem von Flaggen geschmückten Balkon und schwenkte die Klauen vor den scharlachroten Flaggen, die die gekreuzten Spalthufe und den Dreizack des neuen Regimes zeigten.

»Weitermachen!« schrie er vor sich hin und trat sich einen Weg durch die Tür, wobei seine Hufe die Klinke Funken sprühen ließen.

Byrernsts Knochenbrecher verstreuten sich durch sämtliche Türen auf dem Synderplatz, schwenkten hämisch ihre Dreizacke und bohrten sie da und dort auch schon mal in einen Hintern. Sekunden später war der gesamte Platz verödet und leer.

Im dreizehnten Stock schritt Byrernst herrisch durch die leere Ausdehnung dessen, was einst das Einwanderungsamt gewesen war. Am anderen Ende riß er die Balkontür auf. Er stolzierte großspurig mit klickenden Fersen hinaus und warf einen Blick auf sein Territorium.

Grobgehauene Granittürme ragten aus der scharlachroten Düsternis auf. Sie erstreckten sich bis an den steinigen Baldachin des fernen Felsenfirmaments. Er schnaubte, faltete die Klauen und ließ laut die Knöchel knacken.

»Die Schau kann beginnen«, sagte er vor sich hin und

stellte sich den neben ihm stehenden Fürsten d'Eibele vor. Er würde ihn nicht enttäuschen.

»Also los, weitermachen!« brüllte er über das Balkongeländer hinweg. Seine Stimme warf auf dem Platz Echos.

Und dann, nach einigen kaum hörbar geflüsterten Befehlen und angewandtem Peitschengeknalle, fing es an.

Beim ersten massiert auftretenden, dumpfen Kettenrasseln tat Byrernsts Herz einen freudigen Sprung. Seine Pupillen weiteten sich, als konzentrierte Lavalampenstrahlen scharlachrot aufleuchteten, den Platz von den ihn umgebenden Turmspitzen aus wüst beharkten, ruhelos auf Pirsch waren.

Hübsche Idee, dachte er und holte in diktatorischer Schwelgerei zischend Luft. *Ist Eysenhart wohl eingefallen.*

Und in die wirbelnden blutroten Stroboskope trottete das massierte Elend der Synchronschlurfer aus den Feuergruben, angetrieben von dämonischen Knochenbrechern, die glitzernde Dreizacke schwenkten. Sie schlurften in perfekter Koordination, wenige Zoll voneinander entfernt, wie ein chthonischer Alptraum-Tausendfüßler. Links, zwo, drei, vier. Links, zwo, drei vier. Obwohl er verdammt genau wußte, daß ihre Fußgelenke zusammengekettet waren, konnte Byrernst sich noch immer einreden, daß ihre Präzision das unmittelbare Ergebnis einer vollendeten Diktatur war. Jede verdammte Seele wußte: Wenn du auch nur einen Fehltritt machst, wirst du aus allen Richtungen gnadenlos mit Dreizacken gepiesackt. Byrernst wußte natürlich, daß das Grauen vor dem Dreizack im ewig verdammten Bewußtsein eines jeden Delinquenten fest verankert war. Sie würden sich benehmen. Die Ketten waren nur eine Vorsichtsmaßnahme. Ehrlich.

Die bohrenden Strahlen der Lavalampen wirbelten herum und konzentrierten sich auf den Eingang einer breiten Gasse, denn nun ertönte eine Peitschensalve, und ein dumpfes Rumpeln setzte ein. Byrernst beugte sich vor. Es interessierte ihn brennend, was ein solches Geräusch verursachen konnte.

Ein Quartett gequälter Seelen mühte sich auf dem Synderplatz ab, ihre nackten Oberkörper glitzerten, als sie die dicken Granitkugeln vor sich herschoben. Um sie herum ließen wilde Dämonen Peitschen knallen – wie ein Schwarm schwachsinniger Fliegenfischer. Und sie schrien und krakeelten. Es kam eine kurze Lücke, dann wurden vier weitere Findlinge herangerollt, jeder von einem schwitzenden Körper vorangetrieben.

Gleichzeitig trat auf der anderen Seite des Platzes eine Schwadron längst verstorbener Cheerleader ihr an den Händen gefesseltes Ich ins Blickfeld. Sie hielten Pompoms der ewigen Flamme in den Händen. Byrernsts Blick umwölkte sich vor Ergriffenheit. Ah, welche Leistungsfähigkeit, welches Leiden! Es war wunderbar!

Eine Stolzesträne schillerte in seinem Augenwinkel, als er sich das ganze Spektakel vor dem Hintergrund der Flaggen und vielen tausend jubelnden, fähnchenschwenkenden Dämonen vorstellte. Er sah es schon vor sich: Alle schwangen ihre ureigenen x-beinigen Spalthufe und das Dreizackemblem des neuen mortropolischen Regimes, jeder in einen Rausch der Sinne gezwungen.

Es würde d'Eibele mordsmäßig gefallen.

Im Großen Stadttempel von Axolotl war die Luft mit der knisternden Elektrizität von Angst geladen. Menschen bellten Gruppen von Assistenten Befehle zu, die herumwirbelten und ihrerseits diejenigen anblafften, die auf der Leiter der Hierarchie tiefer standen. Techniker auf Strickleitern baumelten in gefährlichen Höhen und hängten dort, wo sie gewöhnlich gebogene Spiegel und Farbfiltergele hin und herschoben, Körbe mit roten und weißen Blumen auf. Die Kammbläser und Okarinisten legten hin und wieder unerwartet los, husteten willkürliche Marschtakte in die hektische Luft und verhedderten sich jämmerlich. Dem Dirigenten fielen die Haare büschelweise aus.

Und der Sand der Zeit rieselte unerbittlich mit tektonischer Unausweichlichkeit weiter und fiel unaufhaltsam dem glänzenden Augenblick entgegen, in dem Luphan, der Liebling der Massen, der einzigartige professionelle axolotische Quizmaster und Schöpfer zahlloser dämlicher Phrasen, die kurvenreiche Jungfer Ferona Veldmusch (96-61-81) zu seiner ewig Angetrauten nahm. In diesem Moment würden sich sämtliche Blicke und Gedanken Axolotls auf das glückliche Paar richten, wenn es seine jeweiligen Zehen in die warme Milch des Ehestandes tauchte und darum betete, daß sie nicht gerann.

Und all dies wurde dank Lyndor D'Mol, dem Produzenten und Erfinder von ›»Du sollst mein Glücksstern sein‹ lebendig und in Farbe vor die Augen der Stadt gebracht. Und er wollte, daß niemand es je vergaß.

»Paßt bloß auf, daß das glückliche Paar schmeichelhaft beleuchtet ist«, rief er einem am Ende einer Leiter gefährlich wackelnden Techniker zu. »Ich muß um jeden Preis dafür sorgen, daß *alle* sie von ihrer Schokoladenseite sehen, also bitte keine häßlichen Schatten oder aufdringliche Schlaglichter, Süßer!« Der Techniker grunzte etwas Unverständliches, trat einen konkaven Spiegel ein paar Grad nach links und schob Weichzeichnergaze davor.

Das Orchester blies ein paar schräge Noten im Dreivierteltakt und endete mit dem Aufkreischen des Dirigenten.

»Herrlich, absolut wunnebar, Liebling«, flötete Lyndor mit nur leicht gefurchter Braue. »Eins fällt mir aber noch ein: Glaubst du, sie sollten alle in der gleichen Tonart anfangen? Es ist zwar nur eine Kleinigkeit, ich weiß, aber der Teufel steckt eben im Detail. Tschüssi!«

Der Taktstock des Dirigenten knirschte hart am Bruchpunkt, als dieser ihn zwischen den weißen Knöcheln seiner Hände bog.

Glücklicherweise befand Lyndor sich außer Hörweite und eilte schon über die Bühne, als der Dirigent seine mürrische Laune offenbarte. Lyndor hatte nämlich zufällig die Kostümiere erblickt, die gerade aus einem Hinterzimmer torkelte, um einer sorgfältig versteckten Flasche Avocado-Wacholder entgegenzueilen. Wenige Stunden zuvor war die Flasche noch jungfräulich gewesen; nun war sie fast leer. Es lief nicht mehr so gut, da es Ramahni, die Gottheit des Modebewußtseins, aller dazugehörigen Torheiten und des Schnickschnacks nicht gelungen war, ihren neuen Kreationen den Segen des Wohlwollens zu erteilen. Hinter der Kostümiere lagen diverse Katastrophen. Das Leinen von Luphans tollem Schwalbenschwanz war unerklärlicherweise erschlafft und hatte zugunsten von Sackleinen aufgegeben werden müssen. Irgendwie hatten sich die überall veröffentlichten körperlichen Daten von Fräulein Ferona zwischen dem Maßnehmen und der Anprobe verändert. Obwohl sie noch immer 96-61-81 maß, weigerte sich das leopardenfellig gemusterte Steinbock-Wollkleid, das man genäht hatte, um ihre Dimensionen zu bedecken, kategorisch, irgendwie an ihrem Leib haften zu bleiben. Außerdem war da noch der tragische Fall der Steinbock-Allergie einer Brautjungfer. Sie hatte das erste fertige Kleid mit einem zügellosen Niesanfall völlig ruiniert. Sobald man den klebrigen Rotz gesehen hatte, wußte man, daß er nicht mehr herauszuwaschen war. Und abgesehen davon …

»Na, Schätzelein«, flötete Lyndor. »Wie geht's denn mit den Kostü … ähm, mit den Kleidern voran? Alles paletti?«

Die tödliche Wahrheit wallte in der Kostümiere auf. Sie hätte es beinahe ausgeplaudert, sich verplappert – aber in letzter Sekunde biß sie sich auf die Zunge. Keine ihrer Damen wollte sich nachsagen lassen, sie hätte Luphans Jubeltag ruiniert. Niemals.

»Paletti?« hauchte sie kurz. Dann fletschte sie grinsend die Zähne und log, daß sich die Balken bogen. »Ja, ja, natürlich, alles paletti. Alles ist große Klasse. Sie brauchen sich um nichts Sorgen zu machen.« Und sie war sich völlig sicher, daß ihm der zweifellos hysterische Anflug ihrer schrillen Stimme nicht entgangen sein konnte.

»Freut mich *wirklich,* das zu hören, Schätzelein. Mach weiter so. Tschüssi.« Und er war weg, um sich auf einen anderen ahnungslosen Arbeiter zu stürzen.

Eine Sekunde später war die Flasche mit dem Avocado-Wacholder leer.

»He, Schätzelein, Süßer«, flötete Lyndor und richtete seine flatternden Lider in die allgemeine Richtung eines Mannes, der in diesem Augenblick wirklich keine Lust hatte, vom Produzenten erwischt zu werden. »Sag mal, mein Lieber«, hauchte Lyndor den Chefforisten an. »Wie geht's denn so *voran?* Alles fein mit Bändchen und Schleifchen hymmlischer Freude verziert? Hm?«

Der Chefflorist rannte geistig durch die Felder der Faux-pas und blühenden Katastrophen und pflückte hier und da eine solche. Sollte er dem Produzenten sagen, daß das Pink des Hängeschmucks und der Dekkenkörbchen sich grauenhaft mit dem Spitzenbesatz des Brautkleides biß? Oder daß er sich zwar alle Mühe gegeben hatte, eine Chrysantheme zu finden, die geschmackvoll zu Feronas Leopardenmusterkleid paßte, doch am Ende nur in einem erfolgreich gewesen war – dem Zusammenbeißen seiner Zähne? Oder vielleicht, daß jemand 297 blaue Knopfloch-Stiefmütterchen für die männlichen Gäste der Verwandtschaft Bräutigams und 308 Tigerlilien für die der Braut gepflückt hatte, wobei es doch genau umgekehrt hatte sein sollen? Nein, *er* wollte nicht als das Ungeheuer gelten, das Luphans Freudentag versaut hatte.

Er verzog sein Gesicht zu einem matten Lächeln und klopfte Lyndor auf die Schulter. »Kein Grund zur Sorge«, sagte er leise. »Es besteht nicht der geringste Grund zur Sorge.«

»Marvelloso, Schätzelein. Tschüssi!« Und wieder war er weg, eilte zum Haupteingang, um jemanden oder etwas anderes von lebenswichtiger Importanz zu inspizieren.

Hinter ihm legte das Orchester erneut unsicher los, ließ drei Lärmsekunden ertönen und verstummte. »Nein, nein, nein!« schrie der Dirigent. »Okarinas – ihr müßt d-Moll spielen. Moll!«

Als Lyndor am riesigen Ring des Haupteingangs zog, ertönte auf der anderen Seite das laute Geräusch eilig laufender Schritte. Dann sprang Luphan ihm entgegen und warf ihn wie ein irrsinniger Straußenvogel von den Beinen. »Lyndor! Lyndor!«

»Hier«, grunzte der Produzent, rappelte sich vom Boden auf und musterte Luphans Kopf in blankem Grauen. Dort, wo sich sonst die süßen Strähnchen seiner jungenhaften Löckchen und die für ihn typische Schmachtlocke befanden, leuchtete eine unbeweglich an seinen Schädel geklebte Haarmasse. Lyndor war zuvor nie aufgefallen, daß er abstehende Ohren hatte. »Was ist denn, Schätzelein?« schwafelte er berufsmäßig. »Die Aufregung macht einen fertig, was, Hasi?« Er wußte schließlich, wie sensibel diese Künstler waren, daß sie ständig gestreichelt werden wollten.

»Das da!« stieß Luphan hervor und deutete panisch auf sein Haar. »Es ist fest wie Betong!«

Es sah in der Tat so aus, als sei verkohlte, ungesegnete Gerste nicht besonders geeignet, das geeignete zeremonielle Schampong abzugeben. Woran es ihm in Sachen Form mangelte, machte es freilich in Sachen Haltfestigkeit wieder wett.

»Ahhh ...« Mehr brachte Lyndor nicht heraus. Es hätte auch nichts gebracht, seinem Star zu sagen, daß er aussah, als hätte er die vergangene Nacht mit dem Kopf nach unten in einer Sirupschüssel verbracht. O nein, dann würde er sich *viel zu viele* Gedanken um sein Ansehen machen. Die Folge: Er würde seinen Text vergessen.

Dann war der Tag ruiniert. Er würde in Axolotl nie wieder eine Schau produzieren!

Lyndor wußte plötzlich, was zu tun war. Er setzte sein verlogenstes Grinsen auf, klatschte in die Hände und sülzte: »Ein *tolles* neues Image, Schätzelein! Absolut umwerfend! Wie schön, toll, herrlich! Und genau zum richtigen Zeitpunkt! Du wirst heute ein völlig neues Image kriegen! Weg mit dem Playboy; jetzt bist du ... ähm, ähm. Ahhhh! Du bist *wirklich* ein Genie, eine Verlockung. Wie *schlau* von dir, mit der Frisur bis zum letzten Augenblick zu warten. Sozusagen!« Er knuffte Luphan spielerisch gegen die Schulter.

»Sie ... gefällt dir?« stammelte Luphan.

»Ja, Lu! Aber jetzt *mach,* wir haben noch *viel* zu tun!« Und mit einer stummen Verwünschung, die an seine verlogene Zunge gerichtet war, geleitete Lyndor seinen Star hinfort. Alle im Großen Stadttempel Anwesenden stießen einen Seufzer der Erleichterung aus.

Das heißt: alle bis auf Hauptmann Zuphall, der auf dem Dach stand und den Horizont nach irgendwelchen Anzeichen der kataklysmischen Schneestürme absuchte, die vor der Sichtung der Gefürchteten Schneebestien der Eiskalten Apokalypse vorhergesagt worden waren.

»Nein, nein!« bellte Schoysal gereizt die Gottheiten in der zunehmend größer werdenden Enge von Nabobs Höhle an. »Eine Vierer- und eine Fünfergruppe!«

»Ähm, Verzeihung, aber zuerst haben Sie *zwei gleich große Gruppen* gesagt«, sagte Platzl. Die Sitzordnungs-Untergottheit, der neueste Rekrut in Schoysals wachsender Entführtentruppe, grinste freudig, denn er freute sich über das Wissen, daß er sein Geschick bei stehenden Massen ebenso anwenden konnte wie bei eher ruhend Sitzenden.

Schoysal musterte Platzl mit einem finsteren Blick und trommelte ungeduldig mit den Krallen. »Ich weiß«, sagte er leise und drohend. »Aber ich hab's mir eben anders überlegt, klar?«

Die acht restlichen Gottheiten, die die neueste Wendung des Managerkurses recht verblüffte, scharrten mit den Füßen und warteten auf weitere Instruktionen. Es schien komisch, aber irgendwie war das Spiel aufregend. Ihr erster interaktiver Unterricht. Es wirkte wie ein frischer Wind auf sie, von jemandem Befehle entgegenzunehmen, der wirklich zu wissen schien, was sie hier machten, statt sich mit endlosen Sitzungen zum Thema ›Verschiedenes‹ abzugeben, wobei sich jede Gottheit, die nur vorübergehendes Interesse an einer Sache hatte, einmischte, ihren Senf dazugab, mit den anderen stritt, Einwände und Ausfälle machte, herumnörgelte – und man schließlich einen Beschluß faßte, der allen noch Stunden zuvor völlig logisch erschienen war.

»Ich möchte zwei Gruppen, eine, die aus vier, und eine, die aus fünf Mann besteht. Es ist mir gleich, wie ihr euch aufteilt, nur teilt euch auf! Verstanden?« Schoysals Stimme klang herrisch und fauchend. »Eine Gruppe an einem Ende der Höhle, die andere am anderen, klar?«

Allen Anwesenden war alles völlig klar. Was die unmittelbar bevorstehende Zukunft anbelangte, sah es schon deutlich trüber aus. Nabob war nicht der einzige, der sich fragte, was Schoysal vorhatte. Besonders dann, als er den Obsidiantisch hochhob, zur Seite trug, umkippte und sich hinter ihm versteckte.

Nach mehreren weiteren hysterisch hervorgestoßenen Befehlen war es den Gottheiten tatsächlich gelungen, Stellungen einzunehmen, die Schoysal zufriedenstellten.

»Jetzt!« rief er und deutete mit einer tödlich gekrümmten Kralle auf die beiden Gruppen. »Ich möchte, daß ihr so schnell wie möglich aufeinander zurennt! Was auch passiert, laßt euch bloß nicht einfallen, stehenzubleiben! Klar?«

Platzl blinzelte und fragte: »Nur laufen?«

Schoysal nickte.

»Auf die anderen zu?«

»Ja! Haste damit 'n Problem?«

»Na ja … Eigentlich schon. – Warum?«

»Ist doch egal. Du würdest es ohnehin nicht verstehen. Mach es einfach!«

Nabob schaute zu, als Schoysal die letzte Überprüfung des Detektors vornahm. Platzl zuckte die Achseln.

»Auf geht's!« brüllte Schoysal und duckte sich wieder hinter die Tischplatte.

Die Gottheiten schüttelten verwirrt den Kopf, zuckten die Achseln und wetzten über den Höhlenboden. Sie nahmen Tempo auf und wurden, je näher sie sich kamen, immer schneller.

»Schau genau auf die Stelle über ihren Köpfen«, flüsterte Schoysal drängend. Er duckte sich tiefer hinter den Tisch und zählte hektisch.

Dann sah Nabob es auch. Über den beiden Gruppen schwebte eine unschuldig wirkende, leicht purpurne Aura, die vor dem rostigen Glühen der Lavalampen kaum erkennbar war. Nabob stierte sie überrascht an, und seine Augen überzeugten ihn, daß sie in frommer Intensität glühte, als die Gruppen sich vermischten.

Das Gefühl der Gefahr fuhr wie eine Horde randalierender Hasen im Frühling durch Schoysals Leib.

Der Fußschlag der Gottheiten wurde lauter, die Entfernung zwischen ihnen schwand, und plötzlich kollidierten sie mit einem dumpfen Aufschlag. Und in dem Augenblick, in dem neun Dosen Gebetswellen aufeinander zuspuckten, flackerten ihre Auren heftig auf, wurden schnaubend zu einem violetten Schillern und verzerrten die Luft zu zuckenden Glaubenswirbeln. Der unmißverständliche Geruch von Weihrauch und gerade gelöschten Kerzen fegte durch die Höhle.

Als Nabob und Schoysal mit offenem Maul über den Tischrand peilten, wurde hart am Rande ihrer Hörweite das Brüllen eines festlichen Chors laut, und die Höhle schien in Talmi-Freude zu explodieren. Ein metallisches

Quietschen schnitt mißtönend durch den wohligen Aurenteppich, als der Detektor über den Boden quietschte und an die Wand gegenüber knallte. Nabob schrie auf.

Seine Augen traten hervor, als eine purpurne Pusteblume aus Frömmigkeit durch die Höhle wogte. Sie durchmaß acht Fuß und knisterte innen wie ein gefangenes Gewitter, das sich bemühte, aus einer überraschten Qualle zu entkommen. Und als sie sich mit bebender Zerbrechlichkeit von den Gottheiten abstieß, machte Schoysal einen freudigen Luftsprung.

»Ja! Ja! Ja!« jaulte er durch zusammengebissene Reißzähne und stieß jubelnd die Arme in die Luft. »Es ist perfekt!«

»Bist du jetzt völlig übergeschnappt?« stieß Nabob hervor und packte Schoysal am Kragen. »Was hast du getan?«

»Ich hab die Antwort!« sagte Schoysal grinsend, als das acht Fuß durchmessende Frömmigkeitsplasma sich unaufhaltbar durch das Dach schlängelte. »Hast du gesehen, wie groß es ist?«

»Was ist das denn für eine Antwort?«

Schoysal blickte eifrig in Nabobs verblüffte Augen. »Wenn d'Eibele heute zur Inspektion kommt, kann Byrernst den Abschied einreichen!« In seinen Pupillen leuchtete Irrsinn. »Heute abend gibt es ein Abendessen für einen neuen Obertotengräber! Ich spüre es!«

»Und wie?«

»Wir brauchen beide die zwei schnellsten Fuhrwerke, die wir in die Klauen kriegen können, dann wird alles offenbart! Los, gehen wir!«

Nabob schüttelte verwundert den Kopf und eilte zur Tür.

Fern vom Unterweltreich Höllien, an einem relativ friedlichen Abschnitt des Flusses Styx, ragte ein riesiger rosafarbener Palast auf, zu dem auch Ziergärten, ein Landeplatz und ein Stall gehörten. Rabatten weißglühender

Schyreisen, Natterzissen und eine Unmenge grauenhaft stachliger Saugulenten brieten unter Reihen kühlender Farne oder drapierten sich über ausgedehnten Klötzen einheimischen Gesteins. Und durch all die prunkhafte infernalische Pracht stampfte ein hochgewachsener, knurrender Teufel.

Seine Hufe knirschten wütend über die Marmorsplitteroberfläche des sich schlängelnden Pfades, als er den Weg zum Stall nahm. Die Bugwelle seiner Reputation fegte vor ihm her.

Gute zehn Sekunden, bevor er durch die Stalltür brach, schnüffelte eine riesige, geschuppte Kreatur die Luft, ließ gehörnte Nüstern zucken und wedelte seinen Doppelschwanz freudig durch die Box. Detleph, der Daktylus, bewegte kurz seine dreißig Fuß breiten Schwingen. Er erwartete die Ankunft des Fürsten d'Eibele, seines geliebten dämonischen Herrn. Drei, zwei, eins ...

Die Klinke quietschte protestierend, als sie von d'Eibeles Klauen fast aus der Schiefertür gerissen wurde. Wirbel von Flechtenstreu flogen in die schwefelhaltige Luft, als Detleph aufgeregt die Schwingen flattern ließ. Denn er nahm erfreut wahr, daß er seinen Flugumhang trug.

D'Eibeles Anblick war immer eine Freude für das geschuppte, treue Vieh, besonders in Umhang mit Schutzbrille. Beides bedeutete immer eine schnelle Hatz am pechschwarzen Firmament entlang. Wenn nicht, dann gab es zumindest ein paar Mäuler voll feinster Brikettleckerli. Detleph sabberte erwartungsvoll und sprang in der Box herum. Er wußte freilich nicht genau, ob es in Erwartung der leckeren Briketts oder des Schneidens der Myriaden von Riemen und Schnallen seines Zaumzeugs geschah.

Fürst d'Eibele schritt über das Stallpflaster, und sein Gesicht verzog sich zu einem umwölkten Lächeln. Heute war einer jener Tage, die er mit Freuden mied. Was hatte ihn bei der Zustimmung zu dieser idiotischen

Inspektionsreise nur geritten? Er würde es wahrscheinlich nie erfahren. Hätte der idiotische Emporkömmling, der Mortropolis verwaltete, den blöden Scheiß nicht vorgeschlagen, hätte er den ganzen Tag mit der Pflege seiner weißglühenden Schyreisen verbringen können. Der Orkus sollte diese üble Kreatur verschlingen. Wie hieß der dämliche Tölpel noch mal? Sein Name fing mit einem ›B‹ an. Blödlyng? Nee. Ach ja, Byrernst! Dieser arschkriecherische kleine Schleimbeutel …

Detleph rieb seine Nüsternhörner zuneigungsvoll an der sandparierenen Krallenfläche d'Eibeles und holte ihn aus seiner trüben Stimmung. Der Fürst griff in die Tasche seines Flugumhanges und entnahm ihr eine Klauevoll Leckerli. Detleph wieherte ohrenbetäubend, zeigte seine dampfende scharlachrote Zunge und wurde mit einem halben Dutzend Schwefelkräcker belohnt.

Während er lärmend kaute, schaute er mit zunehmender Freude zu, denn d'Eibele schwang sich auf der Ferse herum und näherte sich der Zaumzeugkammer. Das konnte nur eines bedeuten! Sie würden ausfliegen! O Freude! Es war so lange her, seit sie eine kleine Flatterei am Firmament gemacht hatten.

Um die Wahrheit zu sagen, es war erst vorgestern gewesen, aber für Detleph, den getreuen Daktylus, war dies sehr, sehr lange her.

D'Eibele kramte in einem Zaumzeugstapel herum, kehrte zurück und fing an, das lärmend schnurrende Ungeheuer auszurüsten, wobei er Detlephs wild wedelnden Schwänzen und der zuckenden Zunge nur knapp entwich. Er mußte es zugeben: Manchmal schien Detleph einfach *zu* freudig, wenn er ihn erblickte.

Nach zehn Minuten war er fertig. Steigbügel, Sattel, Zügel, Schwefelkräckersack, alles befand sich an Ort und Stelle. Das einzige, was fehlte, waren die Amtsständer an Detlephs Nüsternhörnern. Irgendwie war er dafür heute nicht in Stimmung.

D'Eibele nahm die Zügel fest in die Klauen, zog an

einem langen Hebel und wartete, bis das Dachtor sich öffnete. Detleph blickte eifrig zu der sich verbreiternden Ausdehnung in der wirbelnden Pestluft hinauf und sehnte sich ungeduldig danach, dort herumzutoben, frei zwischen Strudeln, Wirbeln, Thermen und rohen Kräften.

D'Eibele setzte die Schutzbrille auf, schnalzte zweimal mit der Zunge, und Detleph jagte aufwärts. Dreißig Fuß breite Flügel klatschten gegen die Luft und verstreuten Tornados überall wuchernder Flechten.

Fünf Schläge später lag das Dach unter ihnen, und sie flogen höher. Detleph stieg mit höllischer Luft unter den Schwingen auf.

Nachdem die Leute eineinhalb Stunden lang hereinmarschiert waren und der letzte Axolote endlich die Frage ›Braut oder Bräutigam?‹ gehört hatte, erhielt er – je nachdem, wie seine Antwort ausfiel – entweder ein blaues Stiefmütterchen oder eine Tigerlilie und wurde zur ihn betreffenden Seite des Großen Stadttempels geschoben. Schon jetzt war die Aufregung groß, und da und dort brandete spontaner Applaus wie ein Buschfeuer auf. Falls jemand die durchschnittliche Erregungskurve des Publikums hätte messen können, wäre sie höchstwahrscheinlich höher gewesen als die der letzten Folge von ›Du sollst mein Glücksstern sein‹. Und dafür war der Produzent wirklich dankbar. Dies würde ein Tag werden, an den man sich für den Rest des Leben erinnerte. All dies wurde dem Publikum in seinem täglichen Einerlei, seiner abergläubischen Existenz in Echtzeit in dem Augenblick serviert, in dem es passierte – dank des genialen Lyndor D'Mol.

Inzwischen war die Hochglanz-Sonderausgabe des Programmhefts, das auch einen Blick hinter die Kulissen warf, völlig ausverkauft. Die Konfettihändler hatten nichts mehr anzubieten, und am Ende des Tages würde jede Boutique in Axolotl ein T-Shirt mit der Aufschrift

›Auch ich war an Luphans und Feronas Großem Tag dabei‹ im Angebot haben. Die Verkaufszahlen der Sonderabfüllung des Avocadowacholders ›Quizmaster Nr. 1‹ waren ebenso phantastisch, denn das Volk bereitete sich auf den traditionellen Segensschubs vor, indem es sich die Hacken vollsoff.

Plötzlich wurde der Haupteingang zugezogen, stürzte das gesamte Auditorium unter anschwellendem Zustimmungsgemurmel jener, die sich drin befanden, in pechschwarze Dunkelheit.

Draußen rollte ein einsamer Steppenläufer schüchtern durch die Hellsichtgasse und fühlte sich in der verödeten Stadt sehr gehemmt. Alle hatten sich in ihre beste Toga geworfen, um dort zu sein. Selbst die äußerst seltenen Typen, die Luphan Burk nicht ausstehen konnten, waren da, wenn auch nur aus Selbstverteidigungsgründen. Falls später jemand anfing zu schwadronieren, wie stattlich Luphan ausgesehen hatte, wie prächtig der ganze Tag gewesen war und welches Glück Ferona hatte, sich einen Mann wie ihn geangelt zu haben, brauchten sie nur die Hand zu heben und den Gelaberstrom mit einem einfachen ›Ich weiß, ich war dabei‹ abzuwürgen. Damit ersparten sie sich Jahre von Ohrensausen.

Im spekulativen Gemurmel der Erwartung kaum hörbar, wurde eine Reihe scharf geflüsterter Kommandos ausgegeben, und die gewaltige Hochzeitskapelle legte los. Aufs Stichwort hin erwachten die Kammbläser und Okarinen der Städtischen Tempelkapelle zum Leben und hielten wunderbarerweise den Ton. Ein Dachfenster wurde aufgestoßen und schillerte Strahlen schwachen Mondlichts auf einen Spiegel hoch in den Sparren – und gab es an eine ganze Reihe ähnlicher Wunderwerke weiter. Ein kreisförmiger Lichtfleck blitzte einige Sekunden auf die dicken Vorhänge, dann wurden sie beiseitegezogen.

Und zu Lyndors überwältigender Freude keuchte die

Menge auf, als ihre kollektive Retina die Bühne erblickte. Massen von Gladiolen, Chrysanthemen und Edellupinen sträubten sich in gartenbaulichem Hochmut und versuchten die Zierkränze aus Schmetterlingsstrauch, Tigerlilien und Wiesenbärenklau zu übertrumpfen, die jede vorhandene Öffnung und Spalte schmückten. Es war nicht nur ein Farbentumult, es war ein ausgewachsener Farbenkrieg.

Doch die Stille des Publikums dauerte nicht lange. Lyndor schritt aufgekratzt auf die Bühne und sprang ins Schlaglicht. Er war der Mittelpunkt des üppigen Glanzes, der auf die übererregte Öffentlichkeit niederprasselte. Sein plötzliches Auftauchen ließ die schweigende Spannung zu einem tumultartigen Applaus, einem kakophonischen Jubeln und einem Sperrfeuer trommelfellzerfetzender Pfiffe werden.

Er brauchte fast zehn Minuten, bevor er sich Gehör verschaffen konnte.

»Bürger Axolotls – in meinem und in meiner Unternehmen Namen heiße ich Sie herzlich willkommen zur eheschließungsmäßigen Augenweide des Jahres! Ich bitte um herzlichen Applaus für den Zeremonienmeister des heutigen Abends, einen Mann, vom dem ich genau weiß, daß Sie ihn alle kennen, den am längsten dienenden Stadtpropheten … Lassen Sie ihn erschallen – für den einzigartigen Hauptmann Zuphall!«

Wertschätzendes Applausgedonner entlud sich lärmend, und eine eigenartig dickliche Gestalt schlurfte arthritisch ins nun breiter werdende Schlaglicht. Er war an diesem Tag möglicherweise der unglücklichste aller Anwesenden, denn es erschien Hauptmann Zuphall mehr oder weniger unsinnig, einer so übertrieben großspurigen Extravaganz zu frönen, konnten die kataklymischen Schneestürme doch in jedem Augenblick aus allen Richtungen heranrasen. Nun ja, er wollte kein Risiko eingehen. Er war momentan in mehr Kleiderschichten gewickelt als er einzugestehen wagte, und er bedauerte es schon, seine Zustimmung gegeben zu haben, diesen Zeremonienmeisterquatsch durchzuführen. Aber der eilige Herr D'Mol hatte ihn *so* nett angelächelt und ihn darum gebeten. Er hatte gesagt, es sei eine große Ehre, *den* Altpropheten der Voraussicht dabei zu haben, damit er ihnen in die Zukunft half, und daß allein seine Präsenz dem gesamten Verlauf eine tolle Aura des Glücks verlieh … Tja, da hatte er nicht nein sagen können.

D'Mol war sehr erleichtert gewesen. Bis dahin hatte er nämlich niemanden gehabt, um diese Lücke zu füllen. Niemand wollte sich die Arbeit auf den Hals laden, weil sie so anstrengend war. Denn natürlich hatte man nichts von dem tollen Fest, wenn man nicht zum Publikum gehörte. Und man kriegte nicht zu sehen, wie die ganze Schau ablief. Doch zu D'Mols Glück hatte Zuphall vor wenigen Tagen zum ersten Mal von ›Du sollst mein Glücksstern sein‹ gehört. Deswegen machte es ihm nicht allzu viel aus, auf seinen Platz im Publikum zu verzichten und den ganzen Kram zu verpassen, der sich auf der Bühne abspielte.

Lyndor sprang ins Licht zurück. »Und die beiden, wegen denen Sie gekommen sind … Hier sind sie: Luphan …« Seine Stimme wurde unter einem Jubelsturm begraben, als das in Kürze glückliche Brautpaar Hand in Hand herbeieilte.

In der Masse des Publikums klatschten gewisse Kostümieren, Blumensteck-Ingenieure und Haarkreativisten zwar wie die Wilden, richteten aber auch ein nervöses Ohr auf die anderen Gäste, um zu lauschen, was sie von sich gaben. Diese Leute sahen ihre eigenen Fehler natürlich aus meilenweiter Entfernung. Den hastig aufgezäumten Saum, die fehlende Leopardenfellhandtasche, das welkende Knopfloch-Stiefmütterchen, die für Luphan typische Schmalzlocke, die aufgrund ihres pomadig angeklatschten Nichtvorhandenseins besonders verdächtig war. Sie klatschten mit angehaltenem Atem und fürchteten Verwünschungen.

Doch erstaunlicherweise vernahmen sie keine. Fast die gesamte Bevölkerung von Axolotl war gekommen, um den allseits begehrten Luphan Burk und Ferona Veldmusch in ihrer wilden Romanze märchenhafter Süße zu begaffen. Es spielte keine Rolle, wie sie aussahen, wie sie gekleidet waren oder ob ihre Blumen schon verwelkten.

Diese Charaktermorde konnten alle bis später warten, wenn der Tratsch losging. *Dann* würde man sich in glühendem Neid das Maul zerreißen. Später. Jetzt gingen da oben viel zu interessante Dinge vor.

Hauptmann Zuphall fing im sengenden Licht des auf ihn gerichteten Schlaglichts allmählich an zu schwitzen. Es *konnte* aber auch an seinen Nerven liegen. Er war nicht daran gewöhnt, vor großen Menschenmengen zu reden.

Ohne viel Getue begann er mit der zeremoniellen Rede, die ihn die ganze Nacht nicht hatte schlafen lassen und ihn fast ebenso viel Zeit seiner wachen Momente gekostet hatte, wie die angeblichen Sichtungen der Gefürchteten Schneebestien der eiskalten Apokalypse.

Hauptmann Zuphall wandte sich Ferona Veldmusch in der sie umschmeichelnden Leopardenfelltoga aus Steinbockwolle zu und bemühte sich eifrig, ihr großzügig verziertes Dekolleté nicht zu beachten. Ein Schweißtröpfchen lief über seine Stirn und verschwand in einer buschigen Augenbraue.

»Willste ihn haben?« stellte er die übliche Frage. »Sag ›Ja, Luphan‹.«

Ihre Antwort ersoff im vollkehligen Aufschrei der Menge, die einfach nicht anders konnte und zurückschrie: »Sag ›Ja, Luphan!‹« Doch alle sahen, daß Feronas schmollige Lippen sich ebenso bewegten wie die ihren, und damit war die Sache gegessen.

Zuphall, dessen tröpfelnde Stirn das Schlaglicht fast ebenso wirkungsvoll reflektierte wie die besseren Spiegel, wandte sich Luphan Burk, dessen radikal neuer Frisur und seinem ziemlich juckig aussehenden Sackleinenenschwalbenschwanz zu und fragte: »Willste sie haben? Sag ›Ja, Luphan‹.«

»Ja, Luphan!« grölte die Menge, als Luphan einfach nur hektisch nickte. Sein Publikum hatte geantwortet, es hatte die Ehe überschwenglich gutgeheißen. Und wenn die Leute es so wollten – konnte er dann etwa den Gedanken haben, sich ihnen zu verweigern? Hätte er es getan, wäre seine Karriere ruiniert gewesen.

Nun lag es an dem schweißtriefenden Hauptmann Zuphall, die Zeremonie weiterzuführen. »Sie gehört dir«, gab er auf uralte und traditionelle Weise bekannt.

Das Ploppen der geöffneten Avocado-Wacholderflaschen Marke ›Quizmaster Nr. 1‹ übertönte absolut alles, nur nicht die aufbrandende Woge des lauten Gegurgels, als Tausende von Axoloten den alkoholischen Tribut durch ihre Kehle spülten.

Lyndor wußte zwar, daß es eine Generation lang dauern würde, die Korken wegzuräumen, aber in diesem Augenblick war es ihm egal. Es war ihm völlig schnuppe.

Schließlich standen als nächstes der Konfettischneesturm und die Feier an.

In einem winzigen Gäßchen hinter den Feuergruben von Mortropolis scharrte unerbittlich eine Schaufel und echote hohl in den Begrenzungen eines Lieferfuhrwerks. Schoysal beobachtete ihn seit zehn Minuten aus der Finsternis. Er wartete aufgeregt auf einen bestimmten Moment, und sein Herz schlug in nervöser Erregung.

Der Dämon, der den Schwefel angeliefert hatte, leerte die letzte Schaufel in das riesige Maul eines Trichters, richtete sich auf, wischte sich über die glänzende Stirn und reckte knurrend und mit einem Knacken seiner teuflischen Gräten den schmerzenden Rücken. Dann wischte er sich mit einem ramponierten Unterarm die Nase ab, packte das Lieferpergament und sprang mit Hufgeklapper zu Boden.

»Fertig?« fragte Schoysal, der nun aus dem Dunkel hervortrat und auf den Dämon zuging.

»Jo, alle fuffzehn Ton'n sind im Trichter. Unnerschreimse hier.« Er hielt ihm Schoysals Formular hin und deutete mit einer knorrigen Klaue auf ein gekritzeltes ›X‹. Schoysal grinste, schrieb irgend etwas hin und gab ihm das Formular zurück. »Bis näxte Woche«, grunzte der Dämon und drehte sich um.

Er wußte nichts von der Schaufel, die hinter ihm mit seiner Schädeldecke auf Kollisionskurs war. Er erfuhr erst davon, als er das Scheppern hörte und sechs Stunden später mit wahnsinnigen Kopfschmerzen aufwachte.

Schoysal ließ die Schaufel fallen und sprang auf den Kutschersitz des Fuhrwerks. Sekunden später klatschten die Zügel laut über den Rückenschild der Stalagmotte und leiteten sie unaufhaltbar in Richtung Innenstadt. Minuten später hielt er quietschend vor Nabobs Höhle an. Er blieb genau neben einem zweiten geklauten Fuhrwerk stehen.

»Los, los! Die Zeit drängt!« schrie er Nabob zu, als er die Tür auftrat. »Lad sie auf. Fünf bei mir, vier bei dir.«

Nabob sprang von seinem Kieselsack und trieb ein Gottheitenquartett zu seinem Fuhrwerk hinaus, wobei er sich verzweifelt bemühte, die nagenden Zweifel zu ignorieren, die sich störend in seinem Hinterkopf breitmachten.

Im Vergleich zur Entführung und zum Einschmuggeln von neun illegalen Einwanderern sowie dem geplanten Umsturz des legal gewählten Obertotengräbers von Mortropolis in einem wilden und wagemutigen Überfall, war Fuhrwerkdiebstahl nur ein kleines Vergehen.

»Du wartest einfach auf mein Zeichen, klar?« bellte Schoysal heiser. »Fang bloß nicht ohne mich an. Der richtige Zeitpunkt ist ultrawichtig! Du weißt, was du tun mußt. Hast du deine Peitsche?«

Nabob nickte. Zu mehr hatte er keine Gelegenheit.

Schoysal, den das Risiko offenbar nicht scherte, sich den Gebetswellen aus nächster Nähe auszusetzen, schob fünf Gottheiten auf sein Fuhrwerk, knallte die Hecktür zu und rumpelte in einer Wolke aus scharlachrotem Staub durch die Gasse. Sein Geist jubelte in der teuflischen Belohnung eines sicher feststehenden Sieges. Wie wollte sich Byrernst gegen die kritische Masse der in Kürze auf ihn einstürmenden Gebetswellen schützen? Seine Laufbahn würde todsicher explosiv enden.

Schoysals Peitsche schlug fest auf die schneller werdende Stalagmotte ein, und als sie sich einer scharfen Linkskurve näherten, stach er in ihre rechte Seite. In einer Sekunde war das Fuhrwerk um die Ecke gebogen und verfehlte um nur wenige Zoll eine einsam vor sich hinschlendernde Gestalt, jedoch nur deswegen, weil sie sich zur Seite warf.

Ex-Prediger Ölyg der Dritte lag in einem zerknitterten Haufen am Gassenrand und stöhnte elend, als sich der Staub um ihn herum wieder legte. Es war ungerecht. Es war wirklich ungerecht. Seine einzige Hoffnung, aus Höllien fortzukommen, war über die Schleimau entschwunden und hatte sich als Blinder Passagier auf ein Boot geschlichen, dessen Ziel alles andere als gewiß war. Hätte er ihm die Chance gegeben zu glauben – er wäre gewiß gerettet worden. Hätte er doch nur den Mut aufgebracht, sich ebenfalls an Bord zu schleichen. Ölyg brummelte enttäuscht vor sich hin. Sein ganzes Leben war völlig sinnlos gewesen, und der Rest der Ewigkeit sah auch nicht so aus, als hielte er Verbesserungen für ihn bereit.

Er wünschte sich von ganzem Herzen, er wüßte, wo sich der Mietprediger Zorn gerade aufhielt. Er sandte allen, die ihn vielleicht hörten, ein stummes Gebet, ihm einen Tip zu geben, wo er zu finden war. Zurückgewiesen und ausgegrenzt rappelte er sich wieder auf die Beine und beschloß willkürlich, die Gasse zu seiner Rechten zu nehmen. Vielleicht fand er einen Rückweg in ein Irgendwo, das er zwischen dem Jetzt und der Ewigkeit kannte.

Er schlurfte seufzend weiter.

Er ging dreißig Fuß in die Finsternis hinein, dann blieb er stehen, legte den Kopf schief und lauschte.

Einen Augenblick lang glaubte er, das Gebrabbel begeisterter Stimmen und das tumultoide Klappern laufender, mit jeder Minute lauter werdender Hufe zu hören. Einen anderen Augenblick lang war er ziemlich sicher, daß die Stimmen »Zorn! Zorn!« riefen, aber er gab diese Vorstellung als traurige Täuschung einer bitterlich leidenden Seele auf, die in den wirbelnden Qualen Hölliens auf sich allein gestellt war.

Er irrte sich.

Der Stimmenchor und der Hufschlag wurden lauter, beides brandete betäubend in seinen Ohren, bis plötzlich eine wilde Meute ehemaliger Einwanderungsbeamter um die Ecke fegte und in erbarmungsloser Unaufhaltsamkeit auf ihn zustürmte. Und dort, hoch auf der Flut der schäumenden Dämonen, zappelte die schreiende, in eine Soutane gekleidete Gestalt Zorns, der wie ein Maskottchen auf dem führerlosen Zug des Verlangens getragen wurde – des Verlangens nach Fileda-Grubenhandschuhen! Des Verlangens, das der Obertotengräber Byrernst erfüllen mußte!

Ölyg rappelte sich erneut aus der Gosse auf, hob verzweifelt eine Hand und schloß sich keuchend der Meute an. »Oi!« schrie er klagend. »Warten Sie! – Zorn! Kommen Sie zurück! Ich möchte mit Ihnen sprechen! Nun rennen Sie doch nicht so schnell!«

Happas Silberwolke fegte über Manna Ambrosia am Firmament entlang, bremste ab und hielt an ihrem beschilderten Parkplatz. Er pfiff leise vor sich hin, stieg ab und eilte zum Ausgang. Dieser führte zum Haupteingang. Ein keckes Liedchen kam über seine Lippen. Er war heute gut gelaunt.

Er hatte gerade die neuesten zweimonatlichen Seelenzahlen abgelesen, und zum ersten Mal seit mehreren

Jahrhunderten sah es so aus, als hätten gewisse Leute den Göttern tatsächlich Beachtung gezollt. Wo sie herkamen, wußte er zwar nicht genau, aber plötzlich waren fast alle Zahlen gestiegen. Es war nicht der winzige Anstieg, zu dem es kurz vor größeren religiösen Festivitäten immer kam; nein, es war fast so, als hätten einige eifrige Missionare einen nagelneuen Kontinent entdeckt, auf dem man vom Glauben noch nie etwas gehört hatte. Der mit den Glaubensampeln sämtlicher Gottheiten gefüllte Raum summte in konstruktiver, feuriger Intensität, und jeder neue Glaubensfunke trug zu dem leuchtenden Glühen bei.

Erstaunlicherweise war es sogar zu einem leichten Anstiegsflackern auf der Glaubensampel der Keuschheitsgottheit Sitzam gekommen. Wo immer Sitzams neue Jünger auch herkamen, sie mußten wahrlich aus einem eigenartigen Ort stammen. Nun, er würde es bald erfahren. Im Augenblick war Happa recht zufrieden, daß seine Gottheiten an der Bekehrungsfront gut zurande kamen. Eigentlich war ihm danach zumute, vor Freude laut aufzuschreien.

Er pfiff ein fröhliches Liedchen vor sich hin, schlenderte an geparkten Silberwolken vorbei und hatte es zum ersten Mal nicht besonders eilig, seinen Platz an der Hohen Tafel einzunehmen.

Dann erblickte er vor sich eine dem Ausgang zustrebende, deutlich übergewichtige Gestalt, und konnte sich nicht mehr beherrschen. Er beschleunigte seinen Schritt und rief winkend: »He, Syffel! Ist heut nicht ein toller Tag?«

Syffel erstarrte mitten in der Bewegung. Der Schreck hatte ihn gelähmt. Er traute seinen Ohren nicht. »Toller Tag?« Natürlich war heute ein toller Tag. Sie lebten doch schließlich im Hymmelreich.

»Willst du mir irgendwas erzählen?« sagte Happa grinsend und holte Syffel keuchend ein.

»Er ... zählen?« prustete Syffel leicht besorgt. Es war

mindestens vierhundert Jahre her, seit Happa ihn direkt angesprochen hatte. Und damals hatte er ihn nur gebeten, ihm den Pfeffer zu reichen. Syffel kratzte sich am Kopf. Auf was wollte er hinaus? Über welches Ereignis der letzten Jahrhunderte wollte er etwas hören? Im Augenblick fiel ihm nur *eines* ein, und das war sein Geheimnis.

»Na los, Syffel, was ist dein Geheimnis, häh?« sagte Happa, während sie weitergingen, auf merkwürdig konspirative Weise. Seine Ohren glänzten im Schimmer der Intrige.

»Ge … heimnis?« prustete Syffel. Wußte Happa etwa von Zorn?

»Jo. Komm schon, erzähl's mir. Ich brauche schließlich nicht noch mehr Jünger, oder? Solange Luitschi Fabritzi in der Küche ist, habe ich jede Unterstützung, die ich von euch brauche. Na los, wo nimmst du die ganzen neuen Jünger her?«

Syffel wäre beinahe erstickt. Es stimmte. Sein Hausmissionar hatte endlich geliefert. »Jünger?« fragte er, bewußt ausweichend. Es zahlte sich nicht aus, seine Tricks auszuplaudern. Mit Betrug kam man im Hymmelreich nicht weit.

»Tu doch nicht so«, grollte Happa und musterte ihn finster unter seinen buschigen Augenbrauen. »Was machst du heute anders als früher, häh? Deine Glaubensampel schlägt fast einen Salto.«

Innerlich tat Syffel einen freudigen Luftsprung, boxte wild in die Luft und schrie auf. Es hatte geklappt! Die Zahl seiner Getreuen stieg an! Es war Happa schon aufgefallen. Schon jetzt brachte ihn dieser Nachrichtenfetzen einen ersten spürbaren Schritt näher an die Hohe Tafel heran. Happa hatte recht, es war *wirklich* ein toller Tag!

Doch die Antwort warf hundert verschiedene verzweifelte Fragen auf: Wie stand er im Vergleich mit Lyblich da, seinem Erzrivalen? Es war zwar vollkommen unprofessionell, sich gezielt danach zu erkundigen, aber er mußte es wissen. Zwei Wochen Wartezeit konnte er nie und nimmer ertragen.

Syffel hielt Happa die Tür auf und fragte: »Der Anstieg meiner Seelenzahlen ... ähm ... Ist er ungewöhnlich, oder gibt es andere, die einen ähnlichen Trend aufweisen?«

»Was, zum ...« war die einzige Antwort, die er erhielt, denn Happa stieß gegen den letzten Mann einer riesigen, lustlos mit den Füßen scharrenden Götterschlange. »Was geht hier vor?« brüllte er, schubste sich durch die Reihe und erzwang sich einen Weg zum Eingang von Manna Ambrosia.

Syffel war versucht, sich einzureden, alles sei in bester Butter. Hätte Happa ihn etwa gefragt, wenn die Anzahl seiner neuen Anbeter im Wolkenpark nicht so unheimlich wie einmalig gewesen wäre?

Happa schlug sich allmählich zum Anfang der Schlange durch. »Was geht hier vor? Warum steht ihr alle hier herum?«

»Maßnahmen«, erwiderte Pyngel, der für Terminpläne, Versammlungen und Lebenswichtige Zusammenkünfte zuständig war, mit amtlicher Miene.

»Was?« prustete Happa, der immer schneller zu dem Schluß kam, daß der Tag mit jeder Minute weniger ›toll‹ wurde.

Pyngel richtete sich zu seiner vollen Größe auf. Er konnte sein selbstzufriedenes Lächeln kaum verbergen, als er sich darauf vorbereitete, die üble Desertion einer Kollegengottheit zu melden. »Platzl ist nicht gekommen!« meldete er. »Es wäre völlig unentschuldbar von uns, wenn wir annähmen, genau zu wissen, wo sich unsere persönlichen Sitzplätze befinden. Ohne die leitende Gegenwart der Untergottheit der Sitzordnung, die unsere Wege leitet, können wir nicht eintreten.«

»Platzl *auch*?« fauchte Happa. »Wo ist er?«

Pyngel zuckte unhilfreich die Achseln und schaufelte

ein paar Pfund Verdammniserde mehr ins Grab des Schuldbewußtseins.

Happa knirschte mit den Zähnen, und sein Magen knurrte auf sehr ungöttliche Weise. »Tja, ihr könnt meinetwegen hier draußen rumgammeln und auf ihn warten. *Ich* weiß genau, wo ich sitze!« Er schob die Tür mit der Schulter auf, stampfte hinein und erstarrte auf der Stelle.

Seine Nüstern schnaubten, er holte Luft, seine Laune sank elendig in seine Socken. Irgend etwas stimmte hier ganz und gar nicht.

Wie der einsamen Nacktheit eines Hauses, das man ganz unzeremoniell der Weihnachsdekoration entkleidet hat, mangelte es der Geruchslandschaft Manna Ambrosias ganz und gar am beruhigenden Duft von Luitschi Fabritzis berüchtigtem Drachonzola-Knoblauchbrot.

Alle Bewohner des Hymmelreiches vernahmen Happas klagendes Geheul, als er schluchzend zu Boden sank und sich schwor, nie wieder ein schnelles Urteil über den Zustand des Tages zu fällen, bevor sein Mittagessen nicht dampfend vor ihm stand.

Plötzlich fegte aus der endlosen Bläue ein Englein heran, flatterte mit den Schwingen und stieg herab. Es schwebte neben einem kleineren Gott, der eine lange, blaßgraue Trenchtoga und einen dazu passenden Panamahut trug.

Syffel beobachtete mit dem zunehmend nervöser werdenden Gefühl eines schlechten Gewissens, daß der Engel der Gottheit etwas ins Ohr flüsterte und einen Blick in seine Richtung warf. Schnyffler, die Obergottheit für Spionage, Desinformation und Agententum, schob die Fäuste tiefer in die Taschen seiner Trenchtoga und warf Syffel einen undurchdringlichen Blick zu. Kurz darauf schlug er den Kragen hoch und stürmte dem Wolkenpark entgegen. Angela flatterte aufgeregt hinter ihm her.

Als Syffel sie gehen sah, hatte er plötzlich keinen Hunger mehr.

Die Atmosphäre auf dem Synderplatz und dessen näherer Umgebung summte in den widerhallenden Wellen unfaßbarer Spannung. Das Epizentrum war Byrernst. Er wußte, daß seine Zukunft als Obertotengräber von Mortropolis von der überwältigenden Zustimmung eines bestimmten Teufels abhing – Fürst d'Eibele höchstpersönlich. Er wußte: Eine Unze geringfügiger Verstimmung reichte, dann war er draußen, weg vom Fenster, ausgestoßen.

Doch tief im bösartigen Inneren seiner Innereien wußte er, daß es nie dazu kommen würde. Nicht bei dieser vollkommenen Zurschaustellung schierer Leistungsfähigkeit, der überwältigenden Augenweide und der von ihm persönlich inszenierten Choreographie. Er hatte jede Einzelheit eigenklauig überwacht und jedem Unterdämon, der sich erfrechte, den kleinsten Fehler zu begehen, eine freudige Begegnung mit seiner privaten neunschwätzigen Katze versprochen. Nun war alles fertig, geprobt, gewetzt: eine perfekte Mischung aus Qualen und Schmerzen, mit der er sein Selbstbildnis höllischer Leistungsfähigkeit zu malen gedachte.

Nur eine winzige Kleinigkeit fehlte noch: Fürst d'Eibele.

»Wo ist er denn?« knurrte Byrernst. Er ging mit laut klickenden Hufen auf und ab, und die Spannung irritierte ihn allmählich so sehr, als hätte er Ameisen in der Hose. »Er verspätet sich. Warum verspätet er sich? Was hält ihn auf? Er müßte doch längst hier sein!«

Asmodeus richtete den Blick nach unten und nagelte die letzte Flagge an den Balkon im dreizehnten Stock. Vier riesige scharlachrote Rechtecke wogten nun herrisch über dem Horst. Jeder wies in der Mitte einen großen weißen Kreis auf, die Perle reiner Unschuld, auf die gekreuzte Spalthufe schissen, sowie den Dreizack des mortropolischen Regimes. Rings um den Synderplatz brüllten Echos dieses Motivs in schweigendem Gehorsam zurück. Sie wurden von Jubeldämonen, die in den Dienst gepreßt waren, geschwenkt. Sie würden auf ein bestimmtes Zeichen hin ein Verhalten an den Tag legen, das mit Schweigen kaum umschrieben werden konnte.

Byrernsts Krallen trommelten gereizt auf die Balkonbrüstung, und er biß sich auf die Reißzähne. D'Eibele hätte inzwischen längst hier sein müssen. Er hätte neben ihm stehen müssen, links von ihm, um sich als perfekter Diktator zu gebärden.

Eine Entscheidungskrise tauchte bedrohlich in Byrernsts Geist auf. Genau *jetzt* war die verabredete Zeit. Sollte er den Beginn der Kundgebung verschieben, bis d'Eibele eintraf? Und das Risiko eingehen, ineffizient zu wirken? Oder sollte er triumphierend die Klauen in die schwefelhaltige Luft recken und einfach loslegen? Und das Risiko eingehen, daß d'Eibele alles verpaßte? Konnte er sich sicher sein, daß d'Eibele sich nicht einfach verkleidet auf den Synderplatz geschlichen hatte, um ihn zu prüfen? Er hatte keine Wahl. Er *mußte* anfangen. Es war die sicherere Option. Wenn d'Eibele verspätet eintraf, konnte er das ganze verdammte Fiasko noch einmal von vorn anfangen. Es bedeutete ja keine Härte für ihn, ein zweites Mal herrisch auf den Pöbel herabzuhöhnen und seine Überlegenheit und seine Macht über ganz Mortropolis zu zeigen.

Jetzt war die ausgemachte Zeit. Die Parade sollte beginnen.

Mit einem letzten Schnauben hob Byrernst die Klaue zum klassischen Zweiklauensalut und durchschnitt das Band. Die eilig zusammengestellte Dämonenmeute, die unter dem Namen Mortropolisches Sinfonievergewaltigungsorchester agierte, drosch lärmend auf Kochtopftrommeln ein und ließ die Saiten ungestimmter Violinen knarzen. Ein Dutzend (zeitweise von ihren Knochenbrecherpflichten befreite) hochbezahlte Massensteuerungsdämonen schwangen bedrohlich ihre Peitschen und trieben das Publikum in einen Rausch der Zustimmung. Fahnen wehten, Kehlen jubelten. Die konzentrierten Lanzen der Lavalampen fuhren schmerzend über den Platz. Von links her marschierte das massierte Elend der Synchronschlurfer aus den Feuergruben heran; die Ketten schepperten an ihren Fußgelenken.

Von der plötzlich chaotischen chthonischen Animation ungesehen, rumpelten zwei von Stalagmotten gezogene Fuhrwerke versteckt heran und blieben an den gegenüberliegenden Enden des Platzes stehen. Hätte sich jemand die Zeit genommen, von der Seite auf die eigenartig sauber wirkenden bärtigen Gestalten zu schielen, die sich auf ihnen befanden, hätte er möglicherweise eigenartige purpurne Frömmigkeitszungen über ihren Häuptern schweben sehen. Aber niemand schaute hin. Keiner wagte es, Byrernsts Wut herauszufordern. Nicht heute. Nicht bei *seiner* Laune.

Das Fundament des Synderplatzes schien plötzlich zu bocken und zu zucken, als das Riesenfindlings-Präzisionsschauteam seine Tonnenladung ins Blickfeld rollte. Begleitet wurde es vom instrumentalen Gekreisch des Sinfonievergewaltigungsorchesters. Neunschwänzige Katzen klatschten und zerfetzten die sie umgebende Luft; Dreizacke drehten sich in Wirbeln bösartiger Bedrohung. Byrernst wippte auf den Hufen auf und ab und geilte sich in finsterer Freude an allem auf.

Schoysal und Nabob schauten auf ihren mit Gottheiten gefüllten Fuhrwerken ehrfürchtig zu. Winzige Häfen des Zweifels füllten sich allmählich mit Schiffen des Schwankens und Flottillen der Unglaubens. Vor ihren Augen spielte sich ein dermaßen erstaunliches Spektakel ab, daß der Teppich der Siegeszuversicht unter ihren Hufen weggezogen wurde. Nun waren sich die beiden äußerst unsicher, ob sie eine solche Schau jemals auf die Beine stellen konnten. Gut, daß sie zu weit voneinander entfernt waren, um es sich gegenseitig zu gestehen.

Sie schluckten im wirbelnden Chaos der Kundgebung des neuen Regimes, legten alles unter ›Nerven‹ ab und bereiteten sich aufs Eingreifen vor.

Inzwischen trieb, von einer sanften Schwefelbrise hoch über der Mehrheit der von Stalagmotten angenagten Dächer getragen, eine merkwürdig purpurne Butterblume der reinen Frömmigkeit knisternd und knackend auf die Massenansammlung des Synderplatzes zu. Wahrscheinlich wäre sie vorbeigetrieben, ziellos durch das Unterweltreich Höllien geflattert, irgendwann gegen eine verlassene Pennerhöhle gestoßen und hätte den dortselbst hausenden chthonischen Packratten eine Zuflucht des Glaubens und des Frohlockens gebracht. Sie *wäre* vorbeigetrieben, hätte es nicht die magnetische Präsenz der neun Gottheiten auf dem Synderplatz gegeben – und die noch stärkere Anziehungskraft zahlloser Dämonen, die bereits von der sanften, wohltuenden Liebkosung freudiger Hingabe gestreichelt worden waren.

Trotz der heldenhaftesten Bemühungen des Luftstroms sank die purpurne Butterblume der Frömmigkeit hinab, und als sie näherkam, eruptierten winzige Lagen spontanen Kicherns aus der Menge der schanghaiten Massen. Rinnsale der Erregung blubberten auf, vereinigten sich und bildeten kleine Teiche des Frohlockens. Die Dämonen wurden von dem überwältigenden Verlangen ergriffen, Gesänge anzustimmen und Glöckchen zu läuten – Glöckchen, deren Töne einem talmihaften Klingeln so ähnlich waren wie die Laute, die Wendepunkt-Willis Sellenretterzymbeln abgaben.

Es bedurfte nur eines leichter beeinflußbaren Dämonen, die winzigen Krallenglöckchen hervorzuziehen und freudig aneinanderzuschlagen. In Sekundenschnelle eruptierten spontane Ausbrüche von Frohlocken auf dem ganzen Synderplatz und verbanden sich mit dem Höllenlärm des Mortropolischen Sinfonievergewaltigungsorchesters. Hufe stampften unbeherrscht im Takt, wunderwirkende Rumbakugeln wurden aus den Taschen gezogen. Byrernst schrie auf, als das schanghaite Publikum jegliche Disziplin verlor.

Er beugte sich über den Balkon, erdolchte die Luft mit herrischen Krallen, bellte den Knochenbrechern Befehle zu und schrie sich erfolglos heiser. Sie konnten ihn in dem infernalischen Getöse nicht hören.

In diesem Augenblick richtete Schoysal sich auf seinem Fuhrwerk auf und erkannte in den Handlungen der Teufel, daß sie sich im Griff der guten Laune befanden, genauso, wie es im *Tödlichen Hammer des Frohlockens* stand, und er wußte, daß die Zeit zum Handeln gekommen war. Er winkte hektisch, fing Nabobs Blick auf der anderen Seite des Platzes auf, und Sekunden später peitschten sie ihre Stalagmotten zur Tat. Staubwolken stiegen von den wirbelnden Beinen der schwarzen Rückenschildkreaturen auf, als sie sich ins Geschirr legten. Dann rasten sie blitzartig los und zogen die Fuhrwerke in das zuckende Gewühl des infernalischen Chaos.

»Aus dem Weg!« raunzte Schoysal hektisch und ließ die Peitsche laut über seinen Hörnern knallen. »Bremsversagen! Vorsicht!« Die Dämonen sprangen quäkend aus dem Weg des allem Anschein nach durchgehenden Gefährts. Und wie geplant, jagten beide Fuhrwerke aufeinander zu, beschrieben den perfekten Kollisionskurs, und jedes trug eine tödliche Fracht.

Nur Schoysal und Nabob wußten, was passierte, wenn die beiden sub-kritischen Massen der Frömmigkeit kollidierten. Nur sie konnten die plötzliche Eruption der gewaltigen Gebetswellendosen vorhersehen. Und nur sie wußten, welche Auswirkung sie auf die ahnungslosen Teufel von Mortroplis hatte.

Schoysal konzentrierte sich auf zwei Überzeugungen und umklammerte sie fest mit sämtlichen Neuronen seines Willens. Er wußte genau, daß man Byrernst schassen und ihn an seine Stelle setzen würde. Dann würden alle glauben. Es *konnte* gar nicht anders sein.

»Aus dem Weg!« raunzte er erneut, als eine Meute herumtollender Dämonen dem Chaos ekstatisch auswich, bevor sie von der heranpreschenden Stalagmotte zermalmt wurden.

Und dann war es zu spät. Hinter einer heranwogenden Menge scharlachroter Flaggen brach Nabobs Karren hervor, er wippte, klapperte lärmend, war nicht mehr aufzuhalten. Die beiden Fuhrwerke scherten aus, ihre Räder sprühten Funken, sie kippten zur Seite und krachten schmetternd aneinander. Die neun Gottheiten wurden in den Wracks durcheinandergewirbelt, das Glaubenspurpurfeuer schlug aneinander, flammte auf und breitete sich aus. Schoysal und Nabob spritzten auseinander, als sie das Rumpeln der anstehenden Detonation spürten.

Als sie sich in den Felsenkratzer des Dämonischen Dienstes duckten, geschah es. Purpurblitze zischten unter den Fuhrwerkwracks hervor, Wolken heiligen Qualms stiegen auf und gaben den unverwechselbaren Geruch von Weihrauch und frisch gelöschten Kerzen ab. Die Luft füllte sich mit dem Brüllen fröhlicher Chöre, und Tausende von Teufeln wurden von talmihaftem Frohlocken und niedermähenden Handflächen der Frömmigkeit verdroschen.

Auf dem Balkon im dreizehnten Stockwerk schrie Byrernst auf, als der Rauch sich leicht klärte und die verhaßten Gestalten Schoysals und Nabobs enthüllte, die breit grinsend auf den zusammengestoßenen Wracks standen. Hinter ihnen kam ein wirbelndes Rad zum Halten.

Die unter dem Wrack gefangenen Gottheiten verliehen ihrer Verblüffung Ausdruck und fragten sich, was all dies mit einem Managerkursus zu tun hatte.

»Freunde, Dämonen, Höllianer!« rief Schoysal siegreich. »Leiht mir euer Gehör!« Hätte er dies an einem anderen Tag gesagt, hätte ihn mindestens ein halbes Dutzend knurrender Knochenbrecher unter Berufung auf den vergangene Woche in Kraft getretenen Absatz 3 des neuen mortropolischen Gesetzes über das Recht der freien Rede niedergemäht.*

Zu seinem Glück hatten die grinsenden Knochenbrecher das Gesetz gerade vergessen. Sie standen einfach offenohrig und leergeistig da, jeder mit zwei von Wendepunkt-Willis Seelenretterzymbeln auf den Zeigekrallen und schwankten am Rande des Glaubens.

Schoysal bemühte sich, sämtliche Anwesenden auf dem Synderplatz mit einem bedeutungsvollen Blick zu messen. Dann holte er tief Luft und bereitete sich auf die wahrscheinlich wichtigste Ansprache seiner Existenz vor. Es würde nur noch Minuten dauern, bis er die Stellung des Obertotengräbers einnahm. Er wußte es, denn in seinen Innereien machte sich ein leicht unwohles Gefühl breit.

»Volk von Mortropolis!« rief er durch eine Wolke dichten theischen Smogs. »Steh einen Augenblick lang still und blick dich um!« Jeder sah mit einem Blick, daß die höllischen Ordnungsgesetze eins aufs Haupt bekommen und sich ins frühe Bad der Niederlage geschlichen hatten.

»Ist das hier Leistungsfähigkeit? Ist es das hier, was ihr wollt? Wir haben Byrernsts Pläne für das neue mortropolische Regime alle gehört. Ich frage euch: Finden sie euren Beifall? Diktatorische Straßenfeste, die seine Überlegenheit über euch zeigen sollen? Daß er euch zum Gehorsam und zum Katzbuckeln zwingt, damit er bei Fürst d'Eibele gut dasteht?« Schoysal stürzte sich direkt auf die Schlagader der Byrernstschen Totengräberschaft.

---

* Jeder wußte, daß Mortropolis eine Dämonkratie war, die jedermann garantierte, das Recht der freien Rede nach der Regel ›Ein Dämon – eine Stimme‹ wahrzunehmen. Jedoch enthielt das neue Gesetz einige zusätzliche Worte. Nun galt die Regel ›Ein Dämon an der Macht hat eine Stimme‹. Jede Abweichung von dieser Regel durch einen anderen als Byrernst zog folglich eine ernste Ermahnung nach sich.

Das ferne Echo der Wut ratterte vom Balkon im dreizehnten Stock zu ihm herunter. Schoysal ignorierte es einfach. »Und was hat er für euch getan, Brüder? Habt ihr gelitten und euch abgeplagt, um diesen Zustand des absoluten Chaos hervorzurufen? Gab es vor der Wahl Byrernsts nicht bessere Zeiten?« Schoysal schäumte innerlich vor Aufregung, als er das erste Erwachen von Zweifeln und das erste Rühren zivilen Ungehorsams sah. »Wenn Scheytans Bürger euch nun sehen könnten, würden sie beeindruckt sein?«

Byrernst bellte unverständliche Worte vom Balkon herunter, beugte sich weit über die Brüstung und gestikulierte, als sei er nicht sonderlich zufrieden mit der Gesamtentwicklung der Lage. Er fuhr mit funkensprühenden Fersen herum, raste ins Gebäude und raste dann wütend und schnaubend die Treppe hinunter. In seinem Hinterkopf machten sich unfeierliche Gedanken über d'Eibele breit.

Doch welch seltsam ironische Wendung der Gerechtigkeit – eigenartigerweise wälzte auch Fürst d'Eibele genau in diesem Augenblick Gedanken über Byrernst und die Inspektionsreise. Die dreißig Fuß breiten Schwingen Detleph des Daktylus' fegten munter durch die höllianische Luft, durchschnitten mit scheinbarer Mühelosigkeit widrige Winde und scharlachrote Wolkenbänke, und d'Eibele beglotzte durch seine kristallene Schutzbrille das unter ihm dahinziehende Unterweltreich. Von hier oben aus, wo man das Felsenfirmament fast berührte, sah wirklich alles einladend aus. Er erblickte keine der schwärmenden Massen gequälter Seelen, die Hölliens Pracht beschmutzten. Er spürte nichts vom Druck des schmutzigen Pöbels, der zwischen Qual und Ewigkeit einherwimmelte. Hier oben waren nur er und sein Daktylus, sie flogen ungebunden dahin und frohlockten auf den hauchdünnen Schwingen des Hochgefühls. Aber er wußte, daß er nicht bleiben konnte. Die Inspektion rief. Er mußte gehen.

Unten auf dem Synderplatz streichelte Schoysal die inbrünstigen Massen in einen Glaubensrausch. »Warum solltet ihr gezwungen sein, euch Byrernsts Launen zu unterwerfen? Kann man ihm wirklich trauen, wenn er sagt, alles geschähe nur zum Besten von Mortropolis? Schaut euch den Zustand dieses chaotischen Wirrwarrs an! Heute ist der wichtigste Tag seiner Amtszeit – schaut ihn euch an! Wißt ihr, wen er dafür verantwortlich machen wird? Habt ihr eine Vorstellung davon?« Er lugte hinter den umgekippten Fuhrwerken hervor, und seine Augen blitzten in wilder Inbrunst. »Euch!« schrie er und deutete mit einer dämonischen Kralle auf die Massen. »Eure Schultern werden die Schande eures unfähigen Führers tragen!«

Die Menge jubelte ihm zu. Die Argumente dieses unbekannten Dämons waren kluge Lichter in ihrem verdunkelten Geist, flammende Brände, denen man über keinerlei Wege aufweisende Einöden folgen konnte. Und alle, die seine Worte hörten; alle, die ins gespenstische Purpurleuchten der Gebetswellen getaucht worden waren, hörten auf ihn und begannen zu glauben. Byrernst war das Schlimmste, was Mortropolis je geschehen war. Obertotengräber? Pah! Er war nicht mal dazu geeignet, den Müll rauszutragen.

»Werdet ihr euch erheben?« schrie Schoysal.

»Zum Teufel mit dir!« schrie Byrernst, der durch die Tür des Felsenkratzers des Dämonischen Dienstes brach. »*Ich* bin der Obertotengräber! Ich sage, was läuft!«

»Stimmt genau!« konterte Schoysal. »Du wirst laufen! Byrernst muß gehen!«

Die Dämonenmenge scharrte nervös mit den Hufen und fragte sich, was sie tun sollte. Wenn der Führer nicht da war, war es leicht, hinter seinem Rücken zu murren und zu knurren, aber ... Nun ja, handeln war etwas ganz anderes.

»Byrernst muß gehen!« schrie Schoysal erneut und stampfte mit den Hufen auf das umgestürzte Fuhrwerk.

»Byrernst muß gehen!« kam ein Echo aus einer Seitengasse. Alle drehten sich um und stierten verdutzt die heranpolternde Meute an, die auf klappernden Hufen näherkam.

Als das nächste »Byrernst muß gehen!« ertönte, strömte der Pöbel der Ex-Einwanderungsbeamten, Ex-Einweiser und die Horde stinksaurer Fährschiffer auf den Platz, die den Mietprediger Gottfried Zorn von der Mission der Heiligen Laudatia wie ein Maskottchen auf den Schultern trug. Seit sie seine Worte an der Mine vernommen hatten, wußten sie genau, was zu tun war: Sie mußten Mortropolis vom schrecklichen Byrernst befreien. Und ihre Zeit war gekommen.

»Stimmt!« schrie Schoysal enthusiastisch, wenn auch leicht verblüfft über das plötzliche Auftauchen der Gruppe. »Byrernst muß weg!«

»Eysenhart!« raunzte Byrernst, als der Pöbel aus den Lava- und Schwefelminen näherkam. »Eysenhart! Retten Sie mich! Nehmen Sie den Pöbel fest!«

»Ähm, ich …« stotterte der Chef der Knochenbrecher. »Ich soll doch jetzt die Menge dirigieren, haben Sie's vergessen? Das haben Sie doch eben erst gesagt. Ich …«

»*Die da* sind eine Menge!« schrie Byrernst. »Dirigieren Sie sie!« Er hatte den Eindruck, daß die öffentliche Meinung nicht mehr ganz der seinen entsprach.

Der Pöbel aus den Minen schob sich ungehindert durch die umstehenden Massen, drosch längst tote Cheerleader nieder, trat synchronschlurfende Seelen in alle Richtungen und nährte sich mit der Unaufhaltbarkeit eines Wals auf Rollschuhen.

Byrernst schrie erneut, fuhr auf dem Huf herum und setzte sich laufend in Bewegung. Er trat in die Menge und schlug sich eine Gasse durch die schwarzgeschuppten Massen des in den Dienst gepreßten Publikums. Vier schnelle Dämonen lösten sich vom Minenpöbel, stampften beschleunigend, und Peitschen knallten wie wilde Zungen über ihren Köpfen. Byrernst wetzte weiter, sein Blick zeigte Panik, und er schlug mit den Krallen um sich. Plötzlich zuckte hinter ihm eine Peitsche aus der Luft herab und wickelte sich um seinen fliehenden Unterschenkel. Die riesige Tonnage des steinigen Synderplatzbodens traf ihn voll gegen die Nase.

Der Dämon mit der Peitsche grinste boshaft und zog Byrernst an sich heran. Byrernst blökte hilflos. Seine Krallen schlugen fruchtlos ins Gestein, seine Beine zuckten.

Schoysal und Nabob sprangen auf die Fuhrwerke auf und wieder herunter und schrien »Byrernst muß weg!« Trotz der bevorstehenden Gebetswellenüberdosis konnten sie es noch immer nicht glauben.

Es hatte geklappt. Jede Chance, daß Byrernst weiterhin Obertotengräber von Mortropolis blieb, war spurlos verdunstet. Von ihm würde nie wieder jemand Befehle entgegennehmen.

Aber dies war nur der erste Teil von Schoysals und Nabobs Plan.

Schoysal grinste wie ein Schwergewichtsweltmeister im Kühewerfen und hob seine Klauen hoch über die tumultuösen Mortropolianer. »Der Obertotengräber ist geknebelt! Lang lebe der neue Obertotengräber!«

Obwohl die Dämonen eigentlich nicht genau wußten, wer dies sein sollte, jubelten und klatschten sie und schwangen wild ihre Zymbeln.

»Aber ich habe eine Frage!« schrie Schoysal heiser. »Wir brauchen einen neuen Führer! Einen neuen Obertotengräber. Jemanden, der Mortropolis einen und als Galionsfigur auftreten kann. Jemanden, der alle für eine gemeinsame Sache hinter sich zusammenhalten kann!« Und während er dies sagte, deutete er mit der Zeigekralle auf seine stolzgeschwellte Brust und gab sich so anführerisch wie möglich.

»Freunde, Dämonen, Höllianer«, rief er und schob sein Kinn auf eine Weise vor, von der er annahm, daß sie stark und energiegeladen wirkte. »Wen möchtet ihr als neuen Obertotengräber haben?«

Nervöse Stille machte sich auf dem Synderplatz breit, als alle verlegen auf ihre Hufe schauten und elendig die Achseln zuckten. Der Minenpöbel schaute beträchtlich verlegen drein, als ihm klar wurde, daß er soweit nun auch nicht gedacht hatte. Der mit mehr Begeisterung als Effizienz gefesselte und geknebelte Byrernst zuckte hilflos unter mehreren hundert Lagen Hanfseil Marke Flammstabil, wurde aber ignoriert.

»Wer wird es sein?« rief Schoysal und schlug sich mit der eigenen Klaue schmerzhaft auf die Brust. »Na, los!«

Das einzige Geräusch, das man vernahm, war das Patschen eines Sandalenpaars und ein verzweifeltes Keuchen, denn nun kam eine kleine, rundliche Gestalt auf den Synderplatz gelaufen. Obwohl es auf dem gesamten Platz von Dämonen wimmelte, lief sie an dem Minenpöbel vorbei, drängte sich nach vorn und schaute Zorn sehnsüchtig an.

»Nun also, wer wird es werden?« schrie Schoysal mit verzweifelt bebender Stimme.

»Ich bin gekommen!« rief Ölyg und stierte das Maskottchen Zorn flehentlich an. Und noch immer überwältigt vom Einfluß der Gebetswellen-Überdosis, erblickten alle auf dem Synderplatz Versammelten das wunderbare Zeichen, das er bedeutete. Der neue Führer war ihnen offenbart worden! Alle hatten seine Berührung gespürt, alle hatten seine Worte vernommen, und alle hatten sein Freibier geschickert.

»Zorn!« schrie die Masse wie aus einem Munde und beugte sich seiner Führerschaft. »Zorn soll es sein!«

Schoysals Kinnlade sank auf seine Brust. »Nein, nein! Wartet!« protestierte er lautstark. »Ich habe mich gemeint!«

»Und was ist mit mir?« schrie Nabob. »Du hast mir doch versprochen, ich würde ...«

»Hört zu, ich bin die beste Wahl!« quäkte Schoysal in

einer Tonlage, die man sonst nur mit einer Woche alten und in Panik verfallenen Ferkeln in Verbindung bringt. »He, hört doch mal zu! Ich bin wirklich eine geniale Wahl! Ich ... Oi! Weg! Nein, wartet ... Laßt mich runter!«

Ohne daß ein Befehl gebrüllt werden mußte, wurden die beiden Ungläubigen, die einzigen ablehnenden Stimmen in der Menge, von vier riesigen Knochenbrechern gepackt und kreischend in eine Seitengasse gezerrt – ihnen folgte dichtauf ein weiteres Quartett, das den zuckenden Byrernst hinter sich herschleifte.

Das schwache Echo guten Zuredens hallte aus der Gasse hervor. »Es ist alles ein Irrtum«, winselte Schoysal und bemühte sich, so zu klingen, als führe er das Kommando. »Hört mal, wenn ihr mich *sofort* runterlaßt, vergesse ich den Zwischenfall. Ich wäre der perfekte Obertotengrä ... Auuu!« Das unüberhörbare Klatschen einer harten Knochenbrecherfaust, die auf empfindliches Nasengewebe traf, hallte schmerzhaft zwischen den ›Zorn-Zorn-Zorn!‹-Gesängen wider.

Der Ex-Prediger Ölyg der Dritte traute seinen Ohren nicht. »Nein, hört mal, ihr habt mich falsch verstanden!« rief er. »Ich wollte doch nur, daß er mir den Weg hier heraus zeigt ... Aaaarghhh!«

Ein riesiger Dämon funkelte auf ihn herab, zerknitterte seine Visage auf äußerst sonderbare Weise und ließ eine riesige Klaue auf ihn zuschießen. Ölyg schrie auf, als sie sich um seine Kehle schloß, zudrückte und an ihm zerrte.

»*Er* hat uns den Weg gewiesen!« brüllte der Dämon, der offenbar mehr Gebetswellen abbekommen hatte, als gut für ihn war. »Er soll belohnt werden!« Er hob Ölyg über seine Hörner und setzte ihn auf seine Schulter.

»Nein, nein. Hör mal ... Ich wollte doch nur, daß Zorn ... Moment. – Belohnt, hast du gesagt? Ähm, was genau meinst du damit?« stieß Ölyg hervor.

»Unter-Obertotengräber!« erklärte der Dämon.

Alle brüllten zustimmend auf und marschierten mit

festem Schritt durch die Straßen von Mortropolis. Zorn und Ölyg thronten hoch über ihren Köpfen. Eine geeinte Gemeinde folgte ihnen fröhlich auf dem Fuße.

Hoch über ihnen saß Fürst d'Eibele auf seinem flügelschlagenden Daktylus, lugte auf den Synderplatz hinab und lächelte. »Nun, sieht so aus, als liefe da unten alles bestens, was, Detleph? Ich … ähm … glaube, wir brauchen uns wohl nicht einzumischen, was? Flitzen wir also noch 'ne Weile hier rum und schauen uns an, was der alte Scheytan so macht, ja? Biste einverstanden?«

Detleph bellte fröhlich und schlug einen freudigen Purzelbaum. Für d'Eibele war dies ein eindeutiges *Ja.*

Angela folgte Schnyffler, der Obergottheit für Spionage, Desinformation und Agententum, ins Innere der summenden Wolke und musterte den blitzenden Dreizack.

»Da, ich hab's doch gesagt«, sagte sie. »Er summt und blitzt, als gäb er Alarm. Was hat es zu bedeuten?«

»Eine Art Alarm«, sagte Schnyffler leise und mit der verschreckten Stimme eines Lebewesens, das etwas in Augenschein nimmt, von dem es sein Leben lang überzeugt war, daß es niemals eintreffen würde.

»Wirklich? Ohhh, aber *was* für ein Alarm?« fragte Angela aufgeregt.

»Der aller-allerschlimmste«, murmelte Schnyffler, runzelte die Stirn und zog seine Schultern bis an die Ohren hoch. »Er muß sofort in den Untergrund gehen, in eine Schlupfwinkelwolke, weg von ihnen!« Er fuhr auf dem Absatz herum, seine Trenchtoga bauschte sich um seine Fußgelenke, und er stürmte aus der Wolke heraus.

»Von *ihnen?* Wer ist das?« drängte Angela. »Was geht da vor?«

In den zahllosen Jahrhunderten, in denen die Bedrohung durch die teuflische Invasion zu Langeweile verdunstet war, hatte sie nämlich viel vergessen. Denn der größte Teil der komplizierten und hochheiligen Überwachungssysteme, über die Schnyffler herrschte, war äußerst geheim. Es hatte keinen Sinn, Hinz und Kunz darüber zu informieren, daß er eine unübertroffen geheime Methode ausgetüftelt hatte, um zur Frage des Trends im dämonischen Denken auf dem Laufenden zu bleiben. Dann wäre es doch nicht unübertroffen geheim gewesen, klar?

Auf dem Höhepunkt der teuflischen Invasionsbedrohung hatte Schnyffler viele Wochen in der Wolke zugebracht, die Dreizacke angestiert und darauf gewartet, daß sie böse Gedanken entdeckten, die auf bestimmte Ziele gerichtet waren. Jeder Dreizack war sorgfältig auf die Resonanz spezifischer dämonischer Absichten abgestimmt. Wenn ein bestimmter Dreizack aufleuchtete, zeigte er an, was eine Bande gewisser Satansbraten plante. Und das konnte für Schnyfflers hochverschwörungsempfindlichen Geist nur eins bedeuten!

Sie hatten sich verschworen, jemanden zu packen!

Er mußte Syffel aus dem Verkehr ziehen. Verschwinden lassen. Sofort.

In der nun verödeten Arena des Synderplatzes knarrte ein Fuhrwerkswrack, wackelte mehrmals und wurde mit einem Aufwallen gegrunzter Atemzüge umgekippt. Klabautha und Nockauth warfen den anderen um, schoben Massen zerbrochener Schieferplatten beiseite und standen auf.

Ramahni war außer sich. »Mein Jäckchen ist *hin!* Alles ist ruiniert! *Das* kriege ich nie wieder!« Er versuchte, den Schmutz von seinem Jäckchen zu entfernen.

Muh Linneks kramte in seinem Beutel herum und reichte ihm ein kleines Päckchen. »Praktische Reisetaschentücher«, sagte er lächelnd. »Ideal für die Revitalisierung reisemüder Kleider und zur Erfrischung ermüdeter Füße.«

»Hast du auch dafür was?« winselte Elli Vithal und zupfte an ihren Löckchen. »Die krieg ich nie wieder, das weiß ich ganz genau.«

Während Muh Linneks erneut in seinen geräumigen Beutel griff, zuckte Klabautha die Achseln, klopfte den Staub von seinem Dreispitz und fragte: »Und was machen wir jetzt, Matrosen?«

»Abhauen«, stieß Flychtha hervor. »Kommt mit, in diese Richtung!«

»Was?« grunzte Nockauth. »Um eine anständige Rauferei zu verpassen, falls sie zurückkommen?«

»Ja«, erwiderte Flychtha beharrlich und brach zu einer dunklen Gasse auf.

»Wohin gehst du?« rief Platzl.

»Ich verschwinde von hier. Da entlang, schau mal.« Flychtha hob einen vertraut wirkenden Stadtplan von Mortropolis hoch und deutete auf einen schmalen Durchgang, der als ›Ausgang‹ bezeichnet wurde.

»Zahlt sich immer aus, wenn man den Fluchtweg kennt«, fügte er hinzu und vernahm ein sehr enthusiastisches Oktett müder Gottheiten.

»He, es hat geklappt«, sagte Platzl nachdenklich, als sie durch finstere Gassen und wenig frequentierte Straßen schlenderten.

»Was hat geklappt?«

»Die Sache hier unten. Habt ihr gesehen, wie schnell wir plötzlich eine Entscheidung gefällt haben?« Die anderen acht wußten, daß er recht hatte. Sie hatten es auch gespürt.

»Da entlang«, grunzte Flychtha. Er prüfte den Plan und deutete auf eine lange nicht benutzte Tür, die in einer dunklen Ecke lag.

»Da durch?« sagte Ramahni entsetzt, als er die Spinnweben sah. Er musterte seine Kleider und zuckte die Achseln. Viel schlimmer konnte es ihnen nicht mehr ergehen.

»Jo.« Flychtha rumste eifrig gegen die Tür und spuckte aus, da sie sich nicht bewegte.

Nockauth grinste, nahm einen Anlauf und trat sie auf. Er blieb nicht mal stehen, um die verblaßte, undeutliche Schrift zu lesen, die auf einem kleinen Wandschild stand.

GEFA R!
DRAU SEN BLEIB N!
AN I-PERSON N-GEB TSMI NEN

Ohne sich der Kisten voller eigenartiger kreuzförmiger Gerätschaften bewußt zu werden, die unter der Treppe lagerten, nahmen sie den langen Aufstieg über die Wendeltreppe in Angriff.

Obwohl es nicht die geringste Festnahrung zum Verspeisen gab, flitzten die engelhaften Kellnerinnen in Manna Ambrosia aufgeregt zwischen den Tischen hin und her. Bier und Wein strömten reichlich in Humpen und Gläser – und dann in rasch trunken werdende Kehlen.

Happa musterte niedergeschlagen sein Bier und sehnte sich nach einem Krümelchen von Luitschi Fabritzis Drachonzola-Knoblauchbrot. Ohne Brot war ihm das Bier einfach zu flüssig. Man brauchte doch etwas zum Knabbern. Wohin konnte Luitschi entschwunden sein? War er so schlecht behandelt worden, daß er einfach in den Sack gehauen hatte und verschwunden war? Aber nein, unmöglich. So was konnten nur Götter tun, oder nicht? Happa sah in eine Zukunft ohne Fabritzi, und in seinem Augenwinkel glitzerte eine Träne des Säuferjammers.

Plötzlich sprang eine eifrige Gottheit auf die Beine und meldete sich zu Wort. »Ist schon die Zeit für *Verschiedenes*?« fragte Pyngel das mit einem kollektiven Stöhnen auf seine Worte reagierende Publikum.

Happa schlürfte sein Bier. Eine engelhafte Kellnerin schenkte ihm drei weitere Liter ein.

»Meister?« begann Pyngel erneut. »Ist schon …?«

»Ich habe dich gehört«, bellte Happa, dessen Stimme hölzern aus dem Inneren seines Humpens widerhallte.

»Und?« drängte Pyngel. »Ist jetzt die Zeit?«

»Ich denke nach«, grollte Happa. »Ich bin nicht der Meinung. Bisher haben wir *Verschiedenes* immer nach dem Pudding abgehandelt, und da ich noch keinen bekommen habe …« Nur der Inhalt seines Humpens hörte seine letzten Worte.

»Ist nun die richtige Zeit oder nicht?« winselte Pyngel, der sich bemühte, ein irritiertes Stirnrunzeln zu unterdrücken.

»Ach, na schön«, grollte Happa über das Gebrabbel der trunkenen Gottheiten hinweg. »Aber bei der Bande da bringt es ohnehin nichts. Und ich weiß auch nicht, ob es sonst was nützt.«

Pyngel ließ den Arm sinken, lächelte, holte tief Luft und gab eifrig bekannt: »Verschiedenes?«

»Ahoi, Matrosen!« verkündete eine Gottheit in einem Kürbisschlafanzug. Sie trug einen Dreispitz und einen Kapitänsbart und kam gerade keuchend aus dem Raum für Kleine Götter.

Alle Blicke wandten sich der plötzlichen Unterbrechung zu, wobei einige dieselbe klarer erblickten als andere. »Wir haben in Erfahrung gebracht, wie man Entscheidungen fällt!«

»Klabautha! Wo warst du?« fragte Happa. Als die anderen Gottheiten den Raum für Kleine Götter verließen, zuckte er die Achseln. Elli Vithal trat errötend als letzte heraus. Sie war noch nie da drin gewesen.

»Es ist genial«, sagte Klabautha begeistert. »Zwei Typen müssen die Leitung haben. Die eine muß für den anderen 'ne Art Vaterfigur sein. Dann braucht man noch eine fromme Bande, so wie uns. Eine Art Vater, Sohn und Heiliger Kompagnon.«

»Wo ist Fabritzi?« heulte Happa.

In einer fernen Ecke erhob sich Spyler, rieb sich übers Kinn und dachte über Klabauthas Worte nach. Das Konzept wirkte zwar etwas dreifaltig und bodenlastig auf ihn, aber, dachte er, es könnte hinhauen.

»Ihr könnt doch nicht so einfach hier reinplatzen und unter *Verschiedenes* ein Thema zur Diskussion stellen!« rief Pyngel und wedelte mit seinen Antragsformularen. »Hier ist nichts derartiges eingetragen! Ihr kennt doch die Vorschriften! Nichtbeantragte Anträge *müssen* korrekt präsentiert werden, damit wir die korrekten verfahrensmäßigen Wege beschreiten können!«

Die zurückgekehrten Gottheiten zuckten die Achseln und wurden von dem höchst erleichterten Platzl zu ihren Stühlen geführt. Wer braucht schon Entscheidungen, sagte er sich, wenn es Bier gibt und man Gottheiten zu ihm führen kann?

In einer dunklen Ecke stieß Syffel eine Reihe erleichterter Seufzer aus. Bisher war keine Rede von ruchlosen Intrigen und seiner Teilnahme an ihnen gewesen. Er war aus dem Schneider. Er würde *doch noch* an der Hohen Tafel Platz nehmen. Und mit einem erleichterten Grinsen schüttete er eine weitere Gallone in seinen Humpen.

Er bekam keine Gelegenheit, ihn zu leeren.

Hinter ihm bewegte sich ein Schatten. Er enthüllte sich als jemand, der eine blaßgraue Trenchtoga und einen dazu passenden Panamahut trug. Er schob eine Hand über Syffels Mund und zog ihn von seinem Sitz.

»Kein Wort!« bellte Schnyffler. Er zog Syffel aus Manna Ambrosias Restaurant, als alle Blicke auf die gerade eingetroffenen Gottheiten gerichtet waren. »Sei still, sonst finden sie dich! Es ist zu deinem eigenen Besten! Vertrau mir. Ich weiß, was ich tue!«

In der Tiefe einer finsteren, nur vom dunkelroten Leuchten von Schwefel und Lava erhellten Grotte, nahmen drei Gestalten aus den Händen eines gewaltigen Vertreters der Knochenbrecherbranche riesige Spitzhacken in Empfang. Der Knochenbrecher deutete knurrend auf eine schwefelbedeckte Wand und wies auf diverse leere Eimer. Sie klafften in der Finsternis wie die Mäuler hungriger Todesechsen aus dem schönen Lande Ammoretto.

»Graben«, grunzte der Wächter wortgewandt und trat jenem der drei, der ihm am nächsten stand, mit einem festen Huf in den Hintern.

Die Ketten an Nabobs Fußgelenken schepperten, als er auf die Wand zuschlurfte und den Versuch machte, die Spitzhacke zu heben. »Graben?« greinte er. »Ich kann das Ding nicht mal heben.«

»Das lernst du noch«, knurrte der Wächter und warf einen fröhlich-spöttischen Blick in die rote Dunkelheit hinein. »Sonst setzt es was«, fügte er geheimnisvoll hinzu und wandte sich zum Gehen.

»He!« rief Schoysal protestierend. »Wo gehen Sie hin? Sie können uns hier doch nicht allein lassen ...«

»Schnauze!« blaffte Byrernst dumpf. »Hast du denn *gar nichts* im Kopf?« Er winkte dem Wächter fröhlich zu. »Ist schon in Ordnung«, rief er. »Wir kriegen das schon hin. Gehen Sie ruhig in Ihr Loch und machen Sie sich 'n schönen Abend.« Sein Geist zischte in dem sicheren Wissen, daß er bald in der Lage sein würde, eine Spitzhacke fachmännisch zu handhaben. Wenn kein Wächter da war und zwischen ihm und der Freiheit nur zwei Ketten lagen, konnte er schnell lernen, wie man ein kettenzerschmetterndes Werkzeug schwang.

»Sehr freundlich«, grunzte der Wächter. »Nacht, Nacht. Ach, Sekunde mal. Das hätte ich ja beinahe vergessen.«

Nabob, Schoysal und Byrernst strengten verblüfft ihre Ohren an, als sie das Öffnungsgeräusch dreier kleiner Käfige und das plötzliche Summen winziger Schwingen hörten.

»O nein, er wird doch wohl nicht ...« stieß Byrernst hervor, der das Geräusch sofort erkannte.

»Was? Was wird er n ...« fragte Schoysal, der ein gewisses Maß an Alarmiertheit in Byrernsts Stimme zufrieden vernahm.

»Nein! Bitte nicht! NEEEIIIN!« quäkte Byrernst, als sich ein kleines insektenartiges Wächtermhodemm sanft auf seiner Schulter ausrichtete und bedrohlich mit dem Rüssel wackelte.

Der Wächter grinste sich eins, als er das Echo des Geschreis im Schacht der Miefinger Lava- und Schwefelminen hörte.

Hauptmann Zuphall schaute sich im Inneren des Städtischen Tempels um und schüttelte erstaunt den Kopf. Er tat es aber nicht, weil man das Innere gänzlich renoviert hatte, damit man es als Tagungsort für Hochzeitsfeiern unter zehn Minuten nutzen konnte. Er tat es auch nicht, weil Lyndor D'Mol tief in die Tasche gegriffen und den ganzen Fusel und den Fraß der Gäste bezahlt hatte. Und schon gar nicht, weil er trotz des großen Publikums seinen Text nicht vergessen hatte.

Nein. Hauptmann Zuphall war verblüfft, weil nichts schiefgegangen war. Trotz vieler tausend individueller Panikzustände, die mit Blumen, Kleidern, der Sitzordnung, den Frisuren und einer Unmenge anderer Patzer zu tun hatten, von denen er nichts wußte, war alles wirklich gutgegangen. Na schön, die Blume in den Knopflöchern der Verwandten des Bräutigams hatten nicht zu ihren Togen gepaßt, fünf Gäste waren vor Erregung ohnmächtig geworden, man hatte 53 Fälle von Avocado-Wacholdervergiftung gezählt, aber sonst … Na ja, er hatte es hinter sich. Luphan und Ferona waren nun Herr und Frau Burk, und ganz Axolotl freute sich.

Zuphall nippte an seinem Melonenlikör und schlenderte zu einem hohen Balkon. Das Okarina- und Kammbläserorchester gab mißtönend einen beliebten, dreißig Jahre alten Schlager zum Besten. Er lugte seufzend aus dem Fenster, dachte über den vergangenen Tag nach und bereitete sich darauf vor, am Abend ordentlich abzutanzen. Noch zwölf Abende wie dieser, dann war er jedermanns …

Dann bewegte sich draußen etwas. Sein Augenwinkel reagierte alarmiert, als eine Schar weißer Flöckchen fröhlich auf einer Brise herumtollte. Ihr folgten weitere, und es lief ihm vor Entsetzen kalt den Rücken hinunter.

War die gefürchtete Prophezeiung etwa schon eingetroffen?

Waren es Schneeflocken … oder war es Konfetti?

Hauptmann Zuphall schüttelte sich und trank verzweifelt einen Schluck Melonenlikör.

In einer obskuren Ecke des Hymmelreiches schlug eine erboste Gestalt verzweifelt auf die Wände einer kahlen hohlen Höhle tief im Inneren einer riesigen Wolkenbank ein.

Knapp zehn Minuten, nachdem die Gottheit mit dem Panamahut die Tür abgeschlossen hatte und davongeeilt war, hatte Syffel deren Irrtum bemerkt. Zorn war offenbar *viel* fleißiger gewesen als erwartet. Er hatte sogar die Teufel bekehrt. Welch hingebungsvolle Pflichterfüllung!

»Es ist nicht das, was du glaubst!« schrie Syffel und haute erneut auf das bauschige, aber unnachgiebige Innere der Wolke. »Sie sind nicht hinter mir her! Ich bin ganz sicher! Sie glauben an mich! Komm zurück, laß mich raus! Sie sind meine Freunde! Meine Fans! Laß mich raus!«

Knapp zwanzig Meter entfernt von ihm beschrieb ein quietschender Engel im Freien eine Schleife und hatte zum Glück keine Ahnung vom Inhalt der schalldichten Tarnwolkenbank, um die er sein Manöver gerade ausführte.